Anthony
Burgess

Tremor

Roman

Aus
dem Englischen
übersetzt von
Wolfgang
Krege

Klett-Cotta

Für
J. McMichael, M. B., Ch. B.
in Dank

Zu wählen zwischen Tag und Nacht
Steht jedem frei, und Schwarz und Weiß
Sind mit dem gleichen Licht bedacht.
W. H. Auden

Das Schlimmste, was sich von unseren meisten Übeltätern, von Staatsmännern bis zu Dieben, sagen läßt, ist dies, daß sie nicht Manns genug sind, um verdammt zu werden.
T. S. Eliot

1

1 Die Lage im Moment ist folgende: Ich bin in Venedig zu dieser gastronomischen Kreuzfahrt zugestiegen, wie geplant, und die *Polyolbion* tuckert nun nach Südosten, bei prächtigem adriatischem Sommerwetter. Bei Pulj alles in Ordnung. Vor drei Tagen kam D. R. mich dort ablösen. Es tat gut, mal wieder eine lange Nacht durch zu trinken und über alte Abenteuer zu reden. Bin wohlauf und gut in Form, abgesehen von meinen beiden chronischen Leiden, Völlerei und Satyriasis; die aber heben sich ohnehin gegenseitig auf, wie immer. Auf der Hinfahrt wird zu beidem nicht viel Gelegenheit sein (übermorgen sind wir im Schwarzen Meer), aber mir läuft schon der Speichel in lüsterner Erwartung der Woche nach der Umkehr, wenn der Auftrag erledigt ist und alle Knöpfe aufspringen vor Erleichterung. Istanbul, Korfu, Villefranche, Ibiza, Southampton. Und dann frei und fertig! Ich jedenfalls. Aber was wird aus dem guten Roper?

Wie abgemacht, übergab mir D. R. die PSTX-Ampullen. Eine Spritze habe ich natürlich selbst; das Verfahren kenne ich. Vorangemeldet liegt der gute Roper gewissermaßen jetzt schon als ein Schatten in der anderen Koje meiner Kabine. Dem Zahlmeister habe ich erklärt, mein Freund Mr. Innes habe wegen unvorhergesehener Geschäfte nach Murflinsk gemußt, werde aber per Wagen, Bahn, Schiff oder sonstwie nach Jaryljuk nachkommen und dort zusteigen. Ginge in Ordnung, hat er gesagt, nur müsse klar sein, daß es für die versäumten fünfzehnhundert Meilen Kreuzfahrt (d. h. Fressen und Huren) keinen Preisnachlaß geben könne. Gut denn. Alles wartet auf Roper, auch seine neue Identität. John Innes, Sachverständiger für Kunstdünger. Aus dem Innes-Paß schaut mich betrübt das Gesicht jenes Gummimanns von Metfiz an. Was hat er nicht schon mitgemacht, unser Gliedermännchen für alles!

Ein Strichjunge aus Mdina ist er gewesen; ein nach Palaiokastriza verduftetes syphilitisches Computerhirn; etwas wie ein kleiner griechisch-orthodoxer Diakon; R. J. Geist, der die Formel hatte; auch schon ein angesehener ukrainischer Literat, dem es an den Kragen ging, weil er etwas von Päderastie im Zentralkomitee gesagt hatte. Und jetzt ist er John Innes, und der wieder ist so etwas wie ein Eierwärmer für den weichgekochten Roper.

Ich verstehe gut, Sir, warum es Ihrer Majestät Regierung dringend danach verlangt, Roper zurückzuholen. Die Anfragen im Unterhaus, besonders jetzt, nachdem Tass die frohe Botschaft von dem Durchbruch in der Raketentreibstofforschung losgelassen und die Eurovision das Untier gezeigt hat, wie es am 1. Mai durch Moskau glitt. Nicht so gut verstehe ich, warum als Beauftragter für Ropers Heimführung gerade ich ausgewählt wurde, es sei denn natürlich wegen des schieren grundsätzlichen Vertrauens, das ich, wie ich sagen könnte, wäre ich nicht so bescheiden, mir in fünfzehn Dienstjahren in der Abteilung wohlverdient habe. Aber gewiß ist Ihnen der Rest von Sympathie für einen Schulkameraden bekannt, die Tatsache, daß wir bis zu seinem Übertritt eine Art oberflächlicher Freundschaft unterhielten, wenn auch eine mit vielen Lücken (der Krieg, der Frieden, seine Ehe, meine Stellung bei Pulj). Seine letzte Nachricht in den Westen war eine Ansichtskarte an mich, kryptischen Inhalts, an der die Dechiffrierer, wie ich höre, immer noch rätseln: *Zwei Minuten vor vier – hoch all ihre Rohre – Märtyrerblut rinnt durch.* Seien wir uns bezüglich Ropers über manche Dinge ganz klar. Methode Nummer eins kann niemals wirken. Ich glaube keine Sekunde, daß Roper sich überreden läßt, einen Schritt *zurück* zu tun. Er hat so diese wissenschaftliche Gründlichkeit im Abtun des Vergangenen. In alten, aufgegebenen

Lösungen gekramt hat er niemals. Wenn überhaupt ein Ketzer, huldigt er derselben Ketzerei wie auch Sie: dem Glauben, daß das Leben besser und der Mensch edler sein könnte. Es steht mir nicht zu, natürlich nicht, zu sagen, was für ein Riesenunsinn das ist. Überhaupt, Philosophie steht mir nicht zu, bin ich doch nur ein Techniker im gehobenen Dienst.

Ich verstehe die Gründe, Sir, für *zwei* Methoden gegen Roper: Überredung zuerst, Zwang später. Da ist einmal der Propagandawert der freien Entscheidung. Immerhin winken die höchstamtlichen Briefe, die ich im Jackenfutter trage, mit phantastischen Angeboten. Und dann, etwa nach einem Monat, die Verurteilung. Wie dem auch sei, ich werde Roper stellen. Um an ihn heranzukommen, trete ich zunächst nicht unter eigenem Namen auf, sondern als Mr. Sebastian Jagger (für meinen Zweitpaß bedurfte es natürlich des Gummimanns nicht). Jagger, Schreibmaschinenexperte; warum nicht gleich Qwert Zuiop? Jagger geht an Land und verwandelt sich in einer Restaurantstoilette rasch in einen ganz und gar plausiblen, lebensechten Slawen. Dann, wenn alles nach Wunsch geht, rasch eine Taxifahrt dahin, wo Roper sich an dem Abend grad aufhält und wo man ihn unter den übrigen Delegierten aus dieser wissenschaftlichen *Sbjesd* herausschälen kann. Und dann bin ich's, ganz der Alte, ganz die Vergangenheit, nicht nur ein Stück von jenem Westen, der ihm Antworten schuldig geblieben ist, sondern auch ein Stück von ihm selbst, eine alte, durchgestrichene Formel.

Denken Sie, er wird sich bereden lassen? Oder besser, denken Sie, ich bringe es fertig, so beredsam zu sein? Wie weit bin denn ich (ich darf offen sein, dies ist mein letzter Auftrag) hinreichend überzeugt, um überzeugen zu wollen? Es ist alles ein verflucht hohes Spiel, mit den Genozidformeln, den Raketen und den narrensicheren Frühwarnsystemen bloß als Zählmarken. Aber glauben Sie vielleicht, irgendwer wird irgendwen töten? Diese Vorstellung vom Megatod ist so wirklichkeitsfern wie die Alchimie oder irgend sonst ein mittelalterlicher Unsinn. Einestags verbreiten sich noch die Anthropologen in kaum verhohlener Ratlosigkeit über das spielerische Moment in unsrer ernsthaften Liebäugelei mit dem kollektiven Selbstmord. Ich für mein Teil habe immer den Part des guten Technikers gespielt, vielzüngig, gewandt, leichthändig, zuverlässig. Im übrigen aber bin ich nichts, ein undurchsichtiger Sack voller Techniken. Meinen Traum vom Leben habe auch ich, aber den realisiert mir die eine Ideologie so gut wie die andere. Ich meine die geheizte Wohnung, den Vorrat an Spirituosen, den ganzen *Ring* auf Platten. Meine sonstigen Gelüste wäre ich gern los, denn sie bedeuten Krankheit, und die Krankheit, ganz abgesehen von den Kosten, raubt einem die Selbstgenügsamkeit. Ein Arzt, den ich bei diesem Haschischring-Auftrag in Mohammedia kennenlernte, hat mich überzeugt, daß sie mit einer einfachen Operation beide zu beheben wären, denn irgendwie hängen sie zusammen. In letzter Zeit verlangt es mich nach einem geräumigen Blockhaus an einem großen nördlichen See, Nadelhölzer ringsum, lauter Sauerstoff und Chlorophyll, mit Raddampfern, die durch den Nebel tuten. Die Bar an Bord der *Männikkö* steht voller Flaschen mit interessanten Aufschriften – *Juhannus, Huhtikuu, Edustaja, Kreikka, Silmäpari* –, und der Kapitän, ein Mann mit hohem Privateinkommen, gibt einen aus, wenn er blau ist, und wird doch nie aufdringlich. Sachen gibt es zu essen, daß einem der Gaumen schmilzt – Fisch, eingelegt und gesalzen, mit Kräutergurken garniert, heißes, gewürztes Fleisch in Scheiben auf Roggentoast –;

und blonde, schmollmundige Mädchen sind da, die es juckt nach einer wilden, anonymen Umarmung. Besagte Operation laß ich mir einestags doch noch machen.

Was zählt, sind die Drüsen, nicht das psychologische Gutachten. Ich bin geistig und moralisch gesund. Ich halte es nicht mit dem Hl. Augustinus und seinem »O Gott, mach mich rein, aber noch nicht gleich!« Verantwortungslos, kein Termin ordentlich im Kalender, die Aufhebung des freien Willens. Sollten Sie dies je wirklich lesen, Sir, stutzen Sie vielleicht einen Moment und wittern einen Zusammenhang zwischen dem Hl. Augustinus (allerdings nicht von Hippo, sondern von Canterbury, nicht minder ehrwürdig, aber fader), Roper und mir. Er war der Schutzpatron der katholischen Privatschule in Bradcaster, die wir zusammen besuchten. Den Namen der Schule haben Sie in den Akten, aber nicht ihren Geruch, auch nicht den Geruch der Stadt, die sie umgab. Bradcaster roch nach Gerbereien, Brauereien, Kanälen, Karrengäulen, alten Müllgruben, Ziegelmehl, hölzernen Straßenbahnbänken, Haschee, heißen Frikadellen mit Bratensoße, Rindswadeneintopf und Bier. Es roch nicht wie Rupert Brookes England oder wie Ihres, Sir. Die Schule roch katholisch, das heißt nach dem dicken schwarzen Tuch der Priestergewänder, nach Weihwasser und kaltem Weihrauch, nach Stockfisch, Fasttagsatem und den Schwierigkeiten des Zölibats. Es war eine Tagesschule, hatte aber auch Platz für rund vierzig Internatsschüler. Roper und ich waren Internatsschüler, kamen wir doch beide von weit her, zwei Verbannte aus dem Süden – er aus Dorset, ich aus Kent –, die sich um Freistellen beworben und bestanden hatten. Die besten katholischen Schulen sind im Norden, da die englische Reformation – wie Blut aus den Füßen, wenn die Arterien verhärten – nie soweit nach oben gedrungen ist. Außerdem gibt es noch das katholische Liverpool, eine Art heruntergekommenes Dublin. Dort waren wir also, zwei Verbannte aus dem Süden unter lauter Urkatholiken, verpflanzten Iren und hier und da einem Ausländer mit dem Vater im Konsulatsdienst. Wir waren zwar Katholiken, hörten uns aber an wie Protestanten mit unserem lang-aaaaaigen Englisch; unsere Laute waren nicht die der reinvokaligen Orthodoxie. Schon deshalb mußten Roper und ich Freunde werden. Unsere Pulte und Betten waren benachbart. An unserer Beziehung war nichts Homosexuelles. Ich glaube, wir hatten sogar körperlich jeder eine Antipathie gegen den anderen; jedenfalls balgten wir uns nie, wie unter Freunden üblich. Ich weiß noch, mich schauderte immer ein wenig vor Ropers weißer Haut, wenn sie beim Zubettgehen oder unter der Dusche entblößt war; ich bildete mir ein, daß ein Verwesungsgeruch von ihr herkam. Und was das Heterosexuelle anging, nun, Sie können sich's denken, das hieß Fleischeslust. Der heterosexuelle Akt, wenn nicht im Stande der Ehe vollzogen, war eine Todsünde; das wurde uns sehr deutlich eingeschärft. Außer, nahmen wir an, bei manchen Fremden aus Ländern, wo man schon früher katholisch gewesen war als bei uns und daher gewisse Sonderrechte genoß.

Das hieß, dunkelhäutige Ausländer wie der kleine Cristo Gomez, wie Alf Pereira, Pete Queval und Donkey Camus aus der Untersekunda. Die hatten Geld und konnten sich Frauen leisten (solche von der Ecke Merle Street und London Road), die sie in den vergammelten Werkraum mitnahmen, in den Kricketpavillon (ein dichtbehaarter Junge, Jorge de Tormes hieß er, war damals Sekretär der ersten Mannschaft), sogar in die neue Kapelle. Dort wurden sie in flagranti erwischt, und das Ende war eine sehr bewegende Ausstoßungszeremonie. Was muß das Allerheiligste sich wohl gedacht haben, wenn es auf die regsamen Hinterteile zwischen den Bänken hinabsah? Erstaunlich, daß man mit so viel Sünde so leicht davonkam, wenn man bedenkt, wie streng der Rektor Pater Byrne gegen alle geschlechtlichen Regungen zu Felde zog. Er kam manchmal abends durch die Schlafsäle, mit einer Fahne von purem J. J.-Whiskey, und fühlte unter den Bettdecken nach unreinen Gedanken. Bei verschiedenen Gelegenheiten, wenn seine Nachforschungen besonders ergiebig gewesen waren, trat er ans Ende unseres Schlafsaals und hielt eine Predigt über die Übel des Geschlechts. Er hatte den schönen irischen Sinn für Dramatik, und statt das Licht anzuknipsen, beleuchtete er sein Eiferergesicht mit einer Taschenlampe, einen enthalsten Heiligenkopf, unerschrocken über einer Art Höllenglut. Eines Abends begann er so:

»Dieser verruchte Geschlechtsverkehr, Jungens – ja, ihr tut recht daran, daß ihr euch in den Betten windet, wenn ihr bloß das Wort hört. Alles Übel unserer modernen Welt kommt von der gottlosen Brunst, wenn der Hund auf dem quietschenden Bett die Hündin bespringt, die Glieder wie Schleifmaschinen hin und her gehen, die Gottesgabe der verständlichen Rede sich in Wimmern, Stöhnen und Keuchen auflöst. Das ist furchtbar, entsetzlich, ein Greuel vor dem Herrn und seiner Heiligen Mutter. Brunst ist der Quell aller anderen Todsünden, denn sie führt zum Hochmut des Fleisches, zur Habsucht nach dem Fleisch, zum Zorn wegen des vereitelten Gelüsts, zur Völlerei, um den erschöpften Leib zu stärken, auf daß er's noch einmal könne, zum Neid auf die geschlechtliche Kraft und den Erfolg der anderen, zur Lässigkeit im Eingestehen der entnervenden geilen Tagträume. Nur im Ehestand ist sie durch Gottes ewige Gnade geheiligt, denn dann wird sie zum Mittel, um junge Seelen zu zeugen, die das himmlische Königreich bevölkern sollen.«

Er holte Luft, und eine Stimme aus dem Dunkeln machte sich den Augenblick zunutze: »Mulligan hat auch eine junge Seele gezeugt und war nicht verheiratet.« Es war Roper, und was er sagte, stimmte. Mulligan, er war längst ausgestoßen, hatte eine Einheimische geschwängert; es war noch gut in Erinnerung.

»Wer hat das eben gesagt?« rief Pater Byrne. »Welcher Junge spricht noch, wenn das Licht aus ist?« Und er durchlöcherte das Dunkel mit seiner Taschenlampe.

»Ich«, sagte Roper mannhaft. »Sir«, fügte er hinzu. »Ich wollte es nur wissen«, sagte er, jetzt im Lichtkegel. »Ich versteh nicht, wie ein Übel durch eine Zeremonie zu etwas Gutem gemacht werden kann. Das wäre so, als ob man sagte, daß der Teufel wieder zu einem Engel gemacht werden könnte, wenn nur ein Priester ihn segnen würde. Ich versteh das nicht, Sir.«

»Komm raus, Junge«, rief Pater Byrne. »Raus aus dem Bett, augenblicklich!« Seine Lampe machte einen Schwenk. »Du da, ganz hinten, du machst das Licht an.« Füße tappten, und das gräßliche harte Gelb stach uns plötzlich in die Augen. »Nun denn«, rief Pater Byrne zu Roper hin, »auf die Knie, Junge, und sprich ein Gebet um Vergebung! Wer bist du denn, du Wurm, an der Allmacht Gottes des Allmächtigen zu zweifeln?«

»Ich hab an gar nichts gezweifelt, Sir«, sagte Roper, noch nicht aus dem Bett heraus. »Es hat mich nur interessiert, was Sie sagten, wenn's auch schon ein bißchen spät ist.« Und er steckte ein Bein aus dem Bett hervor, wie aus einem Boot, um die Wassertemperatur zu prüfen.

»Raus mit dir, Junge!« brüllte Pater Byrne. »Da, zu Boden mit dir, und bete!«

»Beten um was, Sir?« fragte Roper, jetzt stehend, in verwaschen blauem, eingelaufenem Pyjama, zwischen seinem Bett und meinem. »Um Vergebung, weil Gott in seiner unendlichen Allmacht mir einen neugierigen Geist gegeben hat?« Er war etwas über fünfzehn, wie ich.

»Nein, mein Junge«, sagte Pater Byrne, mit dem raschen irischen Wechsel zu einschmeichelnder Sanftheit. »Weil du das Wunderbare in Zweifel ziehst, weil du die Lästerung aussprichst, Gott könne nicht« – crescendo – »wenn es Sein Wille ist, Böses in Gutes verwandeln. Knie nieder, mein Junge! Bete, mein Junge!« (fortissississimo.)

»Warum tut Er's dann nicht, Sir?« fragte Roper kühn, nun hingekniet, aber mehr wie zu einem Ritterschlag. »Warum können wir nicht bekommen, was wir doch alle wollen – ein Universum, das wirklich eine Einheit ist?«

Ah, Gott helf uns, Roper mit seinem einheitlichen Universum! Pater Byrne wurde jetzt von Schluckaufs befallen. Er sah streng auf Roper hinab, als ob der und nicht der J. J. sie über ihn gebracht hätte. Und dann blickte er auf und ringsum. »Auf die Knie, ihr alle, hick«, rief er. »Ihr alle, hick, beten! Ein Geist des Bösen schleicht mir, hick, Tschuldjung, durch diesen Schlafsaal.« Also stiegen wir alle aus den Betten, alle bis auf einen kleinen Jungen, der schon schlief. »Weckt ihn, hick!« rief Pater Byrne. »Wer ist der Junge da ohne, hick, Pyjamahosen? Ich kann mir denken, mein Junge, was du gemacht hast. Hick.«

»Wenn Ihnen jemand mal auf den Rücken klopfen könnte«, sagte Roper freundlich. »Oder ein Schluck Wasser, Sir.«

»Allmächtiger Gott«, fing Pater Byrne an, »der Du weißt um die geheimen Gedanken in den, hick, Herzen dieser Jungen . . .« Und dann wurde ihm das gewisse Maß an ungewollter Unehrerbietigkeit klar, wenn ihn die Hickser in dieser Weise unterbrachen. »Betet allein weiter«, rief er. »Macht nur weiter!« Und er hickste sich nach draußen. Dies wurde als soetwas wie ein Sieg Ropers über die Autorität angesehen.

Er errang zu viele Siege über die Autorität, einzig dank der schon bewiesenen außergewöhnlichen Gabe der wissenschaftlichen Neugier. Ich erinnere mich an eine Chemiestunde in der Sekunda, als Pater Beauchamp, ein anglikanischer Konvertit, uns mit der Verbindung der Elemente zu Stoffen gelangweilt hatte. Plötzlich fragte Roper:

»Aber warum sollten denn Natrium und Chlor sich verbinden *wollen*, um Salz zu erzeugen?«

Die Klasse lachte vor Vergnügen, in der Hoffnung auf ein bißchen Abwechslung. Pater Beauchamp grinste säuerlich und sagte: »Von *wollen* kann keine Rede sein, Roper. Nur Belebtes kann *wollen*.«

»Mir ist das nicht klar«, sagte Roper. »Unbelebte Stoffe müssen doch belebte haben werden wollen, sonst hätte doch das Leben auf der Erde nie angefangen. Es muß sowas wie einen freien Willen in den Atomen geben.«

»*Muß* es, Roper?« fragte Pater Beauchamp. »Neigst du nicht ein wenig dazu, Gott aus dem Spiel zu lassen?«

»Ach, Sir«, rief Roper ungeduldig, »wir sollten doch Gott nicht in die Chemiestunde hineinziehen.« Daran hatte Pater Beauchamp zwei Sekunden zu kauen, ehe er es schluckte. Zahm sagte er:»Du hast die Frage gestellt. Sieh zu, ob du sie beantworten kannst.«

Ich weiß nicht, wann diese Sache mit den Elektrovalenz-Methoden der Elementenverbindung aufgekommen war, aber Roper muß damals, Ende der dreißiger Jahre, mehr gewußt haben als die meisten Schüler, auch als die meisten Chemielehrer. Nicht daß Pater Beauchamp viel gewußt hätte; er hatte das Fach so nebenher im Schuldienst gelernt. Roper sagte, wenn ich mich recht erinnere, daß das Natriumatom nur ein Elektron in der Außenhülle habe (niemand hatte uns je etwas von Außenhüllen gesagt), das Chloratom aber sieben. Eine gute, stabile Zahl, sagte er, sei acht, sehr beliebt bei den Elementen der Materie. Die beiden Atome, sagte er, kämen vorsätzlich zusammen, um eine neue Substanz mit acht Elektronen in der Außenhülle zu bilden. Dann sagte er:

»Da wird über heilige Zahlen geredet und was nicht noch alles – drei und sieben und neun undsoweiter – aber es sieht danach aus, als ob acht die eigentlich große Zahl ist. Was ich meine, ist dies: Wenn Sie schon Gott in die Chemie bringen wollen, und das wollen Sie, dann muß die Acht Gott allerhand bedeuten. Nehmen Sie das Wasser zum Beispiel, den Stoff, den Gott zuerst erschaffen hat; jedenfalls steht in der Bibel, daß der Geist Gottes über den Wassern schwebte. Also, da haben Sie sechs äußere Elektronen im Sauerstoffatom und nur eins im Wasserstoffatom, und daher brauchen Sie von denen zwei auf eines Sauerstoff, um Wasser zu bekommen. Gott muß das alles gewußt haben, und doch finden Sie in den Lehren der Kirche nichts von der Acht als der großen, wichtigen Zahl. Immer die heilige Dreifaltigkeit, und die Sieben Todsünden und die Zehn Gebote. Nirgends die Acht.«

»Es gibt aber«, sagte Pater Beauchamp, »die Acht Seligpreisungen.« Dann biß er für eine kurze Bedenkpause auf seinen Lippen herum; war sich nicht im klaren, ob er Roper wegen blasphemischer Reden zum Rektor schicken sollte. Jedenfalls, er ließ Roper und einstweilen uns alle in Frieden und sagte uns, wir sollten uns die Sache in unsern Büchern durchlesen. Er bekam ein Zucken im rechten Auge und konnte nichts dagegen machen. Genau wieder wie mit Pater Byrne im Schlafsaal. Daß Roper wegen Gott und der Wissenschaft zum Rektor mußte, kam erst ein Jahr später, als Roper und ich in der Prima waren, wo unvermeidlich er Naturwissenschaften machte, ich Sprachen. Er erzählte mir nachher alles im Speisesaal. Es gab ein sehr dünnes Irish Stew. Roper hielt die Stimme gesenkt – es war eine ziemlich rauhe Stimme –, und eine Strähne seines glatten, strohigen Haars schwang in dem Dampf über seinem Teller.

»Er hat wieder versucht, mich zum Beten zu kriegen – auf den Boden hinknien und all so'n Quatsch. Aber ich hab ihn gefragt, was ich denn Schlimmes gemacht haben soll.«

»Und was war's?«

»Ach, Beauchamp hatte ihm was erzählt. Wir zankten ein bißchen herum, über physikalische und chemische Veränderungen, und dann kamen wir irgendwie auf die Hostie. Ist Christus in den Molekülen selbst oder erst in den zu Brot verbundenen Molekülen? Und dann hab ich mir gesagt, ich hab es satt, so zu tun, als ob man bei manchen Dingen Fragen stellen darf und bei andern nicht. Ich geh nicht mehr zur Messe.«

»Das hast du Byrne gesagt?«

»Ja. Und da schrie er mich an, ich sollte auf die Knie. Aber das hättest du sehn sollen, wie ihm der Schweiß kam.«

»Ach!«

»Ich hab gesagt, was hat's denn für'n Zweck zu beten, wenn ich nicht glaube daß es einen gibt, zu dem man betet. Und er hat gesagt, wenn ich nur betete, würde mir Antwort. Welch ein Quatsch!«

»Sei nicht zu sicher. Gibt schon ein paar ganz schlaue Köpfe in der Kirche, auch Wissenschaftler.«

»Genau das hat er auch gesagt. Aber ich hab ihm noch mal gesagt, daß das Universum eins sein muß, nicht zwei. Daß die Wissenschaft an alle Türen muß anklopfen dürfen.«

»Was wird er jetzt mit dir machen?«

»Viel kann er nicht machen. Er kann mich nicht ausstoßen, denn das ist keine Lösung. Nebenbei weiß er, daß ich wahrscheinlich ein Staatsstipendium kriege, und das hat's hier schon verflucht lange nicht mehr gegeben. Ganz schön in der Klemme.« Wieder ein Sieg Ropers über die Autorität. »Und bis zum Examen ist's nicht mehr lange, und da kann er mich nicht mehr gut zu besonderer theologischer Belehrung irgendwohin schicken. So steht's.«

So stand es. Ich selbst war damals noch in der Kirche. Meine Studien waren sprachlicher und ästhetischer Natur, stellten keine Grundsatzfragen. Ich las die römischen Dichter, welche die römischen Eroberer verherrlichten oder, als der lange Friede nach den Eroberungen sie erschlaffte, Knabenliebe, Ehebruch und Hurerei besangen. Ich las auch, voll Ärger über ihre masochistischen Fesseln, die korrekten Tragiker des Sonnenkönigs. Aber unter den Lehrern war einer, der Pole war, ein Laienbruder namens Kyril – nach dem Erfinder des russischen Alphabets. Bruder Kyril war erst vor drei Jahren an die Schule gekommen, und es gab niemanden, den er hätte unterrichten können, denn er konnte nur slawische Sprachen, dazu ein bißchen Englisch und ganz wenig Deutsch. Aber eines Tages traf ich ihn, wie er etwas las, wovon er mir sagte, es sei Puschkin. Ich faßte eine Neigung zu diesen stämmigen schwarzen Perversionen der griechischen Lettern, und schon (aber natürlich,

Sir, davon wußte ich noch nichts) war über meine Zukunft entschieden. Ich las im Russischen herum und bekam Erlaubnis, es für die Abschlußprüfung als Hauptfach zu nehmen, statt Neuere Geschichte. Glauben Sie mir, die Neuere Geschichte hat sich seither gerächt.

2 Damals, als ich Roper über die molekulare Struktur des Abendmahls reden hörte, wußte ich nicht, wie bald schon unser beider Zukünfte beginnen sollten. Es war das Jahr 1939. Roper und ich wurden beide achtzehn. Pater Byrne hatte in mehreren Morgenversammlungen angedeutet, die Judenverfolgung der Nazis sei nichts anderes als Gottes Strafe für eine Rasse, die das Licht verworfen habe, eine Gottesgeißel in braunen Hemden mit Hakenkreuz. »Sie haben unsern lieben Heiland gekreuzigt, Jungens.« (Roper, neben mir in der ersten Reihe für die Präfekten, sagte leise: »Ich dachte, die Römer hätten ihn gekreuzigt.«) »Sie sind eine Rasse«, rief Pater Byrne, »auf welcher die Erbsünde schwer lastet, ganz dem Geschlechtsverkehr und dem Schacher ergeben. Ihre Gesetze verbieten weder Inzucht noch Wucher.« Undsoweiter. Pater Byrne hatte einen langen, gummiartigen Körper, mit mehr Hals als nötig. Jetzt, sehr gekonnt, machte er sich halslos und fett und gab uns eine Art Shylock-Darstellung, mit Sabberlippen, voller Rachenlaute und Händereiben. »Schmochtche Gojim«, spie er aus. »Wollt euch nicht lossen jidschen des Vorhoitle . . .« Er spielte gern. Seine Paraderolle war Jakob I., und er war immer bereit, die Geschichtsstunden anderer Lehrer, egal welche Epoche grad behandelt wurde, mit einer Darbietung schlotternder, stammelnder, unschlüssiger Flachlandschotten zu würzen. Aber sein Jud war auch nicht schlecht. »Nu ja, mer kriejen

euch olle kloin, schmochtche Gojim! Ihr sollt nix hoben von moin Zaster. Oi, oi, oi!«

Wir waren zu aufgeklärt, Roper und ich, um darüber zu lachen. Wir wußten, daß die Nazis nicht nur Juden, sondern auch Katholiken verfolgten. Über das Böse erfuhren wir jetzt so einiges aus den Zeitungen, nicht aus den religiösen Traktaten, die in der Schulbibliothek ein Regal für sich hatten. Die Konzentrationslager faszinierten uns. Blutiges Fleischpüree, Bajonette in die Eier! Sagen Sie, was Sie wollen, Sir, halb werden wir zu dem, was wir hassen. Hätten wir, jeder von uns, es denn anders haben wollen? Den Film zurückgedreht in eine Zeit vor den Gaskammern und vor den Kastrationen ohne Betäubung, und dann eine neue, sündenfreie Spule in den Projektor gelegt? Wir wollen, daß diese Greuel geschehen, und dann wollen wir uns edel vorkommen, wenn wir sie nicht mit Gleichem vergelten. Roper und ich, anstatt Pater Byrne-Shylock über die Berichte aus dem dunklen Deutschland sabbern zu hören, hätten das alles besser in einer anständigen Orgie in der Kapelle ausschwitzen sollen. Ich sagte zu Roper:

»Was ist mit Gut und Böse?«

»Man darf doch wohl annehmen«, sagte Roper, an einer Faser gekochten Hammelfleischs kauend, »daß das Gute der Gattungsname für alles ist, wonach wir streben, was auch immer das ist. Ich meine, es ist alles bloß eine Sache der Unwissenheit und ihrer Überwindung. Das Böse kommt von der Unwissenheit.«

»Die Deutschen sollen eines der am wenigsten unwissenden Völker der Welt sein.«

Darauf wußte er nichts Rechtes zu erwidern. Aber er sagte: »Es gibt eben besondere Bereiche der Unwissenheit. Die sind politisch unwissend, das ist ihr Problem. Vielleicht gar nicht ihre Schuld. Die deutschen

Staaten haben sich zu spät vereinigt, oder sowas.« In alldem war er sehr vage. »Und dann haben sie da lauter Wälder, voller Baumgötter.«

»Du meinst, sie haben atavistische Neigungen?«

Wußte er nicht, was zum Teufel das hieß. Von nichts wußte er, außer von der Dreiheit seiner Naturwissenschaften, die er für die Abschlußprüfung lernte. Er füllte und leerte sich zur gleichen Zeit. Er wurde zu einem *Ding,* wuchs aus dem Knabenalter gleich ins Dingalter hinüber, nicht ins Mannesalter – ein hochleistungsfähiges Artefakt, vollgestopft mit nichtmenschlichem Wissen.

»Und was willst du machen«, fragte ich, »wenn es Krieg gibt? Bloß sagen, das kommt alles von der Unwissenheit, und die armen Hunde können's nicht ändern? Denn die fallen über uns her, ist dir doch klar! Mit Giftgas und so.«

Er schien plötzlich zu begreifen, daß der Krieg ihn ebenso berühren würde wie andere Leute. »Oh«, sagte er, »das hab ich mir noch nicht überlegt. Das wird ein bißchen unangenehm, nicht? Weißt ja, wegen dieser Sache mit meinem Staatsstipendium.« Kein Zweifel, er würde eines kriegen; seine Prüfungsergebnisse würden brillant sein.

»Nun, denk drüber nach«, sagte ich. »Denk mal an die Juden, Einstein und Freud undsoweiter. Die Nazis halten die Wissenschaft für eine Art internationale jüdische Verschwörung.«

»Sie haben doch selbst einige der besten Wissenschaftler der Welt«, sagte Roper.

»Hatten sie«, sagte ich. »Die meisten werden sie jetzt los. Darum können sie auch nicht gewinnen. Aber es wird lange dauern, bis sie das einsehn.«

Wir hatten einen schönen Sommer. Roper und ich, jeder mit zehn Pfund in der Brieftasche, trampten durch Belgien, Luxemburg, Holland und Frankreich. Ein Monat mit Brot, Käse und billigem Wein, mit dem »*J'aime Berlin*«-Wortspiel über Chamberlain mit seinem Regenschirm, mit Kriegsgesprächen unter strahlender Sonne. Eine Nacht verbrachten wir in unsern Schlafsäcken nahe bei den vordersten Befestigungen der Maginot-Linie; fühlten uns sicher beschützt. Drei Tage vor Kriegsausbruch waren wir wieder in England. Während unseres Aufenthalts im nun bald verriegelten Europa waren unsre Prüfungsergebnisse durchgekommen. Meine waren gut, Ropers hervorragend. Für mich war die Schule für slawische Studien in London im Gespräch; Roper mußte wegen seines Stipendiums noch auf Bescheid warten. In der Zwischenzeit zog es uns beide zurück in die einzige Gemeinschaft, die wir kannten; wir kehrten zurück in die Schule.

Pater Byrne war jetzt sehr gut als das Leidende Irland. Er stammte aus Cork und deutete an, seine Schwester sei von englischen Soldaten während des Aufstands vergewaltigt worden. »Kriegshetzerisches England!« rief er in der Morgenversammlung. Vom deutschen Antichrist sprach er nie. »Schon wieder hat es einen Krieg erklärt, bestärkt von den Juden mit ihren Bündeln speckiger Scheine.« Kurze Verkörperung der internationalen Hochfinanz. »Dieser Krieg, Jungens, wird entsetzlich. Bald, wenn nicht jetzt schon, wimmelt es in Europa von der sengenden und plündernden Soldateska. Es wird wieder genau wie in Irland: die wüsten, tobenden Lümmel, mit nichts im Kopf als dem verruchten Geschlechtsverkehr, ein Greuel vor dem Allmächtigen Gott und seiner Heiligen Mutter.« Bald kam er auf Roger Casement. Und dann teilte er uns mit, alle Stipendien seien vorläufig aufgehoben. Nach einem Vormittag gähnenden Herumlungerns in der Schulbibliothek sagte ich zu Roper: »Gehn wir raus uns besaufen!«

»Besaufen? Können wir das?«

»*Ich* kann's gewiß. Wenn du *dürfen* meinst, wer soll uns hindern?«

Die Pinte Bittres kostete fünf Pence in den Kneipen. Wir tranken im Clarendon, im George, im Cuddy, im King's Head und im Admiral Vernon. Bradcaster roch nach Khaki und Dieselöl. Der Abend stieg einem irgendwie auch mit Verheißungen zu Kopf – gottlose Brunst. Sah es nicht so aus, als ob sich die Mädchen auf der Straße geflissentlicher ausstellten als sonst, als ob sie feuchtlippiger und vollbusiger wären? Es war immer unklug, Pater Byrne in einer Sache *vollkommen* unrecht zu geben. Beim sechsten Bier sah ich mich in einer Unteroffiziersuniform aus dem 14-18er Krieg, mit Mädchen, die nach Luft schnappten, wie sie das Feindesblut an mir rochen, als ich im Viktoria-Bahnhof durch die Sperre kam, in London für ein paar Tage auf Urlaub. Hölle los in den Gräben, Mädchen! Erzähl mal mehr. Jetzt sagte ich zu Roper:

»Meld mich freiwillig. So'n schönes Land, das wir alle so lieben!«

»Wieso?« lallte Roper. »Was'n Besondres dran? Was hat's dir genützt oder mir?«

»Die Freiheit«, sagte ich. »Kann gar kein so elend schlechtes Land sein, wenn es solchen Säcken wie Pater Byrne erlaubt, daß sie's in der Morgenversammlung beschimpfen. Überleg dir das mal! Für wen bist du – England oder Byrne?«

»Und ich dachte«, sagte Roper, »ich geh nach Oxford.«

»Ach was, wird nichts draus. Noch nicht. Die holen uns doch früher oder später. Machen wir's lieber gleich. Melden uns freiwillig.«

Aber vorher wurde es Roper erst einmal schlecht. Er hatte nicht den kernigen, echt englischen Biermagen. Er übergab sich in einem Seitengäßchen beim Admiral Vernon, und da wimmerte und winselte er Gebete, dieser Rationalist, so mit »ach Jesus, Maria und Josef«, als er versuchte, alles rauszubringen. Viszeralen Leidenszuständen ist die wissenschaftliche Lebensauffassung nicht wahrhaft angemessen. Das sagte ich ihm, während er sich quälte, aber er hörte nicht zu. Statt dessen betete er: »Ogottogottogott! O du armes Herz Jesu!« Tags darauf aber, noch ganz bleich, war er bereit, mit mir zu dem schmutzigen kleinen Laden zu gehn, in dem ein Werbelokal eingerichtet worden war. Das kalte Tief des Katers bewirkte wohl, daß er sich vorübergehend zukunftsleer fühlte, und das einzige, womit er zu dieser Zeit ausgefüllt werden konnte, war das allgemeine Jungmännerschicksal. Natürlich galt das ebenso auch für mich.

»Was werden unsre Eltern sagen?« fragte sich Roper. »Wir sollten ihnen erst schreiben, was wir machen.«

»Bitte haben Sie Verständnis für das Hinfälligwerden einer weiteren Verpflichtung«, sagte ich, oder etwas dergleichen. »Wir schicken ihnen Telegramme.« Und wir gingen los und sprachen mit einem Feldwebel, der stark verschnupft war. Ich schrieb mich für die Fernmeldetruppe ein. Roper konnte sich nicht entschließen. Er sagte:

»Ich will nicht töten.«

»Büssese lich«, sagte der Feldwebel. »Gibt ibber loch die Bedis.« Er meinte die Medis. Das Royal Army Medical Corps. RAMC. Ruinieren alle meine Chancen. Rutsch auf meine Cousine. Diesem Haufen schloß sich Roper freiwillig an.

Im nachhinein scheint es sonderbar, daß die britische

Armee damals noch keinen Platz für echte Fähigkeiten hatte, abgesehen von den elementarsten wie Fingerkrumm-machen und Knopfdrücken. Während Ropers ganzer Dienstzeit kam nie jemand auf die Idee, daß hier ein Kopf war, den man zur Entwicklung der furchtbarsten Angriffswaffen gebrauchen könnte. Was mich anging, so wurden meine Fähigkeiten, nämlich daß ich recht gut Französisch und Russisch und leidlich Polnisch sprach, ohne jede Ungeduld erwartet. Ich hatte sogar Schwierigkeiten, meine Überstellung zum Nachrichten-korps, als es im Juli 1940 gebildet wurde, zu erwirken. Meine Offiziere sprachen Französisch mit einem Public-School-Akzent. Sprachkenntnisse haben die Briten immer als etwas für Spione, Impresarios, Kellner und jüdische Flüchtlinge beargwöhnt: Wer polyglott ist, kann kein Gentleman sein. Erst als die Sowjetunion mit uns im Bündnis war, durfte ich mein Russisch an den Tag bringen, und dann verging noch viel Zeit, bis es gebraucht wurde. Gebraucht wurde es, nachdem so etwas wie ein anglo-amerikanisches Hilfsprogramm für Rußland aufgestellt worden war; mich zog man als Dolmetscherassistenten heran. Das klingt schon würdig genug für einen meines Alters, aber ich hatte nur mit der Beschaffung von Sportgeräten für die Mannschaftsräume sowjetischer Hochseeschiffe zu tun. Einmal winkte mir ein rühmlicherer Auftrag, bei dem es darum ging, daß in jede Schweinefleisch-büchse der amerikanischen Rußlandhilfe ein Lorbeer-blatt gelegt werden sollte, weil die Russen das ungarnier-te Fleisch nicht genießbar fänden; und an mir wäre es gewesen, zu erklären, daß dies die Lieferungen verzögern würde, weil jedes Lorbeerblatt einzeln von Hand eingelegt werden müßte. Diesen Posten aber bekam ich dann doch nicht. Und nun wieder zu Roper.

Das allererste Mal schrieb er mir aus Aldershot: Eine Bombe sei neben der Boyce-Kaserne niedergegangen, und er habe sich mehr als sonst Gedanken über den Tod gemacht. Oder vielmehr über die Vier Letzten Dinge, die für einen Katholiken stets zu bedenken sind: Tod, Gericht, Himmel und Hölle. In der Prima, schrieb er, im naturwissenschaftlichen Unterricht, sei es ihm recht gut gelungen, diese Lehren auszulöschen, was er aber wissen wolle, sei dies: Ob diese Dinge – die nach dem Tod nämlich – vielleicht doch existierten für jemand, der an sie glaubte? Er sei in eine ziemlich schiefe Position gebracht worden, meinte er, von der Religion her gesehen. Wie er als Rekrut zu seiner Einheit gekommen war, wurde aufgerufen: »RKs diese Seite, Protestanten andre Seite, Vandellis Mitte!« Vorgehabt hatte er, sich als Agnostiker zu bezeichnen, aber da wäre er gleich mitten unter die Allerlei Sekten gesteckt worden. Darum hatte er gesagt, er sei rk – »an der Oberfläche, aber bei der Armee ist alles Oberfläche«. Als er Feldwebel wurde, sah er sich im Besitz nicht nur einer Autorität, sondern einer katholischen Autorität. Da hatte er die Pflicht, dafür zu sorgen, daß seine Männer sonntagvormittags geschlossen zur Messe marschierten. Und der Pfarrer in der Stadtkirche, anständig und freundlich, ein Engländer, kein Ire, bat Roper, seinen Einfluß geltend zu machen, damit mehr von seinen Männern zur Kommunion gingen. Nachdem aber diese Bombe bei der Boyce-Kaserne niedergegangen war, schon sehr früh in seiner militärischen Laufbahn, war ihm die talismanische Kraft des »rk« in seinem Soldbuch klargemacht worden. »Bist eben'n RK«, hatten manche seiner Stubenkameraden in der Kaserne gesagt. »Tun wir dicht bei dir bleiben, nächstes Mal, wenn wieder so'n Miststück runterkommt.« Roper schrieb dazu in seinem

Brief: »Eine gewisse abergläubische Überzeugung scheint unter den Männern verbreitet zu sein, daß die Katholiken mehr Aussichten haben, davonzukommen, wenn es lebensgefährlich wird. Als ob sich unter den kleinen Leuten noch ein Rest von Schuldbewußtsein wegen der Reformation gehalten hätte – ›Wir wollten doch gar nicht weg von der alten Religion, wir doch nicht! Uns ging's doch gut so. Die Obermimer, nicht, Heinrich VIII. und wer nicht noch alles, die, die sind's gewesen.‹«

Und der gute Roper, abgeschnitten von seiner Wissenschaft – die Tricks seines Korps lernte er allerdings so schnell, daß er sehr bald befördert wurde – und mehr nach seinen Launen und Trieben lebend, begann seine innere Leere zu entdecken. »Wenn ich nur rekonvertiert oder zu etwas anderem bekehrt werden könnte! Was soll dieser Krieg, wenn wir nicht glauben, daß die eine Art zu leben besser ist als die andere? Und das ist nicht dasselbe, als wenn man bloß sagt, unsere Art ist schlecht, aber die der Nazis noch schlimmer. Das reicht nicht. Man kann nicht negativ Krieg führen. Ein Krieg muß soetwas wie ein Kreuzzug sein. Aber für was?«

Und dann, Gott steh mir bei, fing dieser Roper auch noch an, Gedichte zu lesen. »Aber mit diesen ganz schwierigen Sachen«, schrieb er, »kann ich nicht viel anfangen. Ich glaube, ich habe einen wissenschaftlichen Kopf, und mir ist es lieber, wenn ein Wort eine Sache bedeutet und nur die eine. Darum bin ich gleich zurückgegangen bis zu Leuten wie Wordsworth, der wirklich sagt, was er meint, auch wenn man ihm nicht immer zustimmen kann. Aber jedenfalls ist er doch ein Mann, der sich selbst seine Religion gemacht hat, und wenn du dir das mal überlegst, ist das ja gewissermaßen eine wissenschaftliche Religion. Die Natur –

Bäume und Flüsse und Berge undsoweiter – das ist doch etwas, das wirklich da ist, es umschließt uns. Ich denk an diese Nazischweine, wie sie rüberkommen und England in die Luft jagen, und da bekomm ich so ein Bild vom leidenden England – ich meine, nicht bloß die Menschen und die Städte, die sie gebaut haben, sondern auch die Bäume, die Landschaft, das Gras, und dann bin ich noch mehr erbittert, wie ich es über Jesus an Seinem Kreuz wäre. Ist das wohl eine Art neues religiöses Empfinden bei mir? Würdest du sagen, das ist irrational?«

Ein erfreulicher und unvermeidlicher Fortschritt von der kahlen Vernunft über die Sentimentalität zum Geschlechtsverkehr. 1943 schrieb er mir aus Chesham, er mache einen Kursus über Heereshygiene, und in seiner Freizeit gehe er mit einem Mädchen namens Ethel. »Sie ist groß und blond, hat derbe Finger und ist sehr natürlich, und sie arbeitet in einer Imbißstube an der High Street. Würdest du sagen, ich hab ein bißchen lange gebraucht, meine Virginität loszuwerden? Wir gehen in die Felder, und alles ist sehr angenehm und nicht sehr aufregend, und ich spüre überhaupt kein Schuldgefühl. Ob es besser wäre, wenn ich welches spürte? Es scheint, seit ich nicht mehr an den Katholizismus glaube, bin ich England sehr nah gekommen, ich meine, England in seinem Kern und Wesen. Was ich hier finde, ist eine edle Art Unschuld. England konnte sich weder mit dem Katholizismus noch mit dem Puritanismus sehr lange abfinden – diese Glaubensrichtungen, die auf die Sünde bauen, glitten von ihm ab wie Wasser vom Entenrücken. Und dann, wenn ich an Nazideutschland denke, was ist denn das anders als auch eine Art Unschuld, eine Art bösartiger Unschuld, die ihnen erlaubt, die unglaublichsten Greuel zu verüben und doch nichts Schlechtes daran zu finden? Gibt es denn überhaupt irgendwo jemand, der wegen dieses Krieges Schuld empfindet? Ich liege mit Ethel im Kornfeld, und um die Sache ein bißchen mit Schuld zu würzen, stelle ich mir vor, es wäre Ehebruch – sie ist nicht verheiratet – oder Inzest, aber es wirkt nicht. In gewisser Weise *ist* es natürlich Inzest, denn wir sollen doch alle in einer großen Familie miteinander verbunden sein, Brüder und Schwestern, und unseren sexuellen Haß, denn jeder Haß ist ja eigentlich sexuell, gegen den Feind richten.«

Der aufschlußreichste Brief von Roper kam aus dem besiegten Deutschland. »Ich will nie wieder Fleisch essen«, schrieb er, »nie mehr so lang ich lebe! Das Lager war voller Fleisch, eine Schicht über der andern, manches davon noch lebend. Menschenfleisch, sicher sehr zartes, weil so nah am Knochen, und die Fliegen summten drüber hin, und die Maden wimmelten. Der Geruch war wie von einer riesigen Käsefabrik. Wir kamen als erste hinein, verloren keine Zeit und spritzten gleich mit unsern patenten Antiseptik-Sprays drauflos; es würgte uns, während wir das taten. Es gibt da ein Wort, *Nekropolis,* war mir schon mal begegnet, und ich hatte immer gedacht, es sei nur ein poetischer Ausdruck für eine Stadt mitten in der Nacht, eine Stadt mit verschlossenen Häusern, wo es scheint, daß alle Lebenden geflüchtet sind. Jetzt sah ich, was das wirklich war, eine Nekropolis. Wieviele tote oder sterbende Einwohner hatte diese? Ich hatte es nicht für möglich gehalten, daß man so viele Tote an einem Ort zusammenbringen könnte, und alle ordentlich gereiht und gestapelt, manchmal mit Toten zwischen noch Lebenden. Ich ging die sauberen Straßen entlang, made in Germany, mit haushohen Hecken aufgeschichteter Leichen auf beiden Seiten, und ich sprühte und sprühte, aber der Spray, trotz seines durchdringenden Geruchs nach sauberen Küchenausgüssen und Klosettschüsseln, kam überhaupt nicht auf gegen den Gestank der Toten.«

Das war Roper, Sir, – Sanitätswachtmeister Roper –, in der Vorhut der einmarschierenden Säuberungstrupps nach der deutschen Kapitulation. Der Brief, ebenso wie die drei nächsten (er ließ einfach seine Qual auf dem Papier aus), sprach vom Erbrechen und von der verrückten Angst, daß die Halbtoten plötzlich die Ganztoten vom Stapel runterstoßen und sich auf sie stürzen könnten, um das schon halbverdaute Protein zu schlabbern. Die Briefe sprachen auch von Albträumen, wie wir sie alle gehabt haben, alle, die wir die Vernichtungslager betreten haben und dagestanden sind, gelähmt, den Mund aufgerissen, ob aber wegen des Würgens oder aus schierem Unglauben, das konnte der Mund selber zuerst nicht sagen. Wir konnten ihn nur aufreißen, die einzig mögliche orale Reaktion auf das, was wir sahen und rochen. Wir wollten's nicht glauben, denn der Glaube, daß ein zivilisiertes Volk all dessen fähig gewesen sei, mußte alles umstoßen, was wir je für selbstverständlich gehalten hatten, hinsichtlich der Zivilisation, des Fortschritts, der erhebenden Kraft künstlerischer, wissenschaftlicher und philosophischer Leistungen (wer konnte leugnen, daß die Deutschen ein großes Volk waren?). Ich für mein Teil, ich kam nur als Feldwebel/Dolmetscher mit einer kleinen russisch-amerikanischen Gruppe da hinein (wo das Lager war, habe ich vorsätzlich vergessen), und ich fand, was ich schon hätte wissen sollen, daß Worte, ob russische oder anglo-amerikanische, müßig waren.

Merkwürdig, in meinen Albträumen ging es mehr um Roper als um mich selbst, vielleicht weil Roper diese Briefe geschrieben hatte. Ich konnte ihn ganz deutlich sehen, wenn ich sie las – blaß, dicklich, bebrillt (mit einer jener in Draht gefaßten Gasmaskenbrillen, die den Träger wie ein schwachsinniges Kind aussehen ließen), mit struppigem blondem Haar im Nacken unter dem Rand des Stahlhelms. In meinen Träumen stöhnte er an meiner Stelle, erbrach Traumobjekte wie Schwungräder von Uhren, Bücher in Frakturschrift, sich windende Schlangen, und weinte in sehr idiomatischem Deutsch, voller Wörter wie *Staunen, Sittlichkeit* und *Schicksal.* In seinen eigenen Albträumen ging es um einen erzwungenen Abendspaziergang (schöner Sonnenuntergang, letztes Lied der Vögel) durch Haine von Leichen, Sicheinwühlen in Hecken von blauem Fleisch und (dies war bei uns allen recht häufig) echte Nekrophagie, Leichenfressen. Und dann gestattete sich der träumende Roper einen Auftritt als eine Art britischer Christus, John Bull Jesus, gekreuzigt am Union Jack. Die Kreuzigung war entweder eine Strafe oder Inszenierung oder Identifizierung – was, das konnte er nicht sagen. Außer Physik und Chemie und sehr einfachen Gedichten hatte er kaum etwas gelesen.

Aber Schuldbewußtsein sprach aus seinen Briefen. Diese Verbrechen waren von Angehörigen der menschlichen Gattung verübt worden, die nicht anders waren als er. »Wir hätten das nie zulassen dürfen«, schrieb er. »Wir sind alle schuld.« Ich schrieb zurück:

»Sei nicht so übertrieben blöd! Die Deutschen sind schuld, und nur die Deutschen. Zugegeben, etliche Deutsche werden das nicht hören wollen, weil etliche Deutsche nicht glauben wollen, was in ihrem Namen geschehen ist. Man wird es ihnen zeigen müssen, allen. Du kannst gleich anfangen mit den deutschen Frauen.« Das nämlich hatte ich getan. In gewisser

Weise, mit ihrem tiefen Bauchhöhlenbewußtsein, oder weiß der Teufel, was sie da haben, standen die deutschen Frauen schon Schlange nach der Bestrafung. Sie dachten natürlich nicht, daß es ihnen darum zu tun sei; sie dachten, es wäre nur der übliche Tanz um Schokolade und Zigaretten, wie immer für die Frauen in besiegten Ländern. Aber tiefe genetische Prozesse waren im Spiel, die nach Exogamie verlangten, nach Befruchtung durch ausländische Leiber, und noch tiefere moralische Prozesse verlangten nach der Strafe. Aber halt: Sind dies nicht zwei Seiten derselben Sache? Ist nicht der im Zorn strafende Same stärker als der gütig-milde, der im rosa Ehebett auströpfelt? Ist nicht Rassenmischung ein Mittel, die ethnische Identität zu zerstören und so eine nationale Schuld loszuwerden? Ich für mein Teil, ich fragte die stämmigen Bremerinnen nichts dergleichen. Ich machte mich über sie her und schonete nicht der Rute. Zugleich, während ich ihnen die Zähne und meine Männlichkeit zeigte, war mir trübe bewußt, daß ihr Mannsvolk, ob nun tot oder nur abwesend, mich überwunden hatte, indem man mich zu einem der Ihren machte – brutal, geil, wie aus einem gotischen Bestiarium. Was für ein manichäischer Schlamassel, das Leben!

3 Der gute Roper fand eine Frau in Elmshorn. Oder besser, sie fand ihn. Sie heiratete ihn. Sie brauchte die Ehe, um in Ruhe genau die entgegengesetzte Lektion zu erteilen, wie ich sie hatte verbreiten wollen. In Deutschland hatte ich Roper nie getroffen, obwohl wir beide in der britischen Zone waren, und erst als die Ehe schon ein paar Jahre alt und die Lektion gut angeschlagen war – nämlich als wir beide wieder in England und Zivilisten waren –, konnte ich meinen nicht sehr starken masochistischen Hang befriedigen

(nur auf dem Wege des Nachempfindens) und das *Ehepaar* (o diese herzigen deutschen Wörter!) in seinem gemütlichen Heim besuchen.

Ich erinnere mich noch gut, Sir. »Das ist Brigitte«, sagte Roper schüchtern, in der verkehrten Reihenfolge der Vorstellung. Er begriff gleich den Fehler und sagte auf deutsch, nun vollends verwirrt: »*Darf ich vorstellen* – ich meine, das hier ist mein ältester Freund. Denis Hillier ist das.«

Roper war nicht früher als alle andern aus der Armee entlassen worden, trotz des Stipendiums, das ihn an der Universität Manchester (also doch nicht Oxford) erwartet hatte, und trotz allem, was offensichtlich an Nützlichem in ihm steckte, im Goldnen Zeitalter technologischen Neubeginns, das, wie man uns versicherte, nun hereinbrach. Er war im dritten Studienjahr. Mit dieser Brigitte war er zwölf Monate verlobt gewesen, sie in Elmshorn wartend, mit dem Ring am Finger, während er sich seine Zuschüsse sicherte und eine Wohnung suchte in dieser grauen Stadt, die, recht besehen, schon immer etwas von einer vorhitlerischen Stadt gehabt hatte – mit reichen, musikalischen Juden, Garküchen, Bierlaune und bürgerlicher Solidität. Seit der Immigration der früheren Untertanenvölker, die unbedingt wieder bei ihren kolonialen Unterdrükkern sein wollen, hat sich, soviel ich weiß, das Bild stark verändert. Manchester soll heute mehr wie ein gedämpftes Singapur sein. Vielleicht wurde mir der deutsche Charakter der Stadt auch erst richtig klar, als ich Brigitte sah: fast unanständig blond, mit opulenter Büste, von praller, verheißungsvoller Weiblichkeit und um einiges jünger als Roper (wir waren nun beide achtundzwanzig, sie kann nicht älter als zwanzig gewesen sein). Sie hatte es fertiggebracht, diese Wohnung in Didsbury mit heimeligem teutonischem Schund vollzustopfen: einer Kuckucksuhr, einem richtigen Wetterhäuschen, einem Satz Bierkrüge mit aufgemalten Jägersmännern in ledernen Kniehosen und mit ihren kichernden Dirndln. Auf der Anrichte lag eine Viola, die Roper, vermutlich weil er in England noch nie eine gesehen hatte, beharrlich auf deutsch eine *Bratsche* nannte – von ihrem toten Vater, sagte Roper stolz, und sie könne schön drauf spielen, nichts Klassisches, bloß so altdeutsche Lieder. Nur eins in diesem muffigen Wohnzimmer voller Brigittenduft schien von Roper zu sein, etwas, das in einem Wechselrahmen an der Wand hing. Es war der Familienstammbaum der Ropers. »Nun«, sagte ich und ging hin, es mir ansehen, »das war mir nie klar, daß du so bist – *rassenstolz,* ist das Wort richtig?«

»Nicht rassen-«, sagte Brigitte, die mich seit meinem Eintreten ein bißchen kühl angesehn hatte, »familienstolz.« Auch meinerseits mochte ich sie gar nicht.

»Brigittes Familie reicht weit zurück«, sagte Roper. »Die Nazis haben manchen Leuten einen guten Dienst erwiesen, sozusagen; mußten alle ihre Ahnentafeln ausgraben. Ob jüdisches Blut dabei war, nicht?« Ich sagte, immer noch die früheren Ropers ansehend:

»Hier ist jedenfalls kein jüdisches Blut. Ein bißchen französisches und irisches, manches offenbar Lancashire.« (Marchand, O'Shaugnessy, Bamber.) »Eine langlebige Familie.« (1785–1862, 1830–1912, 1920– Der letzte war unser Roper, Edwin.)

»Gutes, gesundes Blut«, strahlte Roper.

»Und in meine Familie auch kein Jud«, sagte Brigitte feindselig.

»Sicher nicht«, sagte ich lächelnd. Und dann: »Dieser Roper hier ist ziemlich jung gestorben, nicht?« Es war ein Tudor-Roper: Edward, 1530–1558. »Allerdings, die Lebenserwartung war damals auch noch nicht so lang.«

»Er wurde hingerichtet«, sagte der jetzige Roper. »Er starb für seinen Glauben. Mein Großvater war's, der das alles ausgegraben hat. War sein Hobby nach der Pensionierung. Schau, das hier ist er, John Edwin Roper. Starb mit dreiundachtzig.«

»Einer der ersten elisabethanischen Märtyrer«, sagte ich. »Also einen Märtyrer hast du in der Familie.«

»Ein Idiot war er«, sagte Roper, grinsend. »Er hätte auch den Mund halten können.«

»Wie die Deutschen, die von allem nichts gewußt haben«, schlug ich vor.»Mein Vater gefallen«, sagte Brigitte. Dann schritt sie hinaus in die Küche.

Während sie mit dem Geschirr fürs Abendessen klapperte, mußte ich Roper beglückwünschen, was für ein hübsches, intelligentes und gefälliges Mädchen er da habe. Roper sagte eifrig:

»Oh, an der Intelligenz ist kein Zweifel« (als ob die anderen Vorzüge nicht ebenso gewiß wären). »Sie spricht erstaunlich gut englisch, meinst du nicht? Eine schwere Zeit hat sie gehabt, kannst dir ja denken, der Krieg und so. Und ihr Vater ist schon ganz früh gefallen. In Polen 39. Aber sie macht mir überhaupt keine Vorwürfe – ich meine, mir nicht oder den Engländern im allgemeinen.«

»Die Engländer waren nie in Polen.«

»Na ja, aber du weißt schon, die Alliierten. War doch alles ein Krieg, nicht? Die Alliierten waren doch alle verantwortlich.«

»Hör mal zu«, sagte ich und sah ihn scharf an, »ich komme da nicht mit. Du meinst, deine Frau als Vertreterin des deutschen Volkes verzeiht uns gütigst die Sache mit Hitler und den Nazis und die Scheußlichkeiten, die sie angerichtet haben. Auch den Krieg, den sie angefangen haben?«

»Er hat doch nicht angefangen«, sagte Roper pfiffig.

»Den Krieg erklärt haben wir, nicht?«

»Ja, zum Teufel, damit er nicht die ganze Welt an sich brachte. Verdammt noch mal, hast du denn vergessen, wofür du sechs Jahre lang gekämpft hast?«

»Oh, gekämpft hab ich doch eigentlich nicht, oder?« sagte Roper, es ganz genau nehmend. »Ich sollte helfen, Leben zu retten.«

»Alliierte Leben«, sagte ich. »Das war auch eine Art zu kämpfen.«

»Was es auch war, es hat sich gelohnt«, sagte Roper. »Dadurch bin ich zu ihr gekommen. Dadurch bin ich geradewegs zu Brigitte gekommen.« Und für einen Augenblick machte er ein Gesicht, als ob er Beethoven hörte.

Mir gefiel das kein bißchen, aber einstweilen traute ich mich nichts mehr zu sagen, denn Brigitte kam mit dem Abendessen herein, oder vielmehr mit dessen ersten Vorläufern. Es sah aus, als ob es eine große kalte Platte werden würde. Sie brachte nacheinander Räucherlachs auf den Tisch (den salzigen, in Büchsen), Huhn, einen großen Schinken in Gelee (sargförmig, nach der Büchse), Teller mit Gurken, Pumpernickel, Butter – einen ganzen Klumpen, nicht das rationierte Kügelchen – und vier Sorten Käse. Roper machte Bierflaschen auf und wollte mir etwas in einen Steinkrug gießen. »Bitte, ein Glas«, sagte ich. »Ein Glas wäre mir viel lieber.«

»Aus eim Krug«, sagte Brigitte, »schmeckt besser.«

»Ich hätte lieber ein Glas«, lächelte ich. Also holte mir Roper ein Glas mit aufgeprägtem Brauereiwappen. »Na«, sagte ich, nach dem üblichen Mhmmm und Händereiben vor dem Zugreifen, »das sieht ja nicht schlecht aus. Ihr lebt wohl ganz gut, ihr beiden, *nicht wahr?*« Damals waren die britischen Lebensmittelrationen kleiner als in der schlimmsten Kriegszeit. Wir hatten nun alle Mißhelligkeiten des Kriegs, ohne jedes bißchen Ruhmesglanz. Roper sagte:

»Das ist von Brigittes Onkel Otto. Aus Amerika. Er schickt jeden Monat ein Lebensmittelpaket.«

»Gott segne Onkel Otto«, sagte ich, und nach diesem Tischgebet häufte ich Räucherlachs auf mein dick mit Butter bestrichenes Schwarzbrot.

»Und Sie«, sagte Brigitte, gradlinig wie eine Gouvernante, »was arbeiten?« Der Ton, wie wenn sie einen verwahrlosten jungen Lümmel vor sich hätte, der sich vor der Einberufung drückt.

»Ich mache einen Kurs«, sagte ich. »Slawische Sprachen und noch so ein paar Sachen. Mehr kann ich nicht sagen.«

»Für eine Abteilung im Außenministerium«, lächelte Roper. Mit seinem roten, runden Gesicht, dem kurzgeschnittenen Haar und der strengsachlichen Brille sah er ebenso deutsch aus wie seine Frau. Ich kam mir plötzlich vor wie in einem Deutsch-Lehrbuch: Lektion III, *Das Abendessen*. Vermutlich würde Roper sich nachher eine Meerschaumpfeife anzünden.

»Ist es für die Geheimpolizei?« fragte Brigitte, in sich hineinstopfend und schon leicht glänzend vor Schweiß, weil sie zu hastig aß. »Mein Gatte wird bald ein Doktor sein.« Ich sah den Zusammenhang nicht.

Roper erklärte, daß der Doktor nur in Deutschland der erste Grad sei. Dann sagte er: »In England haben wir keine Geheimpolizei; ich glaub's zumindest nicht.«

»Nein, haben wir nicht«, sagte ich. »Mir können Sie's glauben.«

»Mein Gatte«, sagte Brigitte, »studiert die Wissenschaften.«

»Ihr Gatte«, sagte ich, »wird noch ein sehr bedeutender Mann.« Roper war zu beschäftigt mit Essen, um geschmeichelt zu erröten. »Die Naturwissenschaften werden jetzt sehr wichtig. Die neuen und schrecklichen

Waffen, die die Wissenschaft herstellen kann, genießen im friedlichen Werk des Wiederaufbaus höchste Priorität. Raketen statt Butter.«

»Noch genug Butter auf dem Tisch«, sagte Brigitte, steinernen Gesichts kauend. Dann: »Was Sie sagen, ich tu nicht verstehen.«

»Wir haben den Eisernen Vorhang«, erklärte ich ihr. »Wir sind nicht recht sicher, was Rußland für Absichten hat. Um den Frieden zu bewahren, müssen wir auf den Krieg gefaßt sein. Wir haben viel dazugelernt seit 1938.«

»Vorher ihr solltet gelernt haben«, sagte Brigitte, nun schon beim Käse. »Vorher England sollte dies haben gewußt.« Hilfsbereit entwirrte ihr Roper den Satz. »Es war der Russe«, sagte Brigitte, »der war der Teufel.«

»Der Feind?«

»Ja, ja, Feind.« Sie biß auf ein Stück Pumpernickel los, als wäre es eine Transsubstantiation Stalins. »Dies Deutschland tat wissen. Dies England tat nicht wissen.«

»Und darum hat Deutschland die Juden verfolgt?«

»Internationale *Bolschewismus*«, sagte Brigitte mit Befriedigung. Dann kam ihr Roper mit seiner Beredsamkeit zu Hilfe und verbreitete sich ausführlich. Seine Lehrerin hörte zu, beifällig nickend und manchmal ein Stichwort gebend; selten nur verbesserte sie ihn. Roper sagte:

»Wir, das heißt die Briten, wir müssen zugeben, wir haben uns fast alles selbst zuzuschreiben. Wir waren auf beiden Augen blind. Deutschland hat nur Europa retten wollen, nichts weiter. Mussolini hatte es schon einmal versucht, aber ohne Hilfe von daher, wo sie hätte herkommen sollen. Wir hatten keine Vorstellung von der Macht und von den Ambitionen der Sowjetunion. Jetzt begreifen wir's, aber sehr spät.

Drei Männer wußten Bescheid, aber die wurden alle schlechtgemacht. Nur einer von ihnen ist noch am Leben. Ich meine«, sagte er, um meiner Unwissenheit abzuhelfen, »General Franco in Spanien.«

»Den Halunken kenn ich«, sagte ich grob. »Du weißt, ich war ein Jahr in Gibraltar. Wenn er Gelegenheit gehabt hätte, hätte er losgelegt und den Felsen genommen. Du redst allerhand Stuß«, fügte ich hinzu.

»Wer hier einen Stuß reden tut, sind Sie«, sagte Brigitte. Wörter schnappte sie schnell auf, die Kleine. »Mein Mann bitte zuhören!«

Roper redete weiter, immer lebhafter. Eines war sicher, dachte ich in meiner Unschuld: Einer wie er, wenn er erst einmal in der Forschung wäre, wo er ja sehr bald sein würde, stünde über jedem Verdacht – ein Mann, der für jederlei Schmus über den wahren Erzfeind unzugänglich wäre. Was mir nur nicht gefiel, war die Sache mit Englands Schuld und der notwendigen Sühne für dieses große, dem armen Deutschland angetane Unrecht. Ich hörte mir das so lange an, wie ich es aushielt, und fuhr dann dazwischen:

»Mein Gott, Mann, wie kannst du all die Scheußlichkeiten rechtfertigen, die Unterdrückung der Denk- und Redefreiheit, die großen Männer, die ins Exil mußten, wenn sie nicht totgeschlagen wurden – Thomas Mann, Freud . . .«

»Nur die schmutzigen Schriftsteller«, sagte Brigitte.

»Wenn man Krieg machen will«, sagte Roper, »dann wird es der totale Krieg. Krieg heißt Kampf gegen einen Feind, und der ist nicht notwendig draußen vor der Tür. Er kann auch zuhause sein, nicht, und das ist dann der tückischste Feind. Aber«, räumte er ein, »denkst du denn, irgendjemand wäre wirklich froh darüber gewesen, daß große Köpfe ins Exil mußten? Die ließen nicht mit sich reden, viele von denen.

Unmöglich, bei vielen, die zu überzeugen. Und die Zeit war sehr knapp.«

Ich wollte etwas sagen, wie daß die Zwecke nicht die Mittel rechtfertigten, aber mir fiel ein, daß es ja auch in Ordnung war, wenn Kriegsgefangene dem Feind Rasierklingen ins Schweinefutter taten, und daß wir Dresden bombardiert hatten wie sie Coventry. Daß, was von ihnen falsch war, auch von uns falsch war. Daß Babies zu töten nicht half, Hitler zu töten, der es sowieso am Ende hatte selber machen müssen. Daß die Geschichte ein Schlamassel war. Daß der Faschismus die unvermeidliche Antwort auf den Kommunismus gewesen war. Daß die Juden manchmal so waren, wie Pater Byrne sie vorgespielt hatte. Mich schauderte. Wusch mir jemand das Hirn? Ich sah Brigitte an, aber die, nun vollgestopft, glühte nur vor Weiblichkeit. Ich biß mir auf die Lippen. Gern hätte ich gleich vor Augen des Gatten die Gattin mißbraucht, aber ich sagte bloß:

»Da bist du jetzt mit Pater Byrne ganz einig in der Verdammung des kriegstreiberischen England. Und natürlich der jüdischen Geschäftemacher. Ihr beide kämt jetzt gut miteinander aus.«

»Diese miserable Kirche!« sagte Roper leidenschaftlich. »Jüdische Selbsterniedrigung, die andere Wange hinhalten, der Rasse das Blut aussaugen! Nietzsche hatte ganz recht.« Brigitte nickte.

»Aber verflucht nochmal, was wißt ihr beide denn von Nietzsche?« fragte ich. »Ich wette, keiner von euch hat doch je ein Wort von dem gelesen.«

Brigitte fing an: »Mein Vater . . .« Roper sagte, ein bißchen kleinlaut: »Neulich kam eine sehr gute Übersicht über seine Philosophie im *Reader's Digest*.« Immer ehrlich. ». . . in der Schule«, hörte Brigitte auf. Ich sagte:

»Mein Gott, was wollt ihr denn – Blut und Eisen und Schwarze Magie?«

»Nein«, sagte er. »Ich will mit meiner Arbeit weiterkommen. Jetzt seh ich erst mal, daß ich meinen Doktor mache. Und dann Forschung. Nein«, wiederholte er, nun etwas verstimmt (kam aber vielleicht bloß vom Überfressen: ein halbes Huhn hatte er weggeputzt, eine Scheibe Schinken und von allen vier Sorten Käse ein Stückchen, immer mit entsprechend viel Brot). »Ich will nichts, was Krieg verursacht oder den Krieg noch schlimmer macht, als er schon ist. All die Toten, all die unschuldigen Kinder!«

»Mein Vater«, sagte Brigitte.

»Dein Vater«, pflichtete ihr Roper bei. Es war als ob sie einen Trinkspruch auf ihn ausbrächten. Und einen Augenblick konnte man meinen, der Zweite Weltkrieg sei eigens angezettelt worden, um Herrn Sowieso den Garaus zu machen.

»Ja«, sagte ich. »Und mein Onkel Jim und die zwei Kinder, die zu meiner Tante Florrie evakuiert waren und auf den Feldern eine Bombe fanden, und all die armen, verdammten Juden und eigensinnigen Intellektuellen.«

»Sie sagen richtig«, bestätigte Brigitte. »Verdammte Juden.«

»Es darf nie wieder vorkommen, daß wir so einen Krieg anfangen«, sagte Roper. »Ein großes Volk in Trümmern.«

»Aber nicht am Verhungern«, sagte ich. »Jede Menge dänische Butter und fetten Schinken. Die bestgenährten Bastarde in Europa.«

»Bitte«, sagte Roper, »nenn doch das Volk meiner Frau nicht Bastarde.«

»Was ist das Wort?« fragte Brigitte. »Viele fremde Wörter weiß er, dein Feind.«

»Freund«, verbesserte ich.

»Die Gebeine eines großen Volkes, umgewühlt von Yankees und Bolschewisten«, sagte Roper, »und den Franzosen, diesem Gelump von einer Nation, und den Briten.« Seltsam, zwei Kirchenchöre klangen mir im Kopf, wechselstimmig: *Sie ist gefallen, Babylon – Vergeß ich dein, Jerusalem.* Ich sagte:

»Du hast doch schon immer ein einheitliches Universum gewollt, trotz der Tautologie. Denk dran, daß keine Wissenschaft heute ausschließlich für den Frieden sein kann. Die Raketen sind für den Weltraum, aber auch Knüppel gegen die Feinde. Raketentreibstoff kann den Menschen von der Erde wegbefördern oder in sie hinein.«

»Woher weißt du denn das mit dem Raketentreibstoff?« fragte Roper und machte große Augen. »Ich hab doch kein Wort . . .«

»War nur so geraten. Hör mal«, sagte ich, »ich glaube, ich geh jetzt besser.«

»Ja«, sagte Brigitte unverzüglich, »gehn Sie!« Ich sah sie an, überlegte, ob ich auch frech werden sollte, aber ihr Körper hielt mich ab. Vielleicht hatte ich schon genug gesagt. Vielleicht war ich unhöflich gewesen. Ich hatte immer noch Fragmente von Onkel Ottos Schinken zwischen den Backenzähnen. Vielleicht war ich undankbar. Ich sagte zu Roper:

»Ich hab eine umständliche Fahrt zurück.«

»Ich dachte, du bist in Preston?«

»Nein, ein Haus auf dem Land, außerhalb. Muß den letzten Bus kriegen.«

»Na«, sagte er unglücklich, »war nett, dich dazuhaben. Du mußt irgendwann mal wiederkommen.« Ich sah Brigitte an, ob sie das mit Lächeln, Nicken oder Worten bestätigen würde, aber sie saß da wie aus Stein. Also sagte ich, auf deutsch:

»Dankeschön, gnädige Frau. Ich habe sehr gut gegessen.« Und dann, idiotischerweise, fügte ich hinzu: *»Alles, alles über Deutschland!«* Ihr kamen vor Wut die Tränen. Ich ging, ohne zu warten, daß man mich hinausbegleitete. Als ich im Bus in die Stadt schaukelte, sah ich immer noch Brigittes große Urmutterbrüste in ihrer weißen Baumwollbluse wackeln und hüpfen. Roper würde einen Knopf aufmachen, und dann kam der Katechismus: »Wer war an allem schuld?« – »England, England« (keuchend). Und so würde es weitergehen, bis zu dem Punkt, wo ihr pädagogisches Interesse einem anderen wiche. Ich schlüpfte in Ropers Haut. Klar, mit so einer schönen dicken festen Teutoninnenbrust in der Hand würde auch ich unter Keuchen gegen England geifern, würde meiner eigenen Mutter die Kriegsschuld anlasten, würde sagen, wenn ich zum ersten Stoß ansetzte, noch nicht genug Juden seien in die Gaskammern gestoßen worden. Aber nachher würde ich alles widerrufen, und das nicht aus dem frostigen Ekel *post coitum*: Ich würde sie eine gemeine Hure schimpfen, sehr hitzig, und sie verprügeln. Und dann noch mal dasselbe von vorn.

Dies, Sir, war ein wichtiges Ereignis in Ropers Leben. Ich meine das Vernichtungslager; daß er da hineinkam und zum ersten Mal wirklich das Böse sah – nicht in der prickelnden Aufbereitung der Sonntagsblätter, sondern stinkend und greifbar. Dem wissenschaftlichen Rationalismus zuliebe hatte er ein ganzes Denksystem über Bord geworfen, welches fähig war, das Böse zu erklären – ich meine das katholische Christentum; angesichts einer irrationalen inneren Leere hatte er das erstbeste kohärente System von Beschuldigungen geschluckt (und zwar ganz buchstäblich), das sich ihm darbot. Da war noch ein Brief, den ich bisher nicht erwähnt habe, die Antwort auf denjenigen Brief von mir, in dem ich ihm geraten hatte, sich über die deutschen Frauen herzumachen:

»Ich habe versucht, es so zu machen, wie du sagst. Es hat mich ganz komisch an die alten Zeiten erinnert, als wir noch zur Beichte gingen. Lästerung, würden die sagen, die immer noch Schäfchen sind. Ich habe ein Mädchen kennengelernt, in einer kleinen Kneipe; sie mit einem Deutschen zusammen. Ich war ein bißchen betrunken und ein bißchen forscher als normalerweise. Der Mann machte sich irgendwie davon, als ich mich an ihren Tisch setzte. Ich glaube, er war ihr Bruder. Jedenfalls, ich gab ihr etliche Bier aus und schenkte ihr drei Päckchen Player's. Um es kurz zu machen, ehe ich wußte, wie mir geschah, lag ich mit ihr im Gras, irgendwo in einem Park. Es war ein herrlicher Abend – *Mondschein,* wiederholte sie immerzu. Jedenfalls war es das Richtige für die *Liebe,* wie sie das hier nennen. Dann, als ich ein Stück von ihrem entblößten Körper im Mondschein sah, da kam es wieder über mich – das Lager mit all dem bloßen, verrotteten Fleisch, gar nicht so wie ihres. Da habe ich sie gepackt, irgendwie vor Haß, könnte man sagen, und während ich's ihr machte, habe ich sie sogar angebrüllt. Aber sie schien es zu mögen. *Noch, noch, noch,* wimmerte sie immerzu vor sich hin. Und dann schien mir's doch, daß ich ihr etwas Schlechtes getan, sie sogar vergewaltigt hatte; aber noch schlimmer, ich verdarb sie damit, weil sie es so gern hatte, was doch als Haß gemeint war, aber zu einer großen Freude wurde, die wir beide zusammen erlebten. Mich ekelt vor mir selber, ich könnte mich umbringen, das Schuldgefühl ist ganz schlimm.«

Einen Tag vor diesem Brief bekam ich von Roper ein Telegramm. Es lautete: »VERNICHTE BRIEF UNGELE-

SEN BITTE BITTE ERKLÄRUNG FOLGT.« Die Erklärung folgte nie. Stattdessen büßte er seine eingebildete Schuld an der Frau ab, die im Mondschein nach mehr geschrien hatte. Eher Mädchen als Frau. Brigitte muß damals noch sehr jung gewesen sein.

4 Es verging eine lange Zeit, lang genug, um Onkel Ottos Räucherlachs, seinen eingesargten Schinken und die Unfreundlichkeit seiner Nichte zu vergessen, ehe Roper und ich uns wiedersahen. Inzwischen war er, die Weissagung seiner Frau übererfüllend, ein *echter* Doktor geworden, nicht nur einer mit dem ersten akademischen Grad wie das tote Scheusal Goebbels. Er rief mich in meiner Wohnung an, stark keuchend, ganz dicht am Telefon, so als wäre es eine von Brigittes erogenen Zonen. Sei dringend, sagte er. Er brauche meinen Rat, Hilfe. Ich konnte mir denken, weswegen. *Noch, noch, noch*. Ach, der schöne verfluchte *Mondschein!* Ich schlug ein Restaurant in Soho für den nächsten Abend vor, ein deutsches, weil er ja für alles Deutsche so viel übrig hatte. Dort ließ sich Dr. Roper, der kommende Mann in der Forschung über billige Raketentreibstoffe, mit Sekt vollaufen und stöhnte und jammerte. Seine Frau ging fremd. Und er liebte sie doch immer noch so sehr, sagte er, und hatte ihr alles geboten, was eine anständige Frau nur . . .

»Was ist denn nun eigentlich passiert?« Ich konnte einen Anflug von betrunkener Genugtuung in meiner Stimme heraushören; war schwer zu unterdrücken.

»Er war eines Abends zuhause, als ich spät heimkam, so ein großer rothaariger deutscher Lümmel, Jacke aus, Hemd offen, mit mächtiger hellbehaarter Brust, und er trank Bier aus einer Büchse und hatte die Füße auf dem Sofa, und als ich rein kam, war er kein bißchen verlegen, sondern grinste mich bloß so an. Und sie hat auch gegrinst.«

Verlegen! »Vielleicht hat er weich genug gelegen. Du hättest ihn schon ein bißchen scheuchen müssen.«

»Er ist Berufsringer.«

»O!« Ich stellte es mir kurz vor, Roper gekreuzigt und in die Seile gewickelt, verschnürt wie für den Postversand. »Wie ist es denn dazu gekommen?«

»Wir haben da ein Haus gekauft, nicht, und zwar in einem ziemlich schäbigen Teil von London, weil man in London so verteufelt schwer ein Haus kriegt, aber . . .«

»Bist du schon lange in London?«

»O ja!« Er schaute mich an, als ob seine Ankunft in London von den besseren Zeitungen in Schlagzeilen gemeldet worden wäre. »Schwer zu kriegen, wie gesagt, aber die Dienststelle hat geholfen, und wir wollten keine Mietswohnung mehr, und Brigitte hat gesagt, sie will wie eine englische Dame wohnen, mit Treppen rauf und runter . . .«

»Was ist mit diesem Ringer?«

»Na, wir sind mal einen trinken gegangen, in eine Kneipe in Islington, und da war so ein großer blonder Kerl; sprach schlecht englisch, mit starkem deutschem Akzent. Sie redete mit ihm, über *Heimweh* – sie hatte nämlich welches, nicht, wollte mal wieder mit jemand deutsch reden – und dann stellte sich heraus, daß er nur dreißig Meilen von Elmshorn zuhause war. Soweit ganz schön. Er hatte einen Vertrag, um in England zu kämpfen oder sowas, und er wäre so einsam, hat er gesagt. Ein sehr großer Kerl und sehr stark.«

»Sind Ringer meistens.«

»Und grundhäßlich. Aber wir haben ihn zum Essen eingeladen.« Das sagte er so, als ob er ihn hauptsächlich wegen der Häßlichkeit nicht hätte einladen sollen.

»Und sehr . . . verstehst du, überhaupt keine Intelligenz, mit so einem breiten Grinsen und schweißglänzendem Gesicht.«

»Das war nach dem Essen, nehme ich an?«

»Nein, nein, die ganze Zeit.« Für Spott und Ironie wurde Roper allmählich ebenso taub wie seine Frau. »Aber gefressen hat er wie ein Schwein. Brigitte schnitt ihm ein Brot nach dem andern ab.«

»Und sie kann ihn wohl ganz gut leiden, wie?«

Roper fing an zu zittern. »Gut leiden! Du bist vielleicht gut! Ich komm nach Hause eines Abends, wieder spät, sehr müde, und weißt du, was ich da seh?«

»Erzähl!«

»Die zwei!« Ropers Stimme hob sich. Er ballte die Fäuste und machte sie wieder auf. Er griff nach dem Sekt und goß sich mit unsicherer Hand ein beträchtliches Maß ein. Dann, stöhnend, so laut, daß die Leute ihn ansahen, sagte er: »Die zwei bei einer Nummer! Hab alles gesehen! Er mit seinen verfluchten Muskeln schwer am Schaffen, schien ihm Spaß zu machen, und sie unter ihm und schrie *schnell schnell schnell.*« Der einzige Kellner, ein Deutscher, faßte dies als Herbeiruf auf und wollte gleich kommen. Ich winkte ihm ab. Zu Roper sagte ich:

»Das gibt's doch nicht!«

»Aber verdammt noch mal, ja! Und er hatte auch noch die Güte einzusehen, daß es eine Schweinerei und nicht richtig war, und diesmal hat er nicht gegrinst, o nein! Davongeschlichen ist er, erst halb angezogen. Als ob er gedacht hat, ich werd ihn schlagen, weißt du?«

»Und das hättest du tun sollen, kurz und klein«, sagte ich. Unpassender Vorschlag. »Also damit ist das nun vorbei. Irgendwie hab ich nie geglaubt, daß eure Ehe gutgehn würde.«

Er sah mich an, mit feuchten Lippen. Er schien

jetzt an etwas zu drucksen, teils aus Scham. »Aber, versteh, sie *ist* gutgegangen«, murmelte er. »Es hat lange gedauert, bis ich ihr verziehen habe. Aber, schau, wie ich die beiden so gesehn habe – ich weiß nicht recht, wie ich das sagen soll. Na, es hat sozusagen einen neuen Lebensfunken in unsre Ehe gebracht.«

Ich hatte verstanden. Gräßlich, aber Leben bleibt Leben. Neuer Funken! »Du meinst, obwohl du doch so müde warst, wenn du abends heimkamst, warst du imstande . . .«

»Und sie war irgendwie reumütig.«

»Wozu sie allen Grund hatte. Wenn mir je eine . . .«

»Du kannst das nicht verstehn.« Ein Schimmer betrunkener Sanftmut kam zum Vorschein und verflog wieder. »Du bist nicht verheiratet.«

»Na schön. Also, was hast du jetzt für Sorgen?«

»Es hat nicht lange vorgehalten«, murmelte er. »Ich glaube, es war, weil ich abends zu lange gearbeitet und zu wenig gegessen habe. So eine kleine Magengeschichte habe ich auch gehabt, vom Kantinenessen.«

»Das hier war aber doch richtig, oder?«

»O ja!« Wir hatten Kalbsbraten gegessen, anschließend Obsttorte. In einer Art zerstreuter Leidenschaftlichkeit, wie wenn er auf einem Nebenkriegsschauplatz ums nackte Überleben kämpfte, hatte Roper nicht nur seine Teller geleert, sondern auch meine. »Sie zieht über mich her als den abgeschlafften Engländer, ohne Tinte im Füller, überhaupt kein Füller, nur ein kleiner *Bleistift*. Inzwischen bin ich schon einer von denen, die den Juden zugeredet haben, Deutschlands Untergang zu arrangieren.«

»Nun, so einer bist du doch auch immer gewesen, nicht? Ich meine, als Engländer.«

»Mir war schon ein Licht aufgegangen«, sagte Roper düster. »So hat sie immer gesagt. Jetzt hat sie diese verdammte große blonde Bestie wieder angebracht.«

»Also hat es immerhin so etwas wie eine Unterbrechung gegeben, ja?«

»Er war auf dem Kontinent, eine Art Tournee. Jetzt ist er wieder in London und kämpft in den Vororten.«

»War er wieder bei euch zuhaus?«

»Einmal, zu einem späten Abendessen. Nicht zu was anderm. Aber was an den Nachmittagen ist, dafür kann ich nicht garantieren.«

»Du hast es ja geradezu begünstigt, du Trottel! Jetzt haben sie dich erst reingelegt, die beiden.«

»Er ist nicht mehr schüchtern. Grinst und geht selbst an den Kühlschrank, sich noch ein Bier holen. Willi nennt sie ihn. Aber kämpfen tut er als Wurzel. *Wurzel der westdeutsche Würger* steht auf den Plakaten.«

»Und was soll ich dabei für dich tun? Ich wüßte nicht, was ich da machen kann?« Aber dann – und das hätte sie schon längst tun sollen – juckte mich meine Geheimdienstnase. »Sag mal, sprichst du mit ihr öfter über deine Arbeit?« fragte ich ihn. »Weiß sie, mit was für Dingen du so beschäftigt bist?«

»Niemals.«

»Fragt sie manchmal danach?«

Er dachte einen Moment nach. »Nur ganz allgemein. Sie hat eigentlich keine Ahnung, was für eine Art Arbeit das ist, Forschung. Sie hat nicht viel Schulbildung mitgekriegt, wie das so ging im Krieg.«

»Bringst du Papiere mit nach Haus?«

»Nun . . .« Ich hatte ihn ein klein bißchen verunsichert. »Sie würde sie doch nicht verstehn, selbst wenn sie da herankäme. Ich halte auch alles unter Verschluß.«

»O du Simpel! Sag mal, hat sie Verwandte oder Freunde in Ostdeutschland?«

»Nicht daß ich wüßte. Hör mal, wenn du denkst, sie ist im Spionagegeschäft, bist du schwer im Irrtum. Was da auch los ist, es ist sexuell, kannst du mir glauben! Geschlechtsverkehr!« Dieser verruchte. Sein Mund geriet in Auflösung. Der Wein kam herausgeschossen wie aus einem Wasserspeier. »Ich kann doch nichts dafür, daß ich abends immer so müde bin.«

»Und sonntagmorgens auch?«

»Ich werd nicht so früh wach. Sie steht immer schon Stunden vor mir auf.« Jetzt standen ihm die Tränen in den Augen, und ich wollte ihn aus dem Lokal fortschaffen, ehe die grimmige dicke Geschäftsführerin kam. Ich grinste in mich hinein, dachte an Pater Byrnes Predigt im Schlafsaal. Ich zahlte die Rechnung, ließ alles Wechselgeld liegen, und als wir gingen, wobei ich ihn am linken Ellbogen stützte, sagte ich zu ihm:

»Ich kann aus dieser Sache einen dienstlichen Auftrag machen. Sie beobachten, meine ich. Und wenn du Beweise für die Scheidung brauchst . . .«

»Ich will keine Scheidung. Ich will, daß alles wieder so wird, wie es war. Ich liebe sie.«

Wir gingen die Dean Street entlang zur Shaftesbury Avenue. »Es war mal eine Zeit«, sagte ich, »da hattest du immer deinen Strauß mit der Autorität. Sehr selbständig bist du gewesen, Renaissancemensch, an alle Türen klopfen. Heute scheinst du etwas zum Anlehnen zu brauchen. Oder besser jemand.«

»Wir müssen uns alle anlehnen. Ich war noch sehr jung und unerfahren damals.«

»Warum gehst du dann nicht wieder in die Kirche?«

»Bist du verrückt? Man geht doch vorwärts, nicht zurück. Die Kirche, das ist ein Haufen irrationaler Quatsch. Und du bist mir ein Sack, kann ich dir sagen. Was du so dahersülzst!« So hatten wir in Bradcaster geredet; hatte sich tief eingeprägt, trotz unserer Herkunft aus dem Süden. »Wo du selbst schon Gott weiß wie lange aus der Kirche raus bist.«

»Genau gesagt, erst seit ich diese Arbeit hier mache. Eine Frage der Loyalitäten. In meiner Akte steht ›angl.‹ unter Religion. Ist das Sicherste. Es hat nichts zu bedeuten und stört niemanden. Die Abteilung hält jedes Jahr einen Kirchenappell ab, stell dir das vor! Letzten Endes ist der Papst doch immer ein Ausländer.«

»Schlag ihn zusammen!« sagte Roper, und er meinte nicht den Papst. »Verpaß ihm eine Lehre. Du hast das doch gelernt, unbewaffneten Nahkampf, Judo und all sowas. Hau ihm die Zähne raus, dem dicken blonden Schwein!«

»Vor Brigitte? Das würde dein Ansehen bei ihr nicht gerade heben. Sie hat mich mal deinen Feind genannt, weißt du noch?«

»Dann schnapp ihn dir allein! Nachts, irgendwo draußen. Wenn er zu sich nach Hause kommt.«

»Ich seh nicht, wie das eine Lehre für Brigitte werden soll. Und das ist doch der Zweck der Übung. Mein Gott, das ist ja wieder genau wie im Krieg, nicht?«

Wir näherten uns der Untergrundbahn, Station Piccadilly. Roper blieb mitten auf dem Bürgersteig stehen und fing an zu weinen. Ein paar junge Bengels sahen ihn an, aber mehr in Mitleid als in der herkömmlichen Verachtung. Bei dieser neuen Generation waren die Geschlechtsrollen in Verschmelzung. Aber nicht bei Roper und nicht bei mir. Für uns war das Geschlecht immer noch das verruchte. Ich überredete ihn, sich die Augen zu wischen und mir seine Adresse zu geben. Dann torkelte er los, um an dieselbe zu gelangen, unter die Erde, als wäre es irgendwo in der Hölle.

Ich wollte die Sache auf meine, nicht auf Ropers Art anfassen. In der Abteilung war ich damals noch, Sie werden sich erinnern, Sir, mehr oder weniger auf

Probe angestellt. Es waren nicht Sie, sondern Major Goodrich, der mir die Erlaubnis gab – er behandelte es mehr wie eine Übung –, Brigitte Roper, geborene Weidegrund, und diesen Wurzelmenschen zu observieren. Ich glaube, ich bekam sogar ein Lob wegen der Initiative. Jeden Nachmittag nach diesem Gespräch in Soho wartete ich also vor Ropers Haus, nahe an der High Street von Islington. Es war ein blaß schmutziggraues Reihenhaus, mit verschmierten Fensterscheiben, vielleicht weil die Fensterputzer zuviel Stolz hatten, um in diesem Stadtteil ihre Dienste anzubieten. Die Straße entlang standen Mülltonnen, wie verlotterte, demoralisierte Wachtposten. Am einen Ende der Straße war eine Molkerei mit Stapeln trübweißer Milchflaschen davor, am andern Ende ein Laden mit pornographischen Zeitschriften. Weil dies ein Arbeiterbezirk war, sah man tagsüber kaum Leute, außer Hausfrauen mit Lockenwicklern und Pantoffeln beim Einkaufen. Jemanden zu observieren, war hier schwierig. Aber für mich dauerte es nur drei Tage. Am letzten kam der Wurzelmensch: muskulös, häßlich und mit sich zufrieden, in einem schäbigen blauen Anzug. Er klopfte an, dann sah er zum Himmel auf und pfiff vor sich hin, seines Empfangs gewiß. Die Tür ging auf, aber Brigitte ließ sich nicht sehen. Wurzel trat ein. Ich ging ein bißchen umher, so lange als nötig war, um eine Handelsgold-Brasil zu rauchen. Dann spuckte ich den Stummel aus und klopfte meinerseits. Noch einmal. Und noch einmal. Nackte Füße kamen die Treppe herab. Eine Stimme kam durch den Briefschlitz, Brigitte; sie hatte noch nicht auf englisch umgeschaltet: *Ja? Was ist?* Ich sagte, barsch dienstlich:

»Einschreiben, Missis.« Sie machte einen Spalt weit auf. Darauf gefaßt, drängte ich mich hinein und spürte den unwirksamen Gegendruck ihrer großen

Teutoninnenbrüste (doch sah ich sie nicht, schaute auch nicht hin). Sie rief etwas hinter mir her, als ich die Treppe hinaufstieg. Ein fragender Ruf kam als Antwort, verwirrt und halb ängstlich. Wie wenn zwei Kinder Suchen spielten. Das Geräusch und ein übler Zigarettengestank verrieten, wo das Schlafzimmer war. Armer Roper! Treppe und Flur waren voller überquellender Bücherregale. Brigitte keuchte hinter mir her. Ich trat ins Schlafzimmer, durchquerte es bis zur entferntesten Ecke, ehe ich mich zu den beiden umdrehte. Sie, die jetzt hereinkam, nur in einem grellbunten Bademantel, erkannte mich, den Feind. Und nun sah ich mir die Bestie auf dem Bett an: massig, stupid, vollkommen entblößt wie Noah. Spioniert wurde hier nicht, soviel war klar. Aber konnte man je ganz sicher sein? Ich sagte, sehr laut:

»Los, du Sau, raus! Du raus, oder ich dich kicken auf die Straße ganz nackig, Schwein!«

Daß ich nicht ihr Mann war, sah er. Er stellte sich im Bett auf, das Gleichgewicht suchend wie auf einem Trampolin, in totaler, obszöner Nacktheit, mit pendelndem Säckchen. Er breitete in Gorillapose seine feisten Arme aus und grunzte mich an. Er hatte wohl vor, mich vom Bettrand aus anzuspringen, aber ich stand zu weit weg. Und dann, wie im Ring, der Idiot, wollte er mich mit den Fingern heranwinken. Als ob eine johlende und buhende Menge darauf wartete, daß wir handgemein wurden. Ich sah gleich, er taugte nur für abgekartete Gänge – ein Punkteschieber, sicher ganz sehenswert bei der irischen Peitsche, beim Handgelenk-Überwurf, bei der fliegenden Kopfschere oder beim Affenritt, aber schwach in allem, was zu einem echten Wurf gehört. Ein Statist, ein Füllsel im Programm. *Katzen, Katzen und die große Nummer mit Tiger Pereira.* »Katzen« hieß »Katzenpfötchen« –

soviel wie Unentschieden. Und die »große Nummer« war ein Wutausbruch oder ein stürmischer Abgang zum Entzücken der Menge. Ein bißchen wußte ich vom Ringen.

Er sprang vom Bett herab. Brigittes Gläser und Näpfchen klirrten auf dem Nachttisch. Lieber Gott, jetzt sah ich an der Wand ein Gruppenfoto von der Prima am St. Augustins, Roper und ich Arm in Arm, Pater Byrne lächelnd, dachte wohl nicht an den verruchten Geschlechtsverkehr an dem Tag. Und nun ging Wurzel zum Angriff vor, fletschte seine schlechten Zähne, theatralisch furchteinflößend. Wirklich, wir brauchten mehr Platz. Allzusehr auf Anfangseinschüchterung vertrauend, war Wurzel nicht gefaßt auf meinen plötzlichen Ansprung mit Kopfstoß in die Rumpfmitte. Seine Arme waren weit offen, Gott helf ihm! Überrascht ließ er sich von meinem raschen Griff, aus kniender Position, das linke Bein wegziehen. Er wollte auf meinen Nacken losdreschen, aber darauf war ich gefaßt. Ich stemmte mein ganzes Gewicht gegen ihn und brachte ihn auf den Rücken, außer Atem. Er war ein schauderhaftes, großes weiches Fleischbett. Ich lag auf ihm, er in der Stellung des Gefesselten Mars. Er versuchte hochzukommen, aber ich drückte ihn nieder. Dann machte ich ihn mit meiner Spezialität bekannt, einer Handkante an den Kehlkopf, *einmal, zweimal, dreimal.* Von Rechts wegen hätte Brigitte inzwischen mit einem Schuh oder irgendwas auf mich loshämmern sollen, aber ich sah ihre nackten Füße bei der Tür, ganz unbewegt. *Genug?* fragte ich auf Deutsch. Er gurgelte etwas, was vielleicht »genug« heißen sollte, aber der Zweifel sprach hier gegen ihn. Sein dicker Arm lag ganz schlaff da, mehr zur Verzierung als zum Gebrauch. Ich biß ihn sehr tief in sein linkes Ohr. Er wollte aufheulen, aber Husten kam ihm dazwischen. Ich sprang, mich von ihm abstoßend, von diesem Fleischbett hoch, und dann wollte er wieder auf mich los, um sich schlagend und hustend, bemüht, Kraftworte mit *Scheiß* hervorzustoßen. Auf Brigittes Nachttisch lag eine Nagelschere; die nahm ich und tanzte damit pieksend um ihn herum. »Genug?« fragte ich ihn noch einmal.

Diesmal stand er still, japsend, wenn er nicht hustete, mich vorsichtig anschielend. »Ich gehn«, sagte er. »Mein Geld zurück!« Also Geld nahm sie auch noch! »Gib's ihm!« sagte ich. Sie zog ein paar Scheine aus der Tasche ihres Bademantels. Er riß sie ihr aus der Hand, spuckend. Ich fand auf dem Nachttisch eine noch bessere Waffe, eine sehr lange Nagelfeile mit Dolchspitze. »Eine Minute zum Anziehn«, sagte ich, »und dann raus.« Ich begann die Sekunden zu zählen. Seine Eile ließ nichts zu wünschen übrig. Er verzichtete darauf, sich die Schuhe zuzubinden. »Und wenn du noch einmal den *Herrn Doktor* belästigst . . .« Ich hatte jetzt Zeit zu bemerken, daß Brigitte mich ansah, nicht ihn. Sie sagte ihm nicht Aufwiedersehn, als er brummend, von mir in den Rücken gestoßen, auf den Flur hinausging. Dort sah er Ropers Bücher, und, sehr rachsüchtig, wischte er mit der Faust über eines der oberen Regale, so daß ein paar Bücher flatternd und polternd zu Boden fielen. »Dreckschwein!« sagte ich, »ungebildet wie ein Stück Scheiße«, und trat ihn in den Arsch, der ein breites Ziel bot. »Feuerchen machen? Alles verbrennen?« Er drehte sich um und fletschte mich auf dem dunklen Flur an, darum stieß ich ihn die Treppe hinunter. Als er gegen die Treppenspindel plumpste, fiel ein kleines Bild von der Wand; war ungeschickt angenagelt und nicht fest eingedübelt gewesen. Es war ein altertümliches, verblaßt einfarbiges Bild von Siegfried, das Maul zum Siegesschrei aufgerissen, mit der Hand Nothung umklammernd. Es ärgerte mich. Wer waren die denn in diesem Haus, daß sie dachten, Wagner sei für sie? Wagner war für mich. Ich schmiß Wurzel die letzten paar Stufen hinunter und ließ ihn dann seinen Weg zur Haustür allein finden. Als er sie aufmachte, drehte er sich zu mir um und spie Verwünschungen aus, primitiv und widerlich wie Regungen der Gedärme. Ich hob die Hand, und er knallte von draußen die Tür zu.

Die ganze Zeit hatte ich meinen Regenmantel angehabt. Als ich die Treppe wieder hinaufging, zog ich ihn aus, ebenso die Jacke. Wie ich erwartet hatte, lag Brigitte schon nackt auf dem Bett. Binnen Sekunden war ich neben ihr. Es war vollauf befriedigend, sehr rauh und gründlich. Ich ritt wieder in Deutschland ein, eine Hölle, die sich für den Sieger in eitel Blumen und Honigseim verwandelte. Zärtlichkeit erwartete sie nicht; sie war ganz das selbsterkorene Opfer, zugleich auch die Mutter, um deren Besitz ich mit dem Feind gerauft hatte. Ich vollführte den Siegesritt dreimal. Nachher (es war nun schon dunkel) sprach sie nur deutsch mit mir, Sprache der Dunkelheit. Ob sie Tee machen sollte, ob ich gern einen *Schnaps* hätte?

»Hast du immer Geld von ihm genommen?« fragte ich sie. »Willst du jetzt Geld von mir?«

»Diesmal nicht. Aber wenn du wiederkommst.«

Wir rauchten zusammen eine schwarze, würzige Handelsgold. »Du wirst dich wohl von ihm trennen müssen«, sagte ich. »So wie jetzt, das ist nichts. Geh wieder nach Deutschland! Da bauen sie jetzt schöne neue Dirnenwohnheime. Düsseldorf, Stuttgart: da bist du richtig! Viel Geld kannst du da verdienen. Aber laß den guten Edwin in Frieden!«

»Ich hab auch schon dran gedacht. Aber hier in London ist besser. Eine kleine Wohnung, kein Dirnenwohnheim!« Sie schüttelte sich theatralisch, ich spürte's im Dunkeln. Im Dunkeln, über dem Bett, blickten Roper und ich mit verschränkten Armen unserer kommenden Welt entgegen, hatte Pater Byrne den Akt des Lichts, den Akt der Dämmerung und den Akt der Dunkelheit belächelt. Also, auch mir, wäre ich Brigitte, wären eine Wohnung und ein Hündchen im warmen, sündigen London lieber gewesen als eine jener kalten deutschen Nuttenkasernen. Ich sagte:

»Hast du ein bißchen Geld?«

»Ich hab ein bißchen gespart. Aber wenn er sich scheiden läßt, werde ich ausgewiesen.«

»Kommt auf dich an. Aber um Himmels willen, trenn dich von ihm! Er hat Arbeit vor sich, ziemlich wichtige.« Wie ich da lag, die rechte Hand über ihre rechte Brust gebreitet, deren Warze sich aus der Erschlaffung wieder aufrichtete, fühlte ich mich als echter Freund und Patriot. »Jeder von uns«, fügte ich sentenziös hinzu, »muß tun, was er zu tun hat.« Meine Zigarre war ausgegangen; zwecklos, nach den Streichhölzern zu tasten, um sie wieder anzustecken. Roper und die britische Wissenschaft mußten gerettet werden. Ich spürte eine Aufwallung von Edelmut. »Das jetzt«, sagte ich, als ich mich zu ihr hindrehte, »zählt als ein neuer Besuch.«

5 War es richtig gewesen, daß ich ihr sagte, was sie tun solle und was sie sehr bald dann auch tat? Ich sah sie nicht wieder, doch wenn ich Zeit und Lust gehabt hätte, Soho oder Notting Hill zu durchstreifen, hätte es gut sein können, daß ich sie ausfindig gemacht hätte, eine fesche Person mit einem Hündchen. Roper rief ich an und berichtete ihm von der Vertreibung Wurzels, des westdeutschen Würgers.

Er war begeistert. Er glaubte, eine Ehe könne gerettet werden, wenn man nur den *Hausfreund,* wie ihn Brigitte genannt hätte, beseitigte. Wie Wurzel die Treppe hinunter und aus der Tür gekommen war, davon sagte weder er etwas zu Brigitte noch sie zu ihm? Laß es begraben sein! Brigitte war duldsamer und liebevoller gewesen (was mir das beste Zeichen für eine Entscheidung zu sein schien, wie ich sie ihr nahegelegt hatte); außerdem (und dies war nicht selbstverständlich, wenn sie nicht hätte gehen wollen) hatte sie Roper keine Lügen über einen Vergewaltigungsversuch seines besten Freundfeindes aufgetischt (sieh doch hier den Zigarrenstummel, wie er den hastig ausgedrückt hat!). Doch eine Woche später kam Roper zu mir in die Wohnung. Damit hatte ich gerechnet. Ich war jeden Abend zu Hause geblieben, weil ich darauf wartete, und hatte die *Meistersinger* gehört. Als Roper klingelte, leitete Hans Sachs gerade den dritten Akt ein, mit seinem Monolog, daß die ganze Welt verrückt sei: »Wahn, Wahn . . .«

»Ich kann mir denken, was sie gemacht hat«, sagte ich. »Sie hat ihr altes Gewerbe wieder aufgenommen. Was sie auch schon in Deutschland gemacht hat.«

»Dafür gab's doch nie einen richtigen Beweis«, schluchzte er, sein Whiskyglas umklammernd, als wenn er's zerdrücken wollte. »Die arme Kleine!«

»Arme Kleine?«

»Eine Waise nach dem Sturm!« Lieber Gott! »Ein Opfer des Kriegs. Und wir haben ihr das angetan!«

»Angetan? Wer? Was?«

»Die Unsicherheit! Die Entwurzelung! Der Zusammenbruch all dessen, was ihr etwas bedeutet hat! Deutschland, meine ich. Sie weiß doch nicht ein und nicht aus, weiß gar nicht, was sie will.«

»Meinst du? Dich will sie nicht, soviel ist sicher.

Auch diesen dämlichen Wurzel wollte sie eigentlich nicht. Sie will einfach einen Job, den sie machen kann.«

»Selbständigkeit«, sagte Roper. »Kennt sich doch selber nicht. Sie hat immer davon geredet, daß sie arbeiten wollte, aber sie hat doch überhaupt nichts gelernt. Keine Schulbildung. Dieser verruchte Krieg!«

Dieser verruchte. »Mein Gott, Roper, du bist doch das Letzte! Du bist unglaublich. Sie ist einfach die geborene Prostituierte, weiter nichts. Und viel Glück, wenn sie das will! Aber du mußt sie dir jetzt ganz aus dem Kopf schlagen. Sieh zu, daß du mit deiner Arbeit weiterkommst. Wenn du Gesellschaft brauchst, ruf mich jederzeit an. Wir gehn in die übelsten Kneipen und saufen uns einen an.«

»Saufen«, sagte Roper schleppend. »Besoffne Bestien, das sind wir! Kriegstreiber und Frauenschänder und besoffne Bestien! Aber«, sagte er, nachdem er einen Zug genommen hatte, wie um darauf anzustoßen, »vielleicht kommt sie zurück. Ja, ich werd auf sie warten. Sie kommt zurück und weint vor Freude, daß sie wieder zu Hause ist.«

»Laß dich scheiden!« sagte ich. »Gib einem Privatdetektiv den Auftrag. Die finden sie früher oder später. Beweise. Überhaupt keine Schwierigkeit.«

Er schüttelte den Kopf. »Keine Scheidung«, sagte er. »Das wäre der letzte Verrat. Die Frauen sind nicht so wie wir. Die brauchen Schutz vor all den destruktiven Kräften.«

Ich nickte und nickte, sehr finster. Für ihn war Brigitte jetzt eins mit der Gebenedeiten Jungfrau Maria (die GJM, hatten wir uns in der Schule angewöhnt zu sagen, so als ob sie ein Spionagering oder eine Jugendorganisation wäre) und mit Gretchen aus Goethes *Faust*. *»Das Ewig-Weibliche zieht uns hinan«*, zitierte ich. Aber Roper kannte das Zitat nicht.

Wie ich hätte voraussehen können, Sir, fiel Roper nun in eine tiefe leere Grube, mit nichts mehr, dem er wirklich trauen, nichts mehr, woran er glauben konnte. Nichts? Gewiß, seine Arbeit hatte ihren Wert. Roper, unter der behutsamen, doch energischen Anleitung durch Professor Duckworth, ging fachlich ganz darin auf, aber weite Bezirke seines Gehirns müssen an der Leere gelitten haben. Des Gehirns? Vielleicht des Herzens, der Seele oder von was auch immer. England war schuld an Brigittes Abkehr von ihm, aber – langsam, langsam – auch ganz Westeuropa, ja selbst Deutschland, weil es ihr kein guter Vater gewesen war. Aber man kann die irrationale Vergangenheit nicht mit Schuld ausfüllen. Man braucht etwas Positives. Alle müssen wir unserem irrationalen Teil etwas Harmloses zu tun geben (die Hände der Hausfrau stricken, während ihre Augen das Fernsehen aufnehmen), während sich der rationale Teil weiter mit dem abgibt, was wir, vielleicht törichterweise, für den Sinn unseres Lebens halten. Kurz, dies ist die Gefahr für den Wissenschaftler, wenn er in einer leidenschaftlichen und hirnerfüllenden Religion aufgewachsen ist. Zunächst, wenn er auf die Zwanzig zugeht, denkt er, daß sein neuer skeptischer Rationalismus (welch ein Glück, in dieser Morgenröte zu leben!) mit Adam und Eva, mit der Transsubstantiation und dem Jüngsten Gericht schnell aufräumen werde. Dann aber, zu spät, entdeckt er, daß diese Lehren nicht wahrhaft zählen; es zählt nur die Bereitschaft und Fähigkeit, das Böse ernstzunehmen und es zu erklären. Übernatur scheut das Überleere. Als ich von diesem Auffrischungskurs in Serbokroatisch zurückkam, Sir, zu dem Sie mich geschickt hatten, stellte ich mit Freuden fest, daß Roper ein freundliches, anständiges, normales englisches Mittelschichtleben führte. Ich rief ihn eines Abends zuhause an, um zu erfahren, was er machte, und hörte eine etwas biergespülte Stimme, mit dem Lärm wohlerzogener Ausgelassenheit im Hintergrund. Ein paar Leute zu Besuch, sagte er. Schau doch auch herein! Von Brigitte gehört? Von wem gehört? Ach so, der. Nein, nichts gehört. »Schau herein!« sagte er, »ich bin jetzt in der Labour-Partei.«

»Du bist in der . . .«

Er legte auf. Ja, in der war er. Nun, das war mir eine Erleichterung. Die NATO-Mächte konnten aufatmen. Wo war er sicherer denn als Mitglied jener politischen Partei, die entweder Ihrer Majestät Regierung oder Opposition stellte? Keine Selbstvorwürfe mehr, kein Es-ist-kein-Gott-wenn-er-England-nicht-straft, schwer hingekeucht, während er, in jeder Hand ein warmes Stück Brigitte, seinen heißen Löffel in jenen Napf köstlichen Honigs tauchte. Ich ging zu ihm. Ein dunkelhaariges Mädchen machte mir auf. Das Flurlicht war hell: Sie war dünn und blaß, sachlich gekleidet in Tweedrock und gelben Pullover. »Ach, das müssen Sie sein . . .« Roper kam heraus. »Ah, da bist du!« Sein Haar war struppig und zerwühlt, wie bei einem Labourführer der Pionierzeit. Wohn- und Eßzimmer, erzählte er mir, seien erst vor kurzem zu einem Raum vereinigt worden; entschuldige den Kleistergeruch. Und die anderen hier seien seine Freunde, sagte er: Brenda Canning, eine fidele Rotblonde mit gefärbten Brillengläsern und klirrendem Flitterarmband; Shaw, schüchtern, arbeitete mit Roper zusammen; Peter, Verzeihung, Paul Jungvermählt, ein Rundlicher, der lächelnd von der Gitarre aufsah, an der er zupfte; Jeremy Cavour, ein Langer mit Pfeife, das dicke graue Haar links gescheitelt. Und noch andere. »Eigentlich keine richtige Party«, sagte Roper, »mehr eine Sitzung. Studiengruppe.« Auf dem Eßtisch gab es Käse, Brot, eine Korbflasche mit Gurken, Flaschen helles Ale. »Was studiert ihr denn?« fragte ich. »Ach«, sagte Roper, »das ist mal so im Gespräch gewesen, daß ein paar von uns Wissenschaftlern sich zusammensetzen sollen, um so eine Broschüre auszuarbeiten. Sozialismus und Wissenschaft. Beim Titel waren wir noch gar nicht, nicht, Lucy?«

Lucy war das Mädchen, das mir aufgemacht hatte. Vorgestellt worden war ich ihr nicht, vielleicht weil wir ja schon in Funktionskontakt gewesen waren, und eine Vorstellung ist wohl etwas rein Dekoratives, Verbindungstiftendes. Diese Lucy stand dicht bei ihm, und mir schien, daß sie ihn im Moment, wo er sie anredete, mit einem leichten Stoß ihrer Hüfte berührte. Aha, dachte ich, die sind befreundet. Ich sah sie mir näher an und fand bald auch etwas wie Gefallen an ihr: breitmündig (großzügig), pfortenzähnig (sinnlich), kleinäugig (gerissen), mit hoher Stirn (gebildet). Sie gab ein klares Bild; die Stimme klang angenehm südlondonerisch. Ein attraktives Mädchen, alles in allem, aber nichts von dem Anhauch der rohen Erdmutter wie bei Brigitte. Das Haus sah sehr ordentlich aus; Lucy hatte mir aufgemacht; und Lucy sagte jetzt zu mir:

»Kann ich Ihnen ein Bier bringen? Ist leider alles, was wir dahaben.« Ich bemerkte das »wir« und sagte:

»Ja bitte, in einem Steinkrug.« Roper umwölkte sich. »Entschuldigung, dumm von mir«, sagte ich. »Stein gibt's nicht mehr.« Das wurde sofort von einem kleinen Kerl in der Ecke aufgenommen, einem gebrechlich aussehenden Intellektuellen mit Ringen unter den Augen. Er rief:

»Das Haus Stein ist gefallen. Ach Gertrude, Gertrude!« Der Rundliche mit der Gitarre, Peter oder Paul oder sonstwie, improvisierte gleich ein Schnaderhüpferl nach der Melodie von »Chopsticks«:

»Einstein und Weinstein und Kleinstein und Schweinstein und Meinstein und Deinstein und Seinstein und Rheinstein und . . .« Roper grinste mich an: Was für witzige und gebildete Freunde er jetzt hatte! Sie schienen allesamt wissenschaftliche Assistenten zu sein, keiner unter dreißig, die meisten kindlich zufrieden mit einem Abend bei Rundgesängen und hellem Ale. Helles Ale bekam nun auch ich. »Danke«, sagte ich. »Was möchtest du denn, Winny?« sagte Lucy zu Roper. Gab es denn Auswahl? Sie hatten doch nur Bier, hatte sie gesagt. »Malzbier mit Zitrone«, sagte Roper. »Ein kleines Glas.« Nun, zum Säufer schien er durch Brigittes Verlust nicht geworden zu sein. Oder vielleicht doch; vielleicht paßte man jetzt auf ihn auf.

»Winny sagt sie zu dir«, sagte ich, nachdem Lucy in die Küche gegangen war.

»Kürzel für Edwin«, sagte Roper lächelnd.

»O Roper, Roper! Daß du Edwin heißt, weiß ich seit zwanzig Jahren.«

»So lange? Wie die Zeit vergeht!«

»Hast du schon etwas wegen der Scheidung unternommen?« fragte ich.

»Ist noch Zeit genug«, sagte er. »Drei Jahre Trennung bei Verlassen. Ich seh jetzt ein, es könnte doch nie wieder so werden, wie es war. Hast du mal Heraklit gelesen? Alles fließt, sagt der. Du kannst nicht zweimal in den gleichen Fluß steigen. Ein Jammer. Jammerjammerschade. Die arme Kleine!« Ich warf schnell ein, um seinem Weltschmerz zuvorzukommen:

»Was ist mit *dieser* Kleinen?«

»Lucy? Ach ja, Lucy ist eine große Hilfe. Einfach eine gute Freundin so, nichts weiter. Ab und zu kocht sie mal was. Manchmal gehen wir zusammen auswärts essen. Ein *sehr* intelligentes Mädchen.« Dies schien mir zuerst etwas mit ihrer Kochkunst zu tun zu haben, aber dann sagte er: »Sie bedient nämlich unsern Computer. Nicht, Lucy?« Er lächelte wäßrig, als er ihr das Zitronenmalzbier abnahm. »Unsern Computer.«

»Stimmt«, sagte sie. Ich hatte das Gefühl, ihr wäre es vielleicht lieber gewesen, Roper hätte ihr Verhältnis *nicht* als ein berufliches gekennzeichnet. Zu mir sagte sie: »Sind Sie auch in der Partei?«

»Ach, ich bin progressiv. Ich glaube, daß man die Reichen ausnehmen muß. Aber ich glaube auch an die Erbsünde.«

»Der gute alte Hillier«, grinste Roper. »Immer noch nicht emanzipiert!«

»Mein Glaube hat nichts mit Pater Byrne zu tun«, sagte ich. »Wenn einer die Wahl hat, zieht er meist das Schlechtere dem Besseren vor. Ich weiß das aus Erfahrung. Den theologischen Ausdruck verwende ich nur in Ermangelung eines besseren.«

»Ist alles die Umwelt«, sagte Roper, »alles Konditionierung.« Er hätte noch mehr gesagt, aber Lucy meinte, er solle sich's sparen. »Alle wollen singen«, sagte sie. »Findest du nicht, daß wir erst mal zur Sache kommen sollten?«

»Zur Sache.« Bei dem Wort schob Roper gleich sehr ernsthaft das Kinn vor. »Wir haben noch ein bißchen zu diskutieren«, erklärte er mir. »Brenda schreibt die wichtigsten Ergebnisse in Steno mit. Du bleibst doch da, nicht? Du kannst vielleicht ein paar gute Ideen beisteuern. Ein neuer Kopf, nicht? In der Gruppe kennen wir uns alle vielleicht schon ein bißchen zu gut. Als Köpfe, meine ich. Aber« – er schmunzelte – »von der Erbsünde sag lieber nichts.«

Als die Diskussion anfing (und es war eine sehr ernsthafte Diskussion, wie in den obersten Schulklassen, voller Grundsätzlichkeiten), merkte ich, wie sich meine Dienstnase üben wollte. Aber die Ausarbeitung eines Positionspapiers für Wissenschaft und Technologie in einer fortschrittlichen Gesellschaft stand über jedem Verdacht. England, welche Partei auch grad an der Macht war, hatte sich nun auf den Sozialismus eingelassen. Diese Gruppe hier war damit beschäftigt, das Glaubensbekenntnis des sozialistischen Naturwissenschaftlers in einer Reihe von Artikeln niederzulegen. Der Pfeifenmann Cavour sollte vermutlich die endgültige Abfassung der Broschüre übernehmen, denn er versuchte allen Ergebnissen eine gewichtige Schriftform zu geben, machte ähm und äh, während er dem *mot juste* nachhing, und korrigierte den anderen die Grammatik. »Etwa so«, sagte er. »Wir ähm sind der Auffassung, daß die Vergangenheit tot und die Zukunft äh unausweichlich ist. Heißt, die wissenschaftliche Revolution. Wir denken in globalen, nicht in ähm antiquiert nationalstaatlichen Bezügen. Letztlich haben wir den Weltstaat und die Weltwissenschaft im Blick. Ähmm!« Brenda schrieb alles mit, unter lautem Geklimper mit ihrem Münzenarmband. Lucy saß in einem der beiden Moquette-gepolsterten Sessel, Roper auf der Lehne. Er schien glücklich zu sein. Mit der Sünde war er fertig. Man konnte ihm trauen, Sir.

Natürlich, wem kann man nicht trauen, wenn er sich in diese humanitäre und rationale, manchmal regierungsfähige Philosophie einschmiegt? Die ganze Roper-Affäre, Sir, wenn ich sie in diesem Stadium schon so nennen darf, stand vielleicht im Begriff, sich zu einem politischen Radikalismus auszuwachsen, der dann während eines langen Tory-Sommers in einem Land die Erfüllung suchte, das in bezug auf den Weltstaat und die Weltwissenschaft nicht bloß doktrinär war. Kann man einem Mann einen Vorwurf daraus machen, daß er logisch ist? Ich weiß nicht, wieweit Lucy, ein sehr ernsthaftes Mädchen, wie mir schien, dabei behilflich war. Ich will sagen, Sir (oder würde es sagen wollen, wenn ich es sagte), daß Sie einen Menschen nicht verurteilen können, wenn ein unaufhaltsamer Prozeß ihn vorantreibt. Wenn Sie Ropers Logik wollen – und die wollten Sie und wollen Sie noch –, müssen Sie sie ganz schlucken. Dies ist der Grund, warum ich keinen ernsthaften Versuch moralischer Überredung werde machen können, wenn ich ihn übermorgen, spät am Abend, schließlich erreiche. Die Bestechungen wird er natürlich verschmähen – und ganz mit Recht. Also wird es nur mit der Ampulle gehen, als Zwangsausschiffung eines Sowjetbürgers unter der zeitweiligen Deckidentität eines betrunkenen britischen Touristen. Und das mache ich für Geld.

Für Geld, für die Abschiedsprämie (ich bin jetzt äußerst bestechlich), die ich zur Pension noch brauche. Ginge es nicht um die Pension, ich würde zu dieser Gemeinheit an einem Freund nicht die Hand bieten. Aber, wie ich Ihnen schon in einem *echten* Brief geschrieben habe – aufgegeben, angekommen, bedacht und beantwortet –, ich scheide ja eben deshalb aus, weil ich die Gemeinheiten satt habe. Sie könnten ebensogut, solange ich noch mithalte, den ganzen Posten haben.

Posten was? Den vorletzten in diesem Ramsch nun zum Vergessen versteigerter Nachrichtenrückstände in meinem langfristig angemieteten Speicher. Sie haben meinen Bericht über die gelungene Diskreditierung Martinuzzis, ganz kurz und sachlich. Die falsche Kodemeldung, wonach Martinuzzi im Doppelgeschäft sei, wurde abgefangen, wie wir vorausgesehen hatten.

Als Martinuzzi nach Rumänien überführt wurde, rechnete er vermutlich mit Belobigung, Prämien, Beförderung. Wir wissen, was er bekam. Ende für Martinuzzi. Ende auch für Signora Martinuzzi und die drei Bambini in Triest, aber natürlich, das ist nebensächlich. Die Explosion des Paraffinofens in der kleinen Casa Martinuzzi, Via della Barriera Vecchia, Mutter und ältestes Kind lebendig verbrannt, ebenso eine Katze mit Jungen, war ein bedauerlicher Unfall. Ein Spion darf dem Schicksal keine Geiseln hinterlassen: So hatte es der verantwortliche Wer-auch-immer wohl gemeint. Mir wurde schlecht; ich kotzte mir den Magen aus dem Leib. Was die Scham noch schlimmer machte, war das Gastspiel von ein paar englischen Lümmeln mit Gitarren und Brechmitteln von kleinen Liedern. Sie füllten das Opernhaus mit kindlichen Krakeelern. Sie verdienten, las ich, um die zwei Millionen Lire die Woche; Martinuzzi mußte Glück haben, wenn er halbsoviel in einem Jahr verdienen wollte. Gewiß, Martinuzzi war ein Feind, aber was glauben Sie, wem ich mich näher fühlte? Mein bester Feind, könnte Brigitte gesagt haben. Von meinen eigenen paar Liremillionen gab ich einige für die Adoption der beiden hinterbliebenen Feindeskinder aus; beide brauchen plastische Chirurgie von der schwierigsten Art. Nichts gegen ein Spiel, aber wenn's gar zu schmutzig wird, mag ich nicht mehr.

Dieser Brief wird Sie nicht erreichen, denn dieser Brief wurde nicht geschrieben. Doch wenn ich Ihnen Roper zurückschaffe und wenn Sie mit Roper machen, was Sie, wie ich befürchte, vorhaben, trotz der vielversprechenden Briefe in meinem Jackenfutter, so werde ich mir zumindest manches von dem Inhalt zu seiner Verteidigung eingeprägt haben. Es ist jetzt zwei Minuten vor vier. Den Tee und die Kleinigkeit laß ich aus, und eß dann auch abends nicht viel. Der Satyr muß ebenfalls kuschen. Muß in Form bleiben für übermorgen, pflichtgetreu gegen meine Pensionierung. Also jetzt bloß ein Schläfchen. Wie immer, oder vielmehr ganz und gar nicht wie immer, Ihr D. H. (729).

2

1 Hillier wurde wach, von außen naß, von innen trocken. Es war wirklich sehr heiß. Er hatte sich in seinen alten grauen Urlaubs-Daks und einem ärmellosen grünen Luvisca-Hemd in die Koje gelegt; jetzt war das Hemd durchgeweicht, die Hose klebrig. Auch seinen Eigengeruch bemerkte er. Adam war unter Gartendüften erwacht; den gefallenen Adam, Anfang vierzig, begrüßten als eine Art Geruchsspur, zu dem schmerzhaften Licht zurückführend, der Tabakrauch, in die Haut eingezogen, und eine vage Ausdünstung säuerlichen Fleischsafts, außerdem – wie einen Raumfahrer im freien Schwebeflug außerhalb, aber nicht zu weit außerhalb seiner Kapsel – die Ausweitung des eigenen Atems: gebrannte Kartoffel und Gerbsäure. Hillier stand auf, kostete den Geschmack im Mund und zog die Stirn kraus. Er hätte den Ventilator anstellen sollen. Er tat es jetzt, als er sich auszog. Die Kühle vertrieb den kurzen Albtraum, den er gehabt hatte – sich durchschlagen durch Rosenzweige, die johlende Menge, atemlos eine Straße hinaufkriechen, die immer steiler, immer *hügliger* wurde – natürlich, er hatte den eigenen Namen geträumt. Die große Seilrolle, die er geschleppt hatte, wurde durch den Namen seines Opfers erklärt. Von Rechts wegen hätte er die neuen Namen träumen müssen – etwas von einem Jäger und einer Insel.

Er musterte sich nackt im Ankleidespiegel. Der Körper sah immer noch brauchbar aus, ziemlich mager. Aber er hatte den Eindruck, daß er nun Lust hatte, nachzulassen, durchzuhängen unter der Last der bewegten Vergangenheit, deren Geschichte ins Fleisch gekerbt war – Wundnarben, das Nagen einer alten Krankheit. Auf der linken Flanke war ein unauslöschliches Brandmal, ganz buchstäblich. Soskice – er war mit einem Fluch gestorben, als es ihn schließlich auch erwischte –

hatte zugeschaut und ihn mit all seinen blauen und gelben Zähnen angegrinst, als das weißglühende Eisen aufgedrückt wurde. »S«, hatte er gelispelt. »Die Signatur für eines meiner *Opera minora*, Verstümmelung Ihres Körpers, wenn auch nicht bis zur Unkenntlichkeit.« An den Stuhl gefesselt hatte Hillier versucht, dem Stempel, wie er in seiner Spiegelschriftform langsam herunterkam, eine andere Bedeutung beizulegen. Der Vorname seiner Mutter, Sybil. Das würde gehn. Du mußt dich drauf freuen, sei einverstanden, hatte er zu seinem Körper gesagt, als Soskices Gehilfe das Einsengen genüßlich hinauszögerte. Und dann. Sehn dich danach, wünsch es dir! hatte er seiner Haut geraten. Ist Kosmetik, ist gut für dich! Er hatte nicht geschrien, als er den unerträglichen Biß spürte, diesen selber S-förmigen Schmerz. Das S war bis in die Eingeweide gezischt, und der Schließmuskel, der schwächste von allen, öffnete sich, um die Schlange auszustoßen, deren Körper aus lauter Zähnen war. Soskice war angewidert gewesen, aber nicht mehr als Hillier selbst. »Das war nicht beabsichtigt«, hatte Hillier gestöhnt, »ich entschuldige mich.« Und sie hatten ihn einstweilen in seinem Kot sitzen lassen, womit sich die Vollstreckung verzögerte. Und diese Verzögerung (oh, es war eine lange Geschichte, hatte mit einem Mann namens Kosciusko zu tun) hatte ihm das Leben gerettet. Das S sah ihn nun aus dem Spiegel an, das verkehrte, wie auf dem Stempel selbst. Ein sehenswertes Andenken für den Ruhestand. So manch eine Frau hatte schon ihre Bemerkungen darüber gemacht, die Schlangenlinie nachgezogen, hin und zurück, in der schlaffen Neugier nach der Umarmung. Und in der Mattigkeit des Ruhestands kämen auch Soskice, Brayne, Harnschein, Tschirikow und Arzibaschew zur Ruhe, all die gewalttätigen Feinde, Mithelden einer frühen Saga, nostalgisch patiniert wie ein eselsohriger Schulvergil.

Hillier hatte noch nicht ausgepackt. Er machte jetzt nur den abgenutzteren von seinen beiden Koffern auf und holte unter den Kartons und Büchsen mit billigen Zigarren – Sumovana, Castaneda, Huifkar Imperiales – einen alten, regenbogenfarbenen Bademantel hervor. Es war nicht anzunehmen, daß jemand seine Kabine betreten würde, während er duschen war. Trotzdem, er wollte lieber erst ein Versteck für die Aiken mit Schalldämpfer und für das Kästchen PSTX-Ampullen suchen. Die letzteren waren etwas Neues; die Wirkung hatte er noch nie gesehen. Eine subkutane Injektion, hatte man ihm erklärt, würde sofort eine betrunkene Euphorie mit hoher Beeinflußbarkeit bewirken. Dann käme Schlaf und nach dem Schlaf kein Kater. Er sah sich in der Kabine um und entschied sich für den Schwimmwestenkasten über der Kommode. Das mußte fürs erste genügen. Man kann nie wissen, nie sicher sein. Der Feind ist voll Tücke. Daß er an Bord gegangen war, würde bemerkt worden sein; keine Verkleidung ist vollkommen täuschend. Bevor er duschen ging, musterte Hillier das neue Gesicht, das er sich gegeben hatte. Diskret angebrachte Pölsterchen hatten seine Wangen zu einem Inbild von Genüßlichkeit aufgeschwellt, dem seine normale Magerkeit heuchlerisch widersprach. Der graumelierte Schnurrbart, das ausgedünnte graumelierte Haar, die Kontaktlinsen, die die nußbraunen Augen dunkelbraun machten, die überhängende Nase, der hämisch verzogene Mund – dies alles, sagte er sich, gehörte nicht Hillier, sondern Jagger, Schreibmaschinenkonstrukteur auf Urlaub. Dies war die vorletzte Verkleidung. Und Ropers Verkleidung? Es war eine gute

Zeit für Bärte; niemand zupfte heutzutage mehr an Bärten oder rief »Plüsch!« Hillier verstaute den Bart zusammen mit den Ampullen und der Aiken. Das plumpe eduardianische Strichmännchen auf der vergilbten Karte mit den Schwimmwesten-Instruktionen zog seine Schnüre fest, blickte gleichgültig auf Hillier-Jagger – zweckmäßig wie ein Spion und ebenso entmenscht.

Hillier trat auf den Korridor hinaus. Dies war das A-Deck. Ein Duft, zur Erinnerung für die Passagiere Erster Klasse, daß sie für den hier eingeatmeten Luxus extra zahlten, bestrich die geschlossenen Kabinentüren. Kein Geruch nach Maschinenöl oder Kombüsenessen, vielmehr etwas Rosenblättriges, Erdverhaftetes. Gedämpftes Licht kam aus Plastikvoluten. Hillier schloß seine Tür ab und hielt den Schlüssel in der Tasche des Bademantels fest, als er zum Badezimmer ging. Plötzlich, in der Stille des Korridors, eine Eruption lärmenden Zanks. Eine Kabinentür, die dritte nach seiner eigenen, schlug auf; ein Junge kam rückwärts heraus, brüllte. Mein Gott, stöhnte Hillier. Kinder! Kinder mochte er nicht. Sie waren zu energisch, aber auch zu ehrlich, Feinde der Intrige. Außerdem hatten sie auf Reisen Langeweile; sie kamen einem dazwischen. Dieser Junge war etwa dreizehn, schwieriges Alter. »Ich wollte's mir doch nur leihen«, schimpfte er. Der Akzent war nicht eben patrizisch. »Ich wollte doch nur mal sehn, worüber es ist.«

»Du bist noch zu jung«, sagte eine Mädchenstimme. »Ich sag's Papa. Geh und spiel schön Scheibenwerfen oder mach sonst was!«

»Hast du ne Ahnung«, sagte der Junge, »ich weiß mehr darüber als du. Und ich meine nicht Scheibenwerfen.« Er war klein und stämmig und gekleidet wie ein erwachsener Miniaturtourist – mit Hawaiihemd, eng zulaufender brauner Leinenhose und Sandalen, allerdings ohne Kamera um den Hals. Er rauchte auch, wie Hillier bemerkte, etwas, das nach schwarzem russischem Balkan Sobranie roch. Und dann, näherkommend (zum Badezimmer mußte er an der Tür vorbei), sah er das Mädchen. Sofort, mit einer Art Gewohnheitsächzen, gab sein Körper die eingespielten Reaktionen ab – Verengung der Larynx, geringfügiger Schmerz im Frenum, ein erschauerndes Nachdrängen in den Arterien, leichtes Schwebegefühl. Sie war schön: weizenfarbenes Haar, achtlos hochgesteckt, die Nase wie die Idealisierung einer Boxernase, ein Mund, dessen Geschimpf mit sofortigen Küssen hätte beendet werden sollen. Sie trug ein glattes, goldfarbenes Kleid, tief geschnitten; Beine, Arme und Hals waren bloß, lecker, köstlich. Sie war etwa achtzehn. Hilliers Ächzlaut stieg auf wie von einem träumenden Hund.

»Und Papa«, sagte der Junge, »würde sich keinen Fatz draus machen. *Sie* auch nicht. Ganz weg sind die, beide. Die interessiert nur eins.«

Mich auch, dachte Hillier. Jetzt sah er, was der Junge von seiner Schwester haben wollte. Ein Buch von einem Ralph Quintin, mit groß aufgedrucktem Titel: *Sex und Grausamkeit*. Hillier war schockiert. Sowas sollte sie nicht lesen, noch so jung und . . . Ihre Augen waren große blaue Teiche nach dem ersten Regen im Garten Eden. Sie sahen Hillier groß an, dann verengten sie sich giftig gegen ihren Bruder. »Du kleines Dreckschwein!« sagte sie.

»Schweine«, sagte der Junge, »sind überhaupt nicht dreckig. Trugschluß, genau wie neulich mit dem Bocksgeruch.« Sie knallte die Tür zu. Hillier sagte zu dem Jungen:

»Dreck ist ein unvermeidlicher Teil unserer tierischen Natur. Und darum nehmen wir Bäder. Und darum gehe ich jetzt ins Badezimmer. Unglücklicherweise versperren Sie mir den Weg.«

Der Junge sah zu Hillier hoch und dann, gemächlich, wie es sich in den Ferien gehört, trat er beiseite und drückte sich schließlich platt gegen die Wand. »Sie sind neu«, sagte er, russischen Rauch ausstoßend, »grad erst zugestiegen. Wir dagegen sind die Urkreuzfahrer. Wir sind schon seit Southampton dabei. Nichts als Schlingen«, zog er Hillier ins Vertrauen. »Fressen sich voll, bis ihnen schlecht wird. Darum steigen manche auch schon in Venedig wieder aus und zuckeln über Land nach Hause. Ich hoffe, Ihnen wird's gefallen.«

»Ich glaub schon.«

»Mit meiner Schwester kann ich auch nichts mehr anfangen. Sie ist ganz wild auf Sex, aber alles nur Sex im Kopf, wie D. H. Lawrence sagt. Sie will nur drüber lesen. Möchten Sie eine von meinen schwarzen Russischen?« Er zog aus der Brusttasche seines Hawaiihemds ein Etui und ein Cygnus-Feuerzeug.

»Ich bin Zigarrenraucher«, sagte Hillier. »Trotzdem danke.«

»Probieren Sie eine von meinen Reservados nach dem Essen«, sagte der Junge. »Hinter der Bar haben sie einen ganz besonderen Remy Martin. In einer nachgemachten Louis-XIV-Karaffe. Kein Mensch weiß, wie alt der ist.«

»Ich freu mich drauf«, sagte Hillier. »Aber jetzt muß ich unter die Dusche.«

»Gehn Sie nur«, sagte der Junge. »Ich seh Sie beim Aperitif.«

Frühreifer Bengel, dachte Hillier, als er zum Badezimmer ging. Sex im Kopf, soso. Kuscht, ihr Buhler, kuscht!

Ein vorüberfahrendes Schiff tutete laut über die blaue Adria. Hillier drehte den Türknopf zum Badezimmer. Der Anblick drinnen ließ ihn zusammenfahren.

Dies war doch gar zu absurd. Eben hatte er diese blonde Schönheit gesehen, nach Recht und Sitte, bekleidet, an ihrer Kabinentür. Hier, als Gegenbild, war eine andere, sehr dunkle, und unbekleidet. Sie stand da und trocknete sich ab, eine schattige Inderin, das Haar lose, ein mitternächtlicher Fluß herab aufs Gesäß.

»Tut mir furchtbar leid«, würgte Hillier heraus. »Die Tür war nicht . . .«

Sie hatte sich schon in das Badetuch gehüllt, den Namen *Polyolbion* um sich geschlagen, als wäre sie die Schönheitskönigin des Schiffes. Sie war weniger verlegen als Hillier. Ihr Gesicht war ein kühles, gradnasiges Ariergesicht, wenn auch verbrannt bis zum reichsten Kaffeeton. »Stimmt, die Tür«, sagte sie. »Ich passe oft nicht auf.« Sie prach eine Art Mädchenpensionats-Englisch, mit einem walisischen Beiklang. Sie sah gelassen zu, wie Hillier sich zurückzog. Um das Verriegeln der Tür schien sie sich auch jetzt nicht zu kümmern. Zitternd ging Hillier anderswo seine Dusche nehmen. Die Reise fing entweder gut oder schlecht an, je nachdem wie man's ansah. Ganz auf Dienst und Entsagung eingestellt war er an Bord gekommen. Und schon setzte das Fleisch ihm zu, die beiden Extreme auf dem Kontinuum, wie es da binnen ein paar Minuten vor ihm abgesteckt worden war. Er duschte so kalt, daß er kaum noch Luft bekam; dann ging er zu seiner Kabine zurück, geradeaus blickend, unverführbar.

Die Kabinentür war offen. Drinnen sang jemand, machte Schrankfächer auf und zu. Seine Koffer wurden durchwühlt. Aber ein munteres Gesicht, unerschreckt, wandte sich her, um zu grüßen. »Mr. Jagger, vermute ich, Sir? Und was ist mit dem anderen Herrn?«

Hilliers Spannung löste sich, als er eintrat. Natürlich, der Kabinensteward. »Könnten Sie dafür sorgen«, sagte er, »daß ich etwas zu trinken bekomme? Whisky, ich denke – eine ganze Flasche. Mit etwas Eis.«

»Und der andere Herr? Mr. Innes?«

»Wurde aufgehalten. Er steigt im nächsten Hafen zu.«

»Jaryljuk wäre das. Komischer Ort!« Er legte ein paar von Hilliers Hemden in ein Schubfach und sang weiter.

»Ich nehme an, Sie können ein bißchen Geld gebrauchen«, sagte Hillier. Sein Sommerjackett hatte er schon in den Schrank gehängt. Er ging hin, seine Brieftasche herausnehmen.

»Ist so üblich, Sir, wissen Sie ja. Schmieren nennen's manche Leute.« Es klang entweder nach Ostlondon oder nach Sidney, im Grunde beides, das Meer, zwei Seiten davon. Hillier zählte Pfundscheine hin, bis die Hand des Stewards nicht mehr ein Tisch war, sondern eine Klammer. »Danke Sir. Wriste heiße ich, Wriste.«

»Wrist?«

»Mit einem e hinten dran. Komischer Name, nicht? Die meisten nennen mich Rick oder Ricky. Kurz für Richard.« Er war etwa fünfunddreißig, trug blaue Drillichhosen und einen Ringelpullover, horizontal gestreift. Die Haut war gut gebräunt und gesalzen, das reiche Linien- und Schattenspiel eines nördlichen Binnenlandgesichts, gründlich ausgebeizt. Dieser Mann war schon lange auf See. Die Augen schienen auf Fernsicht eingestellt. Er war zahnlos und ohne Ersatzgebiß; beim Sprechen, wie um das Fischige seines Mundes zu betonen, spitzte er die Lippen und behielt die Schnute auch noch bei, wenn er fertig war, ehe er ganz langsam den Mund in die normale Breite zurückkehren ließ. Sein dünnes, dunkelbraunes Haar lag wie angeklebt am Schädel. Er trug gutsitzende Hausschuhe aus sehr teurem Leder. »Eine bestimmte Marke, Sir? Wir haben da einen sehr guten, exklusiv für die Linie. Old Mortality heißt er. Ach, hier ist übrigens ein Brief für Sie, Sir. Kam in Venedig an Bord, ganze Menge Post kam da, sollte man nicht denken. Aber sind eben alles Geschäftsleute, Geldsäcke, müssen immer informiert sein.«

Es war der amtliche Umschlag, OHMS, korrekt adressiert an Sebastian Jagger, Esq.

»Sie werden's lesen wollen, denk ich, Sir. Ich geh jetzt mal und hol Ihnen Ihren Old Mortality.« Hillier verspürte eine starke, pochende Unruhe unter den Rippen. Eine Warnung? Eine Änderung des Plans? Er öffnete den Brief. Wie zu erwarten, war er verschlüsselt: HDAWAM DDHGEM AN PPP HEM QIOVABHDYC HZEY ZVON lang, ziemlich lang für eine Nachricht. Hillier überlegte. Er hatte kein Mittel, den Code aufzulösen. Über die Übermittlung von Botschaften, nachdem er an Bord wäre, hatte man ihm nichts gesagt. Weder das Buch noch das Gerät hatte er im Gepäck. Er sah noch mal auf den Umschlag. Drinnen, wo er ihn zuerst nicht bemerkt hatte, fand er jetzt einen hauchdünnen Zettel, nicht größer als ein Bonbonpapier. Darauf getippt war ein Reim:

Novembergöttin, in Herrlichkeit,
Bahn' den Weg durch Englands Zeit.

Darunter die launige Mitteilung: *Schönen Gruß von uns allen.* Hilliers Puls wurde langsamer vor Erleichterung. Es war also doch nichts. Ein Abschiedsjux der Abteilung, verschlüsselt wie immer. Eine Art Kreuzworträtsel im Geheimcode. Etwas für ruhige Stunden, wenn es ruhige Stunden geben würde.

Als Wriste wiederkam, mit dem Whisky und einer Eisschüssel, war Hillier schon im Smokinghemd und in einer leichten schwarzen Hose. Die Codemeldung hatte er in die Gesäßtasche gesteckt. Später würde er vielleicht . . . »Man muß sich umziehn für heut abend, wie?« fragte er.

»Sind sehr fürs Umziehn alle«, sagte Wriste, »sogar am ersten Abend draußen. Müssen sich einreden, daß es ihnen gefällt. Und die Frauen müssen Sie sehn!« Seine Fischlippen spitzten sich zu einem traurigen Pfeifton. »Ausschnitte, bis dahin! Das könn' Sie sich nicht vorstellen. Keine halben Sachen bei denen, kann ich Ihnen sagen! Das ist's, was mir so gefällt an den Reichen. Sind aber gar nicht immer so großzügig.« Er goß Hillier einen tüchtigen Schluck Old Mortality ein, goldschimmernd aus Eishöhlen. Hillier bemerkte ein zweites Glas auf dem Tablett. Er gab Wriste ein Zeichen, sich auch einen einzugießen. Wriste tat es, wie selbstverständlich, und sagte lässig »Cheers«.

Der Whisky war von einer Glätte – Hillier hatte vergessen, daß es das gab. Er goß sich noch einen nach. Eine Stimmung gefaßter Erregung kam über ihn, als er sich die schwarze Fliege band: der Abend vor ihm, Ausschnitte bis dahin, der Geruch der Reichen. Wriste packte weiter aus. »Obwohl«, sagte er, »das Pärchen hier drin war sehr großzügig. Zu mir, mein' ich. Sind in Venedig ausgestiegen, fahren die Ostküste runter, Ravenna, Rimini, Ancona, Pescara, Bari, Brindisi. Dann weiter in jemands Jacht. Ganz schönes Leben. Jeden Tag ein Dutzend Guinness für mich und mein' Kumpel. Er ist Speisesaalkellner in der Ersten Klasse.«

»Es wäre mir eine Ehre«, sagte Hillier, »wenn Sie . . .«

»Hab ich von Ihnen auch nicht anders erwartet, Sir«, sagte Wriste. »Ich und Harry, wir werden stolz sein, jeden Abend auf Ihr Wohl zu trinken. Urlaub gemacht in Venedig, Sir?«

»Geschäfte«, sagte Hillier. Warum nicht gleich hier die neue Persona proben, bevor es auf die Bühne ging? »Ich entwerfe Schreibmaschinen.«

»Tatsache, Sir?« Wriste dämpfte die Stimme, als ob ihm dies mehr Eindruck machte als alles, was ihm in dieser Kabine je anvertraut worden war. »Dann haben Sie sicher was mit Olivetti zu tun gehabt?«

Vorsicht, Vorsicht. »Nicht in Venedig«, sagte Hillier.

»Sicher nicht, Sir. Ist aber komisch, daß das gerade Ihr Fach ist. Meine Schwester ist Sekretärin, und die wurde mal bei einer Untersuchung befragt. Da hatten sie so eine Maschine rausgebracht mit verschieden großen Buchstaben, wie bei richtigem Druck. Versteh ich ein bißchen von, weil ich mal inner Schiffsdrukkerei gearbeitet hab, nicht auf *diesem* Schiff. Sie wissen, das m zweimal so groß wie das n, das dicke o und das dünne i. Jedenfalls, die gaben viel auf ihre Meinung. Sie, wo Sie vom Fach sind, Sie wissen natürlich, was ihr Einwand war.« Wriste wartete, einen Stapel Taschentücher über einer Schublade in der Schwebe haltend.

»Korrigieren ist sehr schwierig«, sagte Hillier, »wenn man keine gleichgroßen Typen hat. Da traut man sich nicht mehr, einen Fehler zu machen. Eine Sekretärin würde verrückt dabei.«

»Genau«, nickte Wriste. »Sie haben's.« Er entblößte sein rosa Zahnfleisch. »Und jetzt, Sir, was kann ich noch für Sie tun?« Es war, als hätte Hillier eine Prüfung bestanden; hatte er tatsächlich. Wriste machte die Taschentuchlade zu und kam näher. »Irgendeinen Wunsch, wo Sie im Speisesaal sitzen wollen, zum Beispiel?«

Hillier wog im Kopf Licht gegen Schatten ab. »Nebenan irgendwo ist ein Mädchen«, sagte er. »Aber lieber nicht.«

»Wenn Sie die meinen«, sagte Wriste, »das leuchtet mir schon ein. Frühreifes kleines Aas, der ihr Bruder. Aber viel Geld, die Leute. Der Mann ist Walters, der große Mehlfritze. Seine Alte, das heißt, jünger als er ist die, kommt mir so vor, als ob die ihn fertigmachen will. Stopft immer noch eine Portion mehr in ihn rein. Die zwei Kinder sind aus seiner ersten Ehe. Der Junge, Alan heißt er, der ist in den Staaten bei so einem Quiz im Fernsehn gekommen. Weiß alles, sagt man. Halten Sie sich da lieber raus! Macht Sie wahnsinnig, der Bengel.«

»Eine Inderin ist auch noch da?« sagte Hillier.

»Sehr weite Ausflüge machen Sie nicht, Sir, wie?« sagte Wriste. »Schwillt einem der Latz, auf diesem Kahn. Schrein nur so danach, alle. Vernachlässigte Frauen. Aber machen Sie lieber alles auf diesem Korridor ab, nicht so weit zu laufen. Sie meinen Miss Devi. Sowas wie Sekretärin ist sie, von diesem großen, dicken ausländischen Geldsack, Mr. Theodorescu. Aber feines Englisch spricht er, Oxford, könnt ich mir vorstellen. Jedenfalls *nennt* er sie seine Sekretärin. Fragen Sie die mal, was sie von Schreibmaschinen weiß!« Wriste überlegte einen Moment, den Blick gesenkt. »Also, ich werde's im Büro arrangieren müssen. Muß schnell gehn. Ein paar Dinger sollten reichen.« Hillier gab ihm seufzend einen Fünfpfundschein. In diesem Stil konnte er nach der Pensionierung nicht weiterleben. »Aber«, sagte Wriste mit schöner Offenheit, »wenn ich noch irgendwas für Sie tun kann – egal was –, dann müssen Sie's nur sagen.«

2 In der Bar Erster Klasse hatte Hillier das Allerneueste an Seidenpolstertapeten erwartet, ausgewogenes, schattenloses Zwielicht, Barhocker mit Arm- und Rückenlehnen, einen Teppich wie Neuschnee. Statt dessen fand er eine Nachbildung der Fitzroy-Taverne in Soho, London, W. 1, der Fitzroy, so wie sie ausgesehen hatte, bevor die Modernisierer sie verwüsteten. Auf dem Boden lagen Zigarettenstummel, die in verschüttetem Bier aufgingen wie Blumen; ein Mann mit langem Haar und Ohrringen spielte auf einem Giraffenklavier, dessen fachmännische Verstimmung gewiß auch ein paar Dinger gekostet hatte; an der verräucherten Decke waren kleine Kelche aus Silberpapier, hinaufgeworfen und am Fuß dort haften geblieben, mit dem Rand nach unten. Die lange hölzerne Theke war mit kleinen Milchglasfenstern besetzt, drehbar in verschnörkelten eduardianischen Rahmen, Hindernisse beim Bestellen der Getränke. Ein Posten kunststudentischer Sudeleien bedeckte die Wände. Irgendwo schien sogar ein Tonband versteckt zu sein, das die Straßengeräusche von Soho abspielte, das Adriatische Meer brutal aussperrend. Um so luxuriöser, dachte Hillier, wird das Dekor der Touristenbar sein; kein Spaß für Dekorateure.

Die Gäste freilich waren nicht gekleidet wie Freier, Spanner, Junkies und erfolglose Schriftsteller, sondern wie Passagiere Erster Klasse, ein Gedicht von raschelnden, leicht aufgerauhten Geweben, und manche Herren trugen goldene Smokingjacken – eine neue amerikanische Mode. Ihre Tabake hatten ein schweres Aroma, doch schienen manche Herren eine Halbe milden, wäßrigen Biers zu trinken. Hilliers Geheimdienstnase fand unschwer heraus, daß dies in Wahrheit getarnte Cocktails waren. Er hatte nicht erwartet, daß er sich zur Bar würde durchdrängeln müssen, aber für die Reichen gehörte wohl auch dies mit zum Urlaub. Es fehlte jedoch, daß man mit Bargeld zahlte und eine Handvoll nasser Münzen herausbekam. Offenbar wollte man die Lebensechtheit nicht übertreiben. Hillier leistete für seinen großen Gordon's mit Tonic eine Unterschrift. Und der Zapfer, der sich auf schmuddelig herausgeputzt hatte, wäre ohne Zweifel lieber ein sauberer Barmann gewesen.

Hillier wurde sofort von dem frühreifen Jungen angesprochen, der, wie er nun wußte, Alan Walters hieß. Er trug einen gutsitzenden Miniatursmoking, sogar mit einer gelben Banksiarose im Knopfloch. Hillier hoffte, nur dem Jungen zuliebe, daß sein Glas Tomatensaft keinen Wodka enthielte. Der junge Herr Walters sagte: »Ich weiß alles über Sie.«

»O sieh an, alles wissen Sie?« sagte Hillier, in der plötzlichen Befürchtung, der Junge wisse vielleicht wirklich alles.

»Dieser Wriste hat es mir erzählt. Für dreißig Schilling. Ein sehr käuflicher Typ Mann.« Sein Akzent war nicht richtig, nicht klangvoll genug. »Sie heißen Jagger und haben mit Schreibmaschinen zu tun. Erzählen Sie mir alles über Schreibmaschinen.«

»O nein«, sagte Hillier. »Ich bin in Urlaub.«

»Das ist doch Unsinn, daß die Leute im Urlaub nicht übers Geschäft reden wollen«, sagte Alan. »Für die meisten Leute ist das Geschäft doch das einzige, worüber sie reden können.«

»Wie alt sind Sie?«

»Die Frage ist irrelevant, aber ich sag's Ihnen trotzdem. Ich bin dreizehn.«

»Mein Gott«, murmelte Hillier. Die Bargäste in

der nächststehenden Gruppe – fette Männer, dank der Kunst ihrer Schneider nur noch rundlich wirkend, begehrenswerte, seidenumwickelte Frauen – sahen Hillier mitleidig und schadenfroh an. Sie wußten, was er zu leiden haben würde; warum war er nicht schon eher dagewesen, um ihre Leiden zu teilen?

»Also«, sagte der Junge. »Wer hat die Schreibmaschine erfunden?«

»Ach, ist schon so lange her«, sagte Hillier. »Ich blicke in die Zukunft.«

»Es war 1870. Es waren drei Erfinder, Scholes, Glidden und Soule. Es war in Amerika. Sie wurden finanziert von einem Mann namens Densmore.«

»Haben Sie das gerade nachgelesen?« fragte Hillier, dem nun unbehaglich wurde.

»Nicht erst jetzt«, sagte Alan. »Es war, als ich mich für Schußwaffen interessierte. Ich meine, technisch. Praktisch interessieren sie mich immer noch.« Die Gäste neben ihnen hätten Alan am liebsten nicht beachtet, aber schließlich war der Junge doch so etwas wie ein Monstrum. Sie hörten zu, die Gläser vor sich haltend, die Münder offen. »Und wissen Sie, welche Firma sich zuerst damit abgab? Remington. Eine Schreibmaschine ist eine Art Schußwaffe.«

»Die Chikago-Maschine«, sagte eine Stimme. »Sie kriegt nur allzu leicht Ladehemmungen.« Hillier sah, daß die Inderin, Miss Devi, gerade zu der nächsten Gruppe getreten war. In der Hand hielt sie einen Martini. Sie war sehr schön. Sie trug einen scharlachroten Sari, bestickt mit goldenen Bildern prahlerischer langzüngiger und vielarmiger Götter. Ein silbernes Ringplättchen schmückte ihre Nase. Ihr Haar war nach traditioneller Art in der Mitte gescheitelt, mit Tressen zu beiden Seiten. Doch die Bemerkung über die Chikago-Maschine hatte der Mann neben ihr gemacht. Das mußte ihr Chef sein, Mr. Theodorescu. Er war auf eine edle Art fett. In seinem Gesichtsschnitt war das Fett ein Wesenszug, nicht die gewöhnliche Anschwemmung von Unnötigem, und die großzügige, wohlgeformte Nase fand erst in diesen Wangenpolstern und festen Kinnladen das gebührende Gegengewicht. Der Unterkiefer war sehr kräftig. Die Augen waren nicht wie Rosinen in einem Teig, sondern große, strahlende Leuchten, deren Weißes wie blankgeputzt aussah. Er war völlig kahl, doch die glatte Kopfhaut, die einen fremdartigen Veilchenduft ausströmte, schien weniger Not denn Tugend zu sein, so als wären Haare nichts als ein pubertärer Flaum, der sich mit dem Reiferwerden verliert. Er ist um die Fünfzig, dachte Hillier. Seine Hände waren reichberingt, doch wirkte dies nicht protzig: Sie waren so groß, stark und gepflegt, daß die Überkrustung mit schimmernden Steinen eher wie ein flüchtiger Blütenschmuck dankbar angenommener Gottesgaben von Kunst, Macht und Schönheit wirkte. Sein Körper war so gewaltig, daß die weiße Smokingjacke ein in plastische Form gewendetes Segel zu sein schien. Sein Getränk, vermutete Hillier, war reiner Wodka, eine ganze Viertelpinte. Hillier spürte eine Furcht vor ihm, ebenso vor Miss Devi, die er schon beinahe nackt gesehn hatte. Es hatte doch mal einen gegeben, der versehentlich eine Göttin beim Baden beobachtet hatte, Aktäon, war's nicht der? Der dann zur Strafe in einen Hirsch verwandelt und von fünfzig Hunden zerrissen wurde? Der Junge hier könnte das wissen.

Der Junge sagte: »Der eigentliche Spezialist war Yost. Er war ein erfahrener Mechaniker. Aber die Yostsche Methode der Farbzufuhr war bald veraltet. Wissen Sie«, fragte er Hillier kühl, »welches die Yostsche Methode der Farbzufuhr war?«

»Hab ich mal gewußt«, sagte Hillier. »Ich bin schon so lange in der Branche. Man vergißt so viel. Ich blicke in die Zukunft.« Hatte er schon mal gesagt.

»Yost verwendete ein Tintenkissen statt eines Farbbands«, sagte Alan streng. Auch andere sahen Hillier mißbilligend an. »Ich bin der Meinung«, sagte Alan, »daß Sie von Schreibmaschinen keine Ahnung haben. Sie sind ein Schwindler.«

»Jetzt hören Sie mal«, sagte Hillier so drohend wie möglich, »das laß ich mir nicht länger bieten, verstanden!« Der Gott, von dem Hillier annahm, daß es Mr. Theodorescu war, lachte so stürmisch, daß die Bar zu wackeln schien. Er sagte, mit einer Stimme wie ein Sechzehnfuß-Orgelregister:

»Entschuldige dich bei dem Herrn, mein Junge! Daß er dir nicht sagen will, was er weiß, heißt nicht, daß er nichts weiß. Frag ihn etwas, das nicht von so rein akademischem Interesse ist. Über die Entwicklung der chinesischen Schreibmaschinen zum Beispiel.«

»Fünftausendvierhundert ideographische Lettern«, sagte Hillier erleichtert. »Ein Dreigruppen-Zylinder. Dreiundvierzig Tasten.«

»Ich sage, er hat keine Ahnung von Schreibmaschinen«, sagte Alan beharrlich. »Ich sage, er ist ein Schwindler. Es würde mich nicht wundern, wenn er ein Spion wäre.«

Hillier, wie ein Geiger, der mit dem Einsatz der anderen Streicher rechnet, fing zu lachen an. Aber niemand anders lachte mit. Hillier spielte nach der falschen Partitur.

»Wo ist denn dein Vater?« rief Theodorescu. »Wenn ich dein Vater wäre, ich würde dich übers Knie legen, dich gehörig verdreschen und dafür sorgen, daß du dich bei diesem Herrn entschuldigst. Schauderhaft!«

»Da drüben ist er«, sagte Alan. »Er würde derlei

nicht tun.« An einem Tisch, gleich am Eingang von der Fitzroy Street, wurde ein trübsinniger, aufgedunsener Mann von einer sehr viel jüngeren Kraushaarigen gedrängt, diesen zu kippen und dann noch einen.

»Nun ja«, sagte Mr. Theodorescu und kam massig herumgeschwenkt, wie von geräuschlosen hydraulischen Maschinen getrieben, »dann möchte ich mich für den Jungen entschuldigen.« Er richtete seine großen Leuchten auf Hillier. »Wir kennen ihn doch alle. Sie sind, glaube ich, neu zugestiegen. In gewissem Sinne sind wir alle für ihn verantwortlich. Ich glaube, daß es ihm aufrichtig leid tut, Mr. . . .«

»Jagger.«

»Mr. Jagger. Theodorescu meinerseits, aber ich bin kein Rumäne. Dies ist Miss Devi, meine Sekretärin.«

»Es tut mir leid, sagen zu müssen, daß wir uns schon gesehn haben«, sagte Hillier. »Es war ein sehr unglücklicher Zufall. Ich möchte mich entschuldigen, aber es war nicht ganz meine Schuld.« Aktäon war auch nicht schuld gewesen.

»Ich vergesse immer, Badezimmertüren zu verriegeln«, sagte Miss Devi. »Es kommt daher, weil ich an Land meine eigene Suite habe. Aber wir stehen doch gewiß über diesen närrischen Tabus.«

»Ich hoffe doch«, sagte Hillier.

»Schreibmaschinen, Schreibmaschinen«, summte Theodorescu. »Mir hat schon immer vorgeschwebt, daß unser Haus eine eigene Type haben müßte, eine sehr große, etwa eine Variante der alten Frakturschrift. Wäre es wohl möglich, mit lateinischen und arabischen Lettern auf ein und derselben Maschine zu schreiben?« fragte er Hillier.

»Die Schwierigkeit wäre, es so einzurichten, daß man sowohl von links nach rechts als auch von rechts nach links schreiben könnte. Ist nicht unüberwindlich. Billiger wäre es aber, mit zwei Maschinen zu schreiben.«

»Sehr interessant«, sagte Theodorescu und musterte Hilliers Gesicht, doch nur mit einem Auge, weil zwei dazu offenbar nicht nötig waren. Alan Walters stand jetzt allein an der Bar, über einem neuen Tomatensaft brütend, von dem Hillier diesmal hoffte, daß er einen großen Schuß Wodka enthielt.

»Keine Ahnung hat er davon«, murmelte er. Man war sich einig, daß er sich ungezogen betragen habe; die Erwachsenen kehrten ihm den Rücken zu. »Yost und Soule«, brummelte er in sein rotes Glas. »Und nichts weiß er von ihnen. Der liebe Herr Jagger ist eine Yost Soule, eine verlorene Seele, hähäh!« Hillier gefiel das gar nicht. Aber Theodorescu war großzügig genug, um den Jungen freundlich behandeln zu können. Er sagte:

»Wir haben deine schöne Schwester heute abend noch gar nicht gesehn. Ist sie noch in der Kabine?«

»Sie ist auch eine Yost Soule, wie dieser Herr Jagger. Sie liest Bücher über Sex, die ganze Zeit, und hat keine Ahnung davon. Genau wie Herr Jagger.«

»Du magst zwar Mr. Jagger über die Geschichte der Schreibmaschine geprüft haben«, sagte Theodorescu nachsichtig, »aber nicht über Sex. Und«, fügte er eilends hinzu, als er Alan nach einem tiefen Atemzug den Mund öffnen sah, »darüber wirst du ihn bitte auch nicht verhören.«

»Jagger ist ein geschlechtsloser Spion«, sagte der Junge. Hillier erinnerte sich, daß er ja nicht hier war, um den Gentleman zu spielen, der über so etwas wie einen unverschämten und frühreifen Bengel erhaben war. Er trat ganz dicht an Alan heran und flüsterte ihm in sein nicht allzu sauberes linkes Ohr: »Paß auf, noch so eine Frechheit von dir blutjungem Scheusal, und du kriegst etliche Mal diesen ziemlich spitzen Schuh in dein Arschloch!«

»In mein Arschloch, ja?« sagte Alan, weithin hörbar. Konventionell schockierte Blicke flogen auf Hillier. In diesem Augenblick trat ein Kellner in weißer Jacke ein, offenbar ein Goanese, mit einem Glockenspiel, das auf Moll gestimmt war. Er schritt durch die Sohokneipe wie ein Besucher aus dem Bühnenbild eines benachbarten Fernsehstudios und schlug in einem kräftigen Arpeggio die einleitenden rechtshändigen Takte von Beethovens Mondscheinsonate an.

»Ah, das Dinner«, sagte Theodorescu erleichtert. »Ich bin am Verhungern.«

»Sie haben zum Tee nicht eben gefastet«, sagte Miss Devi.

»Ich habe einen hohen Umsatz.«

Hillier fiel ein, daß er ja um einen Platz bei Miss Devi am Tisch gebeten hatte, was heißen würde, auch bei Mr. Theodorescu. Er war sich jetzt nicht mehr sicher, ob die Idee wirklich gut gewesen war. Früher oder später, unter Theodorescus schierem Gewicht, dem von einem anderen, wenn auch noch so entfernten Punkt im Speisesaal die schrillen Zermürbungsaktionen des jungen Walters zuhilfe kamen, würde die Jagger-Tarnung abbröckeln und sich auflösen. Außerdem, wußte er, hatte er sich häßlicher gemacht, als er war, und für Miss Devi wollte er nun einmal gut aussehn. Närrische Tabus, wie? Hatte sie doch gesagt.

3 »Finden Sie sie gut, die Küche?« fragte Theodorescu. Der Speisesaal war ganz anders als das Spiegelei-mit-Bratkartoffeln-Lokal gegenüber der Fitzroy-Taverne, das Hillier im Nachkriegslondon gekannt hatte. Klimatisierte Luft schnurrte durch das champagnerfarbene Licht, und nur um ein geringes lauter spielten

Streichinstrumente auf einer Galerie über dem vergoldeten Eingang eine langsame und verdauungsfördernde Musik. Die Musiker schienen alle schon sehr alt zu sein, langgediente Angestellte der Schiffahrtslinie kurz vor dem Ruhestand, und sie machten eine Tugend aus der Langsamkeit der Fingerbewegungen, welche die Arthritis erzwang: Richard Rodgers wurde nobel, fast weihevoll. Die Einrichtung des Speisesaals war erlesen, die Stühle auch den breitesten Hinterteilen bequem gewachsen, die Tischdecken vom feinsten Damast aus Dunfermline. Theodorescu hatte seinen Tisch neben einem halberhellten Aquarium, in dem fantastische Fische – behaarte, gepanzerte, verschleierte, gestachelte und schwertschwänzige – ernste Besuche in Schlössern, Grotten und Türmchen machten und dann und wann den menschlichen Essern einen stummen, großmäuligen Bericht erstatteten. An dem Tisch saßen nur Theodorescu, Miss Devi und Hillier. Die Familie Walters, wie Hillier mehr mit Freude feststellte, saß ein Stück weit hinter einer schützenden Mauer fleischiger und ziemlich lauter Geldritter mit ihren Damen. Mehr, aber nicht ganz ausschließlich mit Freude: Miss Walters, in einem losen, feuerroten Samtkleid, mit einem goldenen Medaillon an einem langen schweren Halsband, sah sehr reizvoll aus. Sie las bei Tisch, und das gehörte sich nicht, aber ihr Bruder brütete stumm vor sich hin, ihr Vater und ihre Stiefmutter aßen still und fleißig, wobei Mrs. Walters ihrem trübsinnigen, aber nicht appetitlosen Gatten zweite Portionen aufnötigte.

Hillier hatte zuerst dasselbe bestellt wie Theodorescu, Hummermedaillons in Sauce cardinale. Der Hummer, so hatte der Chefsteward sie unterrichtet, war in Weißwein und einer aus dem Gehäuse abgekochten Kurzbouillon pochiert und dann in warmem Pernod flambiert worden. Der Saal war voller stummer Kellner, viele davon Goanesen, auch ein paar Engländer (einer, Wristes Freund, war vorbeigekommen, um ein »Danke fürs Guinness« zu flüstern). Es gab kein gehetztes Tellerklappern und Knallen der Küchentüren; alles geschah in Ruhe.

»Ich meine«, sagte Theodorescu, »Sie und ich, wir essen jetzt Seebarbe mit Artischockenherzen. Der Herr, der vor Ihnen diesen Platz eingenommen hat, war kein großer Tafler. Ich werde leicht verlegen, wenn meine Tischgenossen sehr viel weniger essen als ich. Ich komme mir dann so gierig vor.« Hillier blickte auf Miss Devis flinke und lange rote Fingerspitzen. Sie aß eine große, bunte Curryplatte mit vielen Nebengerichten; dies, wenn sie alles verzehrte, müßte bis um Mitternacht vorhalten. »Bei diesem Champagner bleiben wir am besten, meinen Sie nicht?« sagte Theodorescu. Es war ein 53er Bollinger; der ersten Flasche waren sie schon fast auf den Grund gekommen. »Harmlos genug, nicht im mindesten aufregend, aber ich finde, Wein ist etwas Obligatorisches, wie Brot; er darf sich nicht zu sehr ins Essen eindrängen. Der Weinkult ist eine der vulgärsten Idolatrien.«

»Sie gestatten bitte«, sagte Hillier, »daß die nächste Flasche auf meine Rechnung geht.«

»Nun ja«, sagte Theodorescu. »Ich schlage Ihnen einen Handel vor. Wer von uns weniger ißt, zahlt den Wein. Ist es Ihnen recht?«

»Ich glaube, ich hab keine Chance«, sagte Hillier.

»Ach, ich glaube, dieser widerliche Bengel hat Ihr Selbstvertrauen lädiert. Beim Tafeln fürchte ich den Dünnen. Die Dicken lassen sich belächeln und scheinen sich vollzustopfen, aber das ist nur Windmacherei. Haben Sie für Wetten was übrig?«

»Nun . . .« In Hilliers Magen hatten eigentümliche

Gärprozesse begonnen; ein ganz gewöhnlicher, von innen her aufsteigender Schaumwein ließ ihn sagen: »Woran haben Sie denn gedacht?«

»Jede Summe, die Ihnen beliebt. Ein Tafelduell!« Miss Devi deutete ein Kichern an. »Sollen wir sagen, tausend Pfund?«

Ob er das, wenn er verlieren sollte, mit auf die Auslagenrechnung setzen könnte? fragte sich Hillier. Aber natürlich, es galt ja nicht. Ein Scheck, von Jagger unterzeichnet, war nur ein Stück Papier. »Gemacht«, sagte er. »Wir bestellen abwechselnd. Alle Teller sind vollständig zu leeren.«

»Prächtig. Wir fangen gleich an.« Und sie bearbeiteten die Seebarbe mit Artischockenherzen. »Nur langsam«, sagte Theodorescu. »Wir haben eine Ewigkeit Zeit. Was den Champagner angeht, es war einmal ernsthaft im Gespräch – 1918, glaube ich, zum zweihundertsten Jubiläum der erstmaligen Verwendung dieses Namens für die schäumenden Weine von Hautvillers – im Gespräch, wie gesagt, um Heiligsprechung für Dom Pérignon nachzusuchen, den Erfinder des Champagners. Nichts ist draus geworden, und doch sind Menschen schon für weniger heiliggesprochen worden.«

»Für viel weniger«, sagte Hillier. »Ich würde auf die Fürbitte des Heiligen Pérignon mehr Wert legen als auf die des Heiligen Paulus.«

»Also vom Beten halten Sie wohl viel? Gläubig?«

»Nicht gerade. Nicht mehr.« Vorsicht. »Ich glaube an die menschliche Fähigkeit, zu wählen. An den freien Willen. Das ist der wichtigste christliche Glaubenssatz.«

»Vortrefflich. Und nun, weil Sie gerade vom Wählen reden . . .« Theodorescu winkte. Der Chefsteward kam selbst, ein sanftgerundeter Herr mit rotblondem Schnurrbart. Hillier und Theodorescu bestellten abwechselnd die Gerichte im voraus. Hillier: Seezungenfilets Queen Elizabeth mit *sauce blonde;* Theodorescu: Schellfischpastete mit Sauce Newburg; Hillier: *Soufflé au foie gras,* mit viel Madeira bitte; Theodorescu: Avocadohälften mit Kaviar und kalter Chiffonsauce. »Und noch etwas Champagner«, sagte Theodorescu.

Sie aßen. Manche der anderen Gäste, die in der Nähe saßen und bemerkt hatten, was vorging, ließen in den eigenen Eßanstrengungen nach, um dem Duell zuzuschauen. Theodorescu äußerte sich beifällig über den roten Kaviar, der auf die Avocados gehäuft war; dann sagte er:

»Und wo haben Sie Ihre katholische Erziehung her, Mr. Jagger?«

Hillier mußte sich auf sein Essen konzentrieren: »Ach, aus Frankreich«, sagte er aufs Geratewohl. Er hatte schon zu viel verraten; er mußte seiner Tarnung treu bleiben. »In einem kleinen Ort nördlich von Bordeaux. Cantenac. Ich glaub nicht, daß Sie's kennen.«

»Cantenac? Aber wer kennt es nicht, oder zumindest den Château Brane-Cantenac?«

»Sicher«, sagte Hillier. »Aber ich dachte, Sie machen sich nichts aus Wein. Der Baron de Brane, der Mouton-Rothschild hochgebracht hat.«

»Aber sonderbar, daß ein junger Engländer da aufgewachsen sein sollte. Ihr Vater, hatte er mit dem Weinbau zu tun?«

»Meine Mutter war Französin«, log Hillier.

»Tatsache? Wie war denn ihr Mädchenname? Es könnte sein, daß ich die Familie kenne.«

»Ich glaube kaum«, sagte Hillier, »es war eine ganz obskure Familie.«

»Aber Ihre Fachausbildung, nehme ich an, die haben Sie in England bekommen?«

»In Deutschland.«

»Und wo da?«

»Also jetzt schlage ich vor«, sagte Hillier, *»Filet mignon à la romana,* mit etwas Schmetterlingsravioli und ein paar Zucchini.«

»Ja danke.« Der Chefsteward schrieb eifrig. »Und danach Lamm vom Spieß *persillée* mit Zwiebeln und *Gruyère casserole* mit grünen Bohnen und Sellerie *julienne.*«

»Und noch Champagner?«

»Ich meine, wir könnten mal wechseln. Etwas Schwereres. 55 war ein großes Jahr für Bordeaux. Einen Lafite Rothschild?«

»Ich wüßte nichts Besseres.«

»Und für Sie, meine Teure?« Miss Devi hatte den größten Teil ihrer Curryplatte verspeist, wenn auch nicht alles. Sie wollte jetzt nur eine *Crème brulée* mit einem Glas Madeira dazu. Von dem Champagner hatte sie ihr Teil getrunken: ihre Augen glänzten, ein gutbeleuchtetes Neu-Delhi, keine dampfenden Dschungel. Hillier wurde es unbehaglich, als Theodorescu, während sie auf die kleinen Filets warteten, hungrig an einem Brotstäbchen knabberte. Konnte aber Bluff sein, paß auf ihn auf! Der Speisesaal leerte sich gemächlich; von fern hörte man eine Tanzkapelle sich einstimmen, und die betagten Fiedler hatten sich zurückgezogen. Die benachbarten Gäste waren an dem Duell nun nicht mehr so interessiert: Dies war ein sinnloses Geschlinge, sagten ihnen ihre vollen Bäuche; hinter blauen Rauchvorhängen stillten die Herren nun ihr Bedürfnis nach den allererlesensten kubanischen Blattsorten. Die Familie Walters war noch da: Das Mädchen las, der Junge inhalierte etwas aus einem Kognakschwenker, die Frau rauchte, und der Mann sah nicht sehr gut aus.

»Wo denn in Deutschland?« fragte Theodorescu, sein Filet schneidend. »Deutschland kenne ich. Aber natürlich, welches Land kenne ich nicht? In meinem Geschäft komme ich viel herum.« Ich bin gewarnt worden, dachte Hillier. Er sagte:

»Ich wollte sagen, ich habe Schreibmaschinentechnik in Deutschland studiert. Nach dem Krieg, in Wilhelmshaven.«

»Ah ja. Die große Marinebasis, jetzt nur noch ein Zentrum der Leichtindustrie an der Küste. Sie kennen vermutlich Herrn Lüttwitz von der Olympia?«

Hillier ließ es drauf ankommen, zog die Stirn kraus. »Ich wüßte nicht, kann mich nicht erinnern.«

»Ach so, dumm von mir. Ich dachte auch an eine ganz andere Firma.«

»Und welches«, fragte Hillier, als der Lammbraten kam – er sah, daß er köstlich war, aber bald würde nichts mehr köstlich sein – »ist Ihre Branche?«

»Rein An- und Verkauf.« Theodorescu zuckte massig die Schultern. Bildete er sich das nur ein, oder hatte sein Kontrahent jetzt zu kämpfen mit dieser Gabelvoll Zwiebeln und Gruyère casserole? »Ich produziere nichts. Ein tauber Halm in dieser großartigen Welt – Ihrer großartigen Welt – der Kreativität.«

»Fasan«, bestellte Hillier, »mit Pekannußfüllung. Brotsoße und Wildchips.« Mein Gott! »Und Broccoliblüten.«

»Und dann vielleicht für jeden ein Küken im Graupenbett. Mit *Sauce béchamel velouté*. Etwas Spinat und gehackte Pilze. Eine Röstkartoffel mit Wurstfüllung.« Hillier kam es so vor, als ob Theodorescu mit einem Anflug von Trotz bestellte. Spürte er endlich die Wirkung? War das Schweiß auf seiner Oberlippe?

»Das hört sich ja gut an«, sagte Hillier. »Noch eine Flasche vom gleichen?«

»Warum nicht mal Burgunder? Einen 49er Chambertin, meine ich.«

Das Essen wurde erbitterter. Miss Devi sagte: »Ich glaube, Sie entschuldigen mich, ich gehe hinaus auf Deck.« Hillier stand sofort auf und sagte:

»Erlauben Sie, daß ich Sie begleite.« Und zu Theodorescu: »Ich bin gleich wieder zurück.«

»Nein«, rief Theodorescu. »Hiergeblieben bitte! Das Meer ist ein notorisches Vomitorium.«

»Wollen Sie sagen«, sagte Hillier, sich wieder hinsetzend, »daß Sie mir einen so schäbigen Trick zutrauen?«

»Ich will gar nichts sagen.« Miss Devi, die sich noch einmal umdrehte, ehe sie durch das Vomitorium von Speisesaal davonging, lächelte Hillier etwas traurig zu. Hillier machte eine leichte Verbeugung, ohne aufzustehen. Sie ging. »Machen wir weiter«, brummte Theodorescu.

»Ich mag das nicht, wie Sie reden. Weitermachen! Sie beschimpfen damit das gute Essen. Ich will es richtig genießen.«

»Dann genießen Sie, und hören Sie auf zu reden.«

Verbissen genießend, doch mit einem Vorgefühl des möglichen Triumphes, hörte Hillier plötzlich ein Poltern, ein Plumpsen, ein Aufstöhnen und leise Schreie, wie er nun sah, vom Tisch der Walters. Der Kopf des Familienoberhaupts war zwischen die Obstabfälle gesunken, Näpfchen und Kaffeetassen umwerfend. Schlaganfall oder dergleichen. Herzkranz. Die Stewards, die, als sich der Saal leerte, diskret nähergerückt waren, um das Tafelduell zu verfolgen, liefen nun ebenso wie die noch anwesenden Gäste um den Walterstisch zusammen, ein plötzlich ausgebrochenes Geschwür auf der glatten Haut der Urlaubstage. Hillier wie auch Theodorescu senkten schuldbewußt die Blicke auf ihre fast leeren Teller. Ein Steward rannte los, den Schiffsarzt holen. »Sollen wir sagen, unentschieden?« sagte Hillier. »Wir haben uns beide wacker gehalten.«

»Sie strecken die Waffen?« sagte Theodorescu. »Sie kapitulieren?«

»Natürlich nicht. Ich wollte nur vorschlagen, daß wir Vernunft annehmen. Da drüben haben wir ein schlimmes Beispiel vor Augen.« Der Schiffsarzt, in der Abenduniform der Handelsmarine, verlangte brüllend, daß man den Weg freimachte.

»Es wird Zeit, daß wir wieder etwas zu essen bekommen«, sagte Theodorescu. Er rief den Chefsteward. »Schicken Sie den Puddingwagen«, sagte er.

»Dem Herrn dort geht's ziemlich schlecht, Sir. Wenn es Ihnen nichts ausmacht, warten Sie doch bitte eine Sekunde . . .«

»Unsinn! Ist doch kein Krankenhaus hier.« Sah aber doch so aus, jetzt. Ein paar Pfleger mit einer Bahre waren hereingekommen. Während Mr. Walters, der hektisch schnarchte, daraufgelegt wurde, rollte ein goanesischer Steward den Puddingwagen heran. Mrs. Walters weinte. Die beiden Kinder waren nirgends zu sehen. Mr. Walters wurde in einem Geleitzug hinausgetragen. Theodorescu und Hillier hatten den Speisesaal nun fast für sich allein. »Also«, sagte Theodorescu. »Harlekin-Scherbett?«

»Harlekin-Scherbett.« Sie taten sich gegenseitig auf.

»Ich meine«, sagte Theodorescu, »eine Flasche Blanquette de Limoux.«

»Glänzende Idee.«

Sie arbeiteten sich mißmutig durch die Süßspeisen. Pfirsich-Mousse mit Himbeersirup. Sahnering Chantilly mit Zabaglione. Poires Hélène mit kalter Schokoladensoße. Kalter Grand-Marnier-Pudding. Erdbeerauflauf. Marrons panachés vicomte. »Hören Sie«, keuchte Hillier, »das hier ist überhaupt nicht meine Stärke.«

»Nicht, wirklich nicht, Mr. Jagger? Was ist denn Ihre Stärke?«

»Meine Zähne brennen wie Feuer.«

»Kühlen Sie sie mit dieser Nektarinentorte!«

»Ich glaube, mir wird schlecht.«

»Das ist nicht erlaubt. Das ist gegen die Regeln.«

»Wer macht die Regeln?«

»Ich.« Theodorescu goß Hillier eine wundervoll eiskalte Schale schäumenden Blanquette ein. Danach ging es Hillier besser. Er konnte ein Schokoladenrumdessert, mit Schlagsahne und Kahlua garniert, zu sich nehmen, auch noch etwas Orangenmarmelade *Crème bavaroise,* stark mit Cointreau gewürzt. »Wie wär's mit einer *Tarte aux pommes normandes* mit Calvados?« fragte Theodorescu. Aber Hillier hatte eine apokalyptische Vision seines Leibesinnern – ein zermanschter Brei von Schleim und Fasern, Sahne, die sich zäh durch die Verdauungsbahnen schleppte, die würzigen Liköre kurz vor der Selbstentflammung, ein schäumendes Spülichtmeer säuernder Weine. Eine kleine indische Stadt hätte man von all dem Zeug einen Tag lang ernähren können. Dies war der Westen, aus dem Roper desertiert war. »Ich gebe auf«, keuchte er. »Sie haben gewonnen.«

»Sie schulden mir tausend Pfund«, sagte Theodorescu. »Ich möchte sie ausgezahlt haben, ehe wir nach Jaryljuk kommen. Nein, es kann sein, daß ich das Schiff schon vorher verlasse. Ich möchte das Geld bis morgen mittag ausgezahlt haben.«

»Vor Jaryljuk können Sie nicht fort. Es ist der nächste Hafen.«

»Es gibt Hubschrauber. Es hängt viel von bestimmten Nachrichten ab, die ich bekomme.«

»Sie können jetzt gleich einen Scheck haben.«

»Ich weiß. Ich möchte aber Bargeld.«

»Aber Bargeld hab ich nicht. Jedenfalls nicht so viel.«

»Beim Kassierer im Safe ist genug. Ich nehme an,

Sie werden Reiseschecks oder einen Kreditbrief haben. Bargeld.« Er steckte sich eine Zigarre an, mit ruhiger Hand, als ob er bloß ein paar Spiegeleier gegessen hätte. Dann ging er aus dem Speisesaal, völlig gerade. Hillier rannte, rempelte ihn an. Oh, dieses notorische Vomitorium.

4 »Und wie geht es Ihrem Gatten?« fragte Hillier, ein wenig schuldbewußt. Er fühlte eine vage Verantwortlichkeit für Mr. Walters' Herzanfall; hatte er doch die Völlerei propagiert, anstatt spätestens nach dem *Filet mignon* aufzustehen und sie in einer Predigt im Stile Pater Byrnes zu geißeln. Aber er hatte an seine gute Chance geglaubt, tausend Pfund zu gewinnen, eine Summe, die er für die Pensionierung hätte gebrauchen können. Und jetzt mußte er sie bar auf den Tisch legen und konnte es nicht. Jedenfalls, das Geld war gefordert worden, doch mit Gewährung eines kurzen Moratoriums. Eine geheimdienstliche Intuition ließ ihn ahnen, daß es vielleicht gar nicht so weit kommen werde. Das Wichtigste war jetzt, mehr über Theodorescu in Erfahrung zu bringen. Und dazu war er nun hier, am Rand der Tanzfläche, und trank Cordon Bleu, mit Crème de menthe vermischt und einem Hügel aus zerstoßenem Eis auf dem Grunde, an der schlichtgefälligen Metallbar auf dem Erholungsdeck. Er suchte nach Miss Devi. Es war auf jeden Fall richtig, ganz abgesehen von seinen Informationswünschen, daß er Miss Devi sehen wollte, in dieser prächtigen adriatischen Sommernacht mit ihrer kostspieligen Mond- und Sternenparade für die tanzenden Geldritter und ihre Damen. Ebensogern hätte er statt dessen etwas von Miss Walters gesehen, aber deren Vater war schwer krank, und es gab Rücksichten auf die Schicklichkeit.

Mrs. Walters dagegen schien über dergleichen Rücksichten zu stehen; sie schüttete große Whiskeysodas in sich hinein, während ihr Mann, hektisch schnarchend, im Bordlazarett lag. Hillier sah sie jetzt aus der Nähe, wurde sogar durch die Gunst beschämt, einen Blick in ihr tiefausgeschnittenes mitternachtsblaues Satinkleid tun zu dürfen, unter einer hauchzarten Stola von Abendblau, die lose um die Schultern lag. Ihr Haar war von einem krausen Kastanienbraun, nicht allzu attraktiv; sie hatte ein tückisches, herzförmiges Gesicht, mit Augen, die sie in gewohnheitsmäßiger Schlauheit verengte; ihre Ohren waren ohne Läppchen und unberingt. Sie war nicht älter als achtunddreißig. Jetzt sagte sie, in einem überraschend resonanzlosen Contralto: »Er hat sich's selbst zuzuschreiben. Das ist schon sein dritter Infarkt. Ich warne und warne ihn, aber er sagt, er will sein Leben genießen. Da sehn Sie, was es ihm eingebracht hat, das Genießen.«

»In einer vernünftigen Ordnung der Dinge«, sagte Hillier sentenziös, »wären die Vergnügungen des Wohlstandsalters der nach ihnen darbenden Jugend vorbehalten.«

»Mich veralbern?« sagte Mrs. Walters. Letztlich war sie vielleicht bloß vulgär. »Er ist bei Brot und Marmelade großgeworden, sagt er. Dünnen Tee aus dem Blechnapf. Vom Brot hat er jetzt das bessre Ende, sagt er sich, wo er lauter Mehlfabriken besitzt. Die beiden Kinder da, seine, ob Sie's glauben oder nicht, die haben nicht eine Scheibe Brot gegessen, seit sie entwöhnt sind. Er will kein Brot im Hause haben.« Die ganze Zeit, während sie sprach, sah sie zerstreut umher, als ob sie auf jemanden wartete.

»Aber«, wiederholte Hillier, »wie *geht* es Ihrem Gatten?«

»Der erholt sich schon wieder«, sagte sie gleichgültig.

»Sie haben ihm allerlei Spritzen gegeben.« Und nun erstrahlte sie in vollem Glanz und wiegte sich kaum merklich in den Hüften, als ein Mann näherkam, der eine Art Musterexemplar von einem Galan war: Hillier spürte, daß er unter der grünen Smokingjacke, unter Pomade, Talkum, Cologne, After-Shave und Deodorant einen feinen, unaustilgbaren Geruch nach Küchenfett haben mußte. Beide waren vulgär, und mochten sie es bleiben.

Hillier schlenderte fort von der Bar, in einer Hand sein Getränk, die andere in der Jackentasche, befriedigt, daß der Gedanke an Küchenfett ihm keine Übelkeit mehr bereitete. Den größten Teil seiner ungeheuerlichen Mahlzeit hatte er dem Meer anvertraut – still und leise in einem ruhigen Winkel zwischen den Rettungsbooten. Nach gar nichts hatte es geschmeckt, als es hochkam, ein Aroma hatte das andere übertäubt. Jetzt ging es ihm gut, nur Hunger hatte er nicht mehr. Als er wohlwollend den Tänzern zuschaute, die jugendgemäße Hüftschüttlungen vollführten, wobei die Kinnladen wieder in einem anderen Rhythmus geschüttelt wurden, sah er unter ihnen Miss Devi, mit einem der niederen Schiffsoffiziere als Partner. Gut, er wollte sie um den nächsten Tanz bitten, hoffentlich etwas Zivilisiertes, wobei die Körper fest aneinandergeschmiegt blieben. Diese neuen Jugendlichen, denen doch alles Geschlechtliche offenstand, waren in Wahrheit ganz geschlechtslos. Ihre Tänze waren narzißtisch. Sie gaben sich Mühe, androgyn zu werden. Vielleicht war dies nur der erste Schritt in einem langen Evolutionsprozeß, der auf einen menschlichen Wurm hinausliefe. Hillier stellte sich den Wurmmenschen vor; ihn schauderte. Treiben wir's üppig, solang es noch zwei Geschlechter gibt! Ich warne und warne ihn, aber er sagt, er will sein Leben genießen. Mrs. Walters hatte sich mit ihrem Galan verzogen, vielleicht zu den Rettungsbooten. Warum wirkten Rettungsboote aphrodisierend? Hatte vielleicht etwas mit Notlagen zu tun. Adam und Eva auf einem Floß.

Die Hüftschüttlungen kamen zur Ruhe; die Tänzer kehrten an ihre Tische zurück. Miss Devi war mit dem Schiffsoffizier allein. Der war leicht abzuschieben, ein Bediensteter. Hillier wartete, sah den beiden zu, wie sie durch Strohhalme etwas aus hohen Gläsern sogen. Der Kapellmeister, der sehr betrunken zu sein schien, sagte: »Das nächste Stück wäre für unsere Alten, wenn Alte hier wären.« Alles dick aufgetragen, auch die Schmeichelei. Die Kapelle begann einen langsamen Foxtrott.

Miss Devi schien ganz froh zu sein, daß Hillier sie aufforderte. »Mir tut diese dumme Wette jetzt doch etwas leid«, sagte Hillier, während sie die Trippelschritte machten. »Ich meine, nicht weil ich verloren habe – das macht nichts –, sondern weil es eine Art Beleidigung für Indien gewesen ist. Stellen Sie sich das mal als Tableau in einem Stück von Brecht oder so jemand vor – zwei Westmenschen am Fressen, mit tausend Pfund drauf, und Indien schaut mit traurigen Augen zu und denkt an seine hungernden Millionen.«

Miss Devi lachte. Ihr schlanker Rumpf, im Tanz zurückgebogen, lag griffig in seinem Arm. Hillier, wie so oft, wenn er einer begehrenswerten Frau nahe war, bekam allmählich Hunger. »Hungernde Millionen«, wiederholte sie, mit einer Art kühlen Spotts. »Wir bekommen doch alle, was wir verdienen. Zu viele Kinder haben und das Land nicht richtig bestellen – da könnte man gleich sagen: ›Ich will verhungern.‹«

»Also für Mitleid, Anteilnahme und dergleichen haben Sie nichts übrig?«

Sie dachte beim Tanzen darüber nach. »Ich will

nichts davon hören. Wir müssen wissen, was wir tun und was die Folgen sind.«

»Und wenn ein verrückter Fremder in mein Haus einbricht und mit dem Messer auf mich losgeht?«

»Das ist vorbestimmt, von Anfang an so gewollt. Gegen Gottes Willen kann man nichts machen. Man mißbilligt den Vollstrecker, wenn man mit dem Opfer Mitleid hat. Gott darf man nicht mißbilligen.«

»Ich finde es sonderbar, daß Sie über Gott sprechen.« Sie sah ihn kalt an, versteifte sich. »Ich meine, hier auf einem Luxusschiff, bei einem langsamen Foxtrott.«

»Warum? Alles ist in Gott – der langsame Foxtrott, das Saxophon, die gesalzenen Erdnüsse an der Bar. Was soll daran sonderbar sein? Das Universum ist eines.«

Hillier seufzte in sich hinein: Sie redete wie Roper, nur Gott hätte der aus dem Spiel gelassen. »Und das Universum kennt nur ein Gesetz?« fragte er.

»Die Gesetze sind darin enthalten, nicht vorgeschrieben. Egal, was wir tun, wir gehorchen ihnen.«

»Was sagt Mr. Theodorescu dazu, wenn Sie so reden?«

»Im allgemeinen stimmt er mir zu. Er glaubt an den Primat des Willens. Wir sollen tun, was wir tun wollen. Niemals müßige Wünsche hegen.«

Nicht schlecht. »Und wenn wir uns einen Menschen wünschen, nicht bloß eine Sache?«

»Dann muß eine Willensharmonie dasein. Manchmal ist es so vorbestimmt. Gewöhnlich muß es bewerkstelligt werden, nach den Wünschen des einen. Der Wünschende muß dafür sorgen, daß der wechselseitige Wunsch entsteht. Dies ist vielleicht die gottähnlichste Aufgabe, die eine Menschenseele übernehmen kann. Eine Art Schicksalsschöpfung.«

Sehr logisch kam es Hillier nicht vor, aber er würde

sich hüten, ihr das zu sagen. Auch dachte er nicht daran, sich sogleich in die praktische und persönliche Auslegung ihrer Theorie zu verbeißen. Zeit genug, hast noch die ganze Nacht vor dir. Mach den Ofen an und stell die Teller ins Wärmfach. »Ihnen selbst«, sagte er, »da an Ihrer Erwünschtheit kein Zweifel sein kann, muß diese Reziprozität viele Male angewünscht worden sein. Und in vielen Ländern.«

»Manchmal mehr, manchmal weniger. Aber ich habe nicht viel Zeit fürs Private.«

»Bei Mr. Theodorescu haben Sie viel zu tun?«

»Ach, was für ein scheußlicher Ton!« Sie schnitt eine reizende Grimasse. »Dieser Saxophonist muß betrunken sein. Was hatten Sie gesagt? O ja, viel zu tun.«

Hillier sah jetzt seinen Kabinensteward, Wriste, wie er rauchend in einiger Entfernung in einer Tür stand und den Tänzern zusah. Er hatte sich für den Abend ein Hemd angezogen, mit getupfter Schleife. Als er Hillier sah, winkte er vergnügt, doch unauffällig, und bezeigte, indem er den Mund aufmachte, sein zahnloses Entzücken. »Viel zu tippen undsoweiter?« fragte Hillier. »Ich arbeite gerade am Entwurf für eine billige, leichte elektrische Schreibmaschine. Man kann sie auf Reisen mitnehmen und in jeder Steckdose anschließen.«

»Da tanzen wir«, sagte Miss Devi, »unter dem gestirnten Adriahimmel, und Ihnen fällt nichts Besseres ein, als mir von Ihren Schreibmaschinen zu erzählen.«

»Das Universum ist eines. Gott und die Schreibmaschine und der betrunkene Saxophonist. Was für Geschäfte macht denn Mr. Theodorescu? Auch er ist ja ein Teil des Universums.«

»Er bezeichnet seine Firma als Entrepôt für Industrienachrichten. Er kauft und verkauft sie.«

»Und läßt er sich immer in bar bezahlen?«

Sie antwortete nicht. »Hören Sie«, sagte sie dann, »wenn Sie herausbekommen wollen, ob Mr. Theodorescu und ich ein *persönliches* Verhältnis haben, ist die Antwort nein. Und wenn Sie mich bitten wollen, meinen *persönlichen* Einfluß geltend zu machen, damit er Ihnen Ihre Schuld erläßt, dann abermals nein. Mit Mr. Theodorescu darf man eben nicht wetten. Er gewinnt immer.«

»Und wenn ich mich weigere, zu zahlen?«

»Das wäre äußerst unklug. Es könnte Ihnen etwas zustoßen, ein bedauerlicher Unfall. Er ist sehr mächtig.«

»Sie meinen, er könnte mir physisch etwas antun? Nun, dann fang ich am besten gleich von mir aus an. Ich kann so gerissen kämpfen wie nur einer. Ich finde, ein Gentleman muß bereit sein, von einem anderen Gentleman einen Scheck anzunehmen. Mr. Theodorescu aber verlangt Bargeld und ist bereit, bedauerliche Unfälle zu arrangieren. Ich finde, Mr. Theodorescu ist kein Gentleman.«

»Lassen Sie ihn das besser nicht hören.«

»Wo ist er denn? Ich sag es ihm ins Gesicht, mit Vergnügen. Aber ich nehme an, er liegt jetzt flach in seiner Koje oder in seiner Luxussuite oder weiß ich wo.«

»Ach was! Er ist im Fernmelderaum, kümmert sich um seine Nachrichten. Mr. Theodorescu ist niemals krank. Er kann essen und trinken, was er will. Ich glaube, er ist viriler als alle Männer, die ich kenne.«

»Entschuldigung«, sagte Hillier zu einem Paar, in das er beinah hineingerannt wäre. Und, zu seiner zwielichtigen Tänzerin: »Aber doch nicht so viril, daß er mit Ihnen die reziproke Wunschharmonie anspinnen möchte?«

»Sie drücken sich sehr pompös aus. Mr. Theodorescu

ist sexuell an etwas anderem interessiert. Er sagt, er hat alles erschöpft, was mit Frauen möglich ist.«

»Heißt das, der frühreife Herr Walters wird sich in acht nehmen müssen?«

»Er ist zugleich auch diskreter als alle Männer, die ich kenne. Er ist sehr diskret in allem.«

»Mein Geschmack ist normal. Ich habe so viel Diskretion nicht nötig.«

»Was meinen Sie?« Aber ehe er antworten konnte, hatte sie mit Katzenaugen sein Gesicht gemustert. »Mir scheint«, sagte sie, »daß Sie sich aus irgendeinem Grund häßlich machen wollen. Das Gesicht, das ich sehe, kommt mir nicht wie Ihres vor. Vielleicht haben Sie Ihr Geheimnis. Der frühreife Junge vorhin glaubte nicht, daß Sie etwas mit Schreibmaschinen zu tun haben. Eben hatten Sie es allzu eilig, das Gespräch auf Schreibmaschinen zu bringen, als ob Sie sich selbst erst überzeugen müßten, daß dies Ihr Berufsinteresse ist. Warum sind Sie hier? Warum machen Sie diese Reise? Wer sind Sie?«

»Mein Name ist Sebastian Jagger. Ich bin Schreibmaschinentechniker.« Hillier deutete Sprechgesang an, frei nach der Arie der Mimi aus dem ersten Akt von *La Bohème*. Die Musik des Foxtrotts störte dabei nicht. Der Pianist, anscheinend ebenso betrunken wie sein Kapellmeister, machte etwas Atonales und Aleatorisches, während Schlagzeuger und Bassist die Tänzer darüber zu beruhigen versuchten, daß es noch derselbe Tanz sei, mit dem sie angefangen hatten. »Ich habe etwas für Olivetti gemacht. Ich kehre für einige Zeit nach England zurück, aber vorher mache ich Urlaub.«

»Ich würde Sie gern ausziehen«, sagte sie mit einem Blick voll feiner Arglist, »um zu sehen, was Sie wirklich für einer sind.«

»Lassen Sie uns beim Ausziehen reziprok vorgehen«, sagte Hillier galant.

Die Musik, bis auf das Klavier, hörte plötzlich auf. Ein vor Gesundheit strotzender, wenn auch dicklicher Herr mit grauen Löckchen, Abendanzug und Priesterkragen stand bei den Musikern auf dem Podium. »Liebe Freunde«, stimmte er an, mühelos durchdringend. Der Pianist fiel mit einer Rezitativbegleitung ein, wurde aber gleich zum Verstummen gebracht. Die Gemeinde hörte zu, die Arme immer noch umeinander geschlungen wie beim Liebesmahl. »Ich bin darum gebeten worden, daß wir jetzt aufhören. Wie wohl die meisten unter Ihnen wissen, liegt einer unserer Mitreisenden im Schiffslazarett. Unser fröhlicher Lärm ist offenbar dort nur allzu gut hörbar. Ich fürchte, für den Armen steht das Schlimmste zu befürchten. Es wäre ehrerbietig und rücksichtsvoll, wenn wir den Abend in Stille beendeten, vielleicht sogar in Nachdenken. Ich danke Ihnen.« Er stieg herab, unter leichtem Beifall. Der Kapellmeister rief:

»Ihr habt's gehört, Leute. Geht schön still nach Hause, und macht keine Dummheiten an den Straßenecken!«

»Ich finde«, sagte Miss Devi, den Arm immer noch leicht um Hillier, »Sie sind unverschämt.«

»Sie halten viel auf Formen, wie?« sagte Hillier. »Diskretion gefällt Ihnen, Unverschämtheit nehmen Sie übel. Ein indiskreter Gott hat die Unverschämtheit gehabt, mich so zu schaffen, wie ich bin. Wenn Sie herausfinden wollen, wie ich bin, so ist mir das mehr als recht. In aller Ruhe. Ausziehen«, fügte er hinzu, »war das Verfahren, an das Sie gedacht haben.«

»Ich werde meine Kabinentür abschließen.«

»Tun Sie das, schließen Sie nur ab!« Hillier knurrte der Magen vor Hunger. Miss Devi hatte immer noch den Arm um ihn. Er machte sich langsam frei. »Dieses silberne Ringdings da auf Ihrer Nase«, sagte er. Er zupfte daran, und sie fuhr zurück. »Behalten Sie es an«, sagte er. »Was Sie auch ablegen werden, dies nicht!« Sie hob den Kopf so hoch, als wollte sie einen Wasserkrug darauf tragen, spitzte kurz die Lippen, wie um zu spucken, und schritt dann voll arischer Würde durch die sich verlaufende Menge davon.

Wriste stand immer noch am Rand der Tanzfläche. Sein Freund, der Kellner, war bei ihm, ein dünner, sonnenverbrannter, einsilbiger Mensch Mitte dreißig, immer noch für den Dienst im Speisesaal gekleidet. »Ich glaube, Sie kommen schon klar da«, sagte Wriste. »Danke fürs Guinness«, sagte der Kellner zum zweiten Mal, schielend. Hillier sagte:

»Ich möchte etwas zu essen auf meine Kabine.«

»Können Sie bei ihm bestellen«, nickte der Kellner. »Wenn er sich nicht grad aufspielt, natürlich.«

»Allen Wünschen der Passagiere, sofern sie vertretbar scheinen, ist ohne Widerspruch Folge zu leisten«, sagte Wriste dienstlich. »Was darf ich Ihnen bringen, Sir?«

»Krustentiere, wenn Sie wissen, was das ist. Ungarniert, aber bitte Paprika nicht vergessen. Und eine Flasche klirrend kalten Sekt.«

»In Ordnung, Sir. Und die Nummer der Kabine, die Sie wissen wollen, wenn Sie sie nicht schon wissen, ist achtundfünfzig. Verdammich«, sagte Wriste unzeitgemäß, »wie die Armen nur leben!«

5 Es war nicht möglich, auf dem Weg zu jener Kabine viel Heimlichkeit zu wahren, obwohl es sehr spät und der Korridor nur noch gedämpft beleuchtet war. Aus den Kabinen kamen so laute Schnarchtöne, daß Hillier an ihre Echtheit kaum

glauben mochte; vielleicht würden gleich Türen aufgehen, und unter Lockenwicklern hervor, aus Mündern ohne Gebiß würde Entrüstung kundgetan. Wie um den Ernst der Lage zu unterstreichen, tauchte plötzlich Wriste am Ende des Korridors auf, um ihm »viel Glück, Sir« zu wünschen, so als ob Hillier zu einem Examen ginge. Und der junge Walters, in einem drachengemusterten chinesischen Brokatmorgenrock, ging auf und ab wie ein werdender Vater und qualmte eine schwarze Russische in einer Dunhill-Spitze. Hillier, als ihm einfiel, daß Vater hier ein bedeutungsschweres Wort war, fragte freundlich, ob er schon Neues gehört habe.

»Neues?« Bei aller Frühreife war sein Gesicht doch noch sehr jung und sah verquollen aus. »Was soll's da Neues geben? Was der Mensch sät, das wird er ernten. Arteriosklerose. Er hat gewußt, was er sich holt.« Es klang ein wenig wie Miss Devis hartherzige Philosophie.

»Man ist nicht immer selbst schuld am Zustand seiner Arterien«, sagte Hillier. »Manche Leute haben einfach Glück.«

»Wenn er stirbt«, sagte Alan, »was soll dann aus Clara und mir werden?«

»Clara?«

»Meine Schwester. Die Alte kommt schon zurecht, jetzt schon. Mein Vater wollte keine Vernunft annehmen. Ich hab ihm gesagt, er soll nicht noch mal heiraten. Wir kamen sehr gut allein aus, wir drei. Und alles kriegt *die,* alles. Sie haßt uns, ich weiß es doch. Was wird aus uns werden?«

Schnarchtöne antworteten. »Die moderne Medizin«, sagte Hillier lahm. »Ist ganz erstaunlich, was die heute alles fertigbringen. Sie werden's sehn, in ein, zwei Tagen ist er wieder putzmunter.«

»Was wissen Sie denn davon?« sagte Alan. »Von was haben Sie denn die leiseste Ahnung? Spionieren hier den Korridor auf und ab, soviel seh ich, denn Sie sind nun mal ein Spion. Wenn er stirbt, nehm ich sie mir vor. Oder Sie können sie sich vornehmen, weil Sie ein Spion sind. Ich werde Sie dafür bezahlen.«

»Jetzt hören Sie aber auf mit dem Unsinn«, sagte Hillier laut. Eine Stimme aus einer Kabine machte ssssschhh. Wie er sich's gedacht hatte, waren noch Leute wach. »Wir können morgen drüber sprechen. Und morgen wird alles wieder gut sein. Die Sonne wird scheinen, und dann ist alles nur ein böser Traum gewesen, bald wieder vergessen. Jetzt gehn Sie zu Bett.«

Alan schaute Hillier an, der unter seinem Bademantel nackt war. »Schon das zweite Bad an einem halben Tag«, sagte er. Gottseidank, ein Rest von Unschuld war doch noch in dem Jungen. »Wenigstens sind Sie ein sehr reinlicher Spion.«

»Hören Sie«, sagte Hillier, »machen wir das mal ganz klar. Ich *bin* kein Spion? Haben Sie das kapiert? Es *gibt* Spione, und einen oder zwei habe ich selbst schon gesehn. Aber ich bin keiner. Wenn Sie mich als Spion erkennen, kann ich nicht gut einer sein. Worauf es ankommt, wenn einer ein Spion sein will, ist doch, daß er nicht so aussieht, als wäre er's. Haben Sie das jetzt kapiert?«

»Ich wette, Sie haben einen Revolver.«

»Ich wette, Sie auch. Sonst scheinen Sie ja alles zu haben.«

Der Junge schüttelte den Kopf. » Keinen Waffenschein«, sagte er. »Zu jung! Das ist der Ärger – zu allem noch zu jung. Zu jung, um ein Testament anzufechten, zum Beispiel.«

»Zu jung, um so spät noch auf zu sein. Gehn Sie

zu Bett, nehmen Sie ein paar Schlaftabletten. Ich wette, die haben Sie auch schon.«

»Mir scheint wirklich«, sagte Alan, »so ein übler Kerl sind Sie gar nicht. Haben Sie Kinder?«

»Nein. Auch keine Frau.«

»Einzelgänger«, sagte Alan. »Wenn Sie doch bloß offen zu mir sein wollten! Ich möchte Ihnen mal Ihre Tarnung ausziehn und sehn, was Sie wirklich sind.«

Schon wieder Miss Devi. »Morgen«, sagte Hillier. »Morgen sieht alles anders aus. Welches ist denn Ihre Kabine?«

»Die da. Kommen Sie rein und trinken Sie noch einen vorm Schlafengehn!«

»Vielen Dank«, sagte Hillier. »Aber ich hab noch ein ziemlich dringendes Geschäft vor.« Er wand sich wie unter Leibschmerzen.

»Das ist das viele Fressen«, sagte Alan. »Ich hab's gesehen, und wie es ausgegangen ist, hab ich gehört. Traun Sie dem nicht«, flüsterte er. »Ausländer! Mich kann er nicht dumm machen mit seinem feinen Akzent.« Und dann, militärisch: »Gut. Gehn Sie!« Und er kehrte in seine Kabine zurück. Wriste war auch fort. Hillier ging leise weiter zur Kabine No. 58. Wie erwartet, war die Tür unverschlossen. Er klopfte und trat sofort ein. Abermals wie erwartet, sagte Miss Devi: »Sie kommen spät.«

»Aufgehalten«, stammelte Hillier. Miss Devi lag auf ihrer Koje, nackt bis auf den silbernen Nasenring. »Unvermeidlich.« Sie hatte sich das Haar gelöst, und es rahmte ihren Körper ein bis zu den Knien. Ihr Körper war prächtig, braun wie gebacken, mit dem zartesten Schimmer einer Glasur; dem herrlichen Haar antwortete das pechschwarze Büschel wie eine dreiste Parodie; die Brüste, obgleich voll, lasteten nicht, sondern lagen festgewölbt auf, wie aus einem überirdischen Gummi geknetet; und die Warzen begannen schon sich aufzurichten. Sie streckte die Arme, goldne Schwerter, nach ihm aus. Er stieß sich die Pantoffeln von den Füßen und ließ den Bademantel zu Boden fallen. »Das Licht«, keuchte er, »ich muß erst das Licht . . .«

»Laß an! Ich will sehn.«

Hillier kam zu ihr. *»Araikhul va«,* flüsterte sie. Tamil? Eine aus dem Süden also, drawidisch, nicht arisch. Sie war nach einem Lehrbuch geschult, aber nicht nach dem grobschlächtigen *Kama Sutra*. Ob es jenes seltene Buch namens *Pokam* war, an dessen Titel sich Hillier wegen seiner scherzhaften englischen Bedeutung immer erinnert hatte? Was nun begann, war quälend köstlich, etwas, wovon er nicht mehr gewußt hatte, daß es das gab. Sie entflammte ihn behutsam mit der *mayil,* der Pfauenumarmung, ging dann über in die *matakatham,* die *poththi,* die *putanai*. Hillier verlor die Zeit unter den Füßen; winkte sich zu, als er abflog. Ade, Hillier! Eine Stimme von drüben, schneidend wie Licht, neckte ihn mit Quizfragen, und er wußte alle Antworten. Heiligkreuztag? Das Fest der Kreuzerhöhung, 14. September. Erscheinungsjahr der *Hypatia*? 1853. Die Mulready-Mappe, Kālila und Dimna, das Kennington-Oval, angelegt 1845. Die weiße Hindin von Rylstone, Markheim, die krumme Janet, Wades Zauberschiff mit dem Namen Wingelock. Pontius Pilatus' Diener hieß Cartaphilus, der wandernde Jude. Wann bestieg Königin Elisabeth den Thron? November 1558. Da war etwas, das ihn zurückrufen wollte, ein Geschäft auf Erden, jetzt, hatte mit seinem Auftrag zu tun, aber er wurde fortgezerrt, weiter, hinüber, bis dahin, wo die Stimme herkam. Er sah Lippen sich öffnen, wie um ihn zu verschlingen. Der

Erste ist der Fünfte, und der Fünfte ist der Achte, sagte ihm eine nörgelnde Erdenstimme, aber er schrie sie nieder. Er ließ sich zwischen die mahlenden Kiefer einlecken, und dann wurde er kräftig gekaut, bis er sich in Saft auflöste, und so war's sein Wunsch und Wille. *Mani, Mani* war das Wort, das ihm einfiel. Literweise lief das *Mani* in ein Gefäß, das pochte wie ein lebendes Organ, und das Gefäß wurde mit heißem Wachs versiegelt. Er empfing Anweisungen für die Menschheit, unter dem Namen Johnrobertjameswilliam (die Gebrüder Maryburgh spielten einen Marsch über Pompeji, Spalato, Kenwood, Osterley) Bedebellblair: *feste zustoßen!* Hier zustoßen, in dieser einen weichen Enge, hieß alle Schiffe der Welt in den Grund bohren – Alabama, Ark, Beagle, Bellerophon, Bounty, Cutty Sark, Dreadnought, Endeavour, Erebus, Fram, Golden Hind, Great Eastern, Great Harry, Marie Celeste, Mayflower, Revenge, Skidbladnir, Victory. Aber es war der einzige Weg, alle Welt neu zu befruchten, denn in die Höhle mündeten Myriaden unterirdischer Kanäle, die ihm gezeigt wurden wie der Stammbaum des Menschen in einem Anatomiebuch. Das literweise *Mani* war zu einem siedenden Ozean angeschwollen, auf dem die Flotten hurra riefen, mit knickenden Masten. Das Achtzigfuß-Geschütz, das aus seinen Lenden drohte, wurde weißglühend und zerbarst in eine Million wirbelnder Ziegel. Er pumpte die massige Ladung hinaus. Uriel, Raphael, Raguel, Michael, Sariel, Gabriel und Jerahmeel riefen mit siebenfacher Hauptstimme, in einem Dreiklang, aber aus sieben verschiedenen Tönen. Doch, o Wunder! auf einmal, aus unbekannten Quellen gespeist, begann das Gefäß sich von neuem zu füllen.

»Madu, madu!« schien sie zu rufen. Jetzt also kam die rauhe Art des Südens. Sie dehnte sich durch Magie

zur massigen Erdmutter aus, mit Brüsten, die unter seinen Händen wuchsen, so daß die Finger nachwachsen und neue Finger hinzuwachsen mußten. Die Brustwarzen waren Schrauben, die sich durch die Mittelhandknochen bohrten. Seine Wundheit wurde erst gekühlt, dann gesalbt mit der Wärme einer heilsamen Hölle, die (Dante hatte es gewußt) ihren Ort im Erdmittelpunkt fand. Er war eingekeilt in einer Spalte zwischen hohen Bergen. Er machte langsam, dann schneller, dann ließ er sich das Ohr mit Vogelrufen erfüllen – Häher, Kormoran, Rohrdommel, Ibis, Löffler, Flamingo, Hokko, Wachtel, Grünspecht, Trompeter, Dompfaff, Trappe, Kiebitz, Wiedehopf, Tölpel, Austernfischer, Bachstelze, Pirol, Kreuzschnabel, Fink, Würger, Pfuhlschnepfe, Drossel, Blaukehlchen! Die Rufe verdichteten sich zu einem Tosen der Blutbahnen. Die Kabine hob sich vom Boden ab, schoß die Decke in die Stratosphäre und ließ sie beide los. Er ritt sie, festgeklammert vor Angst, abgeworfen zu werden, und dann, als die schmelzende Kantilene losbrach und dahinströmte, wollte er mit ihr fallen, als sie wieder auf ihr früheres Maß schrumpfte und der gepeitschte Strom ihres Haars nach dem Gewitter zur Ruhe kam.

Aber auch jetzt war noch nicht alles vorüber. Der letzte Anfall geschah bei vollem Bewußtsein von Ort und Zeit: das Mal an der linken Schulter, das dichte Gewebe der Haut, der Schweiß, der Leib an Leib klebte. Das Ziel war, daß sich die Außenschichten ihrer *jaghana* abhoben, so daß die Eingeweide selbst zusammenkamen und sich verknoteten zu einem einzigen Knäuel Schlangen. Hier mußte Natur eine totale Durchdringung gestatten, beide Leiber *Lingam* und *Yoni*. »Jetzt den Schmerz«, sagte sie. Ihre Krallen stachen ihm in den Rücken; es war, als wollte sie ihn an sich nageln. Als sie merkte, wie er versank, löste sie sich von ihm: die Eingeweide rückgespult, die glänzenden Bäuch zuschlagend, jeder eine Tür mit geheimen Angeln. An Hals und Brust legte sie ihm die Probehand an, daß sich die Haare sträubten, ging dann zum Halbmond auf den Hintern über, dann zur Tigerpranke, zum Pfauenfuß, zum Hasensprung, zum blauen Lotusblatt. Sie erprobte das Glied, und nun nahm sie es ganz in sich auf, doch vorher wäre Hillier noch beinah ohnmächtig geworden unter der köstlichen Qual eines Stichs ins Perineum, durchdringend, als ob er aufgespießt würde. Dann war sie auf ihm, und obwohl er in sie eindrang, war es, als dränge sie in ihn ein. Das Zwicken und Kneten an seinen Brustwarzen wollte ihn schier vom Bett abheben. Auch er stieß mit harten Fingern tief in die tobenden Feuer der interlunaren Höhle, und bald lief alles zusammen zu der Besteigung, welche die letzte sein mußte. Artistisch warf er sie in die Urstellung, und dann, wiehernd wie eine ganze Herde wilder Gäule, zuckend, als wäre er zu Protoplasma geworden bis auf dies eine eintauchende Schwert, stieß er die Lava aus, einen ganzen Berg, in einem einzigen Vernichtungsstoß, daß sie schrie wie eine brennende Stadt. Hillier blieb auf ihr liegen, ausgesogen von Vampiren, stöhnend. Die Galaxien wirbelten, Geschichte quiekte und beruhigte sich wieder, vertraute Empfindungen kamen in den Körper zurückgekrochen, gewöhnlicher Hunger biß ihn wieder. Er fiel von ihr ab, tropfend wie nach einem Bad im Meer, auch mit dem Salzgeschmack. Er suchte nach seinem Bademantel, aber sie kam ihm zuvor und nahm ihn selber um. Sie lächelte – nicht freundlich, sondern mit Arglist, so daß er verwirrt die Stirn kraus zog – und dann rief sie:

»Herein!«

Und da kam er schon, immer noch im Abendanzug, riesengroß, kahl und lächelnd. Mr. Theodorescu. »O ja«, orgelte er. »Verlangen Sie diese Marke! Nehmen Sie nur das Echte!« Das S brannte auf der nassen Blöße; zu spät jetzt, es verbergen zu wollen. »Mr. Hillier!« strahlte Theodorescu. »Ich dachte mir's doch, daß Sie Mr. Hillier sein müssen. Jetzt weiß ich es bestimmt.«

6 »Ja«, sagte Theodorescu, »jetzt weiß ich es bestimmt.« In seiner Hand bemerkte Hillier nun einen Stock von der Art, die er unter der Bezeichnung »Penang-Anwalt« kannte. »Sie, Miss Devi, wissen es natürlich schon etwas länger. Dieses eingebrannte S sagt alles. Soskices Werk, ein grausamer Chirurg. Hilliers Gesicht ist noch unbekannt, aber diese Signatur, die sich durch ganz Europa schlängelt, die bekommt nur zu sehen, wer Ihnen die Hosen auszieht – und Ihre Feinde, Mr. Hillier, glauben nicht an den Wert des Enthosens, weil sie nicht an britischen Privatschulen erzogen sind – nur der also oder eine Dame mit den vielseitigen Talenten unserer Miss Devi.«

»Ich war ein Idiot«, sagte Hillier. »Es hat keinen Zweck, daß ich meine Identität bestreite. Hören Sie, ich komme mir vor wie beim Arzt. Kann ich wohl etwas überzuziehen haben?«

»Ich finde, nein«, sagte Theodorescu. Miss Devi hatte immer noch Hilliers Bademantel um; zugleich saß sie so auf dem Bett, daß Hillier kein Laken oder eine Decke an sich ziehen konnte. Hillier setzte sich auf den einzigen Stuhl in der Kabine, unter dem Bullauge. Links von ihm stand ein Nachttisch. In den Schubfächern würden Kleidungsstücke sein. Auch jetzt noch löste der Gedanke, einen von Miss Devis Saris anzuziehen oder ein Stückchen von ihrer Unterwäsche, eine physische Reaktion aus, die er mit beiden Händen verbergen mußte. Außerdem, in einem der Fächer konnte ein Revolver sein. Er wagte eine Hand nach dem Knopf eines der Fächer auszustrecken, zog daran, aber es war abgeschlossen. »Es ist besser, Mr. Hillier, Sie bleiben hier sitzen *in puris naturalibus* – ein wundervoll spröder Ausdruck. Erlauben Sie, daß wir Sie sehen, wie Sie sind. Ojeh, ojeh, wie doch des Krieges und der Liebe Pein Ihnen den Leib zernarbt haben! Aber das Gesicht würde ich auch gern sehen. Wachspölsterchen in den Backen, kann ich mir vorstellen; den Mundwinkel herabgezogen, hämisch – einfach mit einer Naht? Und der Schnurrbart, ob der wohl echt ist? Warum glitzern Ihre Augen so? Nun, ich muß es nicht wissen. Viel Zeit ist nicht, um zu reden. Reden wir also.«

»Als erstes«, sagte der nackte Hillier, »sagen Sie mir mal, wer Sie sind.«

»Ich arbeite unter meinem richtigen Namen«, sagte Theodorescu, an den Schrank gelehnt. »Ich bin vollkommen neutral, bei keiner Macht im Sold, keiner großen und keiner kleinen. Ich sammle Nachrichten und verkaufe sie an den Meistbietenden – oder sagen wir, an den Mehrbietenden. Ich verhandle nur mit zwei Personen, meistens in Lausanne. Sie machen mir ihre Angebote, je nachdem, was die Etats ihrer Organisationen erlauben. Es ist ein halbwegs einträgliches Geschäft, relativ harmlos. Hin und wieder mache ich auch einen Direktverkauf, ohne Auktion. Soviel davon. Würden Sie, Miss Devi, jetzt bitte so gut sein und sich anziehen? Als Gentlemen schauen wir beide in die andere Richtung. Und dann wäre ich froh, wenn Sie gleich zum Fernmelderaum gehen könnten. Sie wissen, welche Nachricht aufzugeben ist.«

»Was soll denn das alles?« fragte Hillier. »Etwas über mich?«

Miss Devi stand vom Bett auf und zog dabei die Laken und Decken zu einem Knäuel zusammen. Sie warf es, einen Schwaden Weiß und Braun, zwischen Theodorescu und der Kabinentür auf den Boden, wo Hillier nicht herankam. Theodorescu trat nun gefällig beiseite, damit sie Kleider aus dem Schrank nehmen konnte. Sie nahm eine schwarze Hose und einen weißen Pullover. Hillier, nackt und kein Gentleman, sah zu. Sie zog die Hose über, ohne sich erst des Bademantels entledigt zu haben. Dann zog sie ihn aus und warf ihn zu den Decken und Laken; Hillier mußte schlucken vor sehnsüchtiger Erinnerung an die gemeinsame Leidenschaft. Sie streifte den Pullover über. Ihr Haar, immer noch lose, war darunter verfangen. Es gab ein langes, elektrisches Knistern, als sie es freimachte. Hillier schluckte und schluckte. Theodorescu hatte den Blick abgewandt und schaute durch das Bullauge in die tiefe Adrianacht hinaus. Miss Devi lächelte ins Leere, fischte mit den Füßen ihre Sandalen und ging stumm hinaus. Theodorescu ließ sich schwer auf der Koje nieder. Er sagte:

»Sie werden erraten haben, was es für eine Nachricht ist. Wenn meine Gewährsleute in Triest nicht gelogen haben, sind Sie jetzt an Ihrem letzten Auftrag. Ich weiß nicht, was für ein Auftrag, und es interessiert mich auch nicht sehr. Die Sache ist die, daß Sie in Jaryljuk nicht an Land gehen werden. Miss Devi benachrichtigt gerade die Behörden – in soweit kryptischer Form, daß sie es noch werden deuten können –, daß Sie unterwegs sind. Am Kai wird man Sie erwarten. Dies tu ich nicht für Geld, Mr. Hillier, denn natürlich werden Sie nicht an Land gehen. Es werden ein paar Mann dasein und auf Mr. Jagger warten, oder wen immer Neues Sie vielleicht verkörpern wollen, und sie werden niemanden finden, auf den Ihre Beschreibung paßte. Gewiß, vielleicht hält man es für nötig, ein oder zwei männliche Passagiere zu entkleiden, um zu sehen, ob sie das vielsagende S aufweisen. Diejenigen, denen das geschieht – und viele werden es nicht sein, alt und fett, wie die meisten unserer Reisegefährten sind –, werden nicht viele Einwände machen: Das gibt später eine Geschichte über Abenteuer in einem brutalen Polizeistaat, von denen man zuhause bei Schnaps und Zigarren noch lange erzählen kann. Auch wenn Sie nicht an Land gehen, sondern an Bord bleiben, sind Sie nicht ganz außer Gefahr. Denn diese lieben Menschen, wie Sie wohl wissen, sind recht tüchtig, wenn es gilt, ein Opfer aus seinem Versteck zu scheuchen. Besucher werden im Interesse der Völkerfreundschaft an Bord gelassen. Dieser Anlaufhafen ist die süßsaure Soße zu dem Braten dieser Reise. Ein britisches Essen, britischer Whisky, ein paar Einkäufe im Geschenkeladen des Schiffs – das sind die Aufmunterungen, die das Schwarze Meer für britische Kreuzfahrer offenhalten. Leute werden kommen und auf dem Schiff nach Ihnen Ausschau halten, Mr. Hillier. Vielleicht haben sie sogar einen Haftbefehl, irgend eine erdichtete Anklage. Der Kapitän wird nicht zu viel Ärger haben wollen.«

»Sie reden recht viel«, sagte Hillier.

»Ja, finden Sie?« Theodorescu schien erfreut. »Nun, dann will ich lieber zur Sache kommen, oder zu den Sachen. Morgen werden Miss Devi und ich von einem Hubschrauber abgeholt. Wir fliegen in die Nähe der Insel Zakynthos. Sie sind herzlich eingeladen, mit uns zu kommen. Mr. Hillier.«

»Wohin?«

»O, ich habe kein bestimmtes Hauptquartier. Wir

könnten uns ein paar recht schöne Tage machen, wir drei, in meiner kleinen Villa bei Amalias.«

»Und dann werde ich natürlich verkauft?«

»Verkauft? *Verkauft?* Könnte ich Sie nicht gleich jetzt verkaufen, wenn ich das wollte? Nein, Mr. Hillier, mein Geschäft sind nur Nachrichten. Und davon müssen Sie eine ganze Menge gespeichert haben. Wir könnten uns damit Zeit lassen. Und dann könnten Sie gehen, frei wie der Himmel und gut bezahlt. Was sagen Sie?«

»Nein.«

Theodorescu seufzte. »So hab ich's erwartet. Nun gut. Die Freuden, die Miss Devi zu spenden vermag, sind, wie Sie schon wissen, ganz beträchtlich. Oder richtiger, Sie kennen sie noch gar nicht. Sie hatten noch nicht Zeit, weiter als bis zu den Rändern vorzudringen. Ich selbst mache mir aus Frauen nicht viel – mir sind kleine griechische Schäferknaben lieber –, aber Miss Devi, wie mir manche versichert haben, auf deren Urteil in anderen hedonistischen Belangen ich viel gebe, Miss Devi ist ganz und gar außergewöhnlich. Bedenken Sie, Mr. Hillier! Sie ziehen sich aus dem riskanten Gewerbe der Spionage zurück. Und was steht für Sie in Aussicht? Eine kümmerliche Pension, kein goldener Händedruck . . .«

»Ich bekomme eine ansehnliche Prämie, wenn ich diese letzte Sache erledige.«

»Wenn, Mr. Hillier, wenn. Es ahnt Ihnen jetzt schon, Sie werden sie nicht erledigen. Bald werden Sie nicht einmal mehr ›wenn‹ sagen. Ich biete Ihnen Geld, und Miss Devi bietet *sich* an. Was sagen Sie dazu? Sie werden nicht glauben, daß ich meine Erkenntlichkeit weniger großzügig beweisen werde als Miss Devi die ihre.«

»Das Nachdenken fiele mir leichter«, sagte Hillier, »wenn ich etwas anhätte.«

»Gut so«, sagte Theodorescu, »immerhin ein Anfang. Sie sprechen schon vom Nachdenken.«

»Was das angeht, darüber habe ich nachgedacht. Ich komme nicht mit Ihnen.«

»Ebenso wie Sie«, sagte Theodorescu, »glaube auch ich an den freien Willen. Zwang ist mir ein Greuel. Bestechung allerdings ist etwas ganz anderes. Also, es gibt bestimmte Dinge, die ich jetzt gern von Ihnen erfahren möchte. Ich werde Sie gut bezahlen. Damit Sie sehen, daß Sie meine Großzügigkeit ernst nehmen können, erlasse ich Ihnen zunächst die Summe, die Sie mir schulden. Von unserm Tafelduell.« Er lachte. »Sie brauchen mir die tausend Pfund nicht zu bezahlen.«

»Danke«, sagte Hillier.

Als ob eigentlich Hillier ihm einen Gefallen getan hätte, zog Theodorescu ein großes Zigarrenetui aus seiner Brusttasche. Dabei ließ er verschämt einige Bündel amerikanischer Banknoten sehen. »Hundertdollarscheine, Mr. Hillier. ›Cs‹ nennt man sie, glaube ich, in Amerika. Nehmen Sie eine Zigarre.« Er holte dicke Romeos und Julias hervor. Hillier nahm eine; ihn gierte nach etwas Rauchbarem. Theodorescu stiftete das Feuer aus einem goldenen Ronson. Sie pafften beide. Die femininen Düfte in Miss Devis Kabine überlagerten sich mit den blauen Schemen eduardianischer Klubherren. »Erinnern Sie sich«, sagte Theodorescu träumerisch, »an eine bestimmte Passage in den Entzückungen, die Sie anscheinend mit Miss Devi genossen haben – an eine peinigend lustvolle, in der Ihnen so war, als ob eine nadelspitz zugeschliffene Kralle in einen überaus intimen Teil Ihrer Person eindrang?«

»Woher wissen Sie das?«

»Es war so vorbereitet. Eine Spezialinjektion, langsam, aber zuverlässig wirkend. Eine Substanz, die von Dr. Pobedonostew aus Juzowo entwickelt wurde; Vellocet-B heißt sie, glaube ich. Die ist nun in Ihrem Körper. In etwa fünfzehn Minuten werden Sie jede Frage, die ich Ihnen stelle, vollkommen wahrheitsgetreu beantworten. Bitte, bitte, Mr. Hillier, trauen Sie mir doch ein wenig Verstand, ja, mehr – ein wenig Ehrlichkeit zu, ehe Sie sagen, das sei reiner Bluff. Also, Sie werden nicht in Trance fallen und im Traum antworten, wie bei so vielen sogenannten Wahrheitsdrogen. Sie werden völlig bei Bewußtsein sein, aber besessen von einer Euphorie, in der Ihnen jedes Verheimlichen der Wahrheit als ein Verbrechen gegen die tiefe und dauerhafte Freundschaft erscheinen wird, die uns, wie Sie dann überzeugt sein werden, verbindet. Ich brauche nur noch zu warten.«

»Schuft«, sagte Hillier und wollte von seinem Stuhl aufstehn. Theodorescu knallte ihm sofort den Penang-Anwalt auf die *glans penis*. Hillier versuchte Theodorescu zu schlagen, aber der parierte mühelos mit seinem Stock und paffte dabei vergnügt an seiner Zigarre. Dann hatte Hillier Zeit, sich der Höllenqual in seinem Geschlechtsteil zu widmen, setzte sich wieder, krümmte sich und stöhnte.

»Weil auch ich an den freien Willen glaube, ebenso wie Sie«, sagte Theodorescu, »möchte ich, daß Sie mir ein paar Fragen ganz aus freien Stücken beantworten. Die erste Frage ist für fünftausend Dollar. Fast wie in diesen stupiden Quiz-Spielen im Fernsehen, nicht? Bedenken Sie, Mr. Hillier, daß ich Ihnen überhaupt nichts zahlen müßte. Aber ich habe Sie um Ihre Aussicht auf eine Prämie gebracht, und dafür muß ich Sie entschädigen.«

»Ich antworte nicht, Sie Schuft.«

»Aber Sie werden antworten, Sie werden schon; nichts, das sicherer wäre. Ist es nicht besser, Sie antworten in dem Hochgefühl, in dem, jawohl, ganz und gar *menschlichen* Bewußtsein, selbst die Wahl zu treffen, statt daß ein dummes kleines Medikament Ihnen die Informationen entreißt?«

»Welches ist die erste Frage?« sagte Hillier, in dem Gedanken: ich muß ja nicht antworten, muß ja nicht, ich hab die Wahl.

»Als erstes, und, wie schon gesagt, für fünftausend Dollar möchte ich die genaue Lage des ostdeutschen Fluchtwegs wissen, den man, glaube ich, als Karl-Otto bezeichnet.«

»Ich weiß es nicht. Ich weiß es ehrlich nicht.«

»Oh, gewiß doch! Also denken Sie drüber nach, aber denken Sie schnell. Die Zeit ist knapp für Sie, wenn auch nicht für mich. Zweitens, für sechstausend Dollar möchte ich wissen, wer die Mitglieder der Terrororganisation namens Wolruss in Charkow sind.«

»Mein Gott, Sie können doch nicht . . .«

»Moment, Mr. Hillier. Ich habe nicht gesagt, daß ich diese Auskunft den Sowjetbehörden verkaufen werde. Sie gelangt zur Versteigerung. Es ist daher ganz wesentlich, daß Sie mir als Dreingabe zu dieser Auskunft auch noch den Code geben, den ich brauche, um mit ihnen Kontakt aufzunehmen. Soviel ich weiß, geht es darum, daß man in Ihrem *Daily Worker* irgendeine persönliche Bekanntmachung anzeigen muß. Das einzige britische Blatt, wie Sie wissen, das in der Sowjetunion erlaubt ist, und daher unschätzbar für die Nachrichtenübermittlung zu jenen unzufriedenen und rührigen Personen, die so störend sind – wenn auch vielleicht nur so, wie ein Mückenstich störend ist – störend, sage ich, für den MGB. Ich bezweifle, ob sein Repräsentant die Geldgeber von Wolruss im Exil überbieten wird.«

Hillier, der nun keinen Schmerz mehr spürte, dem seine Nacktheit keinerlei Verlegenheit mehr bereitete, der Wärme, Geborgenheit und Zutrauen empfand, lächelte Theodorescu an. Ein intelligenter, tüchtiger Mann, dachte er. Ein guter Esser und Trinker. Einer, mit dem man verflucht einen drauf machen könnte. Kein Feind, bloß ein Neutraler, der vernünftigerweise ein Geschäft machte aus dieser ganzen stupiden Geschichte, aus der er, Hillier, sich nun zurückzog, weil die Stupidität in letzter Zeit allzu widerliche Formen annahm. Und dann begriff er, daß dies die einsetzende Wirkung des Medikaments sein mußte. Es war notwendig, Theodorescu wieder zu hassen, und zwar schnell. Er stand vom Stuhl auf, freundlich lächelnd, und sagte: »Ich hole mir jetzt meinen Bademantel, und Sie sollen mich verdammt noch mal nicht hindern.« Theodorescu knallte ihm sofort und ohne alle Bosheit den Penang-Anwalt scharf gegen beide Schienbeine. Der Schmerz floß über ihn wie kochendes Wasser. »Du verfluchte Drecksau, Theodorescu!« knirschte er. Und dann war er Theodorescu dankbar, daß er bereit gewesen war, sich wieder in den Feind zu verwandeln. Ein feiner Mensch! Er begriff, was mit ihm geschah; er begriff, es würde schnell gehn müssen. »Geben Sie mir das Geld«, sagte er. »Elftausend Dollar.« Theodorescu zog alle seine Scheine aus der Tasche. »Karl-Otto«, sagte er, »geht aus vom Keller Schlegelstraße 43 in Salzwedel.«

»Gut, gut.«

»Von Wolruss in Charkow kann ich nur fünf Mitglieder nennen. Es sind N. A. Brussilow, I. R. Stolypin, F. Gutschkow – ich erinnere mich nicht mehr an seinen Vatersnamen –«

»Sehr gut.«

»Wollen Sie sich das nicht notieren?«

»Schon geschehen. Der oberste Knopf an meinem Hosenladen ist ein Mikrophon. In der linken Brusttasche habe ich ein Bandgerät. Ich habe mich eben nicht unterm Arm gekratzt, ich habe es angeschaltet.«

»Die andern beiden sind F. T. Krylenko und H. K. Skowaioda.«

»Ah, ein Ukrainer der letzte. Vortrefflich. Und der Code?«

»Elkin.«

»Elkin? Hm. Und jetzt, für zwölftausend Dollar, die genaue Lage – die *genaue,* wohlgemerkt – der Abteilung 9A in London.«

»Die kann ich Ihnen nicht sagen.«

»Aber Sie müssen, Mr. Hillier. Mehr noch, Sie wollen. Jeden Augenblick jetzt.«

»Ich kann nicht. Es wäre Verrat.«

»Unsinn! Es ist doch kein Krieg. Es wird keinen einzigen Krieg mehr geben. Dies ist alles ein großes Kinderspiel im Sandkasten der Welt. Ganz abwegig, da von Verrat zu sprechen.« Er lächelte liebenswürdig mit den riesigen blankgeputzten Leuchten seiner Augen. Hillier begann das Lächeln zu erwidern. Dann stand er auf und sprang Theodorescu noch einmal an. Theodorescu stand auch schon, hoch über ihn aufragend. Er schloß Hilliers Fäuste behutsam in die seinen, immer noch mit der Zigarre im Mund. »Nicht, Mr. Hillier! Wie ist doch Ihr Vorname? Ach ja, Denis, ich erinnere mich. Wir sind Freunde, Denis, Freunde. Wenn Sie es mir nicht gleich für die zwölftausend Dollar sagen, dann sagen Sie es mir in ein paar Minuten für nichts.«

»Herrgott, so schlagen Sie mich doch! Schlagen Sie mich tüchtig!«

»I wo! Oje, wie werd ich denn!« Theodorescu sprach, wie um ein Kind zu trösten. »Nun sagen Sie's doch schon, mein lieber Denis. Abteilung 9A von Intercep. Die genaue Lage.«

»Wenn Sie mich schlagen«, sagte Hillier, »dann hasse ich Sie, und wenn ich's Ihnen dann sage, dann ist es mein freier Wille. Darum geht's Ihnen doch auch, nicht? Der freie Wille.«

»Ihnen dämmert's nun, aber Sie sind noch nicht im Lichte. Sie werden es mir sagen, weil Sie's mir sagen wollen. Sehn Sie hier, das Geld! Zwölftausend Dollar.« Er fächerte vor Hilliers verschwimmenden Augen die Scheine auf. »Aber machen Sie schnell!«

»Es ist an der Devonshire Road in Chiswick, W. 4. Globe Street. Von Haus Nummer 24 bis zu der Molkerei am Ende. O Gott! O Gott, vergib mir!«

»Er vergibt es«, nickte Theodorescu. »Setzen Sie sich doch wieder, mein lieber Denis. Ein schöner Name, Denis! Kommt von Dionysos, nicht? Setzen Sie sich und ruhen Sie sich aus. Sie wissen wohl nicht, wo Sie das Geld hintun sollen? Vielleicht behalte ich es noch und gebe es Ihnen, wenn Sie wieder etwas anhaben.«

»Geben Sie es her, gleich! Es ist meins. Ich hab es mir verdient.«

»Und Sie sollen noch mehr verdienen.« Hillier schnappte sich das Geld und hielt es wie Feigenblätter über seine errötenden Genitalien. »Nur schade, daß Sie sich Miss Devi und mir morgen nicht anschließen wollen. Aber wir finden Sie wieder, keine Sorge. Es gibt nicht allzu viele Orte, wohin Sie sich zurückziehen können. Wir werden uns nach Ihnen umschauen. Allerdings«, sagte er nachdenklich, »es ist auch gut möglich, daß Sie kommen werden und sich nach Miss Devi umschauen.«

Tiefste Scham rang mit der aufsteigenden Euphorie. Hillier hielt die Augen fest geschlossen, biß sich auf die Lippen, um nicht zu lächeln.

»Sie sind keine gute Versuchsperson für Vellocet-B«, sagte Theodorescu. »Sie haben im Blutkreislauf manche starken Reserven. Von Rechts wegen müßten Sie mich jetzt ablecken vor Liebe.«

»Ich hasse Sie.« Hillier lächelte herzlich. »Ihr elendes fettes Gesicht widert mich an.«

Theodorescu schüttelte den Kopf. »Morgen werden Sie mich hassen, aber morgen ist es zu spät. Ich glaube, Sie werden heute nacht sehr fest schlafen. Sie werden nicht früh aufstehen. Wenn aber doch, und wenn Miss Devi und ich dann noch nicht im Hubschrauber zu den griechischen Inseln unterwegs sind, dann lohnt es sich nicht, daß Sie versuchen, etwas gegen mich zu unternehmen. Ich werde den größten Teil des Vormittags beim Kapitän auf der Brücke sein. Außerdem haben Sie nichts, womit Sie etwas gegen mich tun könnten. Ich bin vorsichtshalber in Ihre Kabine gegangen und habe Ihre Aiken mit Schalldämpfer an mich genommen. Eine recht hübsche kleine Waffe. Hier ist sie.« Er zog sie aus seiner linken Seitentasche. Hillier zuckte zusammen, doch dann lächelte er. Fast hätte er Theodorescu gebeten, sie als Geschenk von ihm zu behalten. Als hätte er das wirklich gesagt, steckte Theodorescu sie wieder ein und klopfte sich auf die Tasche. »Was die Ampullen angeht, die in dem gleichen törichten Versteck waren – denn töricht war es, geben Sie's nur zu! so naheliegend – was die angeht, so können Sie sie behalten, egal was es ist. Wahrscheinlich etwas Letales – was weiß ich. Die Injektionsspritze war in einem Ihrer Koffer. Ich habe sie vorsichtshalber zerschlagen. Man will doch sichergehen, sehn Sie's ein?«

»O ja doch«, lächelte Hillier. »Wie sind Sie denn in meine Kabine gekommen?«

Theodorescu seufzte. »Mein lieber Hillier! Im

Kassenbüro gibt es Duplikate. Ich habe gesagt, ich hätte meinen Schlüssel verloren, und man gab mir das ganze Brett mit allen Duplikaten dran.«

»Sie sind ein verflucht guter Mann«, sagte Hillier aufrichtig.

Theodorescu, als er zu Hillier neben dem Bullauge hinabblickte, hörte, wie hinter ihm die Tür aufging. »Miss Devi«, sagte er, ohne den Kopf zu wenden, »Sie haben aber lange gebraucht.«

»Oh, wirklich?« sagte Wriste mit Mädchenstimme, den zahnlosen Mund spitzend, gegen Theodorescu, der sich umdrehte. »Was machen Sie da mit ihm? Wird sich'n Tod holen, wenn er so dasitzt.«

»Er sitzt gern so da, nicht Denis?«

»O ja, Theo, ja, gern.«

»Bloß, weil einer mal ein bißchen genascht hat«, sagte Wriste, »ist doch kein Grund, nachtragend und sauer zu sein. Sie hat gesagt, sie wär Ihre Sekretärin. Na, nun wissen wir ja Bescheid.«

»Das hier«, sagte Theodorescu, »ist die Kabine einer Dame. Sie haben kein Recht, hier einzutreten, ohne zu klopfen. Bitte gehn Sie!«

»Ich geh schon«, sagte Wriste. »Aber er kommt mit. Ich seh doch, was Sie mit ihm machen, ihn windelweich schlagen mit dem verdammten Stock da. Bloß weil Ihre Alte sein Gewicht besser vertragen kann als Ihres.«

»Ich werde Sie im Büro melden.«

»Melden Sie nur!« Wriste sah jetzt das Geld, das Hillier an den Leib gepreßt hielt. »Oho«, sagte er, »das kann auch sein. Hab ich nicht dran gedacht. Hat er Ihnen die Mücken gegeben«, fragte er Hillier, »damit er Sie ein bißchen versohlen darf?«

»Keineswegs«, sagte Hillier; er lächelte wahrheitsliebend. »Nicht, was Sie denken. Das Geld hat er mir für . . .«

»Unterm Kopfkissen hat er's gehabt«, orgelte Theodorescu. »Jawohl, unterm Kopfkissen. Schön, nehmen Sie ihn nur mit.« Er hob den Bademantel auf und warf ihn Hillier zu.

»Danke Ihnen vielmals, Theo. Wirklich reizend von Ihnen.«

»Ich nehm ihn schon mit«, sagte Wriste, »aber nicht weil Sie's befehlen. Nu kommse schon, mein Guter«, sagte er zu Hillier, wie zu einem Hundchen. »Wieso hat er's unterm Kopfkissen gehabt?« giftete er Theodorescu an. »Da ist doch was los, das versteh ich überhaupt nicht.«

»Er traut keinem Menschen«, rief Theodorescu. »Er geht nirgends hin ohne sein Geld.«

»Mir kann er trauen«, sagte Wriste und nahm Hillier bei der Hand. »Mir traun Sie doch, nicht?«

»O ja! Ich traue Ihnen.«

»Na schön denn. Kommse, Daddy bringt Sie ins Bett.« Er führte seinen Schützling hinaus. Hillier lächelte; er war kurz vor dem Einnicken.

7 Eine ganze *Mahamanvantara* später wurde er sanft wachgeschüttelt. »Kommse hoch, Sir«, redete ihm Wriste zu, »wenn Sie jetzt Ihr Frühstück nicht essen, haben Sie nachher keinen Appetit aufs Lunch.« Hillier roch den Kaffee. Er entkleisterte seine Augen, dann wich er vor dem Licht zurück, um einen bedächtigeren und vorsichtigeren Einstieg zu finden. Er wußte, er müßte jetzt einen trocknen Mund haben, Kopfschmerzen und zerschlagene Glieder, aber er wußte noch nicht warum. Dann, als er's wußte, fühlte er sich wohlauf und überraschenderweise voll Energie. Die Energie war ihm für ein dringendes Vorhaben eingeflößt worden, wozu doch gleich? Er hatte seinen chinesischen Pyjama an, stellte

er fest, das ›Glückseligkeits‹-Ideogramm auf die Brusttasche genäht. Auf dem Nachttisch sah er Geld, ausländisches. Das bärtige Gesicht eines amerikanischen Präsidenten sah ihn streng an. Dollars, ein Haufen Dollars. Er erinnerte sich. Mein Gott. »Mein Gott!« stöhnte er laut.

»Sie werden sich gleich besser fühlen, nach der Kleinigkeit hier«, sagte Wriste. »Da!« Er stopfte Hillier Kissen hinter den Rücken, und dann, als Hillier sich aufgesetzt hatte, stellte er das Tablett vor ihn hin. Eiskalter Orangensaft, ein gegrillter Hering, Speck, scharfgewürzte Nierchen, zwei Spiegeleier, Toast, Branntweinkonfitüre, Kaffee. »Kaffee?« fragte Wriste. Er goß aus zwei silbernen Kännchen eine Tasse voll, groß wie eine Suppenschale. Hilliers Gewebe tränkten sich mit der heilenden aromatischen Wärme. Heilend? Nicht sein Körper brauchte Heilung. Die Mischung von Kaffee und Milch war etwas heller als Miss Devis Haut. Eine Fernsehkamera schwenkte zurück zur vergangenen Nacht, alles gut ausgeleuchtet und in allen Einzelheiten.

»Dieser Mann«, sagte er. »Und diese Frau. Sind sie schon weg?«

Wriste nickte. »Ganz schöne Aufregung war das. Schwirrt ein Hubschrauber überm Erholungsdeck, Leiter runter und die zwei rauf. Ich dachte, er mit seinem Gewicht, er zieht das arme Ding runter – war aber nicht. Leicht wie ein warmer Wind ist er da raufgetanzt, mit Gepäck und allem. Und allen Leuten hat er zugewinkt. Ach, und für Sie hat er'n Brief dagelassen.« Wriste gab ihm ein Kuvert aus teurem, seidigem Papier. Rücksichtsvollerweise war es an Herrn S. Jagger adressiert. »Manche von unsern Geldsäcken sahn ein bißchen belämmert aus. Denn das ist nicht mehr bloß Geld, das ist schon Kapital,wenn der Hubschrauber kommt und einen mitten aus einer Kreuzfahrt rausholt!«

Hillier las: »Mein werter Freund! Das Angebot gilt noch immer. Ein Brief an die Adresse Cumhuriyet Caddesi 15, Istanbul, wird mich erreichen. Sehnsüchtige Grüße von Miss Devi. Bringen Sie sich in Sicherheit, wenn das Schiff in Jaryljuk ankommt, in der Privattoilette des Kapitäns oder sonstwo. Die Behörden waren dankbar für die Warnung. Sie kabelten eine Danksagung zurück, mit dem Versprechen einer anständigen Entschädigung in Schweizer Franken. Anscheinend tagt im Tschornoje-Morje-Hotel eine wissenschaftliche Konferenz. Verdopplung der Sicherheitsmaßnahmen. Man hat Respekt vor Ihnen. Sterben Sie noch nicht, Sie werden noch gebraucht. Herzlichst, Ihr R. Theodorescu.«

»Schlechte Nachricht, Sir?«

»Nur Beleidigungen«, erfand Hillier. Er steckte den Brief in seine Pyjamatasche, trank den geeisten Fruchtsaft aus und machte sich an den Hering. Wriste, auf dem Bett sitzend, spitzte den Mund, als wolle er noch mehr aufsaugen. Hillier ging drauf ein. »Das Geld da ist für eine Wette«, improvisierte er. »Er ist groß im Wetten. Er hat gewettet, ich könnte Miss Devi nicht schaffen.«

»Und dann ist er schwierig geworden, was?«

»Bißchen. Ein schwieriger Kunde. War gut, daß Sie hereinkamen. Was hat Sie dazu gebracht?«

»Ich seh diese indische Schickse, wie sie ein Telegramm aufgibt. Hat mich ein bißchen gewundert; dachte doch, Sie haben 'ne Konferenz mit der. Da hab ich mir gedacht, daß dieser dicke Halunke schwierig werden könnte. Also kam ich vorbei und hab gehört, wie er mit Ihnen geredet hat.«

»Ich bin Ihnen sehr dankbar«, sagte Hillier. »Können Sie zweihundert Dollar gebrauchen?«

»Danke, Sir«, sagte Wriste, und schon hatte er dreihundert eingesteckt. »Und der ist auch sonst noch ein ganz eigenartiger Bruder. War hinter dem Bengel her, Sie wissen schon, dem Klugscheißer. Abtätscheln und so. Ob er weit damit gekommen ist, weiß ich nicht. War vielleicht zu gewitzt für ihn, der Bengel. Aber bevor er abgeflogen ist, hat er ihm was geschenkt. Ich hab's gesehn; und ihn dabei getätschelt. Hübsches kleines Päckchen, im Geschenkpapier des Schiffsladens. Aber der Bengel hat es nicht aufgemacht, jedenfalls konnte ich's nicht sehn. Der ist zu durcheinander. Mit seinem Alten soll's zu Ende gehn. Der macht's nicht mehr lange.«

»Und was macht die werdende Witwe?« Hillier schaufelte die gewürzten Nierchen in sich hinein.

»Hübsch gesagt, Sir. Weint sich die Augen aus dem Kopf, wenn sie grad dran denkt, und dann schleicht sie sich wieder zu ihrem spanischen Schnucki. Der soll aus der Konfektion sein, sagt man.«

»Und die Tochter?«

Wriste zeigte die volle Breite seiner Gaumenstümpfe, oben und unten. »Dachte ich mir, daß das kommen mußte, früher oder später. Sie sind mir einer, kann ich Ihnen sagen: immer etwas in petto! Die liegt in ihrer Koje und liest und liest. Und *was* die liest! Furchtbare Sachen, lauter so Sex. Aber traurig, traurig ist sie, das kann man sagen. Ist ja auch ein furchtbarer Dämpfer fürs Vergnügen, was das hier ja alles sein soll. Aber an ihrem Tisch ist von jetzt an ein Platz frei. Können Sie haben, wenn Sie wollen, daß ich's arrangiere. Wo doch die beiden jetzt weg sind, und Sie werden ja nicht so ganz allein bleiben wollen.« Hungrig, mit gespitzter Schnute, betrachtete er den amerikanischen Präsidenten.

»Können Sie hundert gebrauchen?« Diesmal gab

ihm Hillier den Schein, dann steckte er das Bündel in den Pyjama, zu dem Brief von Theodorescu. Er war mit dem Frühstück fertig, und nun sengte die volle Brusttasche ihm Schuldgefühl ins Herz. Es wurde Zeit, daß er sich alles überlegte. Seine Uhr zeigte zwanzig nach zwölf. Wriste nahm das Tablett weg; Hillier steckte sich eine dänische Churchill an. Wriste sagte:

»Vor zwei werden Sie doch nicht zum Lunch gehen. Lassen Sie sich nur Zeit, mit dem Saubermachen hier eilt's nicht. Also, bis später.« Und er ging.

Verrat, Verrat, Verrat. Verrat und Treubruch. Aber er hatte keine Wahl gehabt. Oder vielmehr, keine andere Wahl als zu wählen. Sollte er jetzt von sich aus Warntelegramme schicken? Nicht an die Bewacher von Karl-Otto, auch nicht an Wolruss. Es war sicherer, er beließ alles so, wie es war. Und mit der Abteilung 9A? Hillier sah schemenhaft zwei Männer vor Augen, zu beiden Seiten eines Tischs in einem Hotelzimmer in Lausanne, zwischen ihnen Theodorescu mit einem Kuvert vor sich auf dem Tisch. Wer bietet zuerst, meine Herren? Und wie hoch würden sie gehen? Die Steuerzahler zahlten bis aufs Hemd; Millionen versickerten für schnell veraltende Flugzeuge, Raketen und Sprengköpfe. Laß die nur bieten, laß die nur zahlen! *Aber wie hoch würden sie gehen?* Hillier befühlte das Päckchen mit den wenigen Tausend an seiner Brust. Er war erbittert gegen Theodorescu. Lappalie! Er mußte sich diese verdammte Prämie holen, er mußte Roper zurückschaffen.

Aber wie? Nicht mehr als Jagger. Aber als wer denn sonst? D. Hartleib, Wasserspülungen; F. R. Leichtfuß, Pediater; Holger Wahrlich, der unbekannte Dichter; John James Pomeroy-Bickerstaff, IBM-Mann; P. B. Shelley, Kit Smart, Orinda der Unwiderstehliche – alle hätten sie das S an der linken Hüfte. Daran kannte man ihn wohl schon in ganz Europa, den S-Mann. Theodorescu, den er noch nie gesehen hatte, hatte längst Bescheid gewußt. Er, Hillier, war bekannter, als er geahnt hatte. Die Zeit war wohl vorbei, wo er als Spion nützlich sein konnte – so berühmt war er jetzt! Alles, was er noch hatte, waren Nachrichten, die schnell veralten mußten, ebenso schnell wie ihre Bezugsobjekte. Konnte er sich damit selbständig machen, als Theodorescus Rivale? Aber Theodorescu hatte Miss Devi. Miss Devi wollte er jetzt haben, hier auf dem Bett, in seinen Pyjama geschlängelt. Er schaute noch einmal in Theodorescus Brief. Cumhuriyet Caddesi 15, Istanbul. Das war irgendwo in der Nähe des Hilton. Sollte er? Aber unter der Botmäßigkeit von Miss Devi wäre er doch nur Theodorescus quasselndes Werkzeug und nichts weiter.

Er stand vom Bett auf, zog sich aus in der warmen Mittagsluft und besah sich zum xten Mal das S an seiner Seite. Es war tief eingebrannt, die tote Haut wie leuchtfarbenes Plastik. Zu verdecken war es nicht, auch nicht mit der raffiniertesten Kosmetik. Er zog sich rasch an, wie um sich das Problem aus den Augen zu schaffen, machte Katzenwäsche und fuhr sich einmal mit dem Philishave übers Gesicht. Dann goß er sich einen Schluck Old Mortality ein, tat Wasser dazu und ging an Deck. Es war strahlend blauer Himmel, ionisch jetzt, nicht mehr adriatisch. In der Ferne, backbord, sah man Südgriechenland – Kyparissia? Philiatra? Pylos? Morgen ging es in die Ägäis, sich durchschlängeln durch die Inselhaufen. Dann in den Bauch von Marmara, durch die Vagina der Dardanellen. Dann der Bosporus, dann Pontus Euxinus – Kara Dengis bei den Türken. Das Schwarze Meer. Ob es sein Grab werden würde? Ihn fröstelte in der Sonne. Schwarz, schwarz, schwarz. Das Meer, das unter hundert Faden Tiefe kein organisches Leben zuließ. Ihm reichten fünfe. Es war ihm, als sähe er Roper, augenzuckend und hicksend. Warum? Ich hatte unrecht, unrecht! O Jesus, Maria und Josef, hilf mir! Ich nehme alles zurück. Ich will heim. Heim? Benommen wunderte sich Hillier einen Augenblick über das Wort, fragte sich, was es bedeute. Es schrieb sich englisch vor ihm in den ionischen Mittag. Er erkannte darin vier Fünftel eines russischen Worts. HOMEP – *nomjer* – Zahl. Es hatte etwas mit einer Zahl zu tun, einer Zahl, spürte er, die er wissen müßte, denn sie war der Fingerzeig, wie er heimkommen könnte. Es war dringend, diese Sache mit der verflixten Zahl. Wieso dringend? Hatte er sie nicht letzte Nacht bekommen, und hatte er sie nicht weggeworfen wie eine alte Garderobenmarke? Er war nicht nur leichtfertig, er war korrupt.

Eine ganze Menge Vormittagstrinker waren an Deck, Passagiere, die mit Pimms, Gordons und Campari in den gesprenkelten Pfoten nach Griechenland hinüberschauten. Hillier ging an die Bar auf dem Erholungsdeck und trank kurz hintereinander einen Gordons mit Tonic, dann einen Wodka mit Tomatensaft, dann einen sehr großen Americano. Denken denken denken. Er sah sich selbst, wie er ruhig an Land getragen wurde, in Gestalt einer Leiche; Wriste unter den Trägern. Die uniformierten Gorillas nahmen Haltung an und salutierten vor der Leiche. Er sah genauer hin und sah, es war wirklich eine Leiche. Roper weinte. *Du hast mich im Stich gelassen, du Schuft!* Er weinte vor Selbstmitleid.

Hillier fragte sich ernsthaft, in seiner Depression, ob nicht ein Wurm in ihm fraß. Das Frühstück schien ihm einen ganzen Tag zurückzuliegen. Er ging in den Speisesaal, voller Geldritter und Damen in kurzen Hosen. Wriste hatte alles arrangiert. Der Obersteward zog am Tisch der Familie Walters für ihn den Stuhl zurück. Die Kinder sahen blaß und spitz aus. Mrs. Walters hielt angestrengt die Mundwinkel hinabgezogen, betupfte sich ab und zu die trockenen Augen. Mit sichtlichem Bedauern ließ sie einen Teller Gulasch fast unberührt zurückgehen. Nein, sie wolle auch sonst nichts. Aber nun, vielleicht doch eine kleine *Macédoine* mit frischem Obst in Süßwein, aufgefüllt mit Champagner. Müssen bei Kräften bleiben. Die Kinder aßen tatsächlich beinahe nichts. Und, fügte Mrs. Walters hinzu, noch einen Irish Coffee, sehr stark bitte.

»Was gibt's Neues?« fragte Hillier leise, als ob dies schon das Begräbnis wäre. Dieses Mädchen – Clara, hieß sie nicht Clara? – war wirklich entzükkend mit ihrer zarten Boxernase, mit ihrem Haar, das man hätte essen mögen, und den Ringen von Schlaflosigkeit, blauem Erglühen um die braunen Augen. Sie trug ein loses Kleid in Schwarz und Orange, diagonal gestreift, eine kleine schwarze Stola achtlos auf dem Schoß. Sie war weder am Lesen noch am Essen, sondern zerkleinerte bloß das Hinterteil einer Meringue mit der Kuchengabel. Hilliers Anwesenheit interessierte sie nicht. Der Junge, in einem Zeitungshemd, aß kleine Löffel von einer Honig-Mousse. Auf Hilliers Frage antwortete die Frau. Sie sagte:

»Man nimmt an, daß er den Tag nicht mehr übersteht. Sehr schlecht. Im Koma. Aber er hat sein Leben gelebt, das ist ein Trost. Er hat alles bekommen, was er wollte. Wir müssen versuchen, daß wir's von der Sonnenseite her sehn.« Ganz im Sinne dieser Worte machte sie sich an ihre Macédoine.

»Was soll denn nun«, sagte Alan, »mit Clara und mir geschehen?«

»Wir haben das doch alles schon mal durchgemacht.

Was eben mit Kindern geschieht, wenn ihr Vater stirbt. Ihre Mutter sorgt für sie, was denn sonst?«

»Du bist nicht unsre Mutter«, sagte Alan scharf. »Dir liegt überhaupt nichts an uns.«

»Nicht vor diesem Herrn bitte!« Diese Frau konnte sehr giftig werden, soviel sah Hillier. Er aß vom Knochen abgelöste Kalbslende *en croûte* mit Nudel-Soufflé und einer Julienne aus jungen Möhrchen und Sellerie. Er trank einen 49er Margaux. Das Mädchen rief plötzlich:

»Niemanden kümmert's. Ihr sitzt hier und stopft euch voll, und niemanden kümmert's. Ich geh auf meine Kabine.« Hillier schmolz das Herz nach ihr, als sie aufstand, so kindlich elegant, und voll junger Würde hinausging. Das arme, arme Mädchen, dachte er. Aber es gab noch etliches, wonach er fragen wollte. Er fragte:

»Die Frage mag frivol erscheinen, aber was gedenken Sie zu tun, wenn es soweit ist?«

»Wie meinen Sie?« sagte Mrs. Walters, den Macédoine-beladenen Löffel auf halbem Wege anhaltend.

»Die Vorkehrungen für das Begräbnis. Daran muß man doch denken. Den Leichentransport. Die Beerdigung. Ein Flugzeug chartern. Ihn heimführen.«

»In Rußland kann man kein Flugzeug chartern«, sagte der Junge. »Es geht nur mit der staatlichen Fluggesellschaft. Ich glaube, Aeroflot heißt sie.«

»An das alles habe ich noch nicht gedacht«, sagte Mrs. Walters. Instinktiv schaute sie sich nach einem Mann um, nach ihrem Galan. Aber dann gab sie es auf. Galane taugen nur für Galanterien. »Ein Ärger ist das alles! Was sollen wir denn machen?«

»Ein Seebegräbnis«, sagte Alan, »in den Union Jack eingehüllt! So möchte *ich* mal begraben werden.«

»Ich glaube, das ist nicht üblich«, sagte Hillier,

»nicht so kurz vor einem Hafen. Das Normale ist . . .« Er bemerkte, daß Clara ihre kleine schwarze Stola liegengelassen hatte; sie war beim plötzlichen Aufstehen zu Boden gefallen. Er füßelte sie vorsichtig zu sich heran, dann hielt er sie zwischen den Fußknöcheln fest. Sehr bald sollte sie ihre Stola zurückbekommen.

»Das Normale ist was?« fragte Mrs. Walters.

»Mit dem Zahlmeister zu sprechen, daß er mit dem Tischler wegen des Sargs spricht. Auf jeden Fall sollte man mit dem Zahlmeister sprechen. Vielleicht hält das Schiff Särge in Bereitschaft. Bei einer Kreuzfahrt wie dieser können Herzschläge nichts Ungewöhnliches sein. Oder vielleicht sollten Sie den Schiffsarzt bitten, daß er alles regelt. Tut mir leid, aber in diesen Dingen habe ich auch keine Erfahrung.«

»Na, warum fangen Sie dann erst davon an?«

»Viehisch!« sagte Alan, »wie Leichenschändung.« Ja, das war es, das auch, stimmte Hillier insgeheim zu, Leichenschändung. »Als ob Sie ihm gar keine Hoffnung mehr lassen wollen.«

»Man muß drauf gefaßt sein«, sagte Hillier. »John Donne, der Dekan von St. Paul, ließ sich beizeiten seinen Sarg zimmern und pflegte darin zu schlafen. An einen Menschen wie an einen schon Verstorbenen zu denken, kann manchmal bewirken, daß er den zweiten Atem bekommt. So wie die Letzte Ölung oder wie ein vorzeitig gedruckter Nachruf.«

»Ich will nicht hoffen«, schniefte Mrs. Walters über ihrem Irish Coffee. »Ich will den Tatsachen ins Auge sehn, auch wenn es wehtut.«

»*Sie* waren ein bißchen leichenschänderisch, nicht?« sagte Hillier zu Alan. »Ich meine, das mit dem Union Jack.«

»Ist was anderes«, sagte Alan. »Mehr wie Heldentod. An Nelson hab ich gedacht.«

Hillier aß nun einen Teller Spargel mit kalter Hollandaise. »Wenn ich helfen kann, gern«, sagte er. »Wo es nur geht.« Wie sollte er nur die echte Leiche über Bord bekommen? Er würde Hilfe brauchen. Wriste? Irgendeine ganz plausible Geschichte für Wriste, daß Theodorescu, dies Schwein, ihm seinen Paß gestohlen habe, und er müsse doch unbedingt jetzt nach Jaryljuk hinein, um mit jemand wegen kyrillischer Schreibmaschinen zu sprechen. Würde so etwa tausend Dollar kosten. Lieber nicht! Er konnte es auch allein machen: den Sarg aufbrechen und die ächzende Leiche im Feuerwehrgriff zur nächsten Heckreling schleppen. Mann über Bord! Er würde mit dem toten Mr. Walters über Bord gehen müssen, damit es jemanden, der noch lebte, zu retten gab. Aber vielleicht würde die Leiche schwimmen. Bleigewichte? Hillier ächzte, so wie er sich dachte, daß die Leiche ächzen würde.

Der junge Walters und die Frau standen auf, um zu gehen. »Gehn Sie ins Lazarett jetzt?« fragte Hillier. Der Junge ging hin; sie verlangte es nach einem großen Schnaps in der Bar; den brauche sie, sagte sie, wegen der furchtbaren Belastung. »War doch ein nettes Geschenk, nicht?« sagte Hillier zu Alan. »Von Mr. Theodorescu, meine ich.«

»Ist schon richtig«, sagte Alan. »Genau was ich brauche.« Sie gingen. Hillier aß noch Stachelschweinbirnen, dann etwas Lancashire-Käse mit einem Stück Brot, dann kamen Kaffee und ein Stinger. Er hatte das Gefühl, er müßte sich etwas stärken.

Er hatte keine Bedenken, gleich zu Clara Walters' Kabine zu gehen, konnte er doch aller Welt den harmlosen Anlaß vorweisen. Bevor er anklopfte, horchte er an der Tür. Hört sich an wie Schluchzen da drinnen, dachte er. Als er leise klopfte, diskret wie ein Steward, war die Stimme, die ihn zum Eintreten aufforderte, vom Weinen denasalisiert. Drinnen hatte sie sich gerade aufgesetzt auf der Koje, wo sie sich eben in voller Länge der Trauer überlassen hatte, rieb sich mit den Knöcheln der einen Hand ein Auge trocken und strich sich mit der anderen flüchtig das Haar glatt. »Ich bin's nur«, sagte Hillier. »Ich bring Ihnen das hier. Haben Sie im Speisesaal liegen gelassen.« Sie hob das Gesicht zu ihm auf, ganz jung und verquollen; nahm die Stola mit zerstreutem Dank. »Und verzeihen Sie«, sagte er, »wenn ich Ihnen so frivol vorkomme. Ich meine, wie ich esse. Mit solchem Appetit. Ich kann doch im Grunde nichts dafür, wenn ich hungrig bin, nicht wahr?«

»Ich weiß«, sagte sie und rieb ihre Wange an der Stola. »Er ist ja nicht *Ihr* Vater.«

»Eine Zigarette?« Er hatte immer ein volles Etui bei sich, um Damen welche anbieten zu können. Männer mußten sich mit seinen scharfen Brasilzigarren zufriedengeben.

»Ich rauche nicht.«

»Sehr vernünftig«, sagte Hillier und steckte das Etui wieder ein. »Ich hatte aber auch einen Vater, wie alle Leute, und ich weiß, wie das ist. Aber sein Tod hat mich nicht gleich und nicht so direkt getroffen. Ich war damals vierzehn. Einen Monat nach dem Begräbnis bekam ich ein ganz merkwürdiges Leiden, eines, das mit kindlicher Trauer scheinbar nicht im mindesten zu tun hatte.«

»Hm?«

»Ja, nämlich Spermatorrhöe. Haben Sie davon mal was gehört?«

Ihr Interesse glimmte schwach auf. »Hört sich an wie etwas Sexuelles«, sagte sie unschamhaft.

»Nun, es passierte im Schlaf, aber ohne Träume.

Samenergüsse, ganz im Leeren. Nacht für Nacht, manchmal fünf-, sechsmal in einer. Ich wurde immer wach dabei. Ich kam mir schlecht vor, natürlich, aber dies Schuldgefühl schien der Zweck zu sein, nicht bloß eine Begleiterscheinung. Steht darüber nichts in Ihren Büchern?« Er trat an ihre Koje, so daß er die Titel der kleinen Bibliothek lesen konnte, die sie auf dem Regal darüber aufgestellt hatte: *Priapos – eine Studie über das Triebleben des Mannes, Die Funktion des Orgasmus, Lüste der Folterkammer, Mechanische Verfeinerungen im Geschlechtsleben, Handwörterbuch der Sexualforschung, Klinische Studien zur sexuellen Deviation, Im Zeichen Sodoms, Frühkindlicher Eros* – undsoweiter, Meinegüte! Ein Taschenbuch, das auf ihrem Nachttisch lag – mit einer Blondine in Unterwäsche und in ihrem eigenen Blut –, hätte einen weniger satyromanischen Menschen als Hillier provozieren können. Diese Bücher waren eher Faustpfänder ihrer Reinheit, Erzengel, die über ihre schreckliche Unschuld wachten. Hillier setzte sich neben sie auf die Koje.

»Schauen Sie irgendwann mal für mich nach«, sagte er. »Von sexuellen Dingen wissen Sie sicher mehr als ich. Aber der Psychiater, zu dem ich mal gegangen bin, hat mir gesagt, es sei eine unbewußte Äußerung des Zeugungstriebes, irgend so etwas. Mimesis war ein Ausdruck, den er gebraucht hat. Ich würde meinen Vater agieren, ihn dabei aber in einen Archetyp verwandeln. Weiß ich, was das heißt«, fügte er hinzu.

Sie hatte ihm zugehört, die Lippen einen Spalt weit geöffnet. Jetzt preßte sie sie zusammen und zog die Mundwinkel abwärts, verdrossen, unzufrieden. »Ich hab keine Ahnung«, sagte sie. »Sind alles große Worte. Ich hab versucht, es zu begreifen, aber ich kann's nicht.«

»Ist noch Zeit genug. Sie sind noch so jung.«

»Das sagt man mir immerzu. Das haben sie mir auch in Amerika gesagt. Aber Alan ist viel jünger, und der kam in so einer großen Quiz-Show und wußte alle Antworten. Ich weiß nichts. Ich bin nicht richtig erzogen worden.«

Es schien, wie sie mißgelaunt auf ihrer Koje wippte, daß sie näher an Hillier heranrutschte. Es wäre so leicht, dachte er, wenn ich jetzt den Arm um sie legte und sagte: »Nunu, mein Kleines!« Und sie war bereit, sich an der Schulter eines reifen und verständnisvollen Mannes auszuweinen. Aber die Bücher da oben riefen ihm ihre Schlachtrufe entgegen: *Yoni und Lingam, Sexualität und Todeserleben bei den Azteken.* »Was haben Sie denn in Amerika gemacht?« fragte er.

»Das war wegen der neuen Mühlentechniken, wie das hieß. Mutter war tot, und man sagte ihm, er sollte mit uns eine Weile wegfahren. Aber er hat gedacht, es wäre Sünde, gleich Ferien zu machen, wo sie noch kaum im Grabe kaltgeworden war, wie er gesagt hat, und darum fuhren wir hin wegen der neuen Mühlentechniken.«

»Und waren die das Richtige, die neuen Mühlentechniken?«

»Dabei hat er *sie* kennengelernt«, sagte sie. »Diese jetzt. In Amerika, aber sie ist keine Amerikanerin. Sie war mit einem Amerikaner verheiratet gewesen, in Kansas war das, und der hatte sich scheiden lassen, und er hat gesagt, mein Vater hat gesagt, sie wär ein Stückchen Zuhause.«

»Und dann hat sie ihn geheiratet?«

»Genau. Sie ihn. Wegen seines Gelds.«

»Haben Sie keine Onkels, Tanten, Cousinen oder sowas?«

»Sowas«, sagte sie. »Oder so welche; anders kann

man die nicht nennen. Und die sind alle nach Auckland gegangen, weiß ich, wo das ist. Und sie machen irgendwas mit Kaurifichten, weiß ich, was das ist. Es gibt da so ein Zeug, das heißt Dammaharz.« Aus irgendeinem Grund war sie bei diesem letzten Ausdruck kurz davor, zu weinen, und nun mußte Hillier behutsam den Arm um sie legen, so wie er dachte, daß ein gütiger Lehrer es tun würde. »Das exportieren sie«, sagte sie, nun unverhüllt weinend. Hillier fragte sich, wie es weitergehn sollte. Den andern Arm um sie, einen zarten Kuß auf die etwas niedrige Stirn (ein Schutz gegen allzu viel Wissen, nicht ein animalisch-weiblicher Zug), dann auf die nasse Wange, dann den Mundwinkel, wo der Lippenstift abgewischt war? Nein, er konnte's nicht. Ein Bild des Vaters tauchte kurz vor ihm auf, wie er im Lazarett dem Tod entgegenschnarchte. Er fühlte sich elend. Immer bereit, Leute zu benützen, als ob sie so welche wären, anders kann man die nicht nennen, und die gingen alle nach Auckland.

»Auckland ist in Neuseeland«, sagte er. »Es soll dort ganz schön sein.« Darauf weinte sie nur noch schlimmer. »Hören Sie«, sagte er. »Sie und Ihr Bruder, Sie müssen zum Tee zu mir in die Kabine kommen. Wir essen was Gutes zum Tee. Sie haben beide zu wenig gegessen. So gegen halb fünf. Möchten Sie? Ich muß Ihnen ein paar Sachen erzählen, interessante Sachen.« Sie sah ihn an, mit schwimmenden braunen Augen. Er staunte über sich selbst; Onkel Hillier lädt die jungen Leute zum Tee ein. Und dieses köstliche Leid wäre so leicht in die zarteste und tröstlichste Einweihung umzubiegen gewesen. Nein, es ging nicht; sie war jetzt kein mannbares Mädchen, sondern eine Tochter in Tränen. »Sagen Sie es auch Alan, ja? Sagen Sie ihm, ich möchte Sie beide in ein Geheimnis einweihen. Mir scheint, Ihnen beiden kann man trauen.«

Aber, war *er* denn einer, dem man trauen konnte? Die Bücher waren nicht dieser Meinung: Aus dem *Garten der Düfte* drangen scharfe, argwöhnische Augen durch die Blumenbüsche. »Also, Sie kommen dann, ja?« Sie nickte mehrmals. »Dann muß ich jetzt gehn.« Er versuchte es mit einem keuschen Kuß auf die Schläfe; sie wendete sich nicht weg. Wie Hunde knurrten ihn die Bücher an, als er ging.

Er ging ins Schiffslazarett. Dem diensthabenden Pfleger erzählte er, seine Injektionsspritze sei ihm zerbrochen. »Ich bin Diabetiker«, sagte er. »Könnte ich Ihnen vielleicht eine abkaufen?« Aber mit der schönen Großzügigkeit der Hochseeschiffe gab man ihm eine umsonst. »Wie geht's denn dem alten Herrn?« flüsterte er. Nicht viel verändert, sagte man ihm; könnte noch lange dauern. »Bis Jaryljuk?« Gut möglich. Dort konnte man ihn an Land bringen. Die russischen Krankenhäuser waren gut. »Er bleibt also vielleicht am Leben?« Konnte man nie wissen. Hillier war ganz erleichtert: Ein phantastischer Plan konnte gestrichen werden. Er würde ein bißchen nach Gehör spielen müssen. Erst den Kampf aufnehmen, dann Pläne machen. In seine Kabine zurückgekehrt, stellte er unter einigen Schmerzen sein Hilliergesicht wieder her. Es war mehr der Ausdruck, der verändert wurde, als die Physiognomie. Jagger war der Name einer Funktion, nicht eines Menschen. Aber das Pseudonym mußte er beibehalten. Jagger für diese Reise, Hillier für daheim. Daheim, woheim? Altenheim, Trinkerheim, Heim für pensionierte Spione. Was »Heim« für sich allein bedeuten sollte, mußte er noch enträtseln.

8 »Sie haben ja Ihre Augenfarbe gewechselt«, staunte Clara. Sie hatte die Kleider gewechselt; jetzt trug sie eine baumwollene Schottenhose und ein grünes T-Shirt. Alan war noch in seinem Zeitungshemd; eine Schlagzeile: POLIZEI WARNT: DIESER MANN SCHIESST sah Hillier unfreundlich entgegen. »Sie haben sich diesen grauen Schnurrbart abgemacht«, sagte der Junge billigend. »Besser so, viel besser.« Er faltete die Arme über der Brust, verdunkelte die Schlagzeile. Hillier, als der Gastgeber, goß Tee ein. Mit Zitrone, beide: sehr fein. Er selbst nahm Zucker und Sahne. Wriste hatte einen vielseitigen Tee-Imbiß herbeigerollt: Sandwiches, Kunzle-Gebäck, Kekse, heiße Pfannkuchen, eine Schweizer Schokoladenrolle und einen Walnußkuchen. »Ein Sandwich«, empfahl Hillier. »Der Appetithappen für den Herrn. Lachs, Tomate und Sardine, Gurke.«

»Wir essen kein Brot«, sagten sie in zweistimmigem Kanon.

»Ja doch, ich weiß. Sie sollten's aber mal versuchen. Ein ganz neues Erlebnis. Ein *nouveau frisson*. Eine Sünde. Nur zu!« Aber sie mochten es nicht riskieren; sie hielten sich an süße Sachen und knabberten. »Der Verfall einer Zivilisation«, dozierte Hillier, »stellt sich im Verfall ihres Brotes dar. Das englische Brot ist ungenießbar. Manche Reichen in London erhalten ihr Brot täglich per Luftfracht aus Frankreich. Wußten Sie das? Nein. Auf Schiffen wird das Brot richtig gebacken, nicht gekocht. Da bekommen Sie ein Bild von der Zivilisation, wie sie sich auf kleinen Schiffen noch hält, im Linienverkehr von nichts nach nirgends.«

»Trotzdem müssen die auch unser Mehl nehmen«, sagte Alan.

»Wie geht es ihm denn?« fragte Hillier.

»Nichts nach nirgends. Keine Änderung. *Sie«*, sagte

Alan bitter, »hat Streit mit ihrem Kanaken gehabt. So ein Norweger hat ihr ein bißchen Kunstspringen beigebracht. Einer mit goldbraunen Muskeln und so.«

»Hat viel für Männer übrig, wie?«

»Sie hat schon so einen zuhause. Ihr Fester. Und Papa hat so getan, als ob er nichts davon wüßte. Er meint, man muß jemandem vertrauen. Eine Ehefrau ist jemand, dem man vertraut.«

»Haben Sie eine Frau?« fragte Clara.

»Nein«, antwortete Alan. »Kinder auch keine. Zieht allein herum und verkleidet sich an und aus. Dieser Theodorescu hat mir alles über Sie gesagt«, sagte er zu Hillier.

»Ach was?« sagte Hillier, unbesorgt.

»Ein Schürzenjäger sind Sie, hat er gesagt.« Clara blickte interessiert drein. »Er hat mir eine Kamera geschenkt«, sagte Alan. »Neues japanisches Modell. Eine Myonichi heißt sie. Er hat gesagt, das wäre ein spaßiges Hobby für mich, wenn ich damit herumliefe und Sie beim Schürzenjagen fotografierte.«

»Vielleicht ist er eifersüchtig«, sagte Hillier. »Er kann keine Schürzen mehr jagen.«

»Stimmt«, sagte Alan. Er bewegte sich wie in leichtem Schmerz auf seinem Stuhl. »Oder will nicht.« Er wandte sich plötzlich voll Geringschätzung seiner Schwester zu. »Du mit deinen Büchern über Sodom. Sex auf Papier statt im Bett.«

»Das ist die sicherste Art Sex«, sagte Hillier. »Hat Mr. Theodorescu sonst noch was über mich gesagt?«

»Er hatte nicht viel Zeit, um zu reden. Er mußte mit dem Hubschrauber weg, zu einer Auktion oder sowas. Aber er brauchte mir ja eigentlich auch nichts mehr zu sagen, denn ich weiß ja, daß Sie ein Spion sind.«

»Das ist immer so ein häßlicher Ausdruck«, sagte Hillier und goß Tee nach. »›Geheimagent‹ ist mir viel lieber.«

»Und so einer sind Sie tatsächlich?« fragte Clara.

»Ja. So einer. Ein Beruf wie jeder andere. Angeblich soll er die schönsten menschlichen Qualitäten erfordern – Mut, Gewandtheit, List, Vaterlandsliebe.«

»Und Schürzenjägerei«, fügte Alan hinzu.

»Manchmal auch die.«

»Und warum erzählen Sie es uns?« fragte Clara.

»Mußte er doch, früher oder später. Mir jedenfalls. Er hat gewußt, daß ich's weiß. Also«, sagte Alan, »Sie geben sich in unsere Hände.«

»In gewissem Sinne ja. Ich brauche Freunde. Dieser Theodorescu hat der sowjetischen Polizei telegraphiert. Meine Tarnung ist hochgegangen, wie man sagt. Egal wie ich mich jetzt tarne, ich kann an einem unauslöschlichen Zeichen am Körper erkannt werden.«

»Ein Geburtsmal?« fragte Clara.

»Eher ein Sterbemal. Ich wurde höchst grausam gebrandmarkt. Das war aber nur eines von meinen vielen Abenteuern«, sagte Hillier bescheiden. Er aß ein Gurkensandwich.

»Moment«, sagte Alan. Er ging zur Tür und lugte hinaus. »Horcht keiner.« Er kam zurück. »Sie sind leichtsinnig. Sind Sie sicher, daß diese Kabine nicht abgehört wird?«

»Ziemlich sicher. Aber das ist nicht wichtig. Ich muß auf jeden Fall in Jaryljuk an Land, egal was passiert. Das heißt, ich werde mir etwas ausdenken müssen, wenn wir angekommen sind. Was ich sagen will, ich werde erwartet. Aber die wissen, ich weiß, ich werde erwartet. Sie erwarten, daß ich unter den Passagieren sein werde, aber nicht, daß ich an Land gehe. Sie wissen, ich bin nicht blöd, und sie wissen, daß ich weiß, daß sie auch nicht blöd sind. Die Gefahr für mich wird auf diesem Schiff sein. Darum geh ich an Land.«

»Aber das werden sie auch wieder wissen«, sagte Alan. »Ich meine, die sind immer einen Schritt voraus.« Und dann: »Ich hab doch gleich gewußt, daß diesem Theodorescu nicht zu trauen ist. Der roch so komisch. Das ganze Schiff scheint voller Spione zu sein.«

»*Voll* nun nicht gerade.«

»Aber eins wissen wir nicht«, sagte Alan, »nämlich für wen Sie spionieren. Woher wissen wir, ob Sie nicht für die andere Seite spionieren, und die Gefahr geht von Spionen für unsere Seite aus, die als Spione für die andere Seite getarnt sind? Oder von der Polizei. Oder irgendwas.« Er nahm ein Stück Kunzle-Kuchen. »Ob Sie nicht mit Geheiminformationen nach Rußland zurückwollen, und jemand, der für unsere Seite arbeitet, wartet schon darauf, daß er an Bord kommen kann und Sie beseitigen?«

»Viel zu kompliziert. Theoretisch könnte sich die ganze Sache immer weiter hochschrauben bis zu einem Gipfel, wo sich die beiden Gegenparteien umarmen und eins werden, aber in der Praxis sieht es anders aus. Es geht um einen britischen Wissenschaftler, der eine Konferenz in Jaryljuk besucht – ein Mann, mit dem ich mal zusammen zur Schule gegangen bin, sonderbar genug –, und meine Aufgabe ist es , ihn an Bord zu schaffen und wieder nach England zu bringen. So einfach ist das. Mit Spionage hat es gar nichts zu tun.«

Bruder und Schwester dachten drüber nach, vorsichtig von den Kunzle-Kuchen essend. Claras Augen leuchteten freundlich, Alans aber waren ungerührt. Alan sagte: »Und wie passen wir da hinein?«

»Sie glauben mir also?«

Clara nickte energisch, Alan sagte verdrossen:

»Ach ja, wir glauben Ihnen schon. Aber was wollen Sie denn, was wir tun sollen?«

»Von *Ihnen*«, sagte Hillier streng zu Alan, »will ich, daß Sie nicht mehr damit herausplatzen, daß ich ein Spion sein soll, besonders wenn es so aussieht, als ob ich sonderbare Dinge mache. Wenn es scheint, daß ich mich verrückt aufführe, und jemand Verdacht zu schöpfen anfängt, dann wäre es Ihre Sache, Entschuldigungen für mich zu finden. Ich hätte gern, daß Sie in der Nähe sind, Sie beide, wenn ich etwas unternehme, um von diesem Schiff herunterzukommen. Ablenkungen könnten nützlich sein. Irgendwas. Ihnen, mein Junge, würde ich zutrauen, daß Sie auf den phantastischsten aller Pläne kommen.«

»Das hört sich an wie in einem von meinen Büchern«, kicherte Clara nervös. »Phantastischster aller Pläne. In Argentinien oder da irgendwo war das. Mit Kolben und Dornen und so Sachen.«

»Nun laß doch mal den Sex aus dem Spiel«, sagte Alan, »bitte, bloß fünf Minuten! Dies ist doch eine ernste Sache.«

»Lassen wir den Sex nicht ganz beiseite«, sagte Hillier. »Sie, Clara, sind ein bemerkenswert schönes Mädchen.« Clara wurde allerliebst verlegen; Alan kniff den Mund zusammen und machte Pfeiflaute. »Ich hätte gern, daß Sie, wenn's nötig werden sollte, zu Ablenkungszwecken davon Gebrauch machen. So ein schräges Lächeln, ein aufreizender Blick, Sie kennen das ja.«

»In keinem meiner Bücher steht was davon«, sagte sie befremdet.

»Nein, vermutlich nicht. Ihre Bücher fangen alle erst eine Stufe höher an, nach dem Aufreizen.«

»Werden Sie bewaffnet gehn?« fragte Alan.

»Hätte absolut keinen Sinn. Außerdem, dieser

Theodorescu hat meine Pistole geklaut, wußten Sie das?«

»Wußte ich nicht.«

»Aber die Pistole trägt man bei derlei Geschäften mehr als Talisman. Wenn man erst mal zu schießen anfängt, wird man unweigerlich erschossen.«

»Phallisch«, sagte Clara. »Nicht immer«, sagte Alan. Beide aßen sie noch mehr Kuchen und dachten nach; ihren Appetit hatten sie wiedergefunden. »Also«, sagte Alan, »noch etwas, das Sie von uns erwarten?«

»Ja. Was wir die Schlußmeldung nennen. Wenn ich nicht wieder aufs Schiff komme, dann möchte ich, daß Sie das hier nach London schicken, als Telegramm.« Er gab ihm einen Zettel.

Alan betrachtete ihn mit krauser Stirn, dann las er vor, flüsternd: »*Chairman, Typographie*. Soll das eine Adresse sein?«

»Keine Sorge. Es kommt an.«

»*Kontakt abgebrochen. Jagger*. Hm. Und was bedeutet das?«

»Es bedeutet, daß sie mich geschnappt haben.«

»Tot?« sagte Clara leise. »Bedeutet es, daß man Sie umbringt?«

»Ich weiß nicht, was es sonst noch bedeutet, außer daß sie mich geschnappt haben. Das genügt. Vielleicht kommt dann jemand und versucht, ob er mich loskriegt. Aber es bedeutet, daß eine Akte geschlossen wird. Jedenfalls, dies ist mein letzter Auftrag. Ich glaube nicht, daß sich daheim jemand viel drum kümmern wird.«

»Ein hartes Leben!« sagte Alan, als ob es auch seines wäre.

»Ich hab's mir so ausgesucht.«

»Aber wofür ist denn das alles?« fragte Clara. »Agenten und Spione und Gegenspione, Geheimwaffen, dunkle Keller und Gehirnwäsche. Wozu macht ihr denn das alles?«

»Haben Sie sich schon mal gefragt«, sagte Hillier, »welches die Natur der letzten Wirklichkeit ist? Was hinter diesem wimmelnden Durcheinander von Phänomenen liegt? Was sogar noch hinter Gott liegt?«

»Hinter Gott ist nichts mehr«, sagte Alan. »Das leuchtet doch wohl ein.«

»Hinter Gott«, sagte Hillier, »liegt der Begriff Gottes. Im Begriff Gottes liegt der Begriff des Gegengottes. Die letzte Realität ist ein Dualismus oder ein Spiel für zwei Parteien. Wir – Leute wie ich und meinesgleichen auf der Gegenseite – wir sind ein Widerschein dieses Spiels. Nur ein blasser Widerschein. Er war einmal sehr viel heller, zu der Zeit, als die beiden Parteien noch etwas darstellten, das man Gut und Böse nannte. Da war das Spiel härter und interessanter, denn der Gegner war nicht nur jemand, der einem auf der anderen Seite einer vereinbarten Trennlinie oder jenseits eines Netzes gegenüberstand. Er trug kein Vereinstrikot und war auch nicht an seiner Farbe, Rasse, Sprache oder Treue gegen eine bestimmte historisch-geographische Abstraktion zu erkennen. Wir aber glauben nicht mehr an Gut und Böse. Und darum spielen wir dieses alberne und hoffnungslose Spielchen.«

»Sie müssen's nicht spielen«, sagte Alan.

»Wenn wir's nicht spielen, was sollen wir denn sonst spielen? Wir sind zu unbedeutend, als daß die Kräfte sei es des Lichts, sei es der Dunkelheit uns angreifen würden. Und doch kommt uns, wenn wir spielen, manchmal das Böse dazwischen. Das Böse flutscht hinein, aus Versehen. Aber es gibt kein Gutes, das man dem Bösen entgegenstellen könnte. Das ist der Moment, wo man das Spiel satt bekommt und aufgeben möchte. Darum ist dies jetzt mein letzter Auftrag.«

»Das heißt doch, etwas Gutes tun, würde ich meinen«, sagte Clara. »Einen britischen Wissenschaftler aus Rußland herausholen.«

»Ich nehme ihn nur aus dem Spiel«, sagte Hillier, »weiter nichts. Eine Figur weniger auf dem Brett. Aber das Spiel geht weiter.«

»Ich denke«, sagte Alan gewichtig und bot Hillier eine schwarze Russische an, »wir müssen zusammenhalten, wir drei.« Gegen seine Gewohnheit nahm Hillier die Zigarette an und ließ sich mit dem flammenden Cygnus Feuer geben. »Wir könnten doch zusammen in einem dieser kleinen, abgetrennten Speisezimmer essen. Ich werde gehen und eins bestellen.«

»Wird das nicht ein bißchen zu sehr nach Verschwörung aussehen?« fragte Hillier, belustigt und doch berührt.

»Wird es. Eine Verschwörung gegen *sie*. Von Gut und Böse sprechen Sie zwar so, als ob es das nicht mehr gäbe, aber *sie ist* böse.«

»Ich dachte, sie ist bloß auf Männer aus. Junge Männer, Sex, meine ich.«

»Eine Sexualgöttin. Dafür hält sie sich. Eine alte, verbrauchte Sexualgöttin.«

Novembergöttin. Hillier ging zum Schrank und griff in die Gesäßtasche seiner Abendhose. »Hier hab ich etwas, wobei Sie mir helfen können«, sagte er. »Versuchen Sie mal, das zu dechiffrieren. Es ist nicht sehr wichtig, bloß sowas wie ein Abschiedsscherzchen meiner Abteilung. Aber versuchen Sie's mal. In derlei Dingen müßten Sie stark sein.«

Alan nahm den zusammengefalteten Zettel, der leicht konkav war, weil Hillier drauf gesessen hatte. Er verstand dies als Verabschiedung. »Komm, Clara«, sagte er. »Also, wir sehn uns beim Essen.«

»Ich glaube, heute abend nicht. Trotzdem danke.

Ich werde mir etwas in die Kabine bringen lassen. Und dann ein bißchen Kommunion mit mir selbst.«

»Das hört sich so nach Religion an«, sagte Clara.

»Es *ist* Religion«, sagte ihr Bruder. »Alles, was er uns erzählt hat, ist Religion.«

3

1 Der Mehlkönig schnarchte dahin, schwächer werdend, seinem persönlichen Schwarzmeer entgegen. Kraarch, kraarch. Nachdem sie ihr *Memento mori* weggesteckt hatten, begannen die Passagiere zu spachteln. Die *Polyolbion* schlängelte sich durch die Zykladen. Kraarch. Der Schinken war zu gleichen Teilen in Hühnerfond und Muskateller gekocht, zum Knochen hin aufgeschnitten, und jede Scheibe belegt mit Kastanienpüree, Hackmandeln und Zwiebeln. Überzogen mit Blätterteig, leicht angebräunt und in Marsalasoße serviert. Kraarch. Milos, Santarin. Brathuhn Nerone mit römischen Kartoffeln. Siphnos, Paros. Hier singen die Nereiden, die Haare gold und gold die Stimmen. Tournedos truffés mit Sauce bordelaise. Kraarch. Auf Sikinos erscheinen die Nereiden mit Ziegen- oder Eselshufen. Steak au poivre in Branntwein flambiert. Der junge Herr Walters brütete über der verschlüsselten Nachricht. HDAWAM DDHGEM. Kraarch. Ariadnes Insel. Pommes Balbec. Kythnos, Syros, Tinos, Andros. AN PPP. Parischer Marmor, Wein, Öl, Mastixharz. Kraarch. Maisflammeri. Eierflipeis. HEM QIOVABHDYC. Kraarch. Die nördlichen Sporaden. Sherry bisque. HZEY ZVON. Kraarch. Kalbskoteletts in Sauresahnensoße. Steuerbord Mytilene, dahinter das türkische Festland. Kraarch. Fräulein Walters, durch die bevorstehenden Ereignisse erregt, beruhigte ihre Nerven mit einem Sexbuch. Die *Polyolbion* tastete sich behutsam in die Dardanellen. *Bahn' den Weg*. Kraarch mit Olivenkartoffeln und Wacholderbeeren. *Durch Englands Zeit* mit kraarch und Courgettes.

Hillier hütete die Kabine wegen Clara Walters. Es war nicht die Zeit, sich diese Honigwabe in den Rachen zu stopfen. Den stopfte er sich mit altem Brot, Käse und Flaschenbier, während er viel Zeit damit zubrachte, den russischen Akzent zu üben und die alte Geläufigkeit wiederzuerlangen. Wriste war besorgt: Ging es ihm vielleicht nicht gut? Wriste setzte sich manchmal zu ihm, wenn er aß, erzählte von seiner Zeit als Müllfahrer in Canberra, brutale Geschichten aus dem Gefängnis von Adelaide, von den Weibern am Bondi Beach. Das Salz der Erde, Wriste. *Durch Englands Zeit*. Kraarch. Das Marmarameer. Istanbul backbord, nur zum Winken; anlaufen würde man's auf der Rückfahrt. Der Bosporus, Beykoz steuerbord. Kraarch. Er war noch am Leben, ein Faß schwach schäumender Chemikalien. Er könnte es noch schaffen bis Istanbul. Der Transport zu einem britischen Krematorium ließe sich dort leichter veranlassen. Kursgetreu fuhr das Schiff auf die Krimhalbinsel zu. Jaryljuk lächelte ihm zweideutig entgegen.

Nacht voraus, Land voraus. Der Abend war wie Plüsch, besät mit Tartarenbrillanten, die Luft wie weicher, tückischer Borodin. Einem Instinkt folgend begrüßte Hillier die Gefahr in Unterhose und Bademantel. Seine L-förmige Kabine war auf der Backbordseite; durch das Deckfenster über dem Waschbecken konnte er den Hafen herankriechen sehen, ohne selbst gesehen zu werden. Er war im Dunkeln, und wie! Das Schlimmste war, daß er keinen Plan hatte. Er war auf Fatalitäten gefaßt, die fetten Lacher an Deck auf ein Vergnügen. Das Näherrücken des Landes nach vielen Tagen auf See hatte immer etwas Feindliches, selbst wenn es das heimatliche Land war, was immer das hieß. Es war wie das Eindringen der Sforzandi munterer Besucher in die ruhigen Rhythmen eines Krankenhauses oder wie das Anknipsen der nackten Glühbirne, wenn sich der behagliche Sonntagnachmittag mit seinem Dämmer und Füßerösten an dem hypnotischen Feuerloch in den Kirchgangsabend verwandelt. Die Hafenlampen von Jaryljuk waren nackt genug, die Lagerschuppen entstellt von zerschlagenen Fensterscheiben. Irgendwo bellte ein Hund in wohltuend internationaler Sprache. Tamerlan und seine Söhne, schäbig in verwaschenem Arbeiterblau, sahen zu dem britischen Schiff hoch: grausame Tartarengesichter mit glimmenden Papirossi unter mächtigen Schnurrbärten. Es wurde geschrien und mit Tauen hantiert. Hillier hörte die Laufplanke aufbumsen. Manche Passagiere brachten Begrüßungsrufe aus. Er versuchte über die Haufen von Kisten hinauszudenken, über die Karren, die ölverschmierten Steine und eingeschlagenen Fenster, über das JARYLJUK, das in kyrillischen Lettern und gelbem Neon auf einem Dach stand, bis hinauf zu den Berghängen landeinwärts, den Zypressen, Oliven, Weinstöcken, lachenden Gebissen – das alte unschuldige Leben mit Bauerntänzen und Blumenfesten. Er versuchte, mit einem Würgen im Hals, über die rauchenden Uniformierten und Bemützten hinauszudenken, wie sie, die Arme in die Seiten gestemmt, den Hocktanz mit abwechselnd gebeugten Knien machten, während sie warteten. Links und rechts vom Ausländereingang würde es unamtliche Lichter geben – Villen und Arbeiterferienhotels. Dort wäre der Hafen für die kleinen Boote und die Regattajachten mit ihren Fähnchen. Ein paar Uniformen schlenderten ins Blickfeld. Vielleicht waren sie hier nicht so gewieft wie in Moskau. Diese hier waren sicherlich normale, anständige *Milizioneri,* die keinen Ärger wollten – sondern vielleicht einen britischen Whisky an der Schiffsbar, einen Füllhalter, eine Kamera oder eine Puppe in Tudorseide. Ihre Rubel würden angenommen, denn die Passagiere brauchten welche für den Landausgang; kein Krach, keine Krise, kein Trubel um Rubel.

Drei gutgelaunte slawische Paßstempler in Uniform,

keine Tartaren, stampften laut redend an Hilliers Fenster vorüber. Alle Passagiere, die an Land zu gehen beabsichtigten, hatte der Lautsprecher gesagt, müßten mit ihren Pässen zur Bar auf dem C-Deck kommen. Vermutlich würde dort eine der benachbarten Kabinen requiriert, wo alle dünneren Männer sich würden entkleiden müssen. Eine Busladung Passagiere sollte zum Hotel Krim befördert werden; dort wartete ein Imbiß mit Krim-Austern, Lachs, Stör, gesottenem Lamm, frischen Feigen und einem Wein, der ebenso süß war wie die Feigen. Hillier fuhr zusammen, als seine Tür plötzlich aufging und Licht vom Korridor hereinließ. »Sie sind ja im Dunkeln«, sagte Alan. Seine schwarze Russische wies ihn aus. Hillier zog den Vorhang vor seinen Ausblick auf Jaryljuk. »Sie können das Licht anknipsen«, sagte er. Alan trug einen hübschen dunkelblauen Ausgehanzug mit gepunkteter Fliege. Hillier begriff auf einmal, warum er selber so gut wie nackt war. Jaryljuk würde ihm eine Uniform stiften. »Ich habe diesen Code geknackt«, sagte Alan.

»Ist jetzt nicht wichtig. Wo ist Ihre Schwester?«

»Zieht sich noch an. Sie wird jeden Augenblick hier sein. Schaun Sie, dieser Code. Die Novembergöttin ist Königin Elisabeth I. Sie bestieg den Thron im November 1558.«

»1558?« Das hatte mit Roper zu tun. Der Familienstammbaum an der Wand in Didsbury bei Manchester. Sein Vorfahr, der in jungen Jahren für seinen Glauben gestorben war. 1558: ein elisabethanischer Märtyrer. »Ich versteh allmählich«, sagte Hillier. »Ein binärer Code, wie?«

»Wenn Sie meinen, daß die Buchstaben abwechselnd zwei verschiedenen Systemen angehören, dann ja. Im einen System ist der erste Buchstabe der fünfte, im anderen der fünfte der achte. Eigentlich ganz einfach.

Aber ich hatte noch nicht die Zeit, ganz durchzukommen. Sie reden Sie mit einem anderen Namen an. Daß Sie nicht Jagger heißen können, leuchtet wohl ein. Es fängt an: LIEBER HILLIR. Der Name klingt ausländisch. Sind Sie ganz sicher«, sagte er vorwurfsvoll, »daß Sie uns die Wahrheit gesagt haben?«

»Das ist wohl nur verschrieben. Hillier muß es heißen.«

»Viel weiter bin ich noch nicht. Aber es sind lauter Entschuldigungen, soviel ich sehe. Irgendwas tut ihnen leid.«

»Vielleicht die Höhe meiner Abschieds-Prämie. Jedenfalls, ich kann mir das später noch ansehn. Aber danke. Sie würden sich gut machen in diesem Spiel.« Es klopfte an die Tür, und Clara trat ein. Sie sah hinreißend aus. Hillier wußte, es war schon richtig gewesen, daß er für den letzten Tag und noch mehr in Klausur gegangen war, bei Brot, Käse und Russisch. Entschlußkrank. Sie trug ein Cocktailkleid aus Silberlamé mit Rückencape und einer dreifachen Perlen- und Diamantenkette um den Kragen, dazu silberfarbene Schuhe aus Ziegenleder. Überreifes Parfüm drang Hillier in die Nüstern, daß ihm der Speichel lief. Er lechzte nach ihr. Verfluchte Arbeit, verfluchtes Sterben. »Wie geht's ihm?« fragte er.

»Nicht viel anders.«

»Und diese Hure«, sagte Alan gehässig, »geht an Land mit ihrem skandinavischen Muskelaffen, hol sie der Teufel alle beide!«

»Ausdrücke«, beschwerte sich Clara. Sie schüttelte bekümmert den Kopf gegen ihren Bruder, dann ging sie und setzte sich auf Hilliers Koje. Hillier spürte, ohne es zu zeigen, einen Stich von Wehleid. Munter sagte er:

»Zur Sache. Ich brauche eine russische Polizeiuniform, und zwar sofort. Das heißt, ein Polizist muß hier hereingelotst werden . . .«

Auf dem Gang draußen hörte man jemanden laut schimpfen: »Verflucht noch mal, mich ausziehen zur Schußwaffen-Inspektion. Wenn das Bedingung ist, um an Land zu gehen, dann bleib ich an Bord. Verfluchte Rußkis!« Eine Kabinentür knallte zu. Theodorescus Voraussage war also eingetroffen: ein sehr fähiger, wenn auch übler Bursche.

»Gelotst?« fragte Alan. »Wie denn gelotst?«

»Es gibt zwei Methoden. Wenn die eine nicht wirkt, versucht es mit der anderen. Sie, mein Junge, Sie gehen mit Ihrer Kamera an Deck. Der japanischen . . .«

»Japanische?« Er schaute verwirrt drein.

»Ja doch. Die – Sie sagen doch, Theodorescu hat sie Ihnen geschenkt. Nehmen Sie die aber ohne Futteral . . .« Es klopfte an die Tür. Es war Clara, die den Finger zum Schweigezeichen an die Lippen hob. »Herein!« brüllte Hillier kühn. Er würde den Kugeln die bloße Brust darbieten; er wußte, wann er besiegt war. Wriste lugte erst und kam dann herein. Er hatte sich feingemacht für den Landausgang, in einem grauen Anzug, der selbst für London adrett genug gewesen wäre, mit einer – ein Stich ins Vulgäre, der zu dem zahnlosen Mund paßte – imitierten Harrowschülerkrawatte. Er sagte:

»Noch nicht angezogen? Immer noch nicht ganz auf dem Posten?« Er sah Clara auf der Koje sitzen und schnitt eine Leporellogrimasse. »Ach so. Entschuldigung, daß ich so reinplatze, aber da sind zwei Kerle in der Bar, die fragen nach Ihnen.«

»Russen?«

»Ja, aber beides ganz nette Kerle. Albern rum und sprechen feines Englisch. Von Schreibmaschinen haben sie auch was gesagt.«

»Und die haben nach Jagger gefragt?«

»Mehr so wie Iagger. Ich war zufällig grad da, als ich meinen Paß stempeln ließ. Ich hab nur gesagt, ich will mal sehn, ob Sie da sind.«

»Schön, ich bin nicht da. Sagen Sie, ich bin an Land.«

»Bis jetzt ist noch niemand an Land. Die machen da so eine Art FAK-Geschichte in einer von den Kabinen. Sehr gründlicher Verein, die Russen. Kucken wohl nach, ob die Leute Drogen im Arsch haben. Ach, entschuldigen Sie, Miss! Ich bitte vielmals um Verzeihung. Ich entschuldige mich wirklich und ganz ehrlich für das, was ich da eben gesagt habe. Ich hab einfach nicht aufgepaßt. Ich bitte vielmals . . .«

»Sie haben sicher schon mal von Industriespionage gehört«, sagte Hillier. »Die Russen sind darin die Größten. Schmuggeln einem was ins Gepäck, und dann holen sie alle technischen Geheimnisse aus einem raus. Sagen Sie«, fuhr er mit einer neuen Eingebung fort, »ich bin mit einem gewissen Mr. Theodorescu vom Schiff gegangen. Sie haben doch den Hubschrauber gesehn und viele andre Leute auch. Das sagen Sie denen.« Wriste strich diskret mit dem Daumen die Fingerspitzen entlang, dreimal rasch hintereinander. »Hier«, seufzte Hillier. Er wühlte einen Hundertdollarschein aus der Schublade in seinem Nachttisch. »Und enttäuschen Sie mich nicht!«

»Sie, Sir? Mein Freund sind Sie. Und tut mir furchtbar leid, Miss. Manchmal rutscht mir einfach die Zunge aus . . .«

»Was ist FAK?« fragte Alan.

»Frei von Ansteckenden Krankheiten«, sagte Wriste prompt. »Gab es immer, wenn wir vom Urlaub zurückkamen.«

»Wie geht das jetzt?« fragte Hillier. »Diese Sache da, meine ich.«

»Das ist das Komische«, sagte Wriste. »Es scheint, sie nehmen nicht jeden dran. Nur ein paar Auserwählte. Bei mir haben sie gleich gesehn, ich bin ehrlich.« Er warf sich in Positur und griente. Dann, mit seinem Hundertdollarschein wedelnd, ging er hinaus.

»Ja«, sagte Alan. »Sie haben etwas von einer Kamera gesagt?«

»Sie suchen sich einen vereinzelten Polizisten und bieten sie ihm für ein paar Rubel an. Das ist verrückt, sicher, aber nur keine Sorge. Sie brauchen nur fünf Finger hochhalten und sagen: *Rubl.* Er müßte fliegen auf so eine Chance. Und dann sagen Sie, Sie haben das Futteral in der Kabine, kostet nichts extra.«

»Wie soll ich das sagen? Ich kann kein Russisch.«

»Sie enttäuschen mich, aber wirklich! Sagen Sie's mit Gesten. Er wird schon verstehn. Dann bringen Sie ihn hierher. Die tun alles, wenn sie ein bißchen schnüffeln können. Er wird gegen Sie nicht mißtrauisch sein, wo Sie doch noch ein Junge sind. Natürlich gibt's dann hier kein Kamerafutteral, sondern bloß mich.«

»Und angenommen, es geht nicht?«

»Wenn es nicht geht, setzen wir Plan Numero zwei ins Werk. Oder vielmehr, Clara macht es.«

»Was soll Clara machen?«

»Sie bieten eine Kamera an, Clara bietet sich an.« Die beiden machten lange Gesichter und wurden, was sie waren: Kinder. Sie sahen Hillier aus vor Schreck geweiteten, ängstlichen Augen an. »Es ist gespielt«, sagte Hillier rasch. »Nur ein bißchen Theater, nichts weiter. Es kann gar nichts passieren. Ich werde hier sein, in diesem Schrank, und warten. Aber natürlich«, schloß er, weil sie ihn immer noch stumpf und vorwurfsvoll anschauten, »das mit der Kamera kann Ihnen gar nicht mißlingen.«

»Aber wie soll ich das machen?« fragte Clara.

»Muß ich Ihnen das wirklich erst erklären? Ich dachte, Sie interessieren sich für Sex. Sie brauchen sich doch nur ein bißchen in den Hüften zu wiegen und ihm dabei so schräge Augen zu machen. Das heißt dann: ›Komm du mal ein Stück näher!‹ All dies müssen Sie doch instinktiv wissen.« Hillier machte es vor; sehr komisch, fand er, aber sie lachten nicht.

»Schön. Also.« Alan sah nicht begeistert aus. »Ich geh mal und fange an mit Plan Nummer eins.«

»Und viel, viel Glück dabei.« Alan ging, ließ den Kopf hängen. »Na, das hat ihn ein bißchen aus der Fassung gebracht, wie?« sagte Hillier zu Clara. »Er ist nicht mehr ganz so forsch wie sonst.« Er wollte sich neben Clara auf die Koje setzen, aber dann überlegte er sich's anders. Er setzte sich auf den nächsten Stuhl, schlug die Beine übereinander, so daß eines bis übers Knie zum Vorschein kam, nackt und behaart. Es gab Frauen, wußte er, die behaupteten, daß männliche Kniescheiben sie erregen könnten. Clara sah nicht auf sein Knie, sie sah ihn an. Sie sagte:

»Alan hat gar keine Kamera.«

»Wie?«

»Er hat noch nie eine gehabt. Sachen zu fotografieren, hat ihn nie interessiert.«

»Aber er hat eine geschenkt bekommen. Hat er gesagt.«

»Ja. Ich begreif nicht, warum er gelogen hat. Wenn er wirklich eine bekommen hätte, die hätte er mir gezeigt. Die hätte er sicher nicht versteckt. Was er von diesem Kerl gekriegt hat, hat er aber versteckt.«

»Mein Gott! Warum kann er das nicht sagen? Das ist doch jetzt nicht der Augenblick, um Geheimnisse zu pflegen.« Das rührte etwas in ihr an – nichts aus der Sexologie, sondern aus *Romane, die das Leben schrieb*. Hillier überlegte wieder, ob er sich nicht doch neben sie setzen sollte.

»Warum können Sie denn das nicht einfach alles seinlassen?« fragte sie. »Es ist doch nicht der Mühe wert, oder? Töten und Spionieren und Kidnappen. Menschen. Und so viele Kinder!«

»Möchten Sie viele Kinder haben?«

»Ach, müssen Sie mich das jetzt fragen? Dafür hätten wir Zeit, wenn Sie nicht in diesem ganzen Unsinn drinsteckten. Wir könnten so eine schöne Fahrt haben.«

»Wir werden noch eine schöne Fahrt haben, wenn ich diese Sache hinter mir hab. Ich versprech's Ihnen. Wir lesen Ihre Sexbücher zusammen und frühstücken bis spät in den Vormittag hinein. Oder vielleicht werfen wir Ihre Sexbücher über Bord.«

»Sie wollen mich veralbern.«

»Überhaupt nicht«, sagte Hillier. »Es ist mein tödlicher Ernst.« Ernstlicher Tod, dachte er, Ernstfall, Prognose Fegefeuer. Er wollte leben. Der Vokal verschob sich. Der dicke Buchstabe spaltete einen dünnen ab. Es schien lange her zu sein, seit Wriste von seiner maschineschreibenden Schwester erzählt hatte. »Ich denke«, sagte Hillier, todernst, »ich könnte von Liebe sprechen.« Kein Mann, es sei denn in der Hitze dringlicher Nötigung, brachte dies Wort je ohne Verlegenheit über die Lippen. Es war ein Wort für Heuchler. Aber für Frauen war es etwas anderes, mehr noch für Mädchen. Clara wurde ganz rosenfarben und sah nieder auf den Teppich der Schiffahrtsgesellschaft. Hillier mußte dem Wort erst noch einen Sinn geben, einen, der ihn selbst befriedigte. Die Liebe, die er, immer noch über sich selbst staunend, ihr antrug, war die einzig echte: die inzestuöse. »Ich meine die Liebe«, sagte er. Und um zu zeigen, wie ernst es ihm war, bedeckte er die Knie mit seinem Bademantel und stellte sich vor, wie ihn die Ehre an seinen Stuhl gefesselt hielt.

»Das hätten Sie nicht sagen sollen«, hauchte Clara. »Nicht zu mir. Wir kennen uns doch gar nicht.«

»Das Wort steht nicht in Ihren Sexbüchern. Hätte ich Fellatio vorgeschlagen, hätten Sie doch gewußt, woran Sie sind. Liebe hab ich gesagt. Liebe!«

»Aber, ich meine, der Altersunterschied! Sie könnten doch fast mein Vater sein.«

»Könnte ich. Sie werden bald einen Vater brauchen. Und trotzdem, ich sage Liebe.«

»Ich werde ihn in meine eigene Kabine – wie war das? – *lotsen*«, murmelte sie, immer noch zu Boden sehend. »Das wird – wie heißt das? – plausibler sein. Sie denken nicht voraus, das ist der Ärger mit Ihnen. Sie denken bloß, Sie schlagen ihn nieder und nehmen seine Uniform. Es kommt doch auch noch einiges danach. Ein tückischer Alter dringt in die Kabine eines jungen Mädchens ein . . .«

»Einen Alten brauchen Sie nicht zu nehmen.« Liebe! Er liebte dieses Mädchen.

»Und wenn Sie dann mit seiner Uniform weg sind, kann ich schreien, bis jemand kommt, und dann kann ich sagen, er hat sie selbst ausgezogen, kann sich jeder denken, warum, und dann hätte ich ihn dazu *gelotst,* daß er unvorsichtig wurde, und ihn niedergeschlagen – womit könnte ich ihn denn niedergeschlagen haben?«

»Mit dem dicksten von Ihren Sexbüchern.«

»Ernsthaft.« Sie stampfte mit dem Fuß vor Aufregung. »Womit wollen *Sie* ihn denn niederschlagen?«

»Mit seiner Pistole.«

»O.« Der Proszeniumsboden war eingestürzt. Der Irre war von der Bühne ins Publikum gesprungen. »Daß er eine Pistole tragen wird, hatte ich nicht gedacht.«

»Das sind hier sicher keine Dorfgendarmen. Ich werde nicht allzu hart zuschlagen, grad so, daß ich ihm eine PSTX-Spritze geben kann. Die bewirkt eine starke Intoxikation. Wenn er von dem Schlag schon weg ist, bleibt er vermutlich weg. Um so besser. Er ist betrunken hereingekommen und hat sich ausgezogen, und dann haben Sie ihm eins mit dem Bleistiftabsatz gegeben – damit, so müssen Sie's machen – und dann . . .«

»Dann habe ich seine Kleidung durchs Bullauge rausgeworfen, um für ihn alles noch schwieriger zu machen. Auch die Pistole.« Sie brannte jetzt darauf, endlich einen fremden Mann hereinzulotsen.

»Sie sind ein schönes und begehrenswertes, kluges und tapferes Mädchen«, sagte Hillier feierlich, »und ich liebe Sie. Ich werde nicht aufhören, Sie zu lieben, ob im Gefängnis, im Arbeitslager oder im Salzbergwerk. Und selbst wenn mich die Kugel trifft, werde ich Sie lieben.« Es klang sehr großspurig, wie das Wort Liebe.

»Aber Sie kommen wieder. Sie kommen doch wieder?«

Ehe er antworten konnte, ging die Tür auf. Alan kam herein, ganz niedergeschlagen. »Kein Glück«, murmelte er. »Niemand wollte eine Kamera. Da hab ich's mit einem Parker-Füller versucht. Wollte auch keiner. Hemden auch nicht. Nicht mal meinen Smoking.«

»Ich glaube nicht«, sagte Clara, »daß die kleinen Jungen in Rußland Smokings tragen.«

»Ich hab mein Bestes getan«, sagte Alan trotzig. »Diese Dinge liegen mir nicht so. Tut mir leid.«

»Macht nichts«, sagte Hillier freundlich, verliebt. »Versteht sich von selbst, Sie müssen eben noch viel lernen. Jetzt lassen Sie Clara und mich mal machen.«

»Ich glaube, ich geh jetzt an Land«, sagte Alan. »Am Hafentor wartet ein großer Bus.« Er machte eine Pause, wartete vergebens, daß ihm jemand sagte, er solle vorsichtig sein. »Ich werde vorsichtig sein«, sagte er unsicher.

»Zweiter Akt«, verkündete Hillier. »Der Ort wechselt, die Szene eigentlich nicht. Ihre Sexbücher werf ich durchs Bullauge«, sagte er zu Clara. »Niemand darf sagen können, Sie hätten ihn ermutigt.«

2 Hillier hatte noch Zeit für einen zärtlichen Liebesakt mit Claras Kabine, einer Ausweitung ihrer Person. Zuerst allerdings streckte er ihren Sexbüchern die Zunge raus, packte sie zwischen seinen Armen zu einem großen Stapel zusammen, der sich wehrte und aus dem einzelne zu entkommen versuchten, und warf sie hinaus in die Steuerbordnacht. Das analphabetische Meer verschlang sie, gleichgültig wie ein Scheiterhaufen der Nazis. Dann trippelte er mit winzigen Schritten umher, strich sich mit ihren Haarbürsten über Hände und Gesicht (kratzige Männerküsse, aber doch von ihren Stellvertretern), beroch ihre Salben und Schminkdosen und ihr überreifes Parfüm. Auf einer Stuhllehne hingen stahlgraue Strümpfe, und er versuchte, ob er sich damit erdrosseln könnte, während er zugleich an den noch feuchten Füßen kaute. Größe neun. Er zögerte, ob er das Gesicht in dem Schubfach mit ihrer Unterwäsche vergraben oder einen Trunk Leitungswasser aus dem Schuh (Größe vier) nehmen sollte, der unter dem Bett hervorlugte. Ruhendes Heer, zorniges Volk! Liebe mußte er sich für den Augenblick aufs Panier schreiben, nicht den Tremor des Abzugsfingers. Es wurde Zeit, daß er sich in diesen Schrank verkroch.

Drinnen mußte er sich hinkauern, zwischen ihren Kleidern. Diese, ihr äußeres oder öffentliches Ich, konnten ihn nicht so erregen wie alles, was sich ihrer Haut angeschmiegt, sie gestreichelt, bestäubt oder stimuliert hatte. Aber er küßte den Saum ihrer unsichtbaren Gewänder und betete, nicht im mindesten überrascht, weniger zu der Göttin, die sich in ihnen der Welt darbot, all den vielen, unbeträchtlichen Leibern, als vielmehr zu jener Teufelin Miss Devi, die seine Nerven auf die Folter der Lust gespannt und sie dann, entkräftet und bloßgelegt (mit der Geißel in die Heiligkeit getrieben) geistlicheren Einflüssen überantwortet hatte. Durch den winzigen Spalt der angelehnten Schranktür sah er grad so eine Koje wie die, auf welcher er die drawidischen Lüste erlitten und gekostet hatte. Er setzte Miss Devi darauf, vielarmig, in der Lotusstellung, und betete ein Dankgebet für jenes Fegefeuer, das er hatte durchschreiten dürfen, um zur seligen Schau zu gelangen. Dann löschte er sie aus, ehe sie Menschengestalt annehmen könnte und da auf der Bettdecke wartend vor ihm läge.

Die Minuten vergingen, und er fragte sich, ob er recht getan habe, diese Lichtgestalt, Clara, auch nur der gespielten Hurerei auszusetzen. Erregend aber wären nicht so sehr die Posituren professioneller Verführungskunst als vielmehr die offenkundige Harmlosigkeit ihrer ungeschickten Nachahmung. Der, den sie hier hereinbringen würde, könnte nur ein schlechter Mensch sein, kein Zweifel, der verdient hätte, was ihm bevorstand. Dann dachte er an die Liebe und fragte sich, ob eine Frau, die geliebt wurde, jemals begreifen könnte, wie peinigend diese hohen Grade der Hingabe waren. Die Troubadours und die Heuchler hatten die Sprache korrumpiert, und im körperlichen Akt vollzog man nur noch ein Exempel für animalische Funktionen. Versuch den Körper der Geliebten zu nehmen, und du könntest ebensogut im Bordell sein. Der Akt ließ sich nicht in der Weise zum Sakrament adeln, wie das Brot transsubstantiiert werden kann. Brot konnte man sich zum Frühstück in den Mund stopfen und die Krümel umherspucken, während man über die Predigt sprach, doch vorher hatte man die fade Oblate gegessen, ohne jeden Nährwert, und gestammelt: »Mein Herr und Gott!« Man glaubte Gehör zu finden. In der Liebe mußte man Frühstück und Sakrament zugleich einnehmen, und im Augenblick der Offenbarung konnte man nicht ausrufen: »O meine Herrin und Göttin!« Oder, könnte man es, so wüßte man, daß niemand da wäre, der einen hörte.

Hillier bekam einen Krampf, eingezwängt wie er war, zwischen ihren wohlriechenden Kleidern. Er öffnete die Schranktür und wollte seine Glieder lockern, aber da hörte er Schritte näherkommen. Er stopfte sich wieder hinein, wie Brot in einen Mund, und hörte buchstäblich, wie sein Herz hämmerte, gegen den Takt der Schritte. Die Kabinentür ging auf, mein Herr und Gott, da hatte sie es doch tatsächlich gemacht. Er sah die trübbraune Polizeiuniform, den stumpfen Glanz seiner Pistolentasche, Schaftstiefel und, aufgelöst in dreißig oder mehr Streifen seines schmalen Gesichtsfelds, ihr Kleid aus Silberlamé. Wie lange konnte er das mitansehen? Der Gürtel und die Pistole mußten erst herunter, aber würde sie wohl kaltblütig genug sein, ihn gleich dazu zu bringen, daß er sie abschnallte, ehe seine harten Polizistenfinger anfingen zu stochern und zu wühlen? Hillier sah nur in Ausschnitten, aber was er hörte, war deutlich genug: das eine grobe russische Wort: *»Rasdjewaj – rasdjewaj ...«* Er machte den Spalt weiter auf, und nun sah er zu viel: den Riß des Kleides an der Schulter, slawische Notzüchtigung des Westens, den feisten roten Hals und das borstige Haar darüber, den Dienstrang des Kerls (weiß Gott, sie hatte eine gute Wahl getroffen, registrierte sein Gehirn, als er Rangabzeichen bemerkte, von denen er wußte, obwohl er die genaue Bedeutung vergessen hatte, daß sie über dem Leutnantsrang waren, und er bemerkte auch, als er das derbe Gesicht im Profil sah, ein paar metallische Streifen und verachtete den Kerl wegen seiner Pflichtvergessenheit, liebte ihn aber auch, weil er menschlich genug war, sich ablenken zu lassen, und haßte ihn wieder wegen jener Geilheit, die nur allzu menschlich war, in Gold und schmutzigem Elfenbein grunzend und grinsend vor der einen unerträglichen Schändung). Clara, ganz ängstlich und schon in Auflösung wie nach einer ganzen Nacht erzwungener Preisgabe, sah über die entblößte Schulter nach ihrem Retter im Schrank. Hillier steckte für einen Augenblick den Kopf heraus und zeigte aufgeregt auf die Pistolentasche. Sofort machte sie sich daran, dem Mann den Waffenrock aufzuknöpfen, und er erhob sich von ihr, grinste, *»da, ja dolschen rasdejwat'sja«,* schnallte den Gürtel ab und warf ihn zu Boden; dann begann er schwerfällig mit dem Aufknöpfen. Zu Clara sagte er noch einmal: *»Rasdjewaj – rasdjewaj . . .«* Das Verbum *entkleiden* in der intransitiven und reflexiven Form sollte sie sich merken, dachte Hillier wütend, als er wieder in seinem Versteck hockte. Jetzt ging der Kerl im Hemd auf sie los, mit gespreizten Fingern wie zu einem Ringkampf, und Hillier nutzte die Gelegenheit.

»Choroscho«, sagte er, richtete die Pistole auf ihn (es war eine schwere Polizeiwaffe, das neue *Tigr*-Modell) und legte mit dem Daumen die sperrige Sicherung um. *»Fstawajetje, swinjah!«* Genau wie an jenem Nachmittag mit dem westdeutschen Würger, nur diesmal in einer Sprache, die ihn mehr befriedigte. Der als Schwein angeredete Hemdenmann brauchte lange, um aufzustehen; er schien sogar in der Anklammerung an Clara Schutz suchen zu wollen. Jetzt aber,

in echtem Offizierston, nannte ihn Hillier einen geilen Bock und befahl ihm, zur *Gardjerob* herüberzukommen – während er selbst sich im Bogen von ihr entfernte – und sich mit seiner fetten Schweineschnauze und seinem Latrinengesicht dagegen zu stellen. Der Mann gehorchte fauchend und knurrend, doch irritierenderweise sah er Hillier aus seinen recht hübschen braunen Augen mit einiger Herzlichkeit an: Als ob er ein im Grunde erfreuliches kapitalistisches Amüsement darin sähe – wie Scotch trinken oder Jazz hören –, in einer mißlichen *Boudoir*-Affäre betroffen zu werden. »Das jetzt«, sagte Hillier in freundlichem Russisch, »wird nicht sehr weh tun.« Er hieb dem Mann den Revolverknauf auf den borstigen Hinterkopf. Zu seiner Überraschung geschah nichts. Er schlug noch einmal zu, härter. Der Mann breitete sehnsüchtig die Arme um den Schrank, und dann, mit acht scharrenden Fingernägeln, die Walzertonspuren in die beiden hölzernen Seiten zogen, als er fiel, fiel er.

Hillier drehte sich zu Clara um. Er war schockiert und schmählicherweise erregt, so viel von ihrer Schulter und sogar den oberen Quadranten ihrer rechten Brust entblößt zu sehen. Im übrigen schien sie jedoch unversehrt und nicht mehr ängstlich zu sein. »Ich kauf dir ein neues Kleid, Liebchen«, brummte er, »ich versprech's.« Sie sagte:

»Du hast nicht hart genug zugeschlagen. Schau!« Es sah so aus, als ob der Mann sich mit den Händen wieder hochstemmen wollte. Hillier gab ihm noch einen milden Klaps mit dem Kolben, und mit einem Seufzer der Erleichterung kam der Mann zur Ruhe. Hillier sagte:

»Ich hoffe, du siehst mir noch öfter zu, wenn ich mich anziehe. Künftig aber mit meinen eigenen Sachen. Hilf mir mal mit diesen Stiefeln. Sind mir zu groß, aber macht nichts.« Dann kamen die Kniehosen. Darunter, sah Hillier voll Mitleid, trug der Mann eine geflickte Unterhose. Er wühlte sich keuchend in die Uniform. »Wie seh ich aus?«

»Oh, bitte, sei doch vorsichtig.«

»Jetzt der Gürtel. Wo ist die Mütze? Ah, hinter der Tür. Hat wohl gedacht, er wär hier zuhause, das *swinjah*.« Die Kniehosen waren etwas zu weit, aber die Uniformjacke würde das verbergen. »Besser, ich polstre mich ein bißchen.« Er stopfte sich Claras Badetuch um die Brust. »Und jetzt.« Er nahm die gefüllte Spritze aus der Brusttasche seines Morgenrocks, drückte einen Tropfen an der Luft aus und versenkte das übrige tief und grob in den nackten Unterarm des Mannes. Ein wenig lief über die Haut in die rotbraunen Haare. Dann, zu ihrer beider Erstaunen, kam der Mann zu sich.

Er kam plötzlich wie von einer Fee geküßt. Er erlangte das Bewußtsein in einem tieftrunkenen Zustand, blinzelnd, sich die Lippen leckend und dann lächelnd. Sein befreites Unterbewußtsein gab einen russischen Betrunkenenmonolog von sich, dem Hillier fasziniert lauschte: »Väterchen im Bett die Mutti warm Schnee gelegen sagt er heißen Tee jetzt kein Samowar Juri eins auf Schnauze Lukerja heult Tränen zu Eis gibt kalten gekochten Roterübensaft Pappi besoffen.« Er versuchte aufzustehen, wobei er Hillier liebevoll anstierte. Hillier, dem ein neuer Gedanke kam, sagte zu Clara:

»Wo hat denn deine Stiefmutter ihre Kabine?«

»Da, unsre liegen alle nebeneinander.«

»Olle Nikolajew Schule verdroschen nicht gewußt wie lang Fluß.«

»Sieh mal nach, ob sie abgeschlossen ist! Wenn ja, hol den Zweitschlüssel aus dem Büro. Aber beeil dich!« Sie nahm ein kleines Pelzcape vom Haken an der Tür. Mit dem zerrissenen Kleid konnte sie nicht hinaus. Hillier liebte sie.

»Salgir längster Fluß Krim aber ganz kurz. Südhänge Jaila-Gebirge sehr fruchtbar.« Er wiederholte: *»Otschin plodorodnjij.«* Dann versuchte er wieder aufzustehen. Hillier stieß ihn sanft nieder. »Hinterm Schuppen Sommertag Natascha Rock hoch dicker Bauch sie zeigen ich nicht zeigen sie zeigen ich nicht zeigen.« Na, dachte Hillier, so schamhaft bist du heute nicht mehr. »Sie zeigen ich nicht zeigen sie zeigen ich zeigen.« Na endlich. »Olle Nikolajew sehn eins auf die Schnauze Väterchen sagen Väterchen Arsch voll.« Viel Prügel schien es gegeben zu haben in dieser längstvergangnen Jugend auf der Krim. Clara kam keuchend herein.

»Am Ende des Korridors der Raum, wo sie Tee kochen. Da gibt's Schlüssel. Ich hab aufgeschlossen. War's so richtig?«

»Braves Mädchen! Liebes, vortreffliches Mädchen!« Hillier brachte den lächelnden Quaßler ohne Mühe auf die Füße. »So, stütz dich auf mich, mein Guter. Schön ausschlafen wollen wir jetzt, *Towarischtsch*. Ab in die Heia!«

»In ihrem Bett?«

»Warum nicht? Nette Überraschung für sie.«

Aus dem Gequassel war ein Gegröl geworden. »Husch, ihr Grauchen, macht euch dünn. Übers blanke Schneefeld hin.« Ein Lied aus der nördlichen Krim vermutlich, denn von besagter Steppengefahr war der Süden frei. Stell dir diese Männer mit Balaklawa-Helmen vor. Stell dir Florence Nightingale vor. Der Korridor war leer. Er hatte keine Mühe, ihn in Mrs. Walters' Bett zu befördern. »Mamachen sitzt am Ofenrost. Tee in der Kanne, Liebe in der Brust.« Die Kabine roch nach Sex. *W grudje ljubow*. Im Busen Liebe.

Bald kamen keine Lieder mehr, nur noch solides Schnarchen.

»Ich muß jetzt los«, sagte Hillier.

Sie hob das Gesicht. Diesmal war der Mann in dieser Uniform sehr sanft.

3 Es war ein Unterschied wie zwischen dem Abendmahl und den Lieferungen des Bäckers. Eingestopft wie Frühstücksbrot in die Hosen- und Jackentaschen der Uniform waren der Innesbart und der Innespaß, die Ampullen und die Spritze (mit Schutzkappe über der Nadel), Dollars von Theodorescu und Schwarzmarktrubel von Pulj, ein Päckchen Weißmeerkanal-Zigaretten von dem schlummernden Polizeioffizier und dessen Ausweis (S. R. Polozki, 39 Jahre, geboren in Kertsch, verheiratet, das Dreckschwein!). Die *Tigr* knurrte gesichert an seiner Hüfte. Er stapfte geräuschvoll die Laufplanke hinab, schnarrte in jovialem Russisch den jungen Polizeiposten an (»Alles bestens hier, mein Junge. Haufen feiner Mist und paar sehr niedliche Fratzen. Schon was von verdächtigen Typen gesehn? Nein, glaub ich nicht. Haufen Dorschmist, diese Meldung. Schön, mach weiter!«), und nachdem er den verdutzten Burschen kameradschaftlich auf die Brust geboxt hatte, stapfte er weiter zur Rampe, die zu dem kleinen Hafengebäude führte. Auf dem Kai war es angenehm dunkel, mit nur wenigen blöd glotzenden Laternen, doch drinnen war es heller, obwohl die Zollabfertigung geschlossen war und im Dunkeln lag. An einer kleinen Bar schenkte ein Mädchen Bier aus, mit tartarischen Dockarbeitern als einzigen Gästen; ein anderes Mädchen wartete in einem Souvenir-Kiosk, ohne Kunden. Am Ausgang zur Stadt hin standen ein paar Polizisten und rauchten.

Sie fuhren zusammen, als sie Hillier sahen, wollten salutieren, aber er winkte ihnen gutgelaunt zu und stapfte singend vorüber. Er sang S. R. Polozkis Lied von den Grauchen im Schnee, auf lalala, wo er den Text nicht behalten hatte. Einer der Polizisten rief ihm nach: »Jemand gefunden, Genosse Hauptmann?«, aber er sang über die Schulter zurück: *»Niktooooh,* falscher Alarm.« Und dann klirrte er steintreppab und kam auf einen kleinen Platz voller Ballen und Kisten, mit ein paar geparkten Lastwagen. Die Nacht war mild und roch nach Erdbeeren. Ein leichter Wind wehte von der Mutterlandmasse her, als Erinnerung, daß dort oben der Kreml war, ungeachtet des subtropischen Unfugs mit Warmluft und Orangen auf diesem Landzünglein im Süden.

Es war dunkler, als es an einem Hafentor mit Postenhäuschen sein dürfte. Wäre Hillier gewesen, wer er zu sein vorgab, er hätte etwas dagegen unternommen: Wie sollte einer bei dem Licht das wahre Gesicht mit der Paßparodie vergleichen? Ein Uniformierter mit einem Gewehr, schäbig wie ein Überlebender aus dem Krimkrieg, nahm vor Hillier Haltung an. Im Postenhäuschen spielten zwei Mann Karten; der eine stöhnte über sein Blatt. Ein ganz einfaches Spiel, ohne Tücken; im Poker wären die Kameraden verloren. Ein dritter, mit saurem Gesicht, mischte in einer Kanne etwas mit heißem Wasser. Hillier schritt vorbei. Irgendwo müßte ein Polizeiwagen sein, fiel ihm ein, aber er atmete tief durch, bezeigte der leeren Straße sein Wohlgefallen, die aus dem Hafengelände herausführte: Er ging zu Fuß, der Gesundheit wegen. Zu den beiden Seiten der Straße waren kleine Parks, knauserig beleuchtet, mit Zypressen, Bougainvilleen und vielen Rosen. Auf einer Bank in dem Park zur Rechten saß ein Pärchen in verstohlener Umarmung. Hillier wurde warm ums

Herz. Weiter drinnen hustete sich jemand energisch die Kehle frei. Ein Hund bellte, meilenweit weg, und stiftete andre Hunde an. Dies und der Rosenduft mit einem (vielleicht nur eingebildeten) Hauch von Zitronen gab die Gewähr, daß das Leben überall in den gleichen Formen weiterging, unterhalb der Schrecknisse von Macht und Sprache. Hillier mußte das Tschornoje-Morje-Hotel finden. Er dankte dem entflogenen Theodorescu für diesen Hinweis auf Ropers Aufenthalt. Natürlich würde man von ihm erwarten, daß er genau wüßte, wo dieses Hotel lag. Aber auch ein Polizeioffizier konnte in einer Stadt fremd sein. Ja, je fremder er war, desto höher wurde er geachtet. Er stiefelte weiter.

Er spürte fruchtbare Ebenen im Norden und Berge dahinter: Ein ländlicher Hauch wehte herein, ungestört von Verkehrsgerüchen. Aber am Ende der Straße, die vom Hafen herkam, sah er Verkehr, hörte Knistern und Quietschen. Straßenbahnen! Straßenbahnen hatte er immer gemocht. Er sah keinen außerplanmäßigen Verkehr: Was für ein gesegnetes Land, mit dieser Knappheit an Motorfahrzeugen, wo ein Betrunkener zwischen Bordstein und Straßenbahngeleisen liegenbleiben konnte, ohne überfahren zu werden! Hillier kam an die Ecke und sah einen hübschen Boulevard, sehr südeuropäisch. Die Bäume, dachte er sich, waren wohl Maulbeerbäume; ihre Kronen säuselten in der Brise. Es war noch nicht spät, aber viele Leute sah er nicht, nur ein paar junge Burschen und Mädchen in leichter Sommerkleidung, die nichts vorzuhaben schienen, paarweise oder in Gruppen. Natürlich mußte irgendwo eine Promenade sein, von der man zu den blinkenden Lichtern auf dem Wasser hinaussah. Vielleicht auch ein Orchester, das auf einem byzantinischen Eisenpodium die Staatsmusik von Chatschaturian spielte, mit Leuten ringsum, die zuhörten und Staatsbier tranken. Er zögerte, überlegte, in welche Richtung er gehen solle.

Er ging nach links und sah einen Souvenirladen, der aufhatte, doch ohne Kunden darinnen. In dem trüberhellten Schaufenster lagen Matrjoschkas, hölzerne Bären, billige, barbarische Halsbänder und tschechische Emailbroschen. Da standen auch Porzellanbecher, die ihn irritierten; er war sicher, er hatte solche Becher schon mal gesehen, allerdings, soweit er sich erinnern konnte, nicht auf sowjetischem Boden. Auf jeden Becher war plump ein Frauengesicht gemalt: das schwarze Haar zu einem Dutt aufgeflochten, die Lider zu einem bösen Lächeln verknittert, Nase und Kinn vorspringend, als Einrahmung eines Altweiberkicherns. Wo zum Teufel war das nur gewesen? Es fiel ihm ein: dieser Kurort in Italien mit den stark purgativen Heilwässern (Magnesiumsulfat? heptahydriert?), wo einem der bittre Trank höhnischerweise in einem Becher wie diesen hier dargereicht wurde, doch mit einem jüngeren, schöneren Italienerinnengesicht darauf. Und ja doch, sie hatten eine Aufschrift gehabt: *»Io sono Beatrice chi ti faccio andare.«* Ein fauler Witz: Ich bin Beatrice, die dich laufen macht. Von Dante, die Zeile, aber den hatte Beatrice in die Sternenpracht hinaufgeleitet, eines der Stadien, nicht das Endziel des Purgatoriums. Das hatte jetzt etwas mit ihm, Hillier, zu tun, aber was?

Er begriff sofort. Clara, die Lichte, Strahlende. Er wurde aufs neue vergeistigt, seiner unsterblichen Seele bewußt gemacht, nach all den Jahren. Und doch konnte sein besudelter Leib für sie nicht durch dies eine letzte Abenteuer gereinigt werden, ein kurzes Eintauchen in die Flammen mit angehaltenem Atem, dann wieder heraus mit der geborgenen Last. Es war nicht genug: *domina, non sum dignus.* Tausende

Büschel Schamhaar hatten sich schon in seines verheddert und verzottelt, alle Farben vom baltischen Honig bis zum orientalischen Pech. Unzählige Gebisse, auch künstliche, hatten sein Fleisch verwundet. Und gefressen und gesoffen hatte er wie ein Schwein. Und dann die Lügen und Verrätereien im Dienst eines unglaubwürdigen Zwecks! Er schüttelte den Kopf: Ein guter Mensch war er nicht gewesen. Nötig war, daß er mit einer einzigen Muskelanstrengung das Gepäck seines früheren Ichs (blut- und bierbefleckte billige Koffer voll namenlosen Unrats, eingewickelt in alte Nummern des *Daily Mirror*) auf den Müllwagen warf, der schon nach einem einzigen Telefonanruf bereitwillig vorgefahren käme, mit einem bärtigen, braunäugigen Mann am Steuer, der das Trinkgeld nur aus Freundlichkeit annahm (ist doch mein Job, Sir). Nötig war eine Wiedergeburt.

Er drehte sich um und sah auf die Straße. Aus einem geschlossenen Laden, der sich *atelier* nannte, kam ein Mann, hinkend. Er trug ein schmutziges Hemd mit offenem Kragen, dazu eine Khakihose. Sein Gesicht war faltig, doch alt war er nicht. Eine Straßenbahn schwenkte nach Osten, fast leer. Zu dem Mann sagte er: *»Poschal'sta, towarischtsch. Gdje Tschornoje Morje?«*

»Soll das ein Witz sein? Das Schwarze Meer ist grad hinter Ihnen.« Er machte eine beidarmige Geste, wie wenn er das Meer aus seiner Brust hervorziehen wollte.

»Dumm von mir.« Hillier lächelte. »Ich meine das Hotel Schwarzes Meer.«

Der Mann sah Hillier scharf an. Er roch leicht nach billigem Himbeerlikör. »Was soll denn das?« sagte er. »Was wird gespielt? Das weiß doch jeder, wo das ist. Sie sind kein richtiger Polizist, wenn Sie das fragen. Ich würde sagen, Sie sind ein *Samoswanjez*.« Schwindler hieß das. Die Frau aus dem Souvenirladen stand an der Tür und hörte zu. Hillier seufzte in sich hinein. Er schnauzte den Mann an:

»Beleidigen Sie die Uniform nicht, *Towarischtsch!* Da gibt es noch ein Gesetz gegen.«

»Ein Gesetz gibt's gegen alles, wie? Aber manche Gesetze gibt's, die lassen wir uns nicht bieten. Geheime als normale Polizisten aufgemacht! Was fällt denen denn noch alles ein? Wenn Sie mich dazu bringen wollen, daß ich mich belaste, müssen Sie sich was andres ausdenken.« Er sprach jetzt sehr laut. Ein junges Paar, blonder Hüne mit stämmiger Brünette, blieb stehen, um zuzuhören; das Mädchen kicherte. »Wo kommen Sie denn her? Moskau? Wie ein Jaryljuker reden Sie nicht.«

»Sie sind ja betrunken«, sagte Hillier. »Sie sind nicht verantwortlich für das, was Sie reden.« Und er ließ es drauf ankommen und begann auf die paar Fetzen Rot zuzugehen, die im Westen noch sichtbar waren. In den ungewohnten großen Stiefeln stolperte er über ein herausgebrochenes Stück Pflaster. Aus dem Nirgendwo war am Rinnstein ein Kind aufgetaucht, ein Mädchen mit rotznasser Oberlippe. Das Kind lachte.

»Nicht so betrunken«, rief der Mann, »daß ich nicht weiß, wenn mich einer aushorchen will. Ich hab nichts zu verbergen. Da, ihr seht's ja«, erklärte er allen Leuten. »Er wollte gar nicht zum Hotel Schwarzes Meer. Er geht in die andere Richtung.« Hillier ging schnell an einem wohlriechenden, doch leeren Fischrestaurant vorüber, an einem staatlichen Schlächterladen mit heruntergelassenen Jalousien und an einer Gosbank-Filiale, die wie eine kleine Haftanstalt für Geldscheine aussah. »Einen aushorchen!« schimpfte der Mann. »In Ruhe gelassen werden, weiter will man doch nichts.« Weiter will ich auch nichts, dachte Hillier. Er ging schräg über die Straße und brachte sich in der Einmündung einer völlig unbeleuchteten Seitenstraße außer Sicht. Hier ging es bergauf. Er trottete über zerbrochene Kopfsteine, hielt Ausschau nach einer Rechtsabbiegung. Zu beiden Seiten standen schäbige Häuser. In einem ließ ein blauer Fernsehschirm eine rasche Stichomythie von Aufnahme und Dialog ablaufen, bei weit offenem Fenster, wegen der Wärme. Die andern Häuser waren dunkel; vielleicht alle Leute draußen auf der Promenade. In Ruhe gelassen werden wollte Hillier, aber hier fühlte er sich im Stich gelassen. Die Abzweigung nach rechts, die er schließlich fand, war ein Gäßchen voller feuchter Kartons, nach dem Gefühl unter den Füßen zu urteilen, mit darüber hingestreuten zermanschten Gemüseresten. Hillier trappelte wacker nach Osten, zu einer Begleitmusik raufender Katzen. Eigentlich mußte um diese Zeit der Mond im ersten Viertel aufgehen. Von weit links kam der Duft eines Heufelds: Hier war man schnell auf dem Land. An einer Stelle hörte er einen Ehestreit, offenbar aus einem Hinterhof: *»Korowa!«* schimpfte der Mann seine Frau, auch *»Samka!«,* sehr laut. Hillier bog nach rechts in eine Straße ein, wo die Häuser winzige Vorgärtchen mit Rosen hatten, und dann war er wieder auf dem Boulevard, und die Maulbeerbäume regten sich in einer frischen Brise. Er kam zu einem Schild, das besagte: *Ostanowka Tramwaja.* Drei Leute warteten.

»So«, sagte eine noch gut erinnerliche Stimme, »fangen Sie wieder von vorn an mit Ihren Tricks, was? Sich ranmachen an mich mit Ihren gemeinen Spitzelmethoden! Und wenn ich sage, ich rufe die Polizei, dann sagen Sie, Sie sind die Polizei. Der hier«, erklärte er dem umschlungenen Pärchen, das ebenfalls wartete,

»ist ein *Samoswanjez,* würde ich sagen. Er denkt, er kann sich mit einer Polizeiuniform tarnen, aber ich durchschau seine Tricks. Na schön«, sagte er zu Hillier, »und wenn ich nun im Schwarzmeer-Hotel arbeite? Hinter den Großen sollten Sie her sein, nicht hinter uns armen Teufeln, die in der Küche arbeiten. Wir kommen doch an gar nichts ran – nicht daß ich's nehmen würde, wenn ich könnte. Ich habe immer eine reine Weste gehabt, ich. Sollten sich was schämen, Sie!« Hillier machte ein resigniertes Kümmern-Sie-sich-nicht-um-den-Achselzucken für das junge Paar, das die Münder offen hatte (offen, sah er dann, weil sie amerikanische Kaugummis kauten). Die Bahn schleifte heran, mit funkenschlagender Oberleitung. Sie war einstöckig.

»Als nächstes werden Sie jetzt noch sagen, Sie wissen den Fahrpreis nicht«, sagte der Mann, der es sich Hillier gegenüber auf einem Platz bequem gemacht hatte. »Na los, sagen Sie's schon.«

»Ich weiß den Fahrpreis nicht.«

»Was hab ich Ihnen gesagt«, erklärte er den anderen fünf Fahrgästen triumphierend. »Na, es macht zehn Kopeken. Wie Sie längst wissen, Sie *Samoswanjez!*«

Die Schaffnerin beachtete Hilliers Geldangebot nicht. Die Polizei fuhr also umsonst. Die Schaffnerin war ein Wackelpudding von einem Mädchen in miserabel sitzender Uniform.

»So ist's richtig«, sagte der Mann. »Ein Gesetz für die Reichen, ein andres für die Armen. Moskau«, schnob er. »Warum können die uns nicht in Ruhe lassen?«

Hillier holte tief Atem und brüllte: *»Zamolchi!«* Zu seiner Überraschung hielt der Mann tatsächlich den Mund, auch wenn er weiter in sich hinein brummelte. »Fahren jetzt selber dahin, wie?« fragte Hillier, nun freundlicher. »Zum Hotel, mein ich.«

»Ich sag nichts mehr«, sagte der Mann. »Hab schon zu viel gesagt.« Er zog aus der Gesäßtasche eine offenbar sehr alte Illustrierte mit dem Titel *Sport* und betrachtete finster und angelegentlich das ganzseitige Foto eines Hochspringers. Hillier steckte sich eine Weißmeerkanal an, nachdem er zuerst das Pappmundstück verzwirbelt hatte, und schaute aus dem Fenster. Die Bahn bog von dem Boulevard rechts ab, in eine enge Straße hübscher, stuckverzierter Häuser, mit lauter Bougainvilleen in den Vorgärtchen. Eine Straßenlaterne leuchtete eine Dolde klar aus, rot und lila schimmernde Hochblätter, die wie Blütenblätter aussahen. Wieder jene glückselige Welt jenseits der Politik. Die Bahn bog nach links ab, und nun sah man rechts das Meer mit blinkenden Lichtern. Eine Promenade sah man nicht, dafür Arbeiterferienhotels in grellen Primärfarben, jedes mit eigenem Badestrand. Aus dem einen kam vorgestrige Tanzmusik, süßliche Trompete mit Saxophon einstimmig bei *You Want Lovin' But I Want Love*. Ob diese Unterscheidung auch im Russischen möglich war? Die Bahn hielt.

»Tun Sie nicht so, als ob Sie's nicht wissen«, sagte sein Gegenüber und steckte die Sportzeitung weg. »Wir sind da.« Er ließ Hillier zuerst aussteigen.

Das Tschornoje-Morje-Hotel lag zur Linken, abseits vom Strand, mit einem gewundenen Pfad durch einen üppigen, aber verwilderten Garten. Der Name stand auf einem flutlichtbestrahlten Schild. Die Architektur war gutes englisches Seebadviktorianisch, wie die Kurhotels in Blackpool, mit gestreiften Markisen. Hillier sah mit Unruhe vor dem Stuckportal Beamte in Zivil patrouillieren, bullige Leibwächtertypen. Aber natürlich nur vorläufig herbeordert. Eine wissenschaftliche Konferenz, großes Dings, Staatsdings, und vielleicht war doch dieser S-Mann in der Nähe, trotz der negativen Berichte vom Hafen. Hinter ihm kam jetzt wieder dieser verdammte Kerl und sagte: »Da haben Sie's! Richtige Polizisten, die werden Sie durchschauen. Die sehen gleich, was Sie für einer sind, Sie *Samoswanjez!*« Hillier kochte. Er ging auf den Mann los, packte ihn bei seinem schmuddligen Küchengehilfenkragen und zog ihn in eine Laube aus Zypressen, Myrten und Begonien. Er sagte:

»Dieser Revolver hier ist nicht nur zum Vorzeigen. Ich werde ihn gegen Sie ohne Zögern gebrauchen. Wir werden nicht dulden, daß schmierige kleine Nullen wie Sie uns bei wichtigen Staatsgeschäften in die Quere kommen.«

»Ich gesteh ja alles«, schnatterte der Mensch. »Nur zwei Kartons sind's gewesen. Der Oberkellner steckt mit drin bis über beide Ohren.«

»Englische oder amerikanische?«

»*Lacki Straijk.* Zwei Kartons. Ich schwör's, nichts weiter.«

»Ich will jetzt sehn, wie Sie direkt zum Kücheneingang gehen. Noch so eine Frechheit, und ich überleg mir's nicht zweimal und schieße.«

»Und der Direktor steckt auch mit drin. Uhren, Schweizer Uhren. Lassen Sie mir nur Zeit, und ich geb Ihnen die vollständige Namensliste.«

»Gehn Sie.« Hillier gab ihm einen Knuff mit dem Pistolenknauf. »Da hinein mit Ihnen, und wir reden nicht mehr davon! Aber lassen Sie mir noch irgendwas-für Unsinn von wegen Schwindler zu Ohren kommen ...«

Der Mensch zog Nasentränen hoch. »Wie zu Stalins Zeiten«, sagte er. »Immer nur stauchen und drohen! Beim armen alten Nikita war alles anders.«

4 Dieser Mensch war ein Niemand, gewiß, ein *Nitschtoschestwo,* aber Niemande redeten mehr als Jemande; was er in der Küche (bei den Tellerwäschern vermutlich) sagte, würde sehr schnell bis ins Büro des Direktors durchdringen. Einer von der Polente, der nach geschmuggelten Zigaretten schnüffelte. Kaugummi auch, vermutlich. Ein Leibwächter in billigem Anzug, die rechte Jackentasche schwer niederhängend, sprach Hillier an, mit rollenden Kiefern und nicht sehr respektvoll: »Schon was Neues? Was von wem gehört?« Aus dem Hotel kamen Stimmengeräusche und ein leises Geklirr von Gläsern beim Anstoßen: Auf Ihres, auf meines, auf die sowjetische Wissenschaft!

»Falscher Alarm«, sagte Hillier. Noch ein Leibwächter kam näher, ein baltischer Typ, um Hillier zu beäugen, mit einem Gesicht, als ob er vergeblich nachdächte, wo er ihn einordnen könne. »Da ist ein Doktor Roper drinnen«, sagte Hillier, »ein Engländer.«

»Da, Doktor Ropjer, Anglitschanin. Doch noch Ärger, was?«

»Wieso Ärger?« Hillier bot seine Weißmeerkanal an und nahm selber eine. Er hätte viel für etwas wirklich Rauchbares gegeben, eine seiner ranzigen Brasils. Gottseidank, er hatte ein paar mitgenommen. Später, wenn er in Ruhe mit Roper sprach, konnte er eine rauchen. »Ärger gibt's keinen, nicht daß ich wüßte. Nur mit seinen Papieren ist etwas, sonst nichts. Routinesache.«

»Ah, *rutina!*« Der erste Leibwächter zuckte die Achseln. Hillier konnte hinein, wenn er wollte. Der andere sagte:

»Moskwa?«

»Ganz richtig, Moskau.«

»Wie ein Moskauer reden Sie aber nicht.« Wie

ein Jaryljuker auch nicht. Denen konnte man's nie recht machen.

»Ich bin ein Engländer«, sagte Hillier, »der sehr gut Russisch spricht.« Das ging ihnen glatt ein. Sie winkten ihm, er könne hineingehen, Lachwölkchen aus ihren Papirossi hervorstoßend.

Das Foyer war schäbig und pompös. Zwei nasen- und augenlose Göttinnen von Stein hießen den Gast willkommen, beide ausgewaschen wie von Novemberregen; aller Glanz dahin. Der Teppich war stellenweise zu einer stofflosen Verwerfung ausgetreten; an anderen Stellen waren Löcher, das größte vor der Herren-*tualet*. Ein alter Mann in Uniform nagte vor der Fahrstuhltür an seinem Bart, obwohl am Fahrstuhl ein Schild *Nje Rabotajet* hing – außer Betrieb. Er hielt seine Stellung, wohl alles, was er hatte. Der Speisesaal grad voraus war voller Leute, den Sowjetwissenschaftlern, wie Hillier annahm. Die meisten sahen rotbäckig und zufrieden aus: Diese Badeortskonferenz tat ihnen gut. Sie saßen zu viert oder sechst an kleinen Tischen mit Fähnchen, welche ihre Herkunftsrepublik bezeichneten, obwohl inzwischen ein geselliges Durcheinander herrschte, das aller feineren ethnologischen Einteilungen spotten mußte. Hillier spähte durch den Rauch: Da waren schlaffe Wimpel für die ukrainische, aserbaidschanische, georgische, usbekische, kasachische, tadschikische, kirgisische und turkmenische Sowjetrepublik, aber strotzende Banner (mehrere) für die Russische Sowjetische Föderative Sozialistische Republik. Die Zeit war knapp. Diese Küchenschabe war vielleicht schon am Werk. Wo war Roper? Hillier durchkämmte das slawische, litauische, moldauische, armenische, ostjakische, usbekische, tschuwaschische und tschetschenetische Durcheinander und Gläserschwenken nach einem angelsächsischen Gesicht. Die Schwierigkeit war, daß niemand an seinem Platz bleiben wollte. Da das Auftauchen einer Polizeiuniform keinerlei Schuldbewußtsein weckte, taten die Wissenschaftler einander weiter Bescheid (mit Budweiser Bier, russischem Champagner, georgischem Muskateller, Wodka und *Konjak* in Hundertgramm-Flakons), unter allerlei freundschaftlichen Umschlingungen: die Arme an den Ellbogen verschränkt, oder innige Nahumarmungen, bei denen beide aus dem Glas des anderen tranken, mit beidseitigen Wangenküssen zwischen den Zügen. Manche Wissenschaftler waren schon steinalt und kicherten unartig in ihre Gläser hinein, mit Bärten um die nassen Lippen und die lückenhaften oder fehlenden Gebisse. Hillier hielt einen weißjackigen Kellner mit überladenem Tablett fest, einen forschen jungen Burschen, das Mongolenhaar zu einem Hahnenkamm aufgebürstet.

»Gdje Doktor Ropjer?«

»Kto?«

»Anglitschanin.«

Der Kellner lachte und deutete mit dem Kopf zum anderen Ende des Saales hin. Dort war eine Glastür, die offenbar in den Garten hinausführte. *»Iswjergajet«,* sagte er vergnügt. So, kotzen war er? Typisch Roper. Hillier ging zu der Glastür.

Eine lückenhafte Kette Lampions war zwischen die Zypressen gespannt: Als ob eine wissenschaftliche Konferenz nichts Besseres zustande bringen könnte! Ansonsten war es dunkel, der Mond noch nicht aufgegangen. »Roper?« flüsterte Hillier drängend. Als Antwort kamen ein paar Schluckser, die ein wenig russifiziert klangen: *ikota, ikota, ikota.* Wo Roper war, konnte er nicht sehen, jedenfalls außerhalb des Lichtquadrats, das aus dem Fenster fiel. Hillier klickte sein Feuerzeug an; wo er nun schon einmal so weit war, dachte er, könnte er eine scharfe Brasil rauchen, und er steckte sich eine an. Besser so, schon viel besser! »Roper?« Ein Mann mit einer Taschenlampe kam herbei, noch ein Leibwächter; darum löschte Hillier sein Feuer. Der Mann tastete die Polizeiuniform mit dem Lichtkegel ab, brummte befriedigt und strahlte dann eine hicksende Gestalt auf einer steinernen Bank im Garten an. »Sie sind der Engländer«, lachte der Mann, »der so gut Russisch spricht.« Entweder war er auch einer von den Portalsgorillas, oder der Scherz hatte schnell die Runde gemacht. »Da ist noch ein Engländer, aber sein Russisch ist nicht so gut.«

»Gehn Sie jetzt«, sagte Hillier. »Wir haben zu reden.«

Den Geräuschen nach war Roper am Erbrechen. »O Jesus Maria und Josef!« betete er auf englisch.

»Amen«, sagte der Russe auf russisch. Dann sagte er: »Wenn Sie zu reden haben, gehen Sie doch da in die Massagehütte. Soll ich starken Kaffee bringen?«

»Wäre nett«, sagte Hillier, mit einem unbehaglichen Gefühl, weil alles so glatt ging.

»Ikota«, machte Roper. *»Ikota ikota.«* Und dann, am Ende eines schmalen Pfades zwischen Myrten und Rosen, den der wandernde Lampenkegel enthüllte, leuchtete plötzlich Licht auf, hell wie eine Verhörszelle. Hillier nahm Roper beim Arm.

»Kto?« fragte der leidende Roper, mit einem sehr englischen Vokal.

»Politsia. Rutina.»

»Mein Gott«, sagte Roper auf englisch. »Ich hab's nicht bös gemeint, als ich so einfach rausgegangen bin. Ich vertrag nicht so viel wie die. Ich wollte niemand kränken.«

»Schto?«

»Nitschewo«, sagte Roper. »Verdammt noch mal,

nitschewo. Ich glaube, ich muß noch mal kotzen.« Er würgte, aber *nitschewo* kam hoch.

»Essig«, sagte der Leibwächter, »wäre vielleicht besser als Kaffee.« Im hellen Licht der Hütte wirkte sein Gesicht überhaupt nicht gorillamäßig, eher wie das eines zuvorkommenden Ladengehilfen.

»Kaffee«, sagte Hillier. »Und vielen Dank. Aber lassen Sie sich etwas Zeit damit. Sagen wir, in rund zehn Minuten.«

»Ikota, ikota.« Hillier hielt das Gesicht von Roper abgewendet, als sie ins Licht traten.

»Zehn Minuten«, sagte der Mann und ging.

»Nun«, sagte Hillier auf englisch, »wie geht's dir denn so, Roper?« Er sah ihn geradezu an und war bestürzt über das gealterte Gesicht. Das strohige Haar war stellenweise grau; nah am rechten Auge hatte er ein nervöses Zucken. Roper sah hoch und hörte auf zu hicksen. Er sagte:

»Komisch. Erst neulich hab ich an dich gedacht.« Er torkelte zu einem der vier Feldbetten, auf denen vermutlich nach den Ballspielen am Strand Massagen gemacht wurden, und legte sich drauf, die Augen geschlossen. Er kam gleich wieder hoch und blinzelte. »Das Bett wollte hoch. Das einzige, was noch nicht hoch ist. Muttersprache«, sagte Roper. »Das Buch Hiob in der amtskirchlichen Übersetzung. Als Literatur, nicht wegen der Religion. Und du hast gesagt, Eliphas, Bildad und Zophar, die Hiob trösten wollten, wären eine üble Bande gewesen.«

»Daß du dich daran noch erinnerst!«

»Ach, ich hab mich an vieles erinnert in letzter Zeit.«

»Daß du dich noch an die Namen erinnerst! Ich hatte sie völlig vergessen. Wo führt denn diese Tür hin?« Es war eine Tür auf der hinteren Seite der Hütte.

Hillier machte sie auf und sah hinaus. Es war nicht mehr ganz so dunkel jetzt; der Mond ging auf. Er sah eine hohe Mauer voller Risse. Weiter hinten schüttelte das Meer seine Tamburine.

»Ich lese viel in der Bibel«, sagte Roper. »In der Douay-Bibel. Sie ist nicht so gut wie die amtliche. Diese verfluchten Protestanten haben doch immer von allem das Beste.« Er machte die Augen zu. »Mein Gott. Das verfluchte Durcheinander, das macht es. Die haben alle einen Magen wie Eisen, die hier.«

»Ich bin da, um dich heimzubringen, Roper.«

»Heim? Nach Kalinin?« Er machte die Augen auf. »Ich seh, du bist bei der Polizei jetzt. Komisch, ich hätte gedacht, dich nehmen sie als Spion oder sowas. Mann, ist mir schlecht!«

»Sei nicht so blöd, Roper, wach auf! Du bist vielleicht zu den Russen übergelaufen, aber ich nicht. Wach auf, du verdammter Idiot! Ich bin immer noch im gleichen Geschäft. Ich bring dich zurück nach England.«

Roper machte die Augen auf und begann zu zittern. »England, dreckiges England! Mich entführen, was? Mich zurückschaffen, ins Gefängnis, dann den Prozeß machen und mich aufhängen! Du bist ein Verräter, Wieheißtdudoch, Wasweißichwieduheißt, du bist mit drin in der verfluchten Verschwörung, und die geht schon seit vierhundert Jahren und noch länger. Mach, daß du mir aus den Augen kommst, oder ich schrei um Hilfe, du Schuft!«

»Hillier. Weißt du noch? Denis Hillier. Wenn du auch nur einen Versuch machst zu schreien, dann – na, mach dir nichts draus. Paß auf, Roper, von Entführung kann keine Rede sein. Ich habe Briefe bei mir. Niemand wird dir etwas tun. Du wirst einfach in England wieder gebraucht, weiter nichts. Hier in der Tasche habe ich ein phantastisches Angebot für dich. Der

Ärger ist nur, für nettes, freundliches Zureden hab ich keine Zeit. Ich muß dich hier rausbringen, gleich jetzt.«

Roper sperrte den Mund auf, wie um zu schreien, aber dann fing er an zu würgen und zu husten. »Diese verfluchte hö hö Zigarre von dir! Ich hab sie im ganzen hö hö hö Haus gerochen, als ich an dem Tag heimkam. Und danach hö hö ist sie abgehauen. Meine arme hö hö hö Kleine!« Der Schweiß brach ihm aus. »Ich glaube, ich muß schon wieder . . .« Hillier betrachtete ihn ohne Sympathie: ein Mann mittleren Alters, hatte die russische Dicklichkeit angenommen, in einem dunkelblauen russischen Anzug, ausgebeult, glänzend und fleckig, von einem Schnitt, der an eine frühere Zeit denken ließ, ein Niemand, dem verrückterweise ein großes Talent anhaftete. Er senkte den Wasserspeiermund über den Zementfußboden. Nichts kam hoch, nichts kam heraus.

»Atme ein paar Mal tief durch«, sagte Hillier geduldig. »Niemand wird etwas von dir verlangen, was du nicht willst. Erzähl mir, was du die ganzen Jahre über gemacht hast. Oder was sie mit dir gemacht haben.«

Roper atmete tief und angestrengt, hustete Schleimfäden herauf. »Treibstoff hab ich gemacht. Für Raketen, Kosmonauten. Mit mir gemacht haben sie gar nichts. In Ruhe gelassen haben sie mich.«

»Keine Indoktrination?«

»Quatsch! Die wissenschaftlichen Prämissen des Marxismus sind überholt. Das hab ich ihnen gesagt. Sie haben gesagt: Stimmt.«

»Tatsache?«

»Natürlich. Wissen sie doch längst. So, ich glaube, mir geht's etwas besser. Hat der Bursche eben nicht was von Kaffee gesagt?«

»Er bringt welchen. Aber wenn du dir über den

Marxismus im klaren bist, warum zum Teufel willst du dann hierbleiben? Was hast du denn dagegen, wieder in den Westen zu kommen?«

»Das hab ich zu früh gesagt. Mir ist schon wieder scheußlich.«

»Ach, um Himmelswillen, jetzt reiß dich zusammen, Mann! Hör zu. Die lassen Blaskapellen für dich antreten, wenn du heimkommst. Siehst du denn nicht, was für ein feines Stück Propaganda das wäre, abgesehen von allem übrigen. Wir brauchen nur über die Mauer da zu klettern. Einen falschen Paß und einen falschen Bart für dich hab ich mitgebracht . . .«

»Einen falschen Bart? Oh, das ist doch – das ist . . .« Er fing wieder an zu husten.

»Im Hafen liegt ein britisches Schiff, *Polyolbion*. Morgen sind wir in Istanbul. Los, Mensch! Die Mauer da sieht nicht schlimm aus.«

»Hillier«, sagte Roper nüchtern. »Hillier, jetzt hör du mir mal zu! Ich würde nicht nach England zurückkehren, und wenn sie mir hunderttausend Pfund pro Jahr zahlten.« Er machte eine Pause, so als wollte er sich von Hillier bestätigen lassen, daß dies etwa die Summe war, die ihm in den Briefen angeboten wurde, die er in der Tasche hatte. Dann sagte er: »Das hat nichts mit der Regierung zu tun, glaub mir. Es hat mit der Geschichte zu tun.«

»Mein Gott, Roper, sei nicht so verdammt spitzfindig!«

»Nennst du das spitzfindig? Wie heißt doch das Schiff, mit dem du hier bist?«

»*Polyolbion*. Aber was hat das . . .«

»Das *Perfide Polyolbion,* so sollte man's nennen. Es gibt ein paar sehr gute Historiker hier, kann ich dir sagen, und die nehmen die Geschichte ernst, nicht wie euer Gesindel im Perfiden Polyolbion. Die sind der Sache mit meinem Vorfahren nachgegangen, der für seinen Glauben gestorben ist. Sie haben mir gesagt, das dürfte ich niemals vergessen, und bei Gott, da haben sie recht. Dies verdammte lauwarme, grüne Land, wo man das Vergangene so schnell auf sich beruhen läßt! Ich kann ihn jetzt vor mir sehn, Fleisch von meinem Fleisch, wie er gebrüllt hat vor Schmerz, als die Flammen ihn ableckten, und alle Leute haben gelacht und Witze gerissen. Und das soll ich vergessen und sagen, war alles ein großer Irrtum, nichts für ungut und Hand drauf und gehn wir in die Kneipe, so ein lauwarmes, öliges englisches Bittres drauf trinken?«

»Aber so ist es, Roper. Wir müssen die Geschichte vergessen können. Sie ist eine Last, die wir abwerfen müssen. Wir kriegen nie etwas fertig, wenn wir diesen ganzen Ballast mitschleppen.«

»Märtyrer stehen außerhalb der Geschichte«, sagte Roper. »Edward Ropers Uhr war zwei Minuten vor vier abgelaufen. Fünfzehnachtundfünfzig. Märtyrer sind Zeugen des Lichts, auch wenn ihr Licht ausgelöscht und ihre Uhr angehalten wird. Dieser arme verbrannte Mensch war vielleicht auf der falschen Spur, aber wenigstens hatte er den richtigen Traum. Den Traum von einer Weltgesellschaft, wo der Mensch von der Sünde erlöst ist. Er hat schon gesehen, wie sich Europa auflöste in lauter miese kleine zänkische Völker, und wie sich der Wucher breitmachte und der Kapitalismus, und die Kriege immer kostspieliger wurden. Er hatte eine Vision von weiten Ebenen.«

»Den russischen Steppen?«

»Mach du dich nur lustig! Da warst du schon immer groß drin. Du hast dir dein Lebtag noch keinen ernsthaften Gedanken gemacht. Du bist mit Haut und Haar zu den verdammten Engländern übergegangen.«

»Ich *bin* ein verdammter Engländer. Und du auch.«

Hillier fuhr zusammen. »Was ist das für ein Lärm?«

»Regen, weiter nichts, nur Regen. Nicht so ein kümmerliches Geniesel wie in England, mit der mickrigen englischen Sonne, so ist das hier nicht. Hier ist alles in großem Stil.«

Großer Stil. Der Regen hämmerte aufs Dach wie mit den Fäusten einer Volksrevolution. »Dieser Regen kommt wie gerufen«, sagte Hillier. »Genau das richtige Fluchtwetter.«

»Recht so«, sagte Roper. »Kapitalistische Intrigen, Hinterhalte, Spionage und Kriege, Revolver, Fluchtwagen, Verkleidungen! Wenn ich in den Westen zurückginge, denkst du vielleicht, die würden mich für die Eroberung des Weltraums einsetzen? Ach was! Hat England je versucht, jemanden in den Weltraum zu bringen? Daß ich nicht lache«, sagte er finster.

»Können wir uns nicht leisten«, brüllte Hillier. Der Regen machte fast taub.

»Nein«, brüllte Roper zurück. Er sah jetzt viel besser aus, als hätte ihm nur der Regen gefehlt. »Aber leisten könnt ihr euch die verdammte NATO und Spione und Interkontinentalraketen und . . . Hier!« Er fummelte in einer Innentasche. »Hier, lies das mal!« Es war eine Fotokopie von irgendwas, auf welligem Papier. »Immer, wenn ich mal schwach werde und an eure verfluchten grünen Dörfer denke, und wie die Tommies Babies füttern, und was ihr Gerechtigkeit und Demokratie und Fair play nennt – wenn ich an das Unterhaus denke und an Shakespeare und an die Corgis der Königin, dann schau ich hier hinein. Lies nur, los, lies es!«

»Hör zu, Roper, wir haben keine Zeit . . .«

»Wenn du's nicht liest, schrei ich um Hilfe!«

»Du schreist ja schon. Der russische Regen ist nicht auf deiner Seite. Also, was ist es denn?«

»Ein Auszug aus Hearnes *Britischen Märtyrern.* Ein Buch, von dem ich noch nie gehört hatte. Aber in Moskau, da hatten sie's. Lies nur!«

Hillier las: ›Edward Roper wurde in einem Karren auf den Marktplatz gefahren. Eine große Menschenmenge hatte sich versammelt, darunter viele Kinder, die von ihren Eltern zu der blutigen und feurigen Belustigung mitgenommen worden waren. Als Roper erschien, nur mit Hemd, Kniehose und Strümpfen bekleidet, erhob sich lautes Geschrei: Nieder mit dem Schurken! Er ist ein Lästerer! Tod der Ketzerei! Ins Feuer mit ihm! etc. Roper lächelte, ja, er verbeugte sich, doch dies wurde als frecher Spott aufgenommen, und um so heftiger nur wurden die Schmährufe. Männer häuften Kienspäne um den Pfahl; sie würden schnell Feuer fangen, denn es war lange trocknes Wetter gewesen. Roper, der noch immer lächelte, wurde zu dem Pfahle hingestoßen, doch er sprach mit klarer und fester Stimme: »Wenn ich denn mein Schicksal nicht abwenden kann, so will ich ihm ohne rohen Ansporn entgegengehn. Laßt mich los!« Und so ging er ruhigen Schrittes, unberührt von den rauhen Knechten seines Martyriums, bis dahin, wo der Pfahl ihn erwartete, ein Ast vom Baume Christi. Ehe sie ihn daran festbanden, zog er aus seinem Hemd eine einzelne rote Rose hervor und sprach: »Möge dies Wahrzeichen Ihrer Majestät und des königlichen Hauses, das sie geboren, nicht mit mir verderben. Ich bete, daß sie und ihr Geschlecht, ja, all ihre Untertanen, so fehlgeleitet und frevelhaft blind für das Licht sie auch seien, dem Feuer entgehen mögen.« Worauf er die Rose, eine vollerblühte Junirose, in die Menge warf, die nicht wußte, was sie damit beginnen solle. Hätte man sie zertreten und entblättert, da sie doch an der Brust eines Verräters und Ketzers gelegen war, so wäre dies eine Art Majestätsbeleidigung gewesen. Man schien beflissen, sich ihrer zu entledigen, sie aber dennoch unversehrt zu lassen, und so gelangte sie schnell bis in die hinteren Reihen der Menge, wo einer sie an sich nahm. Und sie wurde nicht mehr gesehen, obgleich es hieß, sie sei als ein Zeichen des Martyriums in einem später verlorenen Andachtsbuch gepreßt und aufbewahrt worden. Roper wurde nun gefragt, ob er seinen Frieden mit Gott machen wolle, ehe man die Fackel, die schon bereit war und brannte, an das Kienholz lege. Er sprach: »Seht, wie jene Flamme ins Sonnenlicht eingeht! Traurig ist's, von der Sonne zu scheiden; ich aber weiß, daß ich durch die Pein des Feuers eingehen werde in die größte aller Sonnen. Um nun mein Gebet zu sprechen, so bete ich, daß die Königin und dies ganze Reich, wenn Gott so will, zu dem wahren Glauben zurückgeleitet werden mögen, dem nun ich, schlecht und unwürdig, wie ich bin, als ein standhafter Zeuge diene.« In diesem Augenblick verschwand die Sonne hinter Wolken, und manchen in der Menge wurde bang, ob dies kein schlimmes Vorzeichen bedeute. Doch dann kam die Sonne wieder hervor, und sie begannen aufs neue zu schmähen und zu höhnen. Roper, wie ein Bär an den Pfahl gebunden, sagte guten Mutes: »So laßt mich eure Flammen spüren! Wenn ich aufschreie, so wird es nur mein Leib sein, der schreit, nicht meine Seele. Mein armer Leib dauert mich, so wie auch Christus am Kreuz der seine gedauert haben mag, und in gewissem Sinne bitte ich ihn um Vergebung. Doch er wird der wahrhaftige Zeuge sein, und diese drohenden Flammen werden ihn adeln. Gott segne euch alle!« So sammelte er sich im Gebet; und der Kien fing rasch Feuer, während die Menge schrie und murrte, manche kleinen Kinder aber weinten. Die Flammen wurden nun geschwind mit trocknen Zweigen und Ästen und bald auch mit Kloben genährt, und Edward Ropers Leib spürte das Feuer. Er schrie laut auf, als zuerst seine Kleider brannten, dann die Haut und dann das Fleisch. Dann sah man durch Rauch und Flammen den entstellten Kopf niedersinken, das Haar gleich einer Aureole. Barmherzig schnell kam der Tod. Die Menge, doppelt in Schweiß durch die Sonne und das Feuer, wartete, bis das geröstete Fleisch und die inneren Organe mitsamt dem standhaften Herzen ins Feuer fielen, zischend und schmorend; man wartete, bis der Henker die verkohlten Gebeine zu einem Pulver zerschlug. Dann gingen die Menschen heim oder gingen ihren Geschäften nach, und man bemerkte, daß viele, die Roper am lautesten geschmäht hatten, nun still geworden waren. So mag es sein, daß das Werk des Märtyrers oder Lichtzeugen schon seinen Anfang nahm.‹

Hillier sah auf, unvermeidlich berührt. Roper sagte:

»Und all der russische Regen kann jenen Brand nicht löschen.« Hillier sagte:

»Dies ist 1558 geschehen, nicht?«

»Du weißt ja.« Der Regen hatte den Mut verloren; die Fäuste auf dem Dach hämmerten schwächer.

»Und es scheint im Sommer gewesen zu sein.«

»Ja. Das sieht man an der Rose, an der Sonne und dem Schweiß. Englische Dreckskerle, schänden einen Sommertag.«

»So«, sagte Hillier, »du verdammter Idiot, dann ist es gar nicht unter der Herrschaft Königin Elisabeths I. geschehen. Elisabeth kam erst im November 1558 auf den Thron. Die Königin, die deinen Vorfahren hat hinrichten lassen, war die Blutige Maria. Du verdammter, ahnungsloser Idiot, Roper! Zum Teufel mit deiner Dummheit, du Dummkopf! Dein Vorfahr starb als Zeuge für den protestantischen Glauben.«

»Das ist nicht wahr. Das kann nicht wahr sein.«

Roper war sehr bleich, das Augenzucken ging wie ein Uhrwerk, und er fing wieder an zu schlucksen: *ikota, ikota.*

»Verdammt noch mal, du nennst dich Wissenschaftler und hast nicht genug Verstand, die Fakten nachzulesen. Ihr müßt Spätkonvertiten sein in deiner Familie, und da wird diese Geschichte gut in eure Archive gepaßt haben, total falsch, wie sie ist. O du unvorstellbarer Idiot!«

»Du lügst. Wo hast du Beweise?«

»In jedem Nachschlagewerk. Lies es morgen nach, es sei denn, deine russischen Spezis haben freundlicherweise die Geschichte für dich umgeschrieben. Was macht das auch schon für einen Unterschied, ob er von einer katholischen oder von einer protestantischen Königin verbrannt wurde? In jedem Fall waren's die schäbigen perfiden Engländer, nicht? Da kannst du immer noch erbittert sein und weiter Raketen gegen den schuftigen verräterischen Westen auftanken. Aber du bist immer noch ein verflucht unwissenschaftlicher Trottel.«

»Aber *ikota* . . . Aber *ikota, ikota* . . . Sie haben immer gesagt, der Katholizismus wäre auf dem richtigen Wege gewesen, abgesehen von dem religiösen *ikota* Inhalt. Der Kapitalismus, haben sie gesagt, sei *ikota* eine protestantische Angelegenheit. Ich kann doch nicht glauben, daß er für den *ikota* Kapitalismus gestorben sein soll. Irgendwas muß irgendwo nicht stimmen. Deine *ikota* Geschichtsbücher stimmen nicht.«

»Deine Spezis, Roper, gehn immer nach der Methode vor, die ihrem Klienten gemäß ist. Bei dir haben sie gleich die richtige gefunden. Und sie konnten sich denken, daß du in deinen naturwissenschaftlichen Bänden keine historischen Daten haben würdest. Und jetzt, wenn du sie hast, ändern sie auch nichts mehr. Du hast deinen Standpunkt, nicht, du Esel?«

Ropers Schluckser hörten plötzlich auf, aber das Augenzucken ging weiter. »Ich glaube, man könnte sagen, daß der Protestantismus die erste der großen Revolutionen war. Muß mir das mal überlegen, wenn ich Zeit habe. Jemand hat das irgendwo gesagt, in irgendsoeinem Buch, ich weiß nicht mehr, wie es hieß. Daß der Weltfriede und die klassenlose Gesellschaft nur aus dem Todeskampf der alten Ordnung hervorgehen können.«

»Ach, das kann ich dir aufsagen. These und Antithese und Synthese und der ganze marxistische Unsinn! Der Sozialismus mußte aus dem Kapitalismus hervorgehen. Klar, aus dem katholischen Christentum hätte er nicht kommen können. Also darfst du bleiben, wie du bist, du Esel! Edward Roper kann der Märtyrer für einen historischen Prozeß bleiben, den Maria Tudor aufzuhalten versuchte. Du bist fein raus, Roper, du brauchst deinen Standpunkt nicht zu ändern. Aber sprich du mir nicht von intellektueller Redlichkeit, und erzähl mir nicht, man müsse von unbestreitbaren Fakten ausgehen. Du bist hier aus anderen Gründen herübergekommen als wegen des armen, doofen Edward Roper und seines Martyriums. Der hilft nur, dich emotional aufzupumpen. Hier herübergekommen bist du wegen eines Prozesses, der mit dieser deutschen Hure angefangen hat. Du wolltest an etwas glauben, und an die Religion konntest du nicht glauben und an dein Land – oder was du damals so nanntest – auch nicht. Alles ganz logisch. Ich kann's sogar verstehen. Aber jetzt kommst du mit mir zurück, Roper. Dazu hat man mich hierher geschickt. Dies ist mein letzter Auftrag, aber immerhin noch ein Auftrag. Und ich hab mir immer viel darauf eingebildet, daß ich meine Sache gut mache.«

»Bravo«, sagte eine Stimme von der Tür her, die geräuschlos aufgegangen war. »Aber, und dies tut mir aufrichtig leid, niemand wird irgendwohin gehen und jemanden mitnehmen. Auch ich mache gern meine Sache gut.« Hillier sah nachdenklich zu einem Mann in weißem Regenmantel auf, der in einer Haltung lässiger Anmut einen Revolver mit vorgeschraubtem Schalldämpfer auf sie richtete. Er wußte, er kannte diesen Mann, war sich aber nicht sicher. »Wriste?« sagte er, ungläubig.

»*Mister* Wriste«, lächelte der Mann. »Die korrekte Anrede ist wohl am Platze. Meine Aufgaben als Steward, Mr. Hillier, sind etwas verantwortungsvoller, als Sie geahnt haben.«

5 »Ich dachte«, sagte Roper vorwurfsvoll, »Sie sind der Mann, der uns Kaffee bringen wollte.«

»Da war jemand, der diese Absicht hatte«, sagte Wriste. »Daß er ein Kaffeetablett trug, machte es leichter, ihn niederzuschlagen. Womöglich habe ich ihn zu hart getroffen. Man denkt immer, Russenschädel müßten sehr robust sein, doch da vergißt man die Vielzahl der ethnischen Typen in der Sowjetunion. Ich würde meinen, daß es in einem so zahlreichen und weitverzweigten Volk auch manche sehr empfindlichen Schädelformen geben muß. Dieser Mann jedenfalls schläft nun – oder wer weiß, vielleicht ruht er auch für immer – in einer Laube herrlicher Rosen. Roter Rosen, Mr. Roper.« Er lächelte.

»Was wissen denn Sie von roten Rosen?« fragte Roper.

»Ein Herr namens Theodorescu – ein guter Bekannter von Mr. Hillier – besitzt eine Xerox-Kopie Ihrer Autobiographie. Kein Werk von hohen literarischen Meriten, Mr. Roper, im Faktischen aber nicht uninteressant.

Eines der Fakten, das Theodorescu trotz allen Sammeleifers noch nicht kennt, ist das Faktum meiner Identität und meines Amtes. Ich habe seine Kabine aufgeräumt und viel Aufschlußreiches dort gefunden. Was Ihre Autobiographie angeht, Mr. Roper, so habe ich die Gelegenheit wahrgenommen, einige der späteren Seiten zu kopieren. Diese Sache mit dem Martyrium und der roten Rose war sehr bewegend, doch nicht von Belang für mein Vorhaben. Mein Vorhaben war, den Grund für meine Aufgabe besser zu verstehen. Ich bin nicht gern ein hirnloses Instrument. Ich möchte wissen, warum das gewählte Ziel gewählt worden ist.«

»Was bedeutet das«, wollte Hillier von Roper wissen, »mit deiner Autobiographie?«

»Ich bewundere Sie, Mr. Hillier«, sagte Wriste. »Sie sollten von Rechts wegen fassungslos sein über meine Verwandlung und überhaupt nichts mehr sagen können. Ich bewundere Sie, ebenso wie Mr. Theodorescu – beide von unentwegtem Verstand und nicht leicht zu überraschen. Ich hoffe, vielleicht habe ich noch die eine oder andere Gelegenheit, auch Mr. Roper zu bewundern, bevor auch Mr. Roper unter die roten Rosen gebettet wird. Ebenso wie Sie, Mr. Hillier, scheint er nicht geneigt, vor meiner Pistole zu zittern. Und, da ich gerade von Pistolen spreche, seien Sie doch so gut, Mr. Hillier, diesen Gürtel abzuschnallen und zu Boden fallen zu lassen.«

»Und wenn nicht?«

»Wenn nicht, dann werde ich Mr. Roper hier eine schmerzhafte, doch nicht tödliche Verletzung zufügen. Es wäre nicht fair, oder?« Hillier machte den Gürtel auf und ließ ihn fallen. Wriste zog ihn mit dem Fuß zu sich heran, dann bückte er sich rasch, die Mündung der eigenen Pistole zwischen Hillier und Roper hin und her schwenkend, zog die *Tigr* aus dem offenen

Halfter und ließ sie in der linken Tasche seines Regenmantels verschwinden. Er lächelte herzlich und sagte: »Warum setzen wir uns nicht? Jeder Mensch hat ein Recht auf ein gewisses Mindestmaß an Bequemlichkeit, wenn er sich eines schmerzlichen Geschäfts entledigt, um so mehr diejenigen, welche den Inbegriff aller Geschäfte zum Abschluß bringen.« Hillier setzte sich, Wriste setzte sich, Roper blieb sitzen, und nur eine der Pritschen war noch frei. Hillier musterte Wriste. Die Stimme hatte sich der abgezirkelten Pedanterie seiner Sprache angepaßt, die der Theodorescus nicht unähnlich war. Geheimagenten, dachte Hillier, haben immer etwas von einem Oberstudienrat. Den patrizischen Ton jedoch, den Wriste außerdem mit Theodorescu gemein hatte, hörte man bei Oberstudienräten seltener. Wristes Harrowschülerkrawatte wirkte jetzt nicht mehr nachgemacht. War er ein Sangesbruder von Sir Winston Churchill gewesen? Hatte er sich vielleicht auch, während sie sangen, gefragt, wozu Sir Winston den Westen gerettet hatte? Wriste hatte jetzt Zähne, das beste künstliche Gebiß, das Hillier je gesehen hatte. Es war nicht nur unregelmäßig, es hatte sogar zu den oberen linken Backenzähnen hin eine Lücke; einer der unteren Eckzähne hatte ein dezentes Stockfleckchen, ein oberer Schneidezahn einen Funken Gold.

»Nun, mir scheint«, sagte Hillier, »mein Geld habe ich an Sie hinausgeworfen.«

»Sie haben keine Verwendung mehr dafür, Mr. Hillier, dort, wo Sie nun hinkommen. Wohin geht es übrigens? Gibt es noch etwas nach dem Tod? Ich mache oft den Versuch, mit meinen Patienten, wie ich sie ein wenig euphemistisch nennen darf, ein eschatologisches Gespräch zu führen. Die meisten scheinen vor etwas Angst zu haben; warum sollten sie sonst so jammern (und das tun eben die meisten, glauben Sie's mir)? Man jammert doch nicht um den Verlust des Lebens – ein paar Scheiben Räucherlachs mehr, eine Stunde länger in der Sonne, einmal mehr den Docht eingetaucht (verzeihen Sie die vulgäre Anspielung, aber ich muß dabei an eine Kerze denken, die schon weit heruntergebrannt ist). Alle, die wir in diesem Gewerbe sind – internationale Konspiration, Spionage, Entführungen, Auftragsmorde –, suchen wir doch nach etwas Tieferem als dieser Abfolge schlichter Belohnungen, welche die meisten Menschen das Leben nennen.«

»Ich könnte einen Kaffee vertragen«, sagte Roper.

»Es tut mir aufrichtig leid«, sagte Wriste. »Keine Erfrischung vor Antritt der Reise. Doch ich denke, Mr. Hillier könnten wir eine von seinen schrecklichen Brasilzigarren gestatten. Zünden Sie sie nur an, Mr. Hillier, freuen Sie sich über die Ruhe Ihrer Hand! An mir ist es, zu zittern: Dieser Augenblick der Wahrheit läßt mich nie unbewegt.«

Hillier rauchte dankbar. Der Regen hatte nachgelassen. Er verspürte einen eigentümlichen inneren Frieden, trotz vielem, worum es ihm leid tat, am meisten um Clara. Wenn er auch erschossen werden sollte, so doch nicht gleich: diese Zwischenzeit war höchst kostbar, ohne alle Verantwortung, tickende Sekunden als Tropfen der Lebensessenz, mildes Gold des reinen Seins. Er sah Wriste beinahe freundlich an. Und natürlich würde etwas dazwischenkommen und die Vollstreckung vereiteln; das war immer so. Man selber stirbt nicht; Sterben, wie die ganze Vertracktheit des Andersseins, ist etwas für die anderen.

»Wenn Sie glauben, Mr. Hillier, daß in letzter Minute noch rettende Mächte eingreifen werden, so bitte ich Sie, auf diese hoffnungslose – oder hoffnungsfreudige –

Vorstellung zu verzichten. Hier waren drei Wächter, und die habe ich alle versorgt. Im Hotel ist die wissenschaftliche Konferenz jetzt auf ihrem Höhepunkt. Die Gelehrten führen Froschtänze vor, und es wird über die Hinzuziehung der Zimmermädchen zu den Lustbarkeiten verhandelt. Ich glaube, sie haben irgendeinen Grund zum Feiern – habe ich Recht, Mr. Roper?«

»Durchbruch im Beta-Plan«, murmelte Roper. »Hören Sie, ich meine, ich habe ein Recht zu erfahren, was hier vorgeht. Und«, setzte er als Nachtrag hinzu, »Hillier auch.«

»Völlig richtig, dies Recht haben Sie. Ich bin hier, um Sie beide zu töten. Ohne das geringste – lassen Sie mich das ganz klarstellen – persönliche Übelwollen. Ich bin, wie ich schon sagte, ein Tötungsbeauftragter oder, wenn ich das mit Rücksicht auf Ihrer beider Religion und deren Mythen so sagen darf, ein Todesengel. Ich erschieße Menschen für Geld, aber ich finde gern heraus (ein shakespearischer Zug, wenn Sie so wollen), warum ihre Namen angekreuzt wurden. Das verleiht meiner Arbeit ein gewisses intellektuelles Interesse. Ihr Tod nun, Mr. Roper, ist eine Art Anhängsel zu Mr. Hilliers Tod. Mein Hauptauftrag lautet, Mr. Hillier zu töten. Bezahlt wurde ich nicht in Rubeln oder Dollars, sondern in Sterling – in guten, glatten Scheinen, die ich gegenwärtig bei mir trage. Wer, glauben Sie, Mr. Hillier, hat mir dies Geld gezahlt?«

»Ich kann nicht mal raten.«

»Sie *könnten's* erraten, aber Sie wollen nicht. Die Entdeckung wäre zu schockierend. Dennoch, gönnen wir uns den Augenblick der Wahrheit unverkürzt! Sie werden sehr erbittert sterben, Mr. Hillier. Verraten von denselben Menschen, für die Sie Ihr Bestes gegeben, in deren Dienst Sie sich Ihre Narben und Scharten und Ihr Brandmal geholt haben! Dieses S an Ihrem

Körper ist eine grausame Signatur. Ich habe selbst für Soskice gearbeitet. Typisch für diesen Menschen! Immerhin, ich glaube, Sie wurden hinlänglich gerächt. Ein Kunde weniger für mich. Aber, ich weiß nicht, andere sind im Kommen. Dieser Grimold ist ganz vielversprechend. Das Spiel geht munter weiter.«

»Wollen Sie sagen«, fragte Hillier, mit einem Vorgefühl, wie wenn er sich gleich übergeben müßte, »daß meine eigenen Leute Sie angewiesen haben, mich umzubringen?«

»Nicht mich persönlich. Panquiescat, unsere Agentur – schöner Name, nicht? Irgendwie feierlich. Friede allen Unruhigen mit Panquiescat – Panquiescat hat den Auftrag weitergegeben. Mir scheint, nachdem ich Ihren Fall studiert habe, daß der Wunsch Ihrer alten Freunde, Sie töten zu lassen, weder von Mutwillen noch von Undankbarkeit zeugt. Ich meine, man hat Ihnen sogar eine Chance gelassen. Natürlich habe ich mir den Brief angesehen, den ich Ihnen gab, als Sie in Venedig an Bord kamen. Ich konnte mir nicht die Mühe machen, ihn zu entschlüsseln, aber der Inhalt ließ sich erraten. Vermutlich eine Entschuldigung für das Bevorstehende. Einige Herren in England können jetzt wieder ruhig schlafen in dem Wissen, einen anständigen Ausweg gefunden zu haben. Sie hätten von Rechts wegen die Reise damit zubringen müssen, diese Nachricht zu enträtseln; statt dessen haben Sie sich lieber ausgetobt. Noch einmal ausgetobt, das letzte Mal. Und wie die Dinge liegen, hatten Sie ganz recht damit. Ich hätte Sie ohnehin erwischt, wenn auch vielleicht nicht hier. So haben Sie noch ein letztes Mal aus dem vollen gelebt. Verdammich, Sir«, setzte er mit seiner Stewardsstimme hinzu, »wenn das man nicht noch zu wenig gesagt ist.« Und dann, wieder mit der Harrow-Stimme: »Dafür können Sie dankbar sein.«

»Ich weiß immer noch nicht, *warum*«, brachte Hillier hervor.

»Ich glaube, darauf kann ich dir antworten«, sagte Roper. »Du weißt zu viel.«

»Zu viel für *was*?«

»Sie stellen sich begriffsstutzig«, sagte Wriste. »Zu viel, um in den Ruhestand entlassen zu werden. Mr. Roper hat ganz recht. Ich könnte mir denken, daß Sie bereits Nachrichten an Theodorescu verkauft haben. Dieses Geld auf Ihrem nackten Schoß – und was für eine törichte Geschichte Sie mir dann erzählt haben, von einer Wette! Ihre Großzügigkeit gegen mich spricht übrigens auch für ein gewisses Schuldgefühl. Jedenfalls würden Sie, wenn Sie am Leben blieben, noch mehr Nachrichten verkaufen oder sogar verschenken. Daß Sie als Katholik aufgewachsen sind, hat schon immer gegen Sie gesprochen. Sie haben sich von Ihrer Kirche getrennt, aber wahrscheinlich würden Sie im Ruhestand wieder zu ihr zurückfinden. Eine Art Steckenpferd vermutlich. Wie auch hier bei Mr. Roper lag diese alte Loyalität immer ein wenig im Streit mit einer anderen. Sie konnten nie ganz und gar Patriot sein. Wenn Sie nun noch Ihre notorische Sinnlichkeit in Rechnung stellen – auch eine Art Glaubensersatz –, so haben Sie, würde ich meinen, genug der Gründe für eine stille und vielbedauerte Liquidation. Denken Sie drüber nach, Mr. Hillier! Versetzen Sie sich in die Lage jener englischen Gentlemen, die sich, wenn sie nicht gerade Golf spielen, um die Sicherheit der Nation kümmern.«

Roper schien nicht so sehr ängstlich als interessiert zu sein. Er grinste, Wristes einleuchtende Erklärungen unverhohlen bewundernd. Er sagte: »Und was habe ich damit zu tun?«

»Sie sind ein Anhängsel, wie ich schon sagte. Aus

naheliegenden Gründen wurde als besser erachtet, wenn Mr. Hillier seinen Quietus auf sowjetischem Boden erhielte. Sie, Mr. Roper, wurden nie als etwas anderes betrachtet denn als der Vorwand, um Mr. Hillier hierher zu bringen. Ich weiß, dies wird Ihnen schwer eingehen. Ihre Rückkehr nach England – ich weiß dies aus höchster Quelle – ist nicht erwünscht.«

Roper, trotz allem, was er gegen das roperverbrennende England hervorgespien hatte, schien nun seine Entrüstung bezähmen zu müssen. »Hören Sie, das lasse ich mir nicht bieten!«

»Bittschön, überlegen Sie sich's! Sie haben Ihr Bestes schon geleistet. Naturwissenschaftler reifen früh und sind früh ausgebrannt, wie die Dichter. Erwünscht sind *junge* Wissenschaftler. Die aus Romanen geläufige Vorstellung von dem zittrigen, weißhaarigen Genie, das ein- oder ausgeschmuggelt wird, ist völlig falsch. Sie selbst sind für die Russen von hauptsächlich symbolischem Wert. Den Engländern liegt im Augenblick mehr daran, Alexejew in den Westen zu locken, als daran, ihren Anspruch auf Sie wieder geltend zu machen.

»Alexejew?« fuhr Roper auf. »Aber Alexejew ist doch noch ein blutjunger Bengel.«

»Gebraucht werden die blutjungen Bengels«, sagte Wriste. Der Ausdruck, in Wristes penibler Sprechweise, ließ an Opferung denken. Ritual, alles ein Ritual! »Was die moralischen Aspekte Ihres Übertritts angeht, so ist es nur eine lautstarke Minderheit im Parlament, die Ihren Kopf fordert. Ein Verratsprozeß würde zuviel Unrat in die Schlagzeilen wirbeln. Der Unrat soll begraben, nicht breitgetreten werden.«

Roper lief puterrot an. »Was denn für ein Unrat?« fragte Hillier.

»Ich weiß darüber nicht genau Bescheid«, sagte

Wriste. »In den Passagen von Mr. Ropers Autobiographie, die ich gelesen . . .«

»Wie ist der denn da herangekommen?« fragte Roper, kochend vor Wut. »Dieser Halunke, von dem Sie gesprochen haben, Theosowieso?«

Wriste zuckte die Achseln. »Offenbar hat ein Doppelagent bei Ihnen geschnüffelt. Vielleicht ein Labordiener oder eine Putzfrau, irgendwer. Der Agent hat eine Kopie von Ihren fertigen Kapiteln an jemanden verkauft, der wieder an jemand anderen, der wieder an jemanden und der an Herrn Theodorescu. Theodorescu ist sehr informationsgierig. Ein Typoskript allerdings – und womöglich noch im Durchschlag – ist wertlos, es sei denn als Belletristik. Was man braucht, sind Handschriften. Für den Motivationsforscher freilich, wenn er sich mit jener besonderen Art beschäftigt, welche den Verräter hervorbringt, ist Ihr Typoskript nicht ohne Interesse. Nur schade, daß jeder Beliebige mit nur ein wenig erhitzter Phantasie es geschrieben haben könnte. Und das Typoskript scheint abzubrechen, als ob Sie es mit der Angst bekommen hätten, kurz vor der wirklich bedeutsamen Information. Es würde mich interessieren, warum Sie sich überhaupt auf diese Arbeit eingelassen haben.«

»Wurde mir vorgeschlagen«, sagte Roper, nun wieder murmelnd. »Um meine Gedanken zu klären. Selbstprüfung. Es war eine Übung. Aber Sie haben immer noch nicht gesagt, warum . . .«

»Ich meine, das ist doch ganz klar jetzt, nicht? Der Klient, in dessen Auftrag ich Ihren Fall bearbeite, Mr. Roper . . .«

»Hören Sie mal«, sagte Roper, »Ihren verfluchten *Mister* habe ich gründlich satt. Für Sie bin ich *Doktor* Roper, verstanden? Doktor, Doktor, Doktor!« Es war wie ein stoischer Ausruf aus einem Drama der jakobeischen Zeit: *Noch immer bin ich die Herzogin von Malfi!*

»Oweh, Mister Roper, der Doktorgrad wurde Ihnen entzogen. Es wurde öffentlich bekanntgemacht, soviel ich weiß, aber Sie selbst wurden offenbar nicht unterrichtet. Der Senat Ihrer Universität gab bekannt, es hätten sich Beweise für ein Plagiat gefunden.«

»Das ist eine verdammte Lüge.«

»Vermutlich. Aber das nationale Interesse gebot, Sie als nichts und niemand hinzustellen. Das britische Publikum muß ruhig schlafen. Ein Strohmann war zu den Russen übergelaufen. Die Nachricht von Ihrer Dedoktorisierung, wenn das der richtige Ausdruck ist, stand nie im *Daily Worker,* und die *Prawda* hat gewiß nichts davon gebracht. Also haben Sie nichts erfahren.«

»Ich auch nicht«, sagte Hillier. »Vieles von dem, was Sie sagen, wird mir immer suspekter.«

»Wie Sie wollen. Aber Sie, Mr. Hillier, haben schon begonnen, aus der modernen Welt auszusteigen, lange bevor Sie noch Ihr Abschiedsgesuch einreichten. Sie haben eben nur noch Menükarten gelesen und die Male auf den Bäuchen Ihrer Huren. Aber all dies ist unwichtig. Was ich jetzt sagen will, ist alles andere als unwichtig. Ein gewisser Kabinettsminister, Mr. Roper, regte sich ziemlich auf, als er bei einem kleinen Dinner in Albany hörte, daß Sie zwangsheimgeführt werden sollten. Von Ihrer Autobiographie wußte er nichts. Ich kam zu dem Schluß, daß er Enthüllungen befürchtete, die ihn persönlich betreffen würden, wenn man Sie vor Gericht stellte. Ich kann nur raten, was dies für Enthüllungen wären. Wenn Sie Ihre Autobiographie nur weiter fortgesetzt hätten, hätte ich jetzt Gewißheit darüber, auf welche Weise diese hochgestellte Persönlichkeit an Ihrer Laufbahn Anteil genommen hat. Aber schadet nichts. Ihm jedenfalls lag viel daran, daß Sie nicht nach England zurückkehrten. Panquiescat hatte er schon einmal bemüht. Damals ging es um einen Versuch, die vorige Regierung zu stürzen. Die Regierungsmehrheit war auf zwei Stimmen zusammengeschrumpft, der Abgeordnete eines bestimmten entlegenen Wahlkreises war bekanntermaßen herzkrank, und Panquiescat sorgte für die Abkürzung seiner Leiden. Als der Minister erfuhr, in strengster Vertraulichkeit, daß Sie, Mr. Roper, heimkehren würden, trat er abermals mit Panquiescat in Verbindung. Daher sind meine beiden Aufträge in der Herkunft voneinander unabhängig und nur durch den Ausführungsort verbunden. Panquiescat ist eine sehr leistungsfähige Agentur. Sie stellt ihre Kunden zufrieden und hat deren Vorteil im Auge. Sie nimmt nur zehn Prozent.«

»Schön«, sagte Roper, nun besser aufgelegt, »dann müssen Sie ja Ihren zweiten Auftrag nicht ausführen. Sie töten Hillier, und dann kann Hillier mich ohnehin nicht . . .« Fast hätte er »heimführen« gesagt.

»Ah, so geht's nicht.« Wriste schüttelte traurig den Kopf.

»Ihr Geld haben Sie schon bekommen«, sagte Hillier. »Haben Sie gesagt. Sie müssen überhaupt keinen von uns töten.«

»*Etwas* Geld hab ich schon bekommen«, sagte Wriste. »Nicht alles. Sie haben mich zu Beginn Ihrer Reise bezahlt, Mr. Hillier, und vermutlich hätten Sie am Ende noch einmal bezahlt. Ebenso ist es mit diesen zwei Aufträgen. Bevor ich die Restzahlungen erhalte – von Abteilung X wie von Mr. Y –, muß ich Beweise für die befriedigende Erfüllung der Aufträge vorlegen. Was ich normalerweise mitnehme, ist ein Finger . . .«

»Ein *Finger?*«

»Natürlich. Wegen der Fingerabdrücke. Bei den meisten meiner Patienten sind die Fingerabdrücke registriert. Agenten, Spitzenkräfte der Forschung undsoweiter, Menschen mit ausführlicher Personenakte. Sobald man eine solche Akte hat, scheinen eigenartigerweise die Aussichten zu wachsen, daß man ein Kapitalverbrechen begehen wird. Dieses Verhängnis . . .« Er winkte mit der Pistole. »Es schwebt immer über uns. Wenn Sie mit Ihrer Zigarre fertig sind, Mr. Hillier, muß es leider herabstoßen.«

»Sie könnten doch«, sagte Roper, »uns jedem einen Finger abschneiden und uns laufen lassen.« Er sprach so gleichmütig, als ob sein Körper ein zu beschneidender Baum wäre.

Wriste schüttelte wieder den Kopf, trauriger als das vorige Mal. »Andere als diese abschließenden chirurgischen Eingriffe habe ich noch nie vorgenommen, obwohl der Wunsch schon oft genug ausgesprochen wurde. Nein, meine Herren, ich habe meinen Stolz, ich habe meine Berufsehre. Sollte dann einer von Ihnen wieder auftauchen, um einen Finger ärmer, doch im übrigen unversehrt und guter Dinge auf Erden wandelnd, so wäre es aus mit meiner Laufbahn. Außerdem gibt es da noch einen Herrn, den man den Inspektor nennt.«

»O mein Gott«, stöhnte Hillier.

»Ja, der Inspektor. Niemand weiß, wie er heißt. Ich bin im Zweifel, ob ihn jemals einer gesehen hat, manchmal sogar, ob er überhaupt existiert. Vielleicht ist er nur eine Personifikation der Berufsehre. Aber es ist ratsam, an ihn zu glauben. Nein, nein, meine Herren, es geht nicht anders.« Er zog aus einer Brusttasche ein recht fein gearbeitetes Samtetui und ließ es aufschnappen. »Ich hatte noch nie Gelegenheit, dies hier zu benutzen«, sagte er. »Sehen Sie, hier sind die Höhlungen für zwei Finger. Ich habe noch ein anderes Etui, ziemlich abgewetzt, für einen einzigen Zeigefinger. Ein Kollege, den ich kenne, ein sehr ehrgeiziger, benutzt einen Zigarrenbehälter, aber das erscheint mir roh. Dieses hier habe ich mir eigens von einem Mann in Walthamstow anfertigen lassen, ich weiß auch nicht, warum ausgerechnet dort. Ich sagte ihm, es sei als Behälter für amputierte Finger vorgesehen, und er hat gelacht.«

Hillier konnte beim besten Willen aus seiner Brasil keinen Rauch mehr ziehen. Er hatte noch fünf Stück in der Tasche: Verschwendung! »Nun«, sagte er. Roper, wie um dafür zu sorgen, daß ihm Wristes Belegstück auch nach dem Tode keine Unehre machte, kaute eifrig an seinen Nägeln.

»Sonderbar, nicht?« sagte Wriste träumerisch und entsicherte die Pistole. Hilliers Blicke wurden auf die Waffe gelenkt; wenn er mit ihr in die letzte Intimität eintreten mußte, wollte er wenigstens ihren Namen wissen. Es war eine Pollock 45, sorgfältig gepflegt. Wriste war ein echter Professioneller, aber es waren Spuren von Verderbnis in ihm. Dieses persönliche Interesse an seinen Opfern würde einmal sein Tod sein, dachte Hillier. »Sonderbar«, wiederholte Wriste, »aber in etwa einer Minute wird Ihnen beiden die letzte Antwort zuteil. Vielleicht erweist sich die Religion als blanker Unsinn, vielleicht als völlig stichhaltig. Und der Erzbischof von Canterbury und der Papst in Rom haben nicht das mindeste von Ihrer Entdeckung. Strengste Geheimhaltung, Verschlußsache! Ein Safe mit unauflösbarer Kombination. Vielleicht finden Sie einen Quattrocento-Himmel, vielleicht eine gotische Hölle. Unsere aseptisch rationale Welt muß nicht der Spiegel der letzten Wirklichkeit sein. Die Hölle mit Flammen und Vipern und höhnenden Teufeln, immer und ewig. In einem Augenblick wie diesem betrachte ich meine Opfer immer mit so etwas wie Ehrfurcht. Das Wissen, das sie bald erlangen werden, ist das einzige Wissen, welches der Mühe wert ist. Wollen Sie beten, meine Herren?«

»Nein«, rief der standhafte Roper. »So ein Haufen Mist!«

»Mr. Hillier?«

Hillier hatte mit einer Vision Claras zu kämpfen. Er hatte, wenn auch nur im Rückblick, ihr Bild geschändet. Seine Huren und Opfer marschierten in wirbelndem Nebel über eine endlose Ebene, in einer S-förmigen Reihe; zeigten auf ihn mit dreifingrigen Händen, lippenlos, nasenlos, nur mit großen, starren Augenleuchten. »Nur eine Formalität in Worten«, murmelte er, »nichts weiter.« Er wußte, das glaubte er nicht wirklich. Roper war ein besserer Mensch als er. »O du mein Gott!« betete er, »ich bereue meine Sünden und flehe um Vergebung und verabscheue sie von ganzem Herzen . . .«

»Elender Quatsch!« rief Roper. Er schien entschlossen, mit einem Fluch auf den Lippen zu sterben wie Kit Marlowe. »Scheißgewäsch!«

». . . Weil sie Deine entsetzliche Strafe verdienen, weil sie meinen lieben Erlöser Jesus Christus gekreuzigt . . .«

»Fetter faustdicker hundsfottsiger Mist! Wenn du tot bist, ist alles aus.«

». . . Und vor allem, weil sie Deine unendliche Güte kränken. Und dank Deiner Gnade bin ich fest entschlossen, Dich niemals wieder zu kränken . . .«

»Der Entschluß soll wahrgemacht werden«, bemerkte Wriste.

». . . Und jede Versuchung zur Sünde sorgsam zu meiden.«

Es klopfte schüchtern an die Tür der kleinen Hütte. Hilliers Herz machte Sprünge. Bete niemals, hatte jemand – Pater Byrne? – einmal gesagt, um den unmittelbaren Vorteil. Wriste fluchte jetzt wie Roper, nur maßvoller. Dann sagte er: »Das kommt ungelegen. Das hatte ich nicht erwartet.«

»Sie reden zu viel«, sagte Roper, »das ist Ihr Fehler. Sie könnten diese Sache hier schon bestens erledigt haben, ohne all das Gequassel.« Es wirkte wie ehrliche Kritik.

»Ein Dritter«, sagte Wriste. »Vermutlich unschuldig. Schade. Lohnt sich überhaupt nicht für mich, völlig unnötig.« Noch in Gedanken über die Ökonomie des Tötens, richtete er die Pistole auf die Tür. »Herein«, rief er.

Die Tür ging auf. In ihr stand ein Junge, gegen den nun ersterbenden Regen in die Jacke eines erwachsenen Mannes gehüllt.

»Na«, sagte Wriste, mit seinem Stewardsakzent, »wenn das man nicht unser kleiner Herr Klugscheißer ist. Es tut mir aufrichtig leid, mein Junge, aber ich sehe keinen Ausweg. Kommen Sie nur herein«, setzte er im patrizischen Ton hinzu, mit der Pistole die Richtung andeutend. »Woher wußten Sie, daß wir hier sind?«

Roper sah Alan Walters mißmutig an wie einen Schüler, der unangemeldet zu ihm ins Seminar gekommen wäre. Alan sagte:

»Da war so eine Spur von Zigarrenrauch, nicht viel, nur so ein bißchen. Ich hatte Sie verloren.« Er sah Hillier Entschuldigung heischend an. »Ich hatte Sie auf der Straße verloren. Und dann schaute ich in dies Hotel hinein, aber da war nur eine elende Sauferei.«

»Sie kluges Kind«, schmeichelte Wriste. »Ihre Frau Stiefmutter wird froh sein, wenn Sie aus dem

Weg sind. Ich überlege, ob es wohl tunlich sein wird, wenn ich um eine kleine Vergütung nachsuche.«

»Die wollte *ich* eigentlich aus dem Weg räumen«, sagte Alan. »Dies scheint die richtige Gegend zu sein, um Leute umzubringen. Aber dann hab ich mir gedacht, das Wichtigste zuerst. Ich hab's doch gleich gewußt, daß Sie nicht echt sind.«

»Ach natürlich. Sie wissen alles, nicht? Auch welches die korrekten Stellungen für päderastische Vergnügen sind.«

»Das mußte sein«, sagte Alan. »Es war die einzige Möglichkeit. Es gibt manche furchtbaren Menschen auf der Welt, Sie eingeschlossen. Aber Sie waren nicht gerissen genug. Erst haben Sie mir erzählt, Sie hätten den Krieg in einem australischen Gefängnis zugebracht, und im nächsten Augenblick sprachen Sie dann vom FAK bei der Rückkehr vom Urlaub. Ich wußte gleich, daß Ihnen nicht zu trauen war. Sie haben nie etwas getan, ohne erst einmal Geld dafür zu kassieren.«

»Was ich jetzt tu, tu ich umsonst«, sagte Wriste. »Nehmen Sie mal die Hände unter Ihrer Riesenjacke vor. Zusammenlegen! Augen zu! Sprechen Sie Ihre Kindergebete. Sie können diesen beiden Herren vorausgehen. *Antipasto* nennen's die Italiener. Theodorescu hätte seine Freude dran. Nun machen Sie schon, Junge, wir haben genug Zeit vertan.«

»Sie verdammter Neutraler«, fluchte Alan. »Fort mit Ihnen, dahin, wo die Neutralen alle hinkommen!« Dumpfes Feuer kam aus der Jacke gespuckt, ein rauchendes Loch hinterlassend. Die Augen sperrangelweit auf vor Überraschung, griff sich Wriste an sein Handgelenk, zersplitterte Knochen, zwischen denen das Blut Anlauf nahm, hervorzusprudeln. Fast unter Tränen sah er zu, wie ihm die Pistole aus den Fingern tropfte und ohne Geräusch auf eine der Massagepritschen fiel. Alan hatte jetzt offen die Aiken in der Hand, mit Schalldämpfer und allem. »Und wie wär's damit?« sagte er. Durch die Dünste von schmorendem Räucherspeck zielte er auf Wristes schmerzliche Verblüffung. Er feuerte auf die Nase und erwischte das rechte Auge. Das Auge sprang an einer Schnur heraus, wie auf einer surrealistischen Bildmontage. Die Höhle glotzte, als sich das Blut zum Ausbruch sammelte, und dann war das ganze Gesicht eine schwarze Flüssigkeit, aufgesteckt auf den fallenden Körper. Der Mund, verselbständigt von dem zerschmetterten Hirn, rief »Allmöchtja!« Die Finger der Linken, wie Ratten bei einem Schiffbruch, krallten sich haltsuchend in ein Feldbett. Wristes Fall war gemächlich und laut; der Leib gönnte sich seine Schlußszene. Es gab ein Hinkrachen und das Geräusch einer Entleerung in den Hosen. Dann war Wriste nur noch ein Etwas.

»Ich denke, ich übergeb mich lieber gleich«, sagte Alan. »Wird Zeit, daß es jemand schlecht wird.« Er ging und stellte sich in die Ecke wie ein unartiger Bub. Seine Schultern zuckten, als er die moderne Welt herauszuwürgen versuchte.

6 »Wieder ganz wie damals«, sagte Roper, angewidert mit dem Auge zuckend, fasziniert von dem eleganten Haufen Harrowschülerreste auf dem Boden. Hillier wußte, welches Damals er meinte. »Es gibt Leute, die drauf aus sind, aus der ganzen Welt einen Schlächterladen zu machen.« Er meinte nicht Alan, dem er ein neugieriges und beinah dankbares Augenzukken zuwarf. Hillier sagte zu Alan:

»Gehn Sie ein bißchen an die Luft! Ich werde später noch Zeit haben, Ihnen zu danken. Jetzt sag ich nichts, nur eben danke! Aber gehn Sie etwas an die Luft.« Der Junge nickte, gegen den Takt seiner vergeblichen

Krämpfe, dann machte er die Tür auf und ging hinaus. Auf das nächste Bett warf er die rauchende Aiken, wischte die Hände aneinander ab, so als ob sie, welche die Leiche geschaffen hatte, selber die Leiche wäre. Aus dem Dunkel draußen kam der Lärm von Gesang und an die Wände geschmetterten Gläsern. »Und nun«, sagte Hillier, als die Tür wieder zu war, »müssen wir schnell machen.«

»Wir? Wieso wir? Mich geht das nichts an.«

»Ach, geht dich nichts an? Du hast mir ein paar Dinge verheimlicht, Roper. Da erzählst du mir von diesem dämlichen Martyrium und von roten Rosen, und die ganze Zeit war da etwas anderes. Was hast du mit den Kabinettsministern gehabt? Ich krieg es raus, keine Sorge. Inzwischen hilf mir doch mal, ihm die Hosen runterziehn.«

»Als Steward hat er sich getarnt, wie?« sagte Roper, ohne ihm zu helfen. »Da kann man einfach nie wissen. Harmlos aussehende Leute, warten ab, grinsen freundlich, aber immer auf dem Sprung. *Ikota ikota*«, schluckste er, als Hillier die linke Hüfte von Wristes Leiche bloßlegte. »Rrgh.« Er zog die Nase kraus. »Zum Teufel, wozu machst du das da?«

»Das hier«, sagte Hillier, »bin ich, aus dem Weg geräumt. Ich, beseitigt, erledigt. Letzter Ausstieg.« Er zog sein Taschenmesser hervor und schnitt, tief eindrückend, ein S in Wristes widerstandslose Haut. Dann zündete er sich eine Handelsgold-Brasil an, die erste posthume, dankbar paffend.

»Das ist Leichenschändung«, sagte Roper. »R.I.P! Er hat sein Fett weg.«

»Noch nicht ganz.« Durch angestrengtes Ziehen machte Hillier die Spitze der Brasil heiß wie einen Brennstift. »Dies ist ein sehr unzulänglicher Ersatz für das richtige Verfahren«, sagte er und drückte die erste Verbrennung in den S-Kanal. »Aber es wird seinen Zweck erfüllen.« Zu dem Räucherspeckgeruch der Pistole, der immer noch im Raum hing, begann sich ein volleres, fleischigeres Aroma zu gesellen.

»Zum Teufel, wozu – *ikota ikota . . .*«

»Heute abend, in der L-förmigen Kabine, die wir zusammen bewohnen, wirst du genau sehen, warum ich das mache.«

»Ich komme nicht mit. Weshalb zum Teufel auch sollte ich? Und du selber, wo willst *du* hin?«

Hillier blickte auf und starrte für vier Sekunden in die Luft. »Ich hatte mir's noch gar nicht überlegt«, sagte er. »Natürlich, wir hatten noch keine Zeit, dies alles richtig zu würdigen.« Er ließ beinah die Zigarre ausgehen. »Großer Gott, nein! Jetzt sind wir beide im Exil, wie?« Er blies das Ende wieder in Glut und setzte, penibel wie ein Musiker, seine Markierungen fort.

»Ich bin zuhause«, sagte Roper. »Ich lebe hier. Ich meine, in der Sowjetunion. *Ich* bin nicht im Exil.« Er hustete wegen des Rauchs und des Gestanks von versengtem Fleisch. »Ich bin besser dran als du.« Und Hillier sah sich selbst von der hölzernen Decke herab – in einer gestohlenen sowjetischen Polizeiuniform, wie er einer Leiche mit zerstörtem Gesicht ein S einbrannte, während die Staatssicherheitsleute in Southampton und im Londoner Flughafen Ausschau hielten, nur um sicherzugehn, weil der abgeschnittene Beleg nicht vorgewiesen worden war. »Zuhause«, formulierte Roper, »ist man, wo man die Dinge Staub ansetzen läßt, wo dir Sachen in den Schränken abhanden kommen und wo der Kellner in der Kneipe an der Ecke dich beim Namen kennt. Und außerdem, wo deine Arbeit auf dich wartet.«

»Und auch eine Frau wartet? Frau oder Tochter oder beides?«

»Das hab ich hinter mir«, sagte Roper. »Ich meine, so in diesem alten Sinne. Es gibt ein paar ganz nette Mädchen im Institut. Wir essen mal zusammen, gehn einen trinken oder tanzen. Ich hab alles, was ich brauche.«

Hillier war mit seiner Brandmalerei fertig. Er wischte Stückchen von verkohltem Haar und Fleisch ab. Dann, ohne daß Roper ihm half, zog er die Hose wieder hoch und befestigte sie an den Trägern, keuchend vor Anstrengung und Ekel. »Dieser Regenmantel wird noch nützlich sein«, sagte er.

»Erst die Leiche schänden, dann auch noch ausziehen, was?« augenzuckte Roper. »Ist eine Drecksarbeit, was du machst, Hillier. Nicht so wie meine.«

»Sehn wir mal, was . . .« Das steht mir zu, dachte Hillier, als er aus der Brusttasche des Toten eine sehr dicke Brieftasche zog. Sterling, seine eigenen Dollars, Rubel. »Rubel« – er zeigte sie Roper. »Sei bloß nicht zu sicher, wenn du von deinem Zuhause sprichst. Woher weißt du, ob Wriste seinen Auftrag nicht auch von Moskau hatte, ebenso wie von diesen Schuften, die mal meine Freunde waren? Flüchtender Wissenschaftler erschossen; britisches Schiff lag im Hafen. Du hast zu viel in der Douay-Bibel gelesen. Vielleicht wissen sie schon, daß du eines Tages wieder zur Religion zurückfindest . . .«

»Nie! Hör auf mit dem Geschwätz.«

»Wer kann schon sagen, was er in Zukunft nicht noch alles machen wird? Vielleicht schon morgen? Schau mich an, heut abend, was ich für ein schönes Bußgebet gesprochen habe!«

»Ich hab mich für dich geschämt«, zuckte Roper.

»Du wirst eines Tages dein reines wissenschaftliches Denken noch mit christlicher Sentimentalität beflecken. Oder du haust ab aus Rußland, unter Mitnahme deiner Formeln, und küßt dem Papst die Stiefel.«

»Hör zu«, sagte Roper unwirsch. »Niemand steht über jedem Verdacht. Begreifst du? Die Besoffnen da drin sind genau wie ich. Damit muß man leben, überall dasselbe. Dasselbe wie im verfluchten England. Dies Stück da« – er meinte Wriste, den Gebranntmarkten, Ausgeraubten, mit dem zerfetzten Gehirn – »hat die Wahrheit gesagt über diesen Kerl, der in England hinter mir her ist. Diese eine Sache stimmte. Das andere, daß ich zu alt wäre und meinen Doktor verloren hätte, war reiner Unsinn. Aber in der einen Sache hat er recht gehabt. Und jetzt geh ich auf mein Zimmer und in die Falle. Ich glaube, ich nehme erst mal ein paar Tabletten. Aber ich bin zuhause, vergiß das nicht. Und mir geht's gut.«

»Um ein Haar ging's dir jetzt schlechter.«

»Dir auch.« Er grinste zum ersten Mal an diesem Abend. »Mein armer alter Hillier. Du bist verflucht übel dran, wie? Aber hier hab ich etwas, das dir vielleicht nützen kann. Damit kannst du die Schufte drankriegen.« Und er zog aus seiner Brusttasche ein ziemlich schmuddliges Bündel mit blauer Tinte bekritzelten Papiers. »Das ist das Kapitel, an dem ich gerade gearbeitet habe. Ich glaube, ich werde mit den Memoiren jetzt nicht mehr weitermachen. Sie haben ihren Zweck erfüllt, Dinge geklärt. Da hast du's, etwas zu lesen für die Reise. Wo fährst du denn hin?«

»Zunächst nach Istanbul. Dort werde ich mir alles noch mal überlegen. Und dort ist jemand, mit dem ich sprechen muß.« Hillier nahm das Bündel. »Jetzt mußt schon du mir etwas zu lesen geben. Dabei hatte ich Sachen zu lesen für dich – Briefe. Aber das ist jetzt lange her. So, ich glaube, es ist besser, wir machen beide, daß wir hier rauskommen.«

»War nett, dich zu sehn nach all den Jahren. Weißt du, du könntest auch«, sagte er, nachträglich überlegend,

»hier bleiben, wenn du wolltest. Ich kann mir vorstellen, daß sie Verwendung für dich hätten.«

»Das habe ich hinter mir. Ich geh in Ruhestand. Ich glaube, ich habe etwas gegen die neuere Geschichte.«

»Manche Aspekte sind aber ganz interessant. Da oben, meine ich.« Er sah zur Decke auf. »Menschen in den Weltraum. Wir schaffen den Mond demnächst.«

»Ein kahler Klumpen weißer Käse. Na, freut euch drauf!«

Die Tür ging auf und Alan stürzte herein, das Gesicht wie weißer Käse. »Da ist *etwas* draußen. Es kriecht und stöhnt. Es hat versucht, mir zu folgen.«

Es war Roper, der die Aiken vom Bett nahm. »Ihr Freund hier«, sagte er zu Alan, »ist mit all diesen Dingen fertig. Überlassen Sie das nur mir.« Er stapfte entschlossen in die Nacht hinaus, die nun, wo sich die gemeineren Gerüche der neueren Geschichte verzogen, von den Düften regennasser Blumen erfüllt war. Unterdessen sah Hillier mit einer Teilnahme und Liebe, die sich von jener ganz anderen Liebe herleiteten, den Jungen an, dieses ehemalige frühreife Scheusal. Ob er wie ein Vater den Kummer des Jungen in seinen Armen bergen sollte, darüber konnte er sich nicht entscheiden. Er sagte:

»Ich kann mir denken, was das für ein kriechendes Etwas da draußen ist. Nichts, was uns erschrecken müßte. Also«, setzte er hinzu, »jetzt habe ich Sie von der modernen Welt so viel mitbekommen lassen, wie Ihnen im Traum nicht hätte einfallen können, als Sie in Southampton abgefahren sind. Soll ich sagen, daß es mir leid tut?«

»Ich kann nichts mehr denken, ich kann einfach nichts mehr denken.«

Hillier, der den Theodorescu in sich grinsen sah, versteifte sich für einen Moment. »Und doch«, sagte er, »haben Sie sich selbst dazu verführt, ein Mitglied der modernen Welt zu werden.« Ihn schauderte, als er zusah, wie sich Theodorescus geile, tiefatmende Masse über den jungen Körper hermachte. »Diese Pistole muß Ihnen sehr wichtig gewesen sein.«

»Ich wußte nicht, daß es Ihre war, ich schwör's. Was ich wollte, war eigentlich nur, *ihr* Angst machen.«

»In diesem großen Haufen bei dem Essen im Hotel?«

»Ich dachte, ich treffe sie irgendwo allein. Was ich wirklich sagen will, ich hab nichts gedacht. Ich hab einfach nichts gedacht.« Er fing an zu weinen.

Hillier legte dem Jungen die Arme um die Schultern. »Ich paß auf Sie auf«, sagte er. »Ich hab jetzt eine Pflicht gegen Sie. Sie beide.«

Roper war zu hören; er sprach in schlechtem Russisch. Außerdem hörte man Füße scharren, als ob jemand halb geführt, halb getragen wurde. Hillier ging hinaus, um zu helfen. Es war der Wächter, den Wriste schwer niedergeschlagen, aber nicht getötet hatte. Auf seinem Haar saß ein Helm getrockneten Bluts; an seinem durchweichten Anzug klebten ein paar rote Rosenblätter. Roper sagte gewichtig, unter Keuchen: *»Wot tam tschelowjek* – da ist der Mann.« Der Wächter, mit offenem Mund, glasigen Augen, im Rhythmus seiner Schmerzen das Gesicht verziehend, schaute hin, ohne ihn zu erkennen. Sein Ladengehilfengesicht sah bestürzt aus, als hätte man ihn unerklärlicherweise beschuldigt, zu wenig Kleingeld herausgegeben zu haben. Wriste hatte immer noch ein halbes Gesicht. Diese Hälfte müßte von Rechts wegen auch noch weg. Vielleicht konnte man das Roper überlassen. Vonnöten war ein völlig gesichtsloser S-Mann. Der Wächter wollte sich hinlegen. »Und jetzt«, sagte Roper, »solltet ihr zwei hier verschwinden. Überlaßt alles nur mir. Gibt eins auf die Finger für Freund Wasnezow und Wereschtschagin da drinnen. Betrunken wie die Libellen! Und die sollten sich um die Sicherheit kümmern. Schlamperei ist das alles. Schon richtig, wenn die eins auf die Finger kriegen. Alles einem Engländer zu überlassen! Denen zeigen wir's noch allen.«

»Siehst du jetzt, was ich meine?« sagte Hillier. »Der alte Adam bricht durch.«

»Niemand ist vollkommen. Da ist ein Kerl auf dieser Konferenz, der sagt, die Ukrainer könnten die Moskowiter in die Tasche stecken. Worauf es ankommt, ist, daß man mit seiner Sache fertig wird.«

»Ich habe mir diese Jacke ausgeliehen«, sagte Alan und zog sie aus, »von einem Herrn, der im Vestibül geschlafen hat. Würden Sie sie ihm bitte zurückgeben?«

Roper entnahm der Brusttasche einen Wust alter Briefumschläge. Er grinste. »Die gehört Wrubel. Mir ahnt, ich werde hier noch einigen Spaß haben. Aus Wrubel mach ich mir nicht viel.«

»Wir müssen jetzt zur Straßenbahn«, sagte Hillier. Seine Uniformjacke war dick gepolstert mit Geld und Pässen. »Wenn wir fort sind, würdest du so gut sein und das Porträt vervollständigen?« Er demonstrierte pantomimisch einen *coup de grâce*. Roper schien zu verstehen. »Mit seiner«, fügte Hillier hinzu. »Meine muß ich zurückhaben.«

Roper gab ihm die Aiken mit einem Anflug von Bedauern. »Hübsches kleines Ding. Ich nahm an, du würdest es nicht mehr brauchen.«

»Es ist unklug, etwas anzunehmen. Solltest du wissen, als Wissenschaftler. Ich glaube, ich habe noch eine letzte Sache zu erledigen. In eigenem Auftrag.«

»Na, war nett, dich zu sehen«, sagte Roper, als hätte Hillier grad von nebenan hereingeschaut, um mit ihm einen netten Abend mit Geschichten von

Trinkgelagen, Angst, Drohungen und Mordanschlägen zu verbringen. Zu Alan sagte er: »Warst ein braver Junge«, als hätte er mit Kuchen und Limonade in der Ecke dabei gesessen und nicht gestört. Dann verabschiedete er sie mit einem herzlichen Augenzucken.

Als sie den gewundenen Pfad zur Straße entlanggingen, hörten sie einen sehr dumpfen Schlag aus der Massagehütte. Jetzt war der S-Mann vollständig. Alan bebte. Hillier versuchte zu scherzen; er sagte: »Stellen Sie sich vor, Sie wären in einem Roman von Conrad. Sie wissen, wie es da zugeht: ›Donnerwetter, dachte ich, was für ein prächtiges Abenteuer dies ist, und ich, ein junger Mann, mitten drin!‹ «

»Ja«, sagte Alan. »Ein sehr junger Mann. Aber das Älterwerden macht ganz befriedigende Fortschritte.«

Hillier sah Oberleitungsfunken und hörte über dem Brandungsbrausen und Kiesknirschen das vertraute Schienenschleifen. »Donnerwetter!« sagte er, nun nicht mehr bei Conrad, sondern in Bradcaster, an einem Abend, als er mit Roper im Kino gewesen war und sie der letzten Straßenbahn hatten nachrennen müssen, »wir werden wohl . . .« Sie kamen außer Atem an die Haltestelle, als die Bahn eben losschlurfen wollte. Hillier stöhnte unter seiner Atemnot, als er sah, wer ihnen gegenüber saß.

»Da sind Sie ja wieder«, nickte der Mann. »Und wenn Sie denken, das ist ein bißchen verdächtig, daß ich schon so früh weggehe, na dann denken Sie nur! Ich hab mich nicht wohlgefühlt. Das hätten Sie nicht machen sollen, was Sie gemacht haben; mir so zu drohen! Und jetzt sehe ich, alles, was Sie geschnappt haben, ist der Junge da. Ganz leicht sowas, nicht, so einen Jungen auf die Wache mitnehmen und ihn zum Reden bringen?«

»Was hat er über mich gesagt?« fragte Alan ängstlich.

»Schon gut«, sagte Hillier, und zu dem Mann: *»Zamolchi!«*

»Das ist wohl alles, was Sie sagen können, was? Aber zu dem Jungen, da sagen Sie nicht *zamolchi,* o nein! Den bringen Sie zum Reden. Na, über mich kann er nichts sagen, weil er mich nicht kennt, und ich ihn nicht. Um die da oben sollten Sie sich kümmern, um den Oberkellner und den Direktor und die ganze Bande. Schon gut, ich hab genug geredet.« Und er nahm wieder die alte Nummer von *Sport* aus der Tasche und betrachtete angelegentlich das Foto einer Frauenstaffel. Als aber die Bahn auf den Boulevard mit den Maulbeerbäumen kam und Hillier und Alan gerade ausstiegen, rief er ihnen nach: *»Samoswanjez!«*

»Was heißt das?« fragte Alan.

»Dasselbe, wie Sie mich an dem Abend in der Bar genannt haben. Als Sie merkten, daß ich von Schreibmaschinen keine Ahnung habe. Ich glaube«, sagte Hillier, »ich verwandle mich jetzt besser in sowas wie einen Neutralen.«

»Sagen Sie das nicht!«

»Mütze ab, Regenmantel an. Und das ist der Anfang vom Ende meiner Metamorphosen.«

Ein Junge und ein barhäuptiger Mann in weißem Regenmantel gingen schnell die regennasse Straße zum Hafentor entlang. Plötzlich wurde die Stille, in der es von Matrosen mit ihren Zugelaufenen hätte gurren müssen, durchbrochen von mannhaftem Festgeschrei und dem Geröhr und Gestotter eines alten Motors. Mit einer Fahne von Abgasen kam ein vollgepfropfter grauer Bus daher, in die gleiche Richtung wie sie, nur etwas schneller. »Unsere Leute«, sagte Alan; er verzog den Mund bei dem »unsere«. »Die kommen von ihrem Freßgelage. *Sie* wird auch dabeisein, die Hure.«

»In dem Fall«, sagte Hillier, »müssen wir schon wieder rennen. Sie darf nicht vor uns an Bord sein.«

»Warum?«

»Alles zu seiner Zeit«, keuchte Hillier, losrennend. »Geduld!«

Die wohlgesättigten Passagiere stiegen schon aus dem Bus, als Alan und Hillier am Tor anlangten. »Zu viel Feigen«, sagte jemand. »Ich hab sie gewarnt.« Einer Frau, nicht Mrs. Walters, wurde herausgeholfen; grün im Gesicht. Mit dem Gelächter verbreitete sich ein kräftiger Hauch von scharfen Spirituosen.

»Da ist sie«, sagte Alan. »Als letzte, mit ihrer blonden Bestie.« Sie drängelten sich mitten hinein in die pässeschwenkende Schlange, Hillier immer noch keuchend. Falschheit, Eile, Gewalttat – bald war das nun alles vorüber. Er dachte an milde Herbstsonne, einen Gartenstuhl, diesige Luft, durchwirkt von mildem Tabakrauch. Er suchte nach einem Paß und fand mehrere. Er hatte Lust, sie zu mischen und aufs Gratewohl einen hinzureichen – den bärtigen Innes, den toten Wriste, den *Samoswanjez* Jagger, den echten, bartlos strahlenden, aus der Geschichte aussteigenden Hillier: Nehmen Sie, welchen Sie wollen!

»Mann«, sagte einer zu Hillier, »Sie haben aber zugelangt, das kann man sagen!« Er stupste Hillier gegen die Schirmmütze, die unter dem umgürtelten Regenmantel steckte. »Hübsches Paar Stiefel haben Sie da, alter Knabe«, sagte jemand anders. »Wo haben Sie denn die her? Kuck mal, Alice, feines russisches Leder!« Die Leute, auch die Wache am Tor, begannen Hilliers Beine zu bekucken: ein Raum um ihn her wurde freigemacht, damit alle besser kucken konnten. »Mir ist so schlecht«, sagte die Grüngesichtige. Hillier drängte sich hinein und zeigte ein Bild von sich selbst vor. Der Posten stellte zwischen Bild und Original einen säuerlichen Vergleich an, dessen Dauer zu einem bedächtigen Nicken ausreichte, dann ließ er ihn knurrend durch. Hillier und Alan drangen schnell in einen Haufen rülpsender Männer ein, aber zum Schiff ging es ihnen nicht schnell genug. Sie hasteten vorwärts, bis sie das Schiff sahen, hell erleuchtet, makellos, sicher: England! Aber so sicher war England nicht mehr. Am Fuß der Laufplanke sammelten sich fleischige Damen und Herren, keuchend unter der sicher eingefahrenen Ladung Schwarzmeerkost, und machten sich an den Aufstieg. Dort oben sah er keine Clara, lächelnd vor Freude und Erleichterung. Die Reling entlang standen leutselig winkende Leute, aber Hillier blieb vorsichtig, drückte die Nase tief in einen fetten Rücken wie in eine Aufblaspuppe und ließ sie dort. »Wars schön, Sir?« fragte eine Stimme am oberen Ende des Stegs. Es war Wristes Kellnerkumpel. »Noch mal danke für's Guinness«, fügte er hinzu. Hillier sagte zu Alan: »Bis gleich in Claras Kabine«; dann stürmte er zur nächsten Treppe nach dem A-Deck. Das Schiffsinnere summte vor Leere, aber bald würde es sich mit Durstigen füllen, die es nach etwas Trocknerem, Kälterem, weniger Hitzig-Rohem verlangte, als Jaryljuk bieten konnte. Er hastete durch Korridore mit aseptischem Duft und gedämpftem Licht und fand schließlich den eigenen. Da war Mrs. Walters' Kabine.

Drinnen, auf den kaum verzogenen Bettüchern, schnarchte ein friedlicher Schläfer: S. R. Polozki, 39 Jahre, geboren in Kertsch, verheiratet, das Dreckschwein! Hillier zog rasch Wristes Regenmantel aus, nahm aus den Taschen der Uniform alles, was ihm gehörte oder kürzlich in seinen Besitz gelangt war, und zog sich dann aus bis auf Hemd und Unterhosen. S. R. Polozkis Uniform legte er ordentlich über einen

Stuhl neben dem Nachttisch und stellte die Stiefel ans Fußende der Koje. Dann, den Regenmantel wieder übergezogen und die Taschen vollgestopft, ging er in seine eigene Kabine. Er machte vorsichtig die Tür auf: Es roch nicht, wie wenn unerwünschter Besuch dagewesen wäre; nur Claras frühreifes Parfüm spukte noch im Raum. Er goß sich den letzten Rest Old Mortality ein und trank ihn unverdünnt. Er bedauerte das Ende des so nützlichen, wenn auch geldgierigen Schiffsstewards Wriste; dann machte ihn der Gedanke schaudern, wie leicht es war, ein Menschenwesen als eine blanke Funktion zu betrachten. Hieß das wohl neutral sein – eher eine Maschine als ein Puppentheater für die Aufführung des großen Kampfes gegen das Gute oder gegen das Böse? Er zog einen leichten Anzug an, band sich sorgfältig die Krawatte. Er würde Clara treffen. Das Herz pochte ihm, aber nicht mehr vor Angst.

Aber es war doch Angst, die ihn vor ihrer Tür horchen ließ, die Hand am Türknopf. Was für rhythmische Schreie! Unmenschlich, doch ähnlich den Schreien mancher Menschmaschinen, der Kreischmaschine, welche die Jahrmarktsbesucher in der Schreckenskammer begrüßt. Er trat ein. In der Koje lag Alan, auf dem Gesicht, heulend. Clara saß bei ihm, die Haare zerwühlt vor Kummer, und machte: »Laß doch, laß doch, Kleiner, wird schon wieder werden!« Als sie Hillier sah, sagte sie mit harten, an ihm vorbeigehenden Blicken: »Das haben Sie uns getan. Ich hasse Sie.« Und sie stand auf und ging mit ihren zarten Klauen, scharlachrot, viel zu dunkel für ihr Alter, auf Hillier los, wie die Schulmädchenparodie einer Kannibalin. Hillier hätte sich in einem einzigen komprimierten Weinkrampf alle Greuel des Lebens von der Seele heulen mögen. Aber er ergriff ihre Hände und sagte:

»Alle müssen wir einmal getauft werden. Ihre Taufen waren beide etwas heroisch.«

Vom Korridor kamen lautere Schreie als alle, deren Alan fähig war. Reife, satte weibliche Empörung schrie sich aus. Der Schreck ließ Alan verstummen; er hörte zu, tränenvertrielt und mit offenem Mund. Alle drei hörten sie zu. Der arme S. R. Polozki, das Dreckschwein! Bald mischten sich strenge Männerstimmen in das Geschrei, zwei davon mit seemännischem und dienstlichem Klang.

»Von wegen heroisch!« sagte Clara, während man russische Protestworte hörte und jemand irgendwie hinausgestoßen wurde.

»Sollen wir uns«, sagte Hillier, »ein großes kaltes Abendessen in meine Kabine bringen lassen? Ich werde läuten, daß . . . Dummheit von mir«, fügte er hinzu.

»Aber ich glaube, so ist's am besten, von ihm zu reden«, sagte Alan. »Einfach jemand, nach dem niemand mehr läuten kann.«

7 Aus Ropers Memoiren[1]

Der Ärger mit Lucy war, daß sie mir das Haus führen wollte. Sie wollte die Frau sein, aber so eine hatte ich schon, wo sie auch stecken mochte, und ich wollte nicht noch eine. Es war nichts dagegen zu sagen, daß Lucy ins Haus kam, ein bißchen saubermachte, mit der Wäsche und beim Kochen ihren Willen hatte. Nichts dagegen zu sagen, wenn auch das Essen immer etwas aufgedonnert war, exotische Gerichte, wie sie's nannte, Sachen in Weinblättern, Lasagne und was nicht noch alles. Es war besser, wenn diese Arbeitssitzungen im Hause waren (aber was wollte ich eigentlich jetzt noch mit einem Haus?), so daß sie irgendwie zwischen den andern untertauchte, während wir diese Broschüre über Wissenschaft in der Gesellschaft machten. An manchen Abenden nach der Arbeit, wenn ich mich allein davonmachen wollte und sagte, ich müßte jemanden treffen, fragte sie, wen ich denn treffen müßte, und dann fiel mir niemand ein, den ich treffen müßte, denn ich kannte ja nicht viele Leute in London, außer denen, die wir beide bei der Arbeit sahen. Ich wollte gar nichts weiter als in Ruhe ein Sandwich in einer Kneipe und dann vielleicht ins Kino, ganz allein. Aber manchmal mußte ich Arbeit mit heimnehmen, und dann sagte sie, sie würde mir etwas kochen, wegen der Zeit, die es mich kosten würde, wenn ich's allein machte, und sie wäre ganz zufrieden, sagte sie, nur so dazusitzen mit einem Buch. Ich sah schon, wenn ich nicht aufpaßte, käme ich

[1] Clara und Alan jetzt ruhiger, aber beide ins Bett geschickt, mit ein paar Schlaftabletten. *Polyolbion* tuckert los, nach Istanbul. Habe eine Funknachricht an die von T. genannte Adresse aufgegeben, Cumhuriyet Caddesi 15. Auf mein Läuten kam ein anderer Steward, sagte, Wriste habe sich unerklärlicherweise nicht auf dem Schiff zurückgemeldet. Ich sitze da, mit der schwer leserlichen königsblauen Handschrift Ropers und einer neuen Flasche Old Mortality. Also, Roper, leg los!

ums Bett nicht herum, und daran war mir nicht viel gelegen, jedenfalls nicht mit Lucy.

Warum nicht? Ich glaube, auf ihre etwas dünne Art war sie ganz attraktiv, aber ich war nun einmal eine andere Art Frau gewöhnt, so schlecht sie auch war. Aber die Schlechtigkeit war nicht ihre Schuld, sagte ich mir immer wieder. Wäre keine Frau im Haus gewesen, ich wäre nicht ständig an Brigitte erinnert worden – erinnert durch den Kontrast. Etwas hatte ich immer noch von Brigitte, nämlich Fotos, und gerade weil Lucy da war, gewöhnte ich es mir an, mich mit Fotos aus besseren Zeiten zu trösten – Brigitte auf einem Felsen am Meer, eine Art Loreley vorstellend, Brigitte in ihrem Abendkleid mit dem verruchten Dekolleté, Brigitte häuslich-sittsam in einem schlichten Kittel. Es war ein Trost, manchmal auch damit zu Bett zu gehen.[1]

Ein bißchen aus dem Gleis kam alles, als ich eine kleine Magengeschichte bekam. Ich rief an, sagte im Labor Bescheid und legte mich mit einer Wärmflasche wieder ins Bett. Ich glaube, es war Magengrippe. Ich wußte, es gab keinen Ausweg aus dem, was an dem Abend passieren mußte, aber ich fühlte mich zu elend, um mir viel draus zu machen. Und richtig, sie kam schon um fünf. Sie war früher weggegangen, und alle zwinkerten und wußten, warum, und nun war sie in ihrem Element und krankenschwesterte durchs ganze Haus, aus irgendeinem Grund in ihrem weißen Laborkittel. Sie gab mir Bikarbon und heiße Milch und *zwei* Wärmflaschen (die eine war Brigittes, und als ob Brigitte sich in ihrer Abwesenheit damit rächen wollte, fing sie an zu tropfen, und ich schmiß sie raus) und wischte mir zart den Schweiß von meinem

[1] O nein, Roper! Nicht mal in der Schule hast du das gemacht.

leidenden Antlitz. Sie sagte, ich dürfte die Nacht nicht allein bleiben, und außerdem müßte sie am Morgen nach mir schauen; darum bestand sie darauf, sich in dem freien Zimmer ein Bett zu machen. Natürlich war ich dankbar, aber ich wußte, die Abrechnung würde kommen.

Die Abrechnung kam drei Tage später, als es mir schon wieder viel besser ging und ich ans Aufstehen dachte. Sie sagte nein, erst mal sehen, wie's mir ginge, wenn sie abends wiederkäme, und dann am nächsten Tag könnte man vielleicht drüber reden. Es war ein sehr kalter Tag Ende November, und sie kam durchgefroren von der Arbeit. Ich glaube, ich hätte ihr nie vorschlagen dürfen, daß sie sich in dieser Nacht statt meiner eine Wärmflasche machte, denn mir war es nun warm genug, und ich sagte ihr noch, sie solle nicht die undichte nehmen. Aber gerade die nahm sie, ob aus Versehen oder Absicht, vermutlich Letzteres; und dann kam sie in mein Zimmer und sagte, sie könne doch unmöglich in einem feuchten Bett schlafen. Also, da hatten wir's. Sie lag da, und ich lag da, wie in Liegestühlen Seite an Seite auf einem vollen Sonnendeck, und dann sagte sie, ihr sei immer noch ganz kalt, und kam näher. Da sagte ich: Du wirst dir meine Grippe holen. Sagte sie: Es gibt Wichtigeres als keine Grippe zu kriegen. Bevor ich wußte, wie mir geschah, hatten wir angefangen. Ich glaube, das Schwitzen brachte den letzten Rest von der Grippe heraus, und ich schwitzte eine ganze Weile.

Ich schwitzte eine ganze Weile, weil ich einfach immer weiter und weiter machen konnte, ohne daß mir irgendetwas passierte. Das Gruppenfoto aus der Schulzeit war im Licht der Straßenlaterne grad eben sichtbar, und ganz schwach sah ich darauf Pater Byrne, Hillier, O'Brien, Pereira und die anderen.

Nach einer Stunde muß unsere Darbietung sie ziemlich gelangweilt haben. Zumindest meine. Lucy fand es herrlich und machte immerzu o, o, Liebling, ich hab nie geahnt, daß es so sein kann, und hör nie auf! Für sie war es richtig, aber ich fand nichts dabei. Ich versuchte mir vorzustellen, es wäre jemand anders – ein Mädchen in einem unserer Büros, jeden Tag mit demselben schwarzen Pullover an, der ein schönes Aroma von Eintopf und Ohrenschmalz abgab, aber mit mächtigen Brüsten darunter; ein Mischlingsmädchen, das im Fernsehen sang, mit Kleidern, die so knapp geschnitten waren, daß es die Kamera immer absichtlich darauf anlegte, sie nackt aussehen zu lassen; eine Frau mit dickem Hintern aus dem benachbarten Supermarkt. Brigitte versuchte ich die ganze Zeit zu vermeiden, aber zuletzt mußte ich sie doch mit hereinziehen, und da wurde es anders. Endlich konnte ich die Sache zu Ende bringen, und da schrie sie ganz laut, und nachher sagte sie: Liebling, war es für dich auch so gut wie für mich?

Jemand hat in einem Buch über Sex geschrieben, daß es die größte Sünde sei, die ein Mann mit einer Frau begehen könne, wenn er es mit ihr mache und sich dabei vorstelle, er mache es mit einer anderen. Das kommt mir sehr mystisch vor. Ich meine, wer weiß denn, was man sich vorstellt, außer man selbst? Vorausgesetzt natürlich, man läßt Gott aus dem Spiel. Was das Buch hätte erwähnen sollen, ist die Gefahr, daß man die wirkliche Frau mit dem Namen der vorgestellten anredet. Aber Lucy nahm auch das sehr gütig auf. Sie sagte sogar: Mein armer Liebling, du mußt sie so geliebt haben, und sie hat dir so wehgetan, nicht? Und dann sagte sie: Aber mach dir nichts draus, wenn wir erst richtig zusammen sind, dann mach ich dich glücklicher, als sie je gekonnt hat. Und ich werd dich nie verlassen. Was Lucy meinte, war heiraten. Wir sind doch jetzt schon so gut wie verheiratet, nicht, Liebling, nur daß ich noch nicht Mrs. Roper heiße. Einen Ehering hatte sie auch schon, von ihrer toten Mutter, sagte sie, sei er, und den wollte sie im Bett als eine Art Reizmittel verwenden, als ob sie meinte, das sei der Grund, warum verheiratete Frauen einen Ehering tragen.

Aber Brigitte konnte sie nicht vertreiben. Ihretwegen holte ich mir Brigitte zurück, jede Nacht. Und allmählich hatte Lucy alle ihre Kleider und ihr bißchen Krimskrams aus ihrer Wohnung herübergebracht, und dann gab sie die Wohnung auf. Aber hatte ich sie vielleicht gebeten, daß sie kam und sich einrichtete und mit mir in einem Bett schlief? Sie nahm sich diese Freiheit heraus. Aber wie hätte ich ihr sagen können, sie solle sich fortscheren? Eines Tages sagte sie, die Leute im Institut würden schon reden, und es würde Zeit, daß ich wegen der Scheidung etwas unternähme. Da ging ich weg und trank mir einen an. Ich sollte jetzt überhaupt nicht trinken. Als Brigitte fortging, hatte ich ein bißchen zu saufen angefangen, aber dem hatte Lucy ein Ende gemacht. Auf unseren Parties gab es für mich Malzbier mit Zitrone, Bier für alle andern. Es war also eine schwere Enttäuschung für Lucy, als ich nach Kneipenschluß hereintorkelte, mit einem Geruch nach Bitterem (fünf Pinten), Whisky (John Haigs, fünf große) und auch nach *Whiskey*, im Gedenken an Pater Byrne (zwei kleine JJs). Warum ich an Pater Byrne gedacht hatte? Vielleicht wegen des verruchten Geschlechtsverkehrs, vielleicht auch aus Heimweh, weil ich kein Heim mehr hatte.[1]

[1] Du rührseliges, selbstbejammerndes Schwein, Roper! Du gehst mir noch wieder in die Kirche, denk an meine Worte!

Jedenfalls, als ich so hereintappste, stieß ich gegen Sachen, und Lucy war *bitter* enttäuscht. Ich torkelte gegen ein Tischchen mit einer braunen Obstschale drauf, und in der braunen Obstschale war kein Obst sondern eine hockende Katze aus blauem Porzellan. Die stieß ich um, und dabei ging der Katze der Kopf ab, und da weinte Lucy und sagte, sie hätte ihrer Mutter gehört. Da sagte ich, niemand hätte sie gebeten, das Ding in *mein* Haus zu bringen, und übrigens hätte *sie* auch niemand gebeten, *sich* in *mein* Haus zu bringen, und da weinte sie noch schlimmer. Sie sagte aber nichts davon, daß sie nun gleich ihre Koffer packen und gehen wolle; sie sagte bloß, ich solle die Nacht lieber in dem freien Zimmer schlafen, und sie hoffe, ich werde am Morgen einen Elendskater haben. Und den hatte ich.

Von jetzt an hatte ich es nicht mehr eilig, abends heimzugehen. Verdammt, es war mein Heim, oder jedenfalls mein Haus, und ich hatte noch ein verdammt großes Stück von der Hypothek abzuzahlen. Aber ich konnte Lucy nicht wegschicken, denn so wie sie es sah, hatte ich sie ausgenützt und ihr erlaubt, sich Hoffnungen zu machen, die bisher unerfüllt geblieben waren. Und wegen dieser Sache mit der größten Sünde,die ein Mann im Bett mit einer Frau begehen kann, so ein Unsinn das auch war, kam ich mir gegen sie schlecht vor. Ich machte mir aus ihr eine Art verdünnte Brigitte; allerdings, um mich nicht schlechter zu machen, als ich bin, es war immer Lucy, die im Bett die ersten Fühler ausstreckte. Daher, und obwohl ich im Recht war, wenn ich sie als ungebetenen Gast betrachtete, konnte ich sie doch nicht fortschicken. Aber heiraten wollte ich sie nicht, i bewahre! Ich war ja noch verheiratet. Die meisten Abende jetzt brachte ich damit zu, nach Brigitte zu suchen.

Zu allererst suchte ich in Soho. Es gab neue Gesetze, die den Prostituierten verboten, mit einem Hündchen an der Leine durch die Straßen zu stolzieren oder mit offener Handtasche auf und ab zu gehen und zu warten, daß Männer kämen, um ihnen zu sagen, ihre Handtasche sei offen. Aber sehr ernst genommen wurden die Gesetze nicht. Trotzdem, ich glaube, es waren nicht mehr so viele auf den Straßen wie früher, mit Sicherheit nicht annähernd so viele wie während des Krieges, der großen Zeit der Berufschancen, als die alte liberale Soziologie der Prostitution Lügen gestraft wurde, die gesagt hatte, die Frauen würden sie nur auf sich nehmen, weil sie keine andere Arbeit fänden. Was man jetzt öfter sah, waren Frauen, die einem aus Haustüren oder Fenstern winkten oder plötzlich aus der Dunkelheit auftauchten und sagten: Einen auf die Schnelle, Liebling? Bei meiner Suche in und um Soho ging ich sehr gründlich vor – Frith Street, Greek Street, Wardour Street, Old Compton Street, Dean Street, überall –, aber nichts von Brigitte. In den Aushängen der einschlägigen Buch- und Tabakläden las ich doppelsinnige Angebote: Fifi als strenge Lehrerin (speziell für Lederarbeiten); Yvonne, das Modell für Künstler und Fotografen: 90 55 85; Fassadenspülungen durch spanische Spezialistin. Nie und nirgends fand ich etwas (etwa »Frollein mit neuen Rezepten aus Deutschland«), das mich zu Brigitte hingeführt hätte. In einer Kneipe fand ich einen Mann, der eine Broschüre hatte – mit Fotos und Telefonnummern –, betitelt das Damen-Adreßbuch, aber Brigitte war nicht drin. Ich ging sogar auf eine Polizeiwache und sagte, ich würde meine Frau suchen, ein deutsches Mädchen, das sich aus Naivität vielleicht hätte unter Drogen setzen und von Mädchenhändlern verschleppen lassen, aber da waren sie sehr mißtrauisch.[1]

Wie es so geht, ich fand Brigitte durch Zufall. Ich ging eines Abends in ein Kino in der Baker Street (nichts, was ich unbedingt sehen wollte; ich war bloß müde und sauer), und nachher trank ich ein paar kleine Whiskys in einer Kneipe dicht an der Blandford Street. Eine Frau kam herein, gut gekleidet, gut geschminkt, gutes Englisch, umhüllt von einem synthetischen Rosengartenduft[2] und mit einer rauchigen Stimme, so in der Art wie die Dietrich. Sie sagte zum Wirt: Flasche Booth's, Fred, und vierzig Senior. Gleich, Spätzchen, sagte er. (»Mavourneen« nannte er sie, was mich zuerst wunderte, aber dann begriff ich's: »Bridget« hört sich für einen Engländer irisch an.) Sie knisterte mit einem ganzen Bündel Fünfpfundscheine in ihrer Tasche.

Ich schaute sie lange an, aber es dauerte eine ganze Weile, bis sie mich erkannte, oder vielleicht erkannte sie mich auch und tat so, als ob nicht. Jedenfalls, so kam sie mir nicht davon. Sie ging schnell hinaus, und ich ging ihr nach. Laß mich in Ruh, sagte sie, oder ich ruf die Polizei. Kühne Drohung! Ich sagte: Das Letzte, was du rufen wirst, ist die Polizei. Außerdem, ich wüßte nicht, welches Gesetz einem Mann verbieten sollte, mit seiner Frau zu sprechen. Sagte sie: Hör mir auf davon! Laß dich scheiden und Schluß damit! Das könnte ich jetzt, sagte ich, jetzt, wo ich weiß, wo du bist und was du machst; andernfalls müßte ich drei Jahre warten bis zur Scheidung wegen Verlassens (sie hatte sich nun damit abgefunden, daß ich ihr bis dahin folgte, wo sie wohnte), aber wenn du erst einmal von mir geschieden bist, wirst du als unerwünschte Ausländerin ausgewiesen. Ich sah ein, daß uner-

[1] Da hätten sie doch gleich *äußerst* hilfsbereit sein müssen, nicht?
[2] Streich die Schnörkel, Roper! Ist nichts für dich.

wünscht hier nicht das richtige Wort war. Alles, was sie darauf sagte, war: Ich werde nicht ausgewiesen.

Ihre Wohnung war offensichtlich eine sehr teure, mit Zentralheizung, in der Ecke eine Bar mit Barhockern, Kissen, erotische Bilder an den Wänden (deutsche aus der Nazizeit, soviel sah ich). Es gab eine kleine Küche mit brummendem Kühlschrank, eine offene Badezimmertür, aus der Badedüfte kamen, eine offene Tür zum Schlafzimmer, wo man ein großes Bett mit seidener Decke sah, die trüben Wandlampen angeknipst. Möchtest du was trinken? sagte sie. Heute ist meine freie Nacht, und ich wollte früh zu Bett, aber jetzt trink einen, sag mir, was du willst, und dann geh! Vielleicht dachte sie, ich wollte wissen, wo sie den zweiten Hausschlüssel gelassen hatte. Als ich an das Haus dachte, hätte ich weinen mögen. Was ich sagte, war dies: Ich will dich. Sie sagte: Du kannst meine Nummer haben, ruf mich mal an. Nein, nein, nein, sagte ich, ich will dich. Ich will, daß du zurückkommst. Darüber lachte sie und sagte auf deutsch: *Warum?* Das deutsche Wort plötzlich, wo sich ihr Englisch doch sehr gebessert zu haben schien, rief mir alles Vergangene wieder vor Augen, und diesmal fing ich wirklich an zu weinen. Mach das nicht! sagte sie. Was sein muß, muß sein. Ich will sein, wie ich bin. Ich will nicht wieder einkaufen gehn und die Hausfrau spielen. Ich kenne jetzt ein paar sehr wichtige Leute, ich bin eine Dame. Eine Hure bist du, sagte ich, weil das englische und das deutsche Wort da so ziemlich eins sind. Das bist du, eine Prostituierte. Sie sagte: Beides ist nicht ganz dasselbe. Ach, wann wirst du endlich erwachsen und lernst, wie groß die Welt ist?

Von allem andern ganz abgesehen, sagte ich, habe ich gewisse Rechte. Eheliche Rechte. Ich verlange, daß sie wieder gelten. Du Dreckschwein, brüllte sie;

noch nie hat mir einer solchen Mist erzählt. Mach, daß du hier rauskommst, sofort! Und dann bekam ich eine schwere Ladung deutscher Schimpfwörter ab. Und dann sagte sie: Wenn du eine Frau willst, da gibt es doch Tausende in London, die es machen für Geld. Manche laufen sogar mit Hündchen auf der Straße herum, was doch verboten ist. Aber komm nicht zu mir, nicht zu mir, bitte komm nicht zu mir! Ich war sehr gekränkt und fühlte mich schlecht behandelt, aber ich konnte es nicht wirklich ihr anlasten. Außerdem spürte ich ein Triumphgefühl, weil ich sie diese Nacht noch haben würde und sie würde nichts davon wissen. Aber ich kochte auch innerlich bei dem Gedanken, daß dies meine Frau war, und andere Männer konnten sie haben und ich nicht. Ich wurde nach außen hin ganz kalt und kalkulierend, obwohl ich innerlich kochte, und als ich ihre Handtasche offen auf dem Sofa liegen sah, da sagte ich: Jetzt gib mir was zu trinken, und dann geh ich. Etwas Kaltes. Vielleicht hast du Bier im Kühlschrank. Wir hatten doch immer welches, in alten Zeiten. Schön, sagte sie, geh und nimm dir selbst eins. Aber ich sagte: Bitte, wie in alten Zeiten, bring mir ein Bier mit deiner eigenen Hand! Mehr will ich nicht. Sie zuckte die Achseln und sagte na gut, dann ging sie hinaus es holen. Ich wußte, daß sie ihren Schlüssel in der Handtasche hatte. Es war nicht schwer, ihn herauszunehmen und in meine Tasche zu stecken. Als sie mir das Bier brachte, trank ich es in einem Zuge aus. Sie sagte: Du trinkst wie ein Schwein, und gegessen hast du auch wie ein Schwein. Ich lächelte nur und sagte: Gutenachtkuß, wie in alten Zeiten? Aber nicht mal den wollte sie mir geben, obwohl ich ein Recht drauf hatte. Dann ging ich und sagte, Wiedersehn, liebe Brigitte, paß auf dich auf! Sie schien ein bißchen verdutzt, daß ich ohne weiteres ging. Als ich auf der Straße war, schaute ich zu ihrem Wohnzimmerfenster hoch, bis das Licht ausging. Dann ging ich heim. Lucy wartete auf mich mit einem feinen warmen Abendessen.

Jetzt hatte ich etwas zu tun, jeden Abend. Zuerst ging ich meistens in dieser Straße auf und ab, um zu sehen, wer in ihre Wohnung kam. Ihre Kundschaft war erstklassig, nach den Wagen zu urteilen, die vor dem Haus parkten. Einmal sah ein Polizist mich mißtrauisch an, aber das bereinigte ich gleich: Keine Sorge, Wachtmeister, ist dienstlich! Privatdetektei. Er wollte nicht mal meine Karte sehen oder sonstwas. Das Vergnügen, das ich an meinen Beobachtungen fand, nennt man, glaube ich, masochistisch. Ich hätte so etwas nie für möglich gehalten, aber tatsächlich, das gibt es. Es ist nicht bloß, was bei Shakespeare Hörner tragen heißt; es ist, wie wenn man aus den Hörnern eine Art Krone machte.[1] Das Eindringen in ihre Wohnung zögerte ich so lange wie möglich hinaus, ließ Wochen vergehen. Ich hatte ein ganz eigenes Tugendgefühl bei all den köstlichen Schmerzen, die ich auf mich nahm, denn Lucy hatte ich erzählt, ich sei hinter Beweismaterial für die Scheidung her. Wenn ich abends nachhause kam, sagte sie: Du armer Schatz! Jetzt trinken wir noch was feines Heißes, und dann ins Bett.

Ich lauerte und lauerte, bis eines Abends ein ganz unscheinbarer Wagen vorfuhr und ein Mann ausstieg, der so etwas Verstohlenes an sich hatte. Er flitzte die Treppen rauf zu der offenen Tür dieses kleinen Mietshauses, und im Flurlicht konnte ich ziemlich deutlich sein Profil sehen. Ich wußte, dies Gesicht hatte ich schon mal gesehen, aber wo, das fiel mir nicht ein. Es

[1] O nein, Roper! Nein, nein, NEIN!

kam mir wie ein ziemlich bedeutendes Gesicht vor, ob aber von einem Politiker oder Künstler oder auch aus dem kirchlichen Bereich, das wußte ich nicht. Vielleicht eine Fernsehpersönlichkeit? Das kam der Sache näher. Mir war so, als hätte ich dies Gesicht eines Abends bei einer ernsten Ansprache auf dem Bildschirm gesehen, als Lucy und ich eine warme Suppe von den Knien aßen, ich meine aus Schalen auf den Knien, mit knusprigen Scheiben Ryvita. Das Gesicht, überlegte ich, war sowohl ein politisches als auch ein Fernsehgesicht – hatte es nicht etwas mit einer Parteisendung zu tun gehabt? Ich mußte rund anderthalb Stunden warten, ehe er wieder herauskam; er verstaute grad seine Brieftasche unterm Mantel und sah immer noch verstohlen drein, jetzt aber auf eine *selbstzufriedenere* Art. Es war etwa die Zeit, als die Theater zumachten, und ein, zwei Taxis kamen die Straße entlang, um in die Baker Street einzubiegen. Noch bevor dieser Bursche wieder in seinen Wagen gestiegen war, hielt ich ein Taxi an, und der Fahrer fragte: Wohin, Kamerad? Mir war zum Kichern, als ich ihm sagte: Folgen Sie unauffällig diesem Wagen, wenn er losfährt. Der Fahrer sagte: Wenn er noch steht, kann ich ihm nicht folgen, oder? Dann sagte er: Ihr Ernst, Kamerad? (Tatsächlich sagte er *guv* oder *mate.*) Mann, wohl zuviel in die Röhre gesehn, was? Aber er tat, was ich ihm gesagt hatte.

Einfach war es nicht, weil andere Wagen und Taxis dazwischen kamen, aber schließlich gelangten wir in die Gegend von Marble Arch, und dieser Wagen hielt vor einemHaus, das ganz wie ein Mietshaus aussah. Der Taxifahrer fuhr sehr unauffällig auf der anderen Straßenseite heran. So, sagte er, jetzt gehn Sie rüber und schnappen sich Ihren Mann. Und kein Gebolz bitte! Ich bezahlte ihn, und er fuhr davon.

Ich wartete ein paar Minuten, dann ging ich zu der Tür, in die ich den Mann hatte hineingehn sehen. Wie ich mir gedacht hatte, tat im Flur eine Art Pförtner Dienst. Ich sagte: Entschuldigung, war das nicht Mr. Barnaby, der eben hier reingekommen ist? Er schaute mich äußerst mißtrauisch an und sagte: Was geht's Sie an, wer hier reinkommt, Kamerad? (Hört man zu oft, dieses Kamerad, überall – Parodie der Freundlichkeit in einem unsicher egalitären Staat.[1]) Ich sagte: Ich bin nicht Ihr Kamerad, ich heiße Doktor Roper. Entschuldigung, sagte er, Herr Doktor. Nein, das war nicht Barny, oder was Sie gesagt haben. Das war niemand anders als Mr. Cornpit-Ferrers.[2] Ein sehr netter Herr übrigens. Dann verbreitete sich dieser Pförtner über seine Rednergabe im Fernsehen und (aber woher wußte er das? War doch sicher keiner, der auf die Besuchergalerie ging) im Unterhaus. Und wie spendabel er war! Kam immer mal mit einem halben Batzen raus für kleine Gefälligkeiten. Jetzt eben auch wieder, wo er den Wagen seiner Frau für die Nacht weggestellt hatte, deswegen war's, wie er grad reinkam, hatte vielleicht diesen Abend nicht wie normalerweise den Bentley nehmen wollen. Ich entrichtete 10 Shilling oder einen halben Batzen und sagte: Verheiratet, nicht? Er sagte: Danke, Herr Doktor. Ja, eine nette Frau und drei Kinder, nette Kinder.

Diese ehebrecherische verhurte Sau! Aber zumindest sah ich jetzt einen Weg, wie ich Brigitte zurückbekommen konnte. Nächstes Mal würde ich sie stellen, die beiden, wie damals mit diesem grausigen Wurzel. Aber nein, da hatte ich keine Heldenrolle gespielt; ich hatte alles Hillier überlassen müssen. Ich lauerte

[1] Aus welchem aufgeblasenen Fernsehstück hast du denn dies Aperçu?
[2] Sir Arnold Cornpit-Ferrers, wie er heute heißt? Roper, jetzt dämmert mir manches!

noch eine Woche, und er kam nicht; vielleicht tagte das Unterhaus bis in die Nacht. Aber eines Abends kam ein Mann, den jemand aus einem Wagen absetzte, genau so einer wie dieser widerliche westdeutsche Würger. Er rief dem Fahrer etwas auf deutsch wie *guter Kerl* zu, sehr blöd, und der rief zurück *sei so gut* oder ähnlich, ehe er weiterfuhr. Diesmal entschloß ich mich hinaufzugehen, nachdem ein anständiges – das falsche Wort hier – Weilchen um war. Ich kochte vor Wut im Gedanken an dieses schlimme erste Mal, als der Apfel die ersten Wurmstiche verraten hatte. Vor ihrer Tür mußte ich haltmachen und tief, aber leise atmen. Dann hörte ich sie drinnen ein sehr ernstes Deutsch miteinander reden. Das gab mir zu denken. Das konnte doch nicht sein; Ernsthaftigkeit war einer anderen Art von Gesprächen vorbehalten. Ich paßte auf und hörte immer wieder den Namen Eberswalde. Eberswalde? Das war in Ostdeutschland. Brigitte hatte ein paar Mal von einem ekelhaften Verwandten gesprochen, den sie haßte und der in Eberswalde wohnte. Ich hörte angestrengt zu, verstand aber nur wenig. Bei sehr schnellem Deutsch kam ich nicht mit, obwohl ich doch mit einer verheiratet war, die es sprach, wenn sie wütend oder erregt war. An einem Punkt schien es, daß Brigitte ganz leise zu weinen anfing. War dieser Verwandte in Eberswalde wirklich so ein Ekel? Waren vielleicht andere Verwandte dort aufgetaucht, die keine Ekel waren? Das einzige andere Wort, das klar durch die Tür drang, war noch ein Name, Maria. Den hatte ich schon oft gehört. Ganz sicher, Brigitte hatte von einer Nichte gesprochen, die so hieß, anscheinend eine, die alles andere als ekelhaft war. Und dann, ziemlich laut, weinte Brigitte: Aber ich weiß doch nichts, bis jetzt. Der Mann, leiser, schien zu sagen: Aber Sie werden bald etwas erfahren. Sie werden viel erfahren, wenn Sie es nur richtig versuchen. Und dann: *Ich gehe*. Ich machte schnell, daß ich fortkam, ehe er ging, und eilte auf der Straße davon, möglichst weit weg von ihrer Wohnung.

Was hatte das alles zu bedeuten? Ich konnte es nicht sagen. Möglich, daß es nichts zu bedeuten hatte. Aber wie allen Leuten war auch mir diese Sache mit der Sicherheit eingehämmert worden, und ich konnte nicht anders, ich dachte mir, daß eine deutsche Prostituierte (furchtbarer Ausdruck für meine Brigitte), noch dazu mit Verwandten in Ostdeutschland, im freien und laxen London nur ein allzu bequemes Ziel für Angebote oder Drohungen der anderen Seite wäre. Nicht daß ich das hätte sehr ernst nehmen können. Wir Naturwissenschaftler, die wir Sozialisten waren, arbeiteten gerade an einem hochgesinnten Programm für die internationale Kooperation in der Forschung, und ganz mit Recht verstanden wir alles Forschen als eine Einheit: Alle Antworten auf alle Fragen müßten für jedermann zugänglich sein. Der Krieg mußte geächtet werden, und wir standen in der Avantgarde dieses Ächtungsprozesses, denn der Wissenschaftler hat nun einmal große Verantwortung und furchtbare Macht.

Ich schlug Mr. Cornpit-Ferrers im *Who's Who* nach und fand, daß er Minister ohne Portefeuille war. Das war aber schon drei Regierungen her. Was er heute ist, weiß ich nicht und will ich nicht wissen. Er war und ist vermutlich immer noch jemand, von dem nicht nur sein Portier eine hohe Meinung hat, Mitglied von Kommissionen und Komitees, auch von einem, das etwas mit religiösen Jugendsendungen im Fernsehen zu tun hatte. Der Heuchler! Jedenfalls, die Zeit der Konfrontation stand jetzt dicht bevor, dachte ich. Aber ich mußte noch drei Wochen warten, und Brigitte, das arme, verdorbene Mädchen, empfing in dieser Zeit noch viele allesamt gutgekleidete Besucher. Der Abend, als es dann dazu kam, war regnerisch, und ich hatte fast schon aufgeben wollen. Aber dann fuhr der mir schon bekannte Wagen vor, und das bekannte Gesicht, nur daß jetzt ein Name daran haftete, blickte mit der alten Verstohlenheit durch den Regen. Cornpit-Ferrers ging hinein, und fünf Minuten später ging ich ihm nach. Mein Herz klopfte wie verrückt, ich konnte kaum atmen, und ich hatte Zweifel, ob ich überhaupt würde sprechen können. Mutig drehte ich den Schlüssel im Schloß um und trat ein. Im Wohnzimmer war niemand, aber aus dem Schlafzimmer hörte ich ein Geschiebe zwischen Bettlaken und ein widerwärtiges Jummjummjumm. Ich merkte, ich konnte sprechen, sogar schreien. Ich rief: Kommt heraus, alle beide, ihr schuftigen Sünder! Und gleichzeitig tastete ich nach den Sachen in meiner Brusttasche, die ich mitgebracht hatte, bloß um mich zu vergewissern, daß sie noch da waren. Drinnen gab es ein überraschtes Schweigen, dann Geflüster, und dann rief ich noch einmal: Kommen Sie heraus, Sie heuchlerischer Politiker! Komm heraus, du, die ich mich schäme, mein Weib zu nennen! Dann kamen sie heraus, sie ein Négligé umnehmend, er in Hemd und Hose, sich das Haar glattstreichend. Sie sagte: Ich dachte mir's doch, wo der andre Schlüssel hingekommen sein muß. Nun los, sag schnell, was willst du? Aber Cornpit-Ferrers sagte: Einen Tritt in den Arsch will er, daß er die Treppe runterfliegt. Wer ist das denn, dein Lude? Natürlich, das war etwas, woran ich noch nie gedacht hatte, nämlich daß Brigitte einen solchen Menschen oder Halbmenschen hinter sich haben könnte. Ich fühlte mich jetzt ebenso elend wie wütend und erbittert, und ich sagte: Ich, Mr. Cornpit-Ferrers, bin der Gatte dieser Frau.

Sagte er: Meinen Namen wissen Sie auch, soso. Hm, schade! Zu Brigitte: Das ist Hausfriedensbruch, ruf die Polizei an! Ah, das reicht Ihnen schon, was? (Zu mir.) Hören Sie nicht so gern, was? Ich sagte: Diese Frau ist meine Gattin. Brigitte Roper. Hier (und ich zog sie aus der Tasche) sehen Sie unsere Heiratsurkunde. Und hier (und den zog ich auch heraus) ist unser gemeinsamer Paß; die Fotos sind ähnlich genug.

Er wollte es nicht genau sehen. Er setzte sich aufs Sofa und nahm eine Zigarette aus Brigittes Mosaikkästchen. Dann sagte er: Was soll denn das hier? Worauf sind Sie aus? Auf Geld? Scheidung? Ich schüttelte den Kopf und sagte: Nein. Ich will nichts weiter als meine Frau zurück. Brigitte schrie: Ich komm nicht zu dir zurück. Nie, nie, nie! Mach was du willst,du Dreckskerl! Cornpit-Ferrers sagte: Sie hören, was die Dame sagt. Ich wüßte nicht, was ich dazu tun könnte, daß sie zu Ihnen zurückkehrt. Übrigens, wie Sie sich denken können, wußte ich nichts davon. Es tut mir leid. Grad so eine Sache. Ich sagte: Und wenn herauskäme, daß sie Besuche von ostdeutschen Agenten erhält?

Brigitte wurde bleich; es stimmte also. Was ich meine, sagte ich, ist folgendes: Sie müßte eigentlich ausgewiesen werden. Ich darf doch wohl annehmen, daß Sie sich einigermaßen gut mit dem Innenminister stehen? Cornpit-Ferrers sagte: Was zum Teufel hat denn das mit all dem zu tun? (Er schimpfte gräßlich.) Ich sagte: Es liegt jetzt bei Brigitte. Ich könnte Sie leicht unter Druck setzen, daß Sie für Brigittes Ausweisung sorgen. Wenn sie aber zu mir zurückkehrt – nicht unbedingt gleich heute abend, im Moment wohnt noch jemand anders bei mir, aber sagen wir morgen oder so –, dann wollen wir annehmen, daß all dies nicht geschehen ist. Daß ich Sie nie gesehen habe. Ich habe selbst eine verantwortungsvolle Stellung, und mir kann nichts daran liegen, einen hohen Amtsträger in Mißkredit zu bringen. Zu gefährlich. Auch Sie erpressen zu wollen ist unter meiner Würde. Es sei denn, natürlich, es muß sein.

Was ist denn Ihre Stellung? fragte Cornpit-Ferrers. Ich sagte es ihm. Er war nicht unbeeindruckt. Er sagte zu Brigitte: Also, was er sagt, ist doch ganz vernünftig. Wie ist's damit? Brigitte sagte: Niemals. Wenn Sie versuchen, mich rausschmeißen zu lassen, dann sag ich über Ihr Hierherkommen. Ich sag Ihrer Frau und ich sag dem Premierminister. Sagte er: Schwierig, ohne Zeugen. Sagte sie: Hier ist ein Zeuge, mein Mann. Ich grinste darüber; kleines Dummchen. Sie sagte: Ich habe noch einen. Er hat Sie oft hierherkommen sehn. Sowohl Cornpit-Ferrers wie auch ich hatten das Gefühl, es könnte stimmen. Er sagte: Also, ist doch nicht nötig, irgendwas zu überstürzen. Ich finde, es wird Zeit, daß Sie und ich (zu mir) hier verschwinden. Was trinken oder so. Lassen wir Klein-Bridget sich alles überlegen! Ich muß sagen (sagte er), Sie sind ein verständnisvoller Mann. Ich bewundere Sie, wirklich. Ich glaube, das ist Liebe. Ich sagte: Nichts trinken, danke! Es würde mir gleich wieder hochkommen. Wenn Sie oder Brigitte mich erreichen wollen, so wissen Sie, wo ich zu finden bin. Dann ging ich. Aber bevor ich die Treppen hinabstieg, fiel mir noch etwas ein. Ich kehrte um, schloß wieder auf und sagte, so in gequältem, angewidertem Ton: O Gott, in was für einer üblen Patsche steckt ihr jetzt beide! Dann ging ich endgültig. Mit Lucy war ich an diesem Abend sehr guter Dinge, und sie war überglücklich in dem Gedanken, daß es nun nicht mehr lange dauern würde, das arme Ding.

Was danach geschah, hatte ich nicht erwartet. Eines Morgens bekam ich mit der Post einen Brief in einem ziemlich dreckigen Umschlag. Mein Name und meine Adresse waren ganz sauber daraufgetippt, was den dreckigen Umschlag noch sonderbarer erscheinen ließ. Darin waren zehn Einpfundscheine. Ein maschinegeschriebener Zettel besagte: Entschuldigen Sie die Verzögerung, Schuld beglichen. Darunter stand, getippt, das Initial C. Ich überlegte verwundert, wem ich irgendwann einmal zehn Pfund geliehen haben könnte, aber ich konnte mich nicht erinnern. Lucy, die das Frühstück hereinbrachte, fragte, was es denn gebe, und ich sagte ihr's und zeigte ihr den Brief. Nie lange fragen, wenn es was umsonst gibt, sagte sie (hatte sie von ihrem Vater; der war Soldat gewesen). Du bist eben vergeßlich, weißt du doch. Dann aßen wir unsere Cornflakes. Den Zettel und den Umschlag warf ich weg und steckte die Pfundscheine in meine Brieftasche. Am selben Abend klingelten zwei Männer in Regenmänteln an der Tür. Können wir Sie bitte kurz sprechen, Sir? sagten sie. Ich hielt sie für Polizeibeamte. Als sie Lucy sahen, sagten sie: Mrs. Roper? Ich sagte: Eine Freundin. Miss Butler. Ah, sagte der Ältere von den beiden, als sie hereinkamen, natürlich, Mrs. Roper wohnt überhaupt nicht mehr hier, nicht wahr? Sie wohnt doch nicht hier, nicht, Sir? Und dann, zu Lucy: Wir würden gern kurz mit Mr. Roper *allein* sprechen, wenn Sie nichts dagegen haben, Miss. Lucy sah betreten aus. Bitte, Miss, sagten sie. Sie ging nach oben; sie hatte ja auch kein Recht auf Fragen, Einwände oder Beschwerden.

Nun denn, sagte der ältere Beamte. Könnten wir bitte alles Geld sehen, das Sie bei sich haben, Sir? Ich meine, alle Banknoten. Ich sagte: Ach, wenn das was mit den zehn Pfund zu tun hat . . . Zehn Pfund ist der Betrag, Sir. Können wir die zehn Pfund bitte sehn? Ich zeigte ihnen mein ganzes Geld. Der jüngere

Beamte holte eine Liste mit Nummern hervor. Diese Nummern verglichen sie mit denen auf meinen Geldscheinen. Hm, nickten sie, hm hm! Dann sagte der Ältere: Sie wissen wohl, Sir, es ist ein sehr schweres Verbrechen, von unmoralischen Einkünften einer Frau zu leben. Ich konnte nicht sprechen. Dann sagte ich: Quatsch! So ein verfluchter Quatsch! Ich hab doch dies Geld heute morgen mit der Post gekriegt. Tatsächlich, Sir? sagte der Jüngere schläfrig. Ich nehme an, Sie wollen nicht leugnen, daß Mrs. Roper, die nicht mit Ihnen zusammenlebt, sondern faktisch der Prostitution nachgeht, in letzter Zeit gewisse Besuche von Ihnen erhalten hat? Ich leugnete es nicht. Aber, sagte ich, dieses Geld . . . Ja, dieses Geld, Sir. Mrs. Roper hat von ihrem Bankkonto vor drei Tagen genau diese Scheine abgehoben. Ich sagte:

Das ist doch abgekartet. Ein Vorwand! Der ältere Beamte sagte: Die behalten wir mal, wenn Sie nichts dagegen haben, Sir. Sie hören noch mehr von der Sache. Dann standen sie auf, um zu gehen. Ich sagte: Sie meinen, Sie haben keine Anklage gegen mich? Der Jüngere sagte: Wir haben keine Vollmacht, Sir. Aber Sie hören von dieser Sache in ein, zwei Tagen. Ich schimpfte auf sie los. Ich rief sogar Lucy herunter, und wir schrien sie zu zweit an, aber sie lächelten nur und tippten an ihre Hüte (die sie im Haus nicht abgenommen hatten), als sie gingen.

In den Tagen, die folgten, fiel es mir schwer zu arbeiten. Dann kam die Aufforderung, und es war so etwas wie eine Erleichterung. Es war eine Aufforderung, in ein kleines Haus unweit der Goldhawk Road zu kommen. Cornpit-Ferrers machte die Tür auf. Bei ihm war ein Mann, der ausländisch aussah und mit einem Akzent sprach, der mir slawisch vorkam. Ihm schien das Haus zu gehören, in dem wir uns befanden, schmutzig und schlecht möbliert. Aber der Mann selbst war sauber und recht gut gekleidet. Cornpit-Ferrers war sehr liebenswürdig. Er sagte: Ich habe gehört, Sie und ein paar von Ihren Kollegen sitzen an einer kleinen Polemik über das Erfordernis internationaler Kooperation in der wissenschaftlichen Forschung. Ich sagte nichts. Er sagte: Mir scheint, da haben wir jetzt eine Chance für Sie, wo Sie mehr tun können als bloß drüber diskutieren oder Artikel schreiben. Ich sagte: Worauf wollen Sie hinaus? Sagte er: Ach, übrigens, dies ist Mr. . . . (den Namen verstand ich nicht; ich habe ihn nie erfahren). Ich glaube, ich brauche Ihnen nicht zu sagen, von welcher Botschaft er ist. Er bereitet alles vor. Dies ist eine wunderbare Gelegenheit, Dr. Roper. Wir Politiker reden und reden, aber wir tun zu wenig. (Sie selber tun schon so einiges, hätte ich boshafterweise fast gesagt.) Sie, fuhr er fort, Sie stellen so etwas wie einen Stoßkeil politischen Handelns dar. Wie mir scheint, ist dies gerade der rechte Augenblick für Sie, um aus dem Lande zu gehen. Hab ich recht? Ich verwünschte ihn; ich sagte: Sie mit Ihrem gemeinen schmutzigen Trick. Aber damit kommen Sie mir nicht davon. Er sagte: Nicht bloß *mein* Trick. Sie war auch sehr hilfsbereit. Dieser Slawenmensch lachte jetzt. Cornpit-Ferrers lachte auch und sagte: Er kennt sie auch. Mindestens so gut wie ich. Und was das *Damit-Davonkommen* angeht, um Ihren Ausdruck zu gebrauchen, die beiden Herren, die Sie neulich besucht haben, warten nur auf ein Zeichen, um ein paar Informationen an die Polizei weiterzugeben. Aus irgendeinem Grund sind die Gesetze gegen diese Art Verbrechen sehr streng. Ich verstehe nicht (fuhr er fort), warum Sie allzu schweren Herzens fortgehen sollten. England mögen Sie ohnehin nicht so sehr, stimmt's? So ein ganz loyaler Engländer sind Sie doch nicht. Ich weiß das. England ist Ihnen längst nicht so wichtig wie die Sie-wissen-schon. Kopf hoch, Dr. Roper! Sie kommt mit Ihnen.

Ich schnappte nach Luft. Sie hat eingewilligt? Er sagte: Ich befürchte, es wird alles etwas schnell gehen müssen. Morgen geht ein Schiff um elf von Tilbury ab. Um elf? (wollte er von dem Slawen bestätigt haben; der nickte). Die *Petrow-Wodkin,* mit Fracht nach Rostock. Ein paar Leute aus Warnemünde werden Sie im Warnow-Hotel abholen. Wird alles bestens, können Sie mir glauben. Der zweite Atem für Ihr Leben. Ihre Karriere hier ist vorbei, das muß Ihnen klar sein. Wie war das bei Shakespeare, mit dem Mann, der zum schmucken Weibe fast versündigt war? Ist auch egal. Ihre neue Atmosphäre wird Ihnen bestimmt gefallen – schwer arbeiten und schwer trinken, soviel ich weiß. Noch irgendwelche Fragen?

Ich geh nicht, sagte ich. Sagte er: Das ist keine Frage. Was Ihr Hab und Gut anbetrifft (Sie haben ein Haus, glaube ich), das kann auch per Fernsteuerung erledigt werden. Der Vorhang ist zwar eisern, aber ein paar Briefschlitze hat er doch. Von jetzt an wird unser Freund hier sich um Sie kümmern. Geben Sie ihm Ihren Hausschlüssel, und er wird dafür sorgen, daß Ihre Koffer gepackt werden. Sie schlafen heute nacht hier.

Ich sagte: Und Sie nennen sich einen Minister der Krone? Ich wußte ja, daß England korrupt ist, aber sowas . . . Und dann: Kommt sie denn auch her? Fahren wir zusammen? Er sagte: Sie treffen sie im Warnow-Hotel. Sie glauben mir nicht? Sie denken, das ist alles ein Trick? Na, hier hab ich etwas für Sie. Er zog aus der obersten Tasche, hinter einem siebenzipfelig gefältelten Taschentuch, einen Briefumschlag vor. Ich erkannte die Handschrift auf dem Zettel darin. *Ich war eine Idiotin. Wir machen einen neuen Anfang.*

Keine Fälschung, sagte Cornpit-Ferrers. Ganz echt. Sie war auch eine Idiotin. Eigentlich waren wir alle Idioten. Aber Sie, Sie waren der größte Idiot von allen. Von allen. Von all . . .[1]

Ich sagte: Das wird das letzte Mal sein, daß das verdammte fröhliche England einen Roper verrät. O ja! Wie Sie's 1558 gemacht haben, so machen Sie's jetzt wieder. Getrost denn, nur getrost! England hat sich selbst verdammt. Kriegstreiberisches, zynisches Lumpenengland! Sein Licht erlosch 15 Uhr 58. Mitteleuropäischer Zeit.[2] Hoch all eure Rohre. Märtyrerblut rinnt durch. Er sagte: Braucht uns also nicht leid tun, sehr gut! Er setzte eine Melone auf und nahm seinen Regenschirm. Er trug einen grauen Raglanmantel. Haar und Bart kurz geschnitten. Eukris. Eucharist.[3] Er war hübsch auf eine handfeste Art, die bald schlaff werden würde. Ich sagte: Das wird auf Sie zurückfallen. Ich, in meinem Kopf, ich nehme Dinge mit, die England einmal für wertvoll gehalten hat. Sehr gut, sagte er wieder. Internationale Kooperation, nicht? Über Land und Meer. Ich sagte: Verräter! Sagte er: Gegen wen oder gegen was? Dann: Ich muß fort. Ich habe ein paar sehr wichtige Leute aus meinem Wahlkreis zum Lunch da. Er mimte ein Strammgestanden, salutierte gegen die Krempe seiner Melone und präsentierte den Regenschirm, furzte ein Hornsignal durch die Lippen, nickte grinsend diesem Slawenmenschen zu und ging. Ich spuckte ihm hinterher. Der Slawenmensch schnauzte mich an deswegen, in kehligem Englisch. Das sei sein Haus, sagte er. Von ihm gemietet, jedenfalls.

Hier könnte die Geschichte zu Ende sein. Nur daß im Warnow-Hotel in Rostock keine Brigitte auf mich

[1] Nimm dich zusammen!
[2] Und noch mal!
[3] Versuch's doch!

wartete. Es überraschte mich nicht. In gewisser Weise war ich ganz froh. Mein Gefühl des Verratenseins blieb ungeschmälert. Ich zog den Schächer aus dem Käse, düngte das Woraufhin mit durchwachsenen Versikeln, und mit endlosen Hornstößen von Weiß, Gummigutt, Malzapf, Rotwurz und Senf schliff ich herrlichere und unerhörtere Auffälle, als sie der alte Rührer je ausgebrütet hat in seinen tonerdigen Nächten.[1] Die Männer aus Warnemünde waren ganz fidel und versorgten mich mit dem Zeug gleich eimerweise. Ich glaube, wir haben zusammen gesungen. Wir bumsten Bettfinnen in doppelter Ausfertigung. O, und all das[2] Mondgesums, so wie das ging, mit Pfiffen und all dem![3] Wenn ein leerer Rüstschober mehr als die Hälfte seines Bedarfs an Hammelfasern aufgenommen[4] hat, kann man spucken, so hoch wie ein ALLE ZIMMER BELEGT-Schild. Unerbittlich![5]

8 »Was machen wir denn nun?« wiederholte Hillier, wieder wach, aber hundemüde. Er stand auf, ließ das Manuskript in losen Blättern zu Boden fallen. Sie drängte sich an seine Brust, die nackt war unter dem Morgenrock, tat die Arme um ihn und weinte und weinte. »Armes Liebchen«, brummelte er in ihr Haar. »Aber wir haben's doch gewußt, das mußte kommen. Du hast doch mich, und ich paß jetzt auf dich auf.« Cornpit-Ferrers tanzte ihm im Kopf herum, den zusammengerollten Regenschirm schwenkend, noch so ein verfluchter Neutraler! Da

1 ?

2 Klopfgeräusch, weit weg.

3 Werwaswowarum?

4 Ach bitte, bitte. Er's tot, hör doch. S'ist vorbei. Und Alan will nicht aufwachen.

5 Wie? Clara im Morgenrock, weint. *Sie* ist gekommen, es mir sagen, fast triumphierend. Er's tot. Ach, was machen wir denn nun?

steckte es, das Böse, in den Neutralen. Clara weinte, das Gesicht immer noch verborgen; er spürte Tränenrinnsale, die ihm übers Brustbein liefen. Sie holte Luft für einen Schluchzer, bekam ein Brusthaar in den Hals und mußte husten. Er hielt sie fest in den Armen. Er streichelte ihr besänftigend den Rücken. Aber der Körper einer Frau war der Körper einer Frau, wenn auch Mädchen, wenn auch Tochter. »Komm«, sagte er leise. »Dir wird's gleich besser gehn.« Und er führte sie zu der schmalen Koje hinüber. Sie setzte sich drauf, mit den Knöcheln die Augen wischend, und er setzte sich neben sie, immer noch mit Tröstungsversuchen. Sie sagte, mit einer Stimme, der die Tränen die Nasale raubten:

»Sie's einfach reingekommen. In meine Kabine und. Hat mich geschüttelt. Wirkte fast so wie. Froh.«

»Sie ist eine Neutrale«, sagte Hillier. »Und jetzt wirst du sie bald los sein.« Er küßte sie auf die Stirn.

»Und dann. Als sie's mir gesagt hatte. Ist sie wieder. Ins Bett gegangen.«

»Nu, nu, nu, nu.« Aber freilich, was hätte sie anders tun sollen, als wieder zu Bett gehn? Und morgen würde sie bohrende Kopfschmerzen haben und Mitleid erwarten, die arme Witwe. Ob sie schon ein schickes Schwarzes dabeihatte? Männer, die bereit waren, Trost zu spenden, waren genug da. Hillier sah sie sachte an ihre Kabinentür klopfen, alle mit Melone und Regenschirm. Er sah sich selbst, morgen, wie er alles regelte. Ich verlange einen Rabatt, würde er zum Zahlmeister sagen. Und schließlich war es ja nicht Mr. Innes' Schuld, daß er in Jaryljuk nicht an Bord kam. Ich wette, der hat gar keine anderen Buchungen zurückgewiesen. Ich will ein ordentliches Stück Geld zurück. Was mit dem Sarg sein wird? Ins Meer werfen umsonst? Kundendienst.

»Morgen wird's einiges zu tun geben«, sagte Hillier. »Sie wird die Fahrt fortsetzen wollen, bis zurück nach Southampton. Eine leidtragende und begehrenswerte Witwe. Überlaß das alles nur mir. Und jetzt brauchen wir beide ein bißchen Schlaf.«

Sie hatte von allem an diesem Abend genug; für sie alle drei war es ein Abend gewesen, von dem man genug kriegen konnte: kein Wunder, daß Alan nicht aufwachte. Wenn er aufwachte, würde er sich an einen Traum erinnern, in dem er einen Mann umbrachte, und dann würde er hören, daß sein Vater tot sei. Nicht der richtige Anfang für einen sonnigen Kreuzfahrertag. Aber dazwischen lag noch diese gnädige Nacht, ein ganzes Schwarzmeer voll. »Komm«, sagte Hillier und hob sie sacht etwas auf, so daß er die Decken und das oberste Laken zurückziehen konnte. Sie nickte, ganz erschlagen, schniefte. Hillier half ihr aus ihrem drachengemusterten seidenen Morgenrock; das Nachthemd darunter war schwarz, ärmellos und mit Trägern, undurchsichtig, aber zum Verrücktwerden. Aber das war jetzt nicht der Moment, sich verrückt machen zu lassen; die hier war seine Tochter. Sie plumpste in die Koje, das Haar überall. Hillier rückte seinen Stuhl näher, setzte sich und hielt ihre Hand. Bald wollte die Hand ihm entfallen, Finger um Finger. Sie schlief ganz ruhig; das Schlafmittel, das Hillier ihr vorhin gegeben hatte, behauptete aufs neue seine segensreiche Macht. Ohne alles Begehren zog er sich nackt aus und streckte sich neben ihr in die Koje. Unbewußt nachgebend, wälzte sie sich im Schlaf an den Rand. Er lag mit dem Rücken zu ihr, auf einem schmalen Grat der Bettfläche.

Ein schluchzender Geist bedrückte ihren Schlaf. Er konnte nicht so liegenbleiben, abgewandt. Er drehte sich um und nahm sie in die Arme, bemüht, mit den

Händen jenen Stellen ihres Körpers auszuweichen, wo sie aufhören würde, Tochter zu sein. Wieder half der schlafende Körper, der sich zu ihm herdrehte, den Kopf zuletzt in seine Achselhöhle geschmiegt. Kleine Ströme ihres Atems wärmten seine nackte Brust. Nun konnte er einschlafen, schlief aber nur leicht, und als er wach wurde, ging draußen unter dem halbverhangenen Bullauge die See höher, als sie es bisher noch erlebt hatten. Schlaflos lief ein Mann auf dem Deck herum, hustend über seiner Zweiuhrfrüh-Zigarette. Wriste schaute herein, knipste die Nachttischlampe an, mit einem Auge, das an einem Gummifaden aus einer blutleeren Höhle baumelte; er sagte: »Ich bewundere Sie, Sir, wirklich. Um welche Zeit wünschen Sie Ihren Frühtod, Sir?« Hillier schüttelte ihn ab, ebenso die Lampe, aber Cornpit-Ferrers, stark verkleinert, hüpfte auf die andere Koje, griff sich ans Revers, im Stil eines leitenden Staatsmanns, und sprach zu den Abgeordneten: »Mein verehrter Freund hat sehr beredt von der Pflicht gegen das Vaterland als Ganzes gesprochen; die Pflicht aber, so wie sie für eine Regierung sich darstellt, besteht in erster Linie nicht darin, zu regieren, sondern zu existieren *(hört, hört!)*, und dies gilt nicht nur für das Ganze, sondern auch für die *(Mann auf der Besuchergalerie ruft:* Ehebrecher! *und wird hinausgeworfen)* Teile. Geteilt halten wir stand, mögen wir vereint auch fallen.« Hillier war im Unterhaus und wartete auf seinen Abgeordneten; der sollte aufstehen und dagegen protestieren, daß man ihm statt seiner Prämie den Tod verlieh. Auf dem Boden entzifferte er *Tugend siegt* und *Lieb Vaterland* und *In Treue* unter gewundenen byzantinischen Kryptogrammen. Dann verwickelten sich die Buchstaben wieder, und die Bedeutungen waren verschwunden. Statt seines Abgeordneten kamen sein Chef und seine

Kollegen daher, RF, VT, JBW und LJ. Protestgeschrei. Revolver gingen los, während der Vorsitzende heranwatschelte, vor ihm sein Amtssiegelbewahrer, hinter ihm der zittrige Parlamentskaplan. »Ich lege Beschwerde ein«, rief Hillier, »im Namen der Mutter aller Parlamente.« Ein Polizist mit dem Fallgattersymbol auf der flachen Mütze sagte: »Beschwerdehof's nicht hier, Kamerad.« Hillier erhielt den Befehl, es wie ein Mann zu tragen und die ernsten Geschäfte der Gesetzgebung nicht zu stören; Fragestunde kam später. Ausländische Touristen, die Vorschriften mißachtend, blitzten mit ihren Kameras Hilliers zuckenden und sich windenden Körper, als Kugel um Kugel einschlug.

Er erwachte und fand Clara, die ihn streichelte. »Ein Albtraum«, sagte sie und wischte ihm mit der bloßen Hand den Schweiß von der Stirn; dann rieb sie die Hand an der Bettdecke trocken. Das Meer war wieder ruhig; erstes Morgengrauen. Sein Glied stand auf; warum war sein Abgeordneter nicht aufgestanden? Ihre Hände streichelten seinen Körper, mit mädchenhafter Neugier, aber auch mütterlicher Zärtlichkeit. Seine Traumzuckungen mußten sie geweckt haben. Als die eine Hand tiefer ging, hielt er sie fest, dachte: Nie hätte ich es für möglich gehalten, nie hätte ich mir die Möglichkeit auch nur vorstellen können, daß ich mich jetzt ausgerechnet dagegen wehre. Aber ihre Hand, die schon so viele kalte Sexbücher durchblättert hatte, war interessiert. Was sie berührte, war warm und glatt, eher Spielzeug als aufschießendes Ungeheuer. »Nicht«, sagte er. »Das nicht. Aber was anderes.« Dies war nicht die Zeit und dies war nicht das Mädchen für das große, schwitzende Triebwerk des phallischen Akts. Und so, ganz sachte, wies er sie ein. Er gab, ohne zu nehmen. Er stellte sich schockierte Gesichter an der Decke vor, die »Nekrophilie« flüsterten, aber er radierte sie aus mit seinen Zärtlichkeiten. Ihr behutsam hineinzuhelfen in diese Welt des Steigens und Sichfallenlassens, die noch ganz vor ihr lag, und die nur allzu leicht für immer verdorben werden konnte durch Tölpel, Zyniker oder Egoisten, war gewiß ein rechtmäßiger Teil seines Amtes als ein Beinah-Vater. Dies war ein Liebesdienst.

Aber hatte sie sich vielleicht nicht selbst schon mit ihrer Neugier halbwegs verdorben? Es war mehr Wißbegier als Luststreben, was sie nach dem ersten Höhepunkt um mehr bitten ließ, eifrig wie die leise quietschende Feder eines mitschreibenden Studenten. Und was ist das? Und wie geht dies? Und wie geht das? Und warum jenes? Sie wünschte sich Lehrbuchnamen in fotografierbare Gegenständlichkeit verwandelt. Hillier sagte ihr, sie solle weiterschlafen, sie müßten morgen früh heraus, es gebe noch so viel zu erledigen vor der Ausschiffung in Istanbul. Eine Lust tat er ihr an, die sie bis auf die Schneide eines Schreis brachte, der den ganzen Korridor hätte aufwecken können, und danach schlief sie, ihr fester junger Körper besprenkelt mit Hitzeflecken und das Haar in lauter dunklen Strähnen. Hillier blickte besorgt auf die Uhr: zwanzig nach sechs. Um sieben weckte sie ihn unsanft und verlangte, was zu geben ihm widerstrebt hatte. Er zögerte immer noch, aber bald, weil der Morgen heller wurde und sein eigener Trieb wütend war über das Anstacheln und Zügeln, machte er sie mit dem Phallus bekannt. Von diesem Augenblick an war sie nicht mehr Clara. Sein Kopf war jetzt allzu klar, alle Zärtlichkeit hinausgeschubst, wie ein Passagier, der nicht bezahlt hatte, und er konnte sich sagen: Jungfrauen gibt es nicht mehr; Ponies und Gymnastiklehrerinnen sind die zerstreuten Entjungferer, muntere Liquidatoren des einst so hohen und feierlichen Rituals, das mit

Schmerz gewürzt war. Teetabletts begannen auf dem Korridor zu klappern. Er erstickte das Kreischen ihres Höhepunkts mit einer Hand über ihrem Mund und vollendete dann seinen eigenen, bescheideneren Orgasmus außerhalb ihres Leibs. Sofort war er auf dem Sprung in die Prosawelt des Morgens: die Tür gegen den teebringenden Steward verriegeln, eine Zigarre anzünden, ihr sagen, daß sie etwas anziehen und, sobald der Korrdidor frei war, in ihre eigne Kabine gehn solle. Liebe. Was war mit der Liebe?

Sie sagte: »Findest du meine Brüste zu klein?«

»Nein, nein, ganz perfekt.«

Sie zog ihr Nachthemd an, dann den Morgenrock, mit einem Erröten kindlicher Selbstgefälligkeit. Sie sagte: »Mußt du denn morgens als erstes diese gräßlichen Dinger rauchen?«

»Tut mir leid, ja. Alte Gewohnheit.«

»Alte Gewohnheit.« Sie nickte. »Alt. Schade, daß man warten muß, bis man alt ist, ehe man wirklich was weiß. Du weißt allerhand.«

»Was jeder reife Mann weiß.«

»Die werden neidisch sein in der Schule, wenn ich ihnen das erzähle.« Sie legte sich wieder in die Koje, hellwach, die Hände unter dem Kopf.

»O nein!« brummte Hillier.

»Bei denen ist alles nur Gerede. Und natürlich, was sie aus Büchern haben. Ich kann's kaum erwarten.«

Hillier war beleidigt. So früh es auch war, er gönnte sich einen großen Old Mortality mit lauwarmem Wasser; der Name auf der Flasche starrte ihn an wie sein eigenes Spiegelbild. Sie sah duldsam zu: Noch eine schlechte Gewohnheit, aber wenigstens roch es nicht so wie die Zigarre. »Was wirst du ihnen denn zuerst erzählen«, fragte er, »daß du deinen Vater verloren oder daß du einen Liebhaber gefunden hast?«

Ihr Gesicht verzog sich sofort. »Das war gemein und grausam von dir, sowas zu sagen.« War es auch.

»Entschuldige«, sagte er. »Ich weiß allerhand, aber vergessen hab ich noch viel mehr. Ich hab vergessen, wie kalt die Jugend ist, bis du mich dran erinnert hast. Man muß das mit der Kälte des dörflichen Initianten vergleichen. Das hat es einmal gegeben, weißt du – solide, erfahrene Männer, die den jungen Mädchen zeigen, worauf's ankommt. Ohne Liebe natürlich. Ich glaube, du hältst mich jetzt für einen Esel, weil ich von Liebe geredet hab.«

Sie schniefte die neuerlichen Tränen der Verlassenheit hoch. »Ich werde dran denken. Das ist eins von den Dingen, die ich den Mädchen nicht erzählen werde.«

»Ah doch, wirst du.« Sein Mund war sauer. Er hätte jetzt gern allein in diesem Bett hier gelegen und zugesehn, wie der Tee hereingebracht wurde. »Es macht eigentlich auch nichts. Ich hatte vergessen, daß du noch ein Schulkind bist. Ich hab dich überhaupt noch nicht gefragt, wie alt du bist.«

»Sechzehn.« Sie lächelte ganz dünn und schaute dann wieder traurig drein.

»Gar nicht mehr so jung. Ich hatte schon mal ein italienisches Mädchen, das war elf. Angeboten wurde mir mal ein Tamilmädchen mit neun.«

»Du bist ziemlich schaurig, aber wirklich.« Aber sie schenkte ihm einen ausführlichen Blick neutraler Beurteilung. *Initiant:* Er konnte sehen, wie dem Wort hinter ihren Augen sein Platz zugewiesen wurde. Und auf dieser Kreuzfahrt, da war ein Mann, der war ein richtiger Initiant, kann man sagen. Ein richtiger Was? Los, erzähl!

»Ich weiß nicht, was ich bin«, sagte Hillier. »Beinah wäre ich eine Leiche. Geträumt hab ich von einer Wiedergeburt. Vielleicht ist die nicht zu haben, ohne daß man erst einmal stirbt. Es war dumm von mir, zu denken, ich könnte zugleich Vater und Gatte sein. Und doch, in welcher Eigenschaft graut mich's davor, daß du unter die Wölfe fällst?«

»Ich kann auf mich aufpassen. Wir beide können auf uns aufpassen.«

Es klopfte an die Tür. »Endlich der Tee«, sagte Hillier. »Steh jetzt lieber von der Koje auf. Versuch so auszusehn, als ob du grad eben hereingekommen wärst, um mir die traurige Neuigkeit zu bringen.« Sie stand auf und ging betreten zu einem Stuhl. Traurige Neuigkeit, das war's wonach der Old Mortality schmeckte. Noch einen Schluck traurige Neuigkeit. Hillier machte die Tür auf. Es war nicht der Steward, Wristes Nachfolger. Es war Alan. In seinem Morgenrock, mit dem glattgekämmten Haar und der schwarzen Russischen in der Spitze sah er reif und ausgeruht aus.

»Hat sie die Nacht hier verbracht?« fragte er. Hillier machte einen Flunsch und zuckte die Achseln; keinen Sinn, es zu leugnen. Der Bruder hatte gemordet, die Schwester war initiiert worden. »Nun«, sagte Alan, »Sie haben jedenfalls uns beiden etwas davon gezeigt, wie andre Leute leben.« Er schmeckte das Unangebrachte des letzten Wortes, wie bei der traurigen Neuigkeit. »*Sie* ist gekommen«, sagte er. »Sie hat mich geweckt, um es mir zu sagen. Es schien eigentlich ganz unwichtig zu sein. Ich hoffe, das klingt nicht frivol.«

Hillier, sehr verlegen, sagte: »Zuerst kam er nach Byzanz.« Gleich darauf hätte er sich die Zunge abbeißen mögen. Alan sah ihn streng an und sagte:

»So einen wie Sie würde ich einen Romantiker nennen. Poesie und Spiele und Visionen.« Und zu Clara sagte er: »Sie benimmt sich genau so, wie ich mir's gedacht hatte. Furchtbar krank, nachdem sie es allen Leuten gesagt hat. Bohrender Kopfschmerz.

Erschlagen vom Kummer. Sie sagt, es sei Sache des Kapitäns, sich um alles zu kümmern. Runter vom Schiff mit ihm! Verstaut ihn außer Sicht! Die Passagiere fühlen sich durch eine Leiche an Bord gestört. Sie haben für eine Vergnügungsfahrt bezahlt, und lieber Gott, sie sollen sie kriegen.«

»Ihr könnt das alles mir überlassen«, sagte Hillier. »Ihr werdet mit ihm nach England zurück wollen. Ihr könnt von Istanbul mit der BEA fliegen. Ich werde alles für euch klären, das Mindeste, was ich tun kann. Ich zieh mich jetzt an und spreche dann mit dem Zahlmeister. Ich sollte euren Anwälten telegraphieren, *seinen*, meine ich. Sie können euch in London auf dem Flughafen erwarten.«

»Ich weiß selbst, was zu tun ist«, sagte Alan. »Sie sind zu sehr Romantiker, um in *wirklichen* Dingen nützlich zu sein. Mir fällt auf, daß Sie nichts davon sagen, daß Sie mit uns nach London fliegen wollen. Das trauen Sie sich wohl nicht, wie? Da werden so ein paar Freunde von Ihnen warten, auch solche romantischen Sportsmänner in Regenmänteln und mit Revolvern in den Taschen. Sie reden davon, daß Sie sich um uns kümmern wollen, aber Sie trauen sich nicht mal, England zu betreten.«

»Hab in Istanbul was zu tun«, murmelte Hillier. »Eine Sache jedenfalls. Ist sehr wichtig. Dann wollte ich euch vorschlagen, daß wir uns in Dublin treffen. Im Dolphin Hotel in der Essex Street. Dann können wir über die Zukunft entscheiden.«

»Unsere Zukunft«, sagte Alan, »wird vor Gericht entschieden. Vormundschaftssache, Clara und Alan Walters. Eine Stiefmutter hat juristisch keine Verpflichtungen. Ich vermute, Sie fangen jetzt gleich von Ihrer moralischen Verpflichtung an. Und all das hieße bloß, daß wir uns mit Ihnen in Irland herumdrücken müßten. Auf neutralem Boden. Aus der Geschichte aussteigen – so haben Sie's genannt. Das heißt, die IRA, Revolvermänner und in die Luft gesprengte Postämter. Nein, danke! Wir müssen wieder in die Schule. Wir wollen *langsam* lernen.«

Hillier blickte schuldbewußt und bitter auf die beiden Kinder. »So habt ihr aber nicht immer gedacht«, sagte er. »Sexbücher, Smokings, Ohrringe, Kognak nach dem Essen. Und da wollt ihr *mir* erzählen, ich würde nur spielen . . .«

»Wir beide«, sagte Alan mit so etwas wie Milde, »sind noch Kinder. Das hätten Sie begreifen sollen. Gegen Kinderspiele ist nichts zu sagen.« Dann pochte ihm die Kehle vor Wut, wie einem Erwachsenen. »Da sehn Sie, wo *Ihre* verdammten Spiele uns hingebracht haben!«

»Sie sind ungerecht . . .«

»Verfluchte Neutrale! Diese leidgequälte Hure mit ihren Kopfschmerzen und der ekelhafte Theodorescu und der grinsende Wriste und *Sie*! Aber ich vermute, Sie kommen sich noch ganz unschuldig und sehr schlecht behandelt vor.«

»Echte Märtyrer gibt es nicht«, sagte Hillier vorsichtig. »Man muß das Kleingedruckte auf dem Kontrakt immer mitlesen.«

»Ach, müssen Sie daraus auch noch ein Spiel machen?« schnob Alan. Er zog ein zerknittertes Stück Papier aus der Tasche seines Morgenrocks. »Schauen Sie«, sagte er. »Das ist die Nachricht, die Sie mir zum Entschlüsseln gaben.« Hillier nahm sie. Der Zettel war völlig leer. »Da kommt nichts zurück«, sagte Alan. »Die verstehen ihr Spiel.«

»Siebentagestinte«, sagte Hillier. »Erloschen. Hätte ich mir denken können.«

»Wäre schön, wenn alles so leicht erlöschen könnte.

Hokuspokus, Spiele! Ach, kommen wir zurück in die wirkliche Welt!« Er schien gehen zu wollen. »Kommst du, Clara?«

»In einer Minute. Nur noch Aufwiedersehn sagen.«

»Ich seh dich beim Frühstück.« Und er ging, ohne Abschied von Hillier. Sein reifer Raucherhusten wanderte über den Korridor, vielleicht hin zu Knabentränen in seiner Kabine, dem natürlichen Selbstmitleid des Frischverwaisten. Hillier und Clara sahen sich an. Er sagte:

»Ein Kuß wäre wohl nicht das Richtige, wie? Es wäre zu sehr wie Liebe.«

Ihre Augen glänzten wie von Dexedrin. Sie schlug sie verschämt nieder. »Es sieht doch nicht so aus, als ob du heute morgen noch Tee gebracht kriegst«, sagte sie. »Warum machst du nicht die Tür noch mal zu?« Er starrte sie ungläubig an. »Ist doch noch Zeit genug«, sagte sie, die Augen zu ihm aufschlagend. Wie oft hatte er diese Augen früher schon gesehen?

»Raus«, sagte er. »Los, raus!«

»Aber du schienst es doch zu mögen . . .«

»Raus!«

»Du bist gräßlich.« Sie fing an zu weinen. »Du hast gesagt, du liebst . . .«

»Geh schon.« Blindlings stieß er sie auf den Korridor hinaus.

»Du Schuft! Du widerlicher gemeiner Schuft!« Und dann, als sie von selbst weiterging zu ihrer Kabine, kamen bloß noch Tränen. Aber Tränen, wenn auch öffentliche, waren ganz in Ordnung. Hillier, mit der Flasche Old Mortality, machte es sich in seiner Erbärmlichkeit bequem.

9 In Istanbul mußte Hillier drei Tage warten. Sein Hotel trug einen prätentiösen Namen, das Babi Humayun oder Hohe Pforte, zugleich auch irreführend, denn es lag näher zum Goldenen Horn im Norden als zum Alten Serail im Südosten der Stadt. Aber Hillier war es recht so. Der letzte Akt, der zu spielen blieb, vertrug sich besser mit Fliegen, stinkenden Toiletten, fleckigen und löchrigen Tapeten als mit der erhabenen Asepsis des Hilton. Sein Zimmer war finster und roch auch so: Gewiß hatte das Bett schon rohe und barbarische *gesta* erlebt, bei denen starke und grausame Finger aus den Bergen die Farbe vom Metall gekratzt hatten, ungewaschene Finger, die in fette Hammeltöpfe gelangt hatten. Bärtige Phantome schlurften nachts in schmierigen Pantoffeln über die Dielen, letzte Worte murmelnd, ehe man sie niedermachte wegen des kleinen Beutels Münzen, schlecht versteckt unter der aufgeplatzten Matratze; Schatten mörderischer Diebe tanzten an den Wänden im trüben Dreiuhrfrühlicht von der Straße. Das Zimmer hatte einen Balkon, den schon lange niemand mehr gefegt hatte, voll türkischer Zigarettenkippen und Spinnweben mit dickem weißem Staub; der einzige Stuhl war wackelig. Aber Hillier saß gern dort, nahm sein erstes Frühstück ein, mit Joghurt, Feigen, ungesäuertem Brot und Ziegenmilchbutter, dickem, sirupartigem Kaffee und stinkenden Brasilzigarren, und sah auf das klare Morgenglitzern des Bosporus hinaus. Da saß er, nur im Morgenrock, und dachte drüber nach, wie er sich in allem geirrt hatte, in allzu festem Glauben an die freie Wahl und den freien Willen und an die Logik menschlicher Handlungen; auch über die Natur der Liebe.

Auf dem Cumhuriyet Caddesi, halbverborgen wie ein Einheimischer, der nichts Gutes im Schilde führte, hatte er beobachtet, wie der Sarg des Mehlkönigs in den geschlossenen BEA-Wagen verladen wurde, und später, wie die Waisen des Mehlkönigs, zwei blasse und elegante Kinder, mit den übrigen Passagieren in den Zubringer für die Maschine BE 291 stiegen, und er hatte schwach gewinkt, als der Bus zum Flughafen Yesilköy abfuhr. Er war zu der Adresse gegangen, die ihm Theodorescu gegeben hatte, und fand sie in einem ordentlichen Bürohaus. Am Auskunftsschalter hatte er gefragt, ob etwas für Mr. Hillier da sei, und eine mongolisch aussehende Frau mit weißgesträhntem Haar hatte ihm einen Briefumschlag gegeben. Auf dem Zettel darin stand nur: VERSTEHE UEBERHAUPT NICHT, WERDE ABER DA SEIN. Unterzeichnet T.

Und dann warten. Frühstück, den ersten Raki des Tages, gebratenen Fisch oder Kebab zum Mittag, und die ganze Zeit über Raki. Schlafen oder rastloses Herumlaufen in der Stadt, Cocktails im Kemel oder im Hilton, ein europäisches Abendessen, dann eine Raki-Tour und früh zu Bett. An Istanbul störten ihn die sieben Hügel, als ob man versucht hätte, Rom auf einem anderen Planeten nachzubauen. Die Namen der Architekten und Sultane läuteten ihm in stumpfem byzantinischem Goldklang durch den Kopf – Anthemius, Isidorus, Achmet, Bajazet, Soliman der Prächtige. Die Kaiser pfiffen ihm aus einer fernen Vergangenheit wie verlassene Vögel – Theodosius, Justinian, Konstantin selbst. Der Kopf schwirrte ihm von Moscheen. Die Stadt, in der quälenden feuchten Hitze, roch nach Wolle, Häuten und Fellen. Alter Dreck und rostiges Eisen, stolze Exportwaren, klapperten und rumpelten an Bord unter dem Leuchtturm von Galata. Schiffe, Möwen, Meeresleuchten. Bazare, Bettler, magere Kinder, Zähne, Holzkohlenfeuer, dampfende Innereien am Spieß, der schwere Tabakdunst, fette Männer in flanellenen Zweireihern, fettgefüttert.

Am Spätnachmittag des dritten Tages kam Hillier von einem Ausflug nach Skutari ins Babi Humayun zurück. Er war verschwitzt und müde und hatte Kopfschmerzen. Sein Puls beschleunigte sich, als er im Foyer einen kleinen Stapel guten Ledergepäcks sah. Jemand war angekommen von irgendwo. Wer? Den schielenden, mürrischen Portier traute er sich nicht zu fragen. Er fuhr im Fahrstuhl (Alteisen für den Export) zu seinem Flur hinauf, ging in sein Zimmer, zog sich aus, prüfte die Aiken und den Schalldämpfer, ehe er lud. Er versteckte die Waffe zwischen den paar noch übrigen sauberen Hemden im obersten Fach der Kommode. Er trank Raki aus dem Flakon am Fenster. Im Morgenrock, Handtuch um den Hals, ging er hinaus zum Badezimmer. Er spürte eine leichte Übelkeit und konnte die Augen schlecht einstellen; er bemerkte den Intentionstremor in seinen Fingern, als sie nach der Türklinke griffen. Er wußte, was er drinnen sehen würde.

Miss Devi stand unter der kalt rieselnden Dusche. Er musterte ihre Nacktheit ebenso kalt, wie sie seinem Blick standhielt. Gezweig und verfließende Inseln von Wasser wuchsen und fielen über die gebackene Haut; das pechschwarze Büschel perlte. Das Haar trug sie unter einer Plastikhaube; ihr Gesicht schien nackter zu sein als ihr Körper. Die Brustwarzen waren wachgeschreckt von der Kälte; wie Augen begegneten sie seinen Blicken. »Nun«, sagte er, »ist er da?«

»Später. Er hat noch zu tun. Er fand Ihre Nachricht äußerst rätselhaft. Er will Sie nicht reinlegen, sicher nicht. Kein Tonband. Aber sein Gedächtnis ist sehr gut.«

Meins auch, dachte Hillier. Sein Fleisch reckte sich in der Erinnerung an jene Nacht in ihrer Kabine. War es richtig, daß er jetzt ein Begehren spürte? Jenes frühere Begehren war ausgenützt worden, um ihn zu betrügen; diesmal würde es anders sein. Fort mit dem Leib dieses Kinds! Diese Gerüche, die noch in seinen Nüstern hingen, diese Tastspuren, die noch in die Rillen seiner Hände eingestickt waren, konnten nur durch die krasseren Berührungen einer wissenden, reifen, korrupten Routine ausgetilgt werden. Hillier sagte: »Möchten Sie jetzt? Ich nehme an, es ist noch Zeit.«

»Oh, Zeit genug. Zeit für *Vimanam* und *Akaya-vimanam. Mor* und *Taddinam* und *Yaman.«*

»Yaman? Das ist der Gott des Todes.«

»Ist nur ein Name. Ich habe Zimmer 47. Warten Sie da.«

»Gehen wir lieber in meines«, sagte Hillier.

»Nein. Ich habe die Instrumente für den *Yaman.* Warten Sie dort auf mich. Ich muß die dreifache Waschung des *Vay* machen.« Hillier bemerkte auf dem Stuhl neben der Dusche einen kleinen wasserdichten Beutel. Sie würde noch andere Geräte dahaben als die für den Yaman. Er ging zu ihrem Zimmer. Es war so schäbig wie seines, aber ihre Gegenwart, der Verfallszeichen spottend, war stark darin zu spüren. Er wusch sich mit kaltem Wasser in ihrem Becken und trocknete sich rasch ab. Dann legte er sich ins Bett (die Laken mußten ihre eigenen sein: frisches, schwarzes Leinen) und wartete. Fünf Minuten später kam sie, nackt schon an der Tür, und stürzte sich zu ihm ins Bett.

»Geht nicht«, sagte Hillier nach den einfachen Bewegungen des *Vimanam.* »Ich will etwas, was für Sie zu grad, zu leicht und zu zart ist. Ich will nur eine einfache Melodie, nicht ein ganzes Orchester. So ist mir's nun mal.«

Sie wurde kalt und steif unter ihm. »Ein kleines englisches Mädchen«, sagte sie. »Blond, zitternd und von der Liebe redend.«

»Sie hat nie von der Liebe geredet«, sagte Hillier. »Das hat sie mir überlassen.«

Mit einer raschen Muskelzusammenziehung wies sie ihn zurück. Es tat ihm nicht leid, zurückgewiesen zu werden. »Es tut mir leid«, sagte er.

»Gehn Sie lieber!« Ihre Stimme war eisig. »Mr. Theodorescu hat etwas von Geschäften zuerst, Dinner später gesagt. Er wird Sie in Ihrem Zimmer aufsuchen, wie Sie gewünscht hatten. Er hat mich gebeten, dafür zu sorgen, daß Ihnen Getränke hinaufgeschickt werden. *Kein* Raki. Es geht auf seine Rechnung, soll ich Ihnen sagen. Und jetzt gehen Sie bitte!«

Hillier saß in seinem Zimmer und wartete. Der Meereshimmel flocht sich durch Phasen von Rosa und Krapp in eine samtene Umwandlung ein. Sterne über dem Goldenen Horn, das Gold jetzt im Dunkeln wie das Gold von Byzanz. Auf dem Tisch vor dem Balkon standen Whisky, Gin, Kognak, Mineralwasser, Eis und ein Kästchen Zigaretten aus seidenzartem Papier und einem Tabak, der schmeckte wie rauchgewordener Honig. Hillier überprüfte noch einmal seine Pistole und steckte sie in die rechte Tasche seiner Moygaschel-Jacke. Er wartete.

Theodorescu trat ein, ohne zu klopfen. Er trug Straßenanzug und Seidenhemd; er roch nach einem idealen Orient, nicht nach dem verworrenen wirklichen Asien, das hier östlich des Bosporus begann. Er war riesig, der kahle Schädel massiver, geschliffener Stein; er war aufgeräumt, liebenswürdig und sagte: »Es tut mir leid, daß ich Sie warten lassen mußte, mein lieber Hillier. In Athen war etwas los, worum ich mich kümmern mußte. Aber Miss Devi wird Sie unterhalten haben, nehme ich an? Nein? Sie wirken sehr ernst, fast trübsinnig. Nicht wie der nackte Hillier, den ich auf dem Schiff kennen und schätzen gelernt habe.«

Zu beiden Seiten des Tisches mit den Getränken standen Stühle. Theodorescu nahm einen ganzen Becher voll Whisky; das Eis klimperte darin mit den Tönen einer winzigen Celesta.

»Und jetzt schätzen Sie mich nicht mehr?« sagte Hillier. »Jetzt, wo ich Ihnen etwas umsonst gebe? Jetzt, wo ich Ihnen *alles* umsonst gebe?«

»In meinem Gewerbe geht es roh zu. Ich bin nur gewöhnt, zu kaufen und zu verkaufen. Ich glaube nicht, daß mir jemals einer aufrichtig etwas umsonst gegeben hat. Geschenke, Bestechung – das ist etwas anderes. Aber mit den *dona ferentes* hat es einen Haken, nicht wahr? Sie sagen, Sie wollen mir etwas geben. Was erwarten Sie als Gegenleistung?«

»Die Erleichterung«, sagte Hillier. »Ich habe eine Last abzuwerfen. Eine Generalbeichte, die rechtfertigt, daß ich am Leben bleibe. Verstehen Sie mich?«

Theodorescu leuchtete ihn aus beiden Augen voll an. »Ich denke, ja. Sie machen mich zu Ihrem Beichtvater. Ich glaube, es ist mir eine Ehre. Und jetzt muß ich die Last übernehmen. Ja. Ja, ich verstehe jetzt, warum Sie keine mechanische Aufzeichnung wünschen. Gut, aber machen Sie langsam – das ist alles, worum ich bitte.«

»Eine Beichte«, sagte Hillier. »Aber auch ein geschenkter Gaul. Das Tempo müssen Sie mir überlassen.«

»Also fangen Sie an. *Segne mich, Vater, denn ich habe gesündigt* . . .« Hillier erwiderte sein Lächeln nicht; Theodorescu hörte auf.

»Das wäre nichts für Sie. Aber das, dieses hier.« Und er fing an. »Hinter Avenel verbirgt sich H. Glendinning, Seyton House, Strand-on-the-Green, London. Abu Ibn Sina betreibt mit Wissen der Bagdader Polizei den Sender Radio Avicenna. Die drei internationalen Saboteure, die sich die Abdullamiten nennen, heißen

Horsman, Lowe und Grosvenor; die Namen, denke ich, werden Sie kennen.«

»Und ob! Diese Heuchler!« Er goß sich noch einen Becher Whisky ein. »Bitte weiter.«

»Operation Ägir startet heute in sechs Monaten bei Gellivare. H. J. Prince in Charlinch bei Bridgewater in Somerset, England, leitet eine Subversionsakademie namens Agapemone. Ein Taschenfernsehsender, aus irgendeinem Grund als Nur-al-Nihar bezeichnet, wird in einer Sendestation bei El Maghra, südwestlich von Alexandria, entwickelt. Zwillingsraketen mit Namen Aholah und Aholiba, an der Jordangrenze östlich von Beersheba, sind kurz vor der Fertigstellung. Der Mörder von Sergej Timofejewitsch Aksakow lebt im Ruhestand in Freiburg, Schweiz; er nennt sich Tschitschikow – ein netter Zug. T. B. Aldrich, Importeur, leitet unsere Station in Christinestad; er unterhält Funkverbindung zu dem sogenannten GRT; dieser befindet sich in den Waldai-Bergen südlich Staraja Russa. Die Vorkehrungen für das sogenannte Almagest-Projekt in Kinloch auf der Rum-Insel haben bereits begonnen. Der Fluchtweg Gotha beginnt drei Meilen nordwestlich von Köpenick. Barlow, Trumbull, Humphreys und Hopkins, eine angebliche Popgruppe mit dem Namen Die Anarchisten, besitzen Pläne von den San-Antonio-Anlagen in einer Villa bei Hartford.«

»Sind Sie dessen ganz sicher?«

»Ganz sicher kann man nie sein. Vielleicht besitzen sie auch noch andere Dinge. Deshalb sind sie bisher noch nicht verhaftet worden.«

»Ich glaube, ich werde nur einen Bruchteil von alldem behalten können. Sie sind ein sehr schwieriger Mensch, Mr. Hillier.«

»C. Babbage ist der Leiter des Teams in Cambridge,

das den Zenith-PRT-Rechner entwickelt. Ein sehr bestechlicher Mann. John Balfour von Burley ist der Führer der Cameronianer-Sekte, Hauptquartier Groningen – verrückt, aber möglicherweise gefährlich. Das Nero-Cäsar-Kryptogramm wurde aufgelöst von Richard Swete in Taranto. Die Bergomask-Meeresversuche sind auf unbestimmte Zeit verschoben worden. Achtung Friedrichsruh! Die Aktivitäten der Bismarck-Gruppe verdienen höchste Aufmerksamkeit. Das Schwarzbuch der Admiralität ist verschwunden (versuchen Sie bloß nicht, das an die Presse zu verkaufen). Rolf Boldrewood fälscht Rubel im Bolt Court, Fleet Street, London. Die Luftübung unter dem Namen Britomart wird die Basis in Warasdin fotografieren. Eine Zerstäuberkanone, vorläufig Kakodaimon genannt, wird bei Gonville Hall erprobt. Die Phasen des französischen Kernwaffenentwicklungsprogramms sind nach den Revolutionsmonaten benannt. Gegenwärtig kommen die Schinderkarren des Thermidor – so lautete die erhaltene Meldung.«

»Lieber Gott!« Theodorescu hatte seinen Whisky zu drei Vierteln ausgetrunken.

»Achtung Portugal! Wie wir erfahren, hat Leodogrance Pläne für eine Interkontinentalrakete namens Lusus gesehen. Allerdings delirierte Leodogrance aus den Kellern von Santarem. Achtung Spanien! Gerüchte sprechen von einer paniberischen Doktrin, die von illegalen Gruppen in Leganes formuliert wird. Einige sehr merkwürdige Anlagen befinden sich in Badajoz, Brozas und in Lagern in Südgalizien.«

»Wußte ich schon.«

»Wußten Sie. Aber Sie wußten noch nicht, daß Colvin als Pelzaufkäufer in Leningrad war. Auch nicht, daß ein gewisser Edmund Curll obszöne Fotos herstellt, um Kossygin zu kompromittieren. Sein

Laden ist in der Canonbury Avenue, London, N. 1. Unsere Agenten in Jugoslawien befinden sich in Prijepolje, Mitrovica, Krusevac, Novi Sad, Osijek, Ivanic und Mostar. Alle geben Englischunterricht. Das Kennwort bis 1. September heißt *Zoonomia.*«

»Bitte buchstabieren Sie das!«

»Die VAR bezeichnet ihren Langzeitzermürbungsplan gegen Israel mit dem Korannamen Alexanders des Großen – Dhul'karnain. Waffendepots werden daher mit dem Zeichen der zwei Hörner markiert. Johann Döllinger wurde kürzlich aus dem illegalen neofaschistischen *Welteroberungsbund* ausgestoßen. Er trinkt den ganzen Tag in einem möblierten Zimmer in der Schaumkammstraße in München. Die Druiden-Bewegung in Anglesey ist nicht zum Lachen: Sie wird finanziert von Böltger und Kandler, vormals Dresden. Laurence Eusden wurde mit einem Maurenknaben in Tanger gesehen.«

»Davon habe ich Fotos.« Nachdem er den Whisky ausgetrunken hatte, machte Theodorescu sich an den Kognak.

»Gießen Sie mir auch etwas von dem ein«, sagte Hillier. In seinem Kopf verknäuelten sich die Namen. Er trank. Er durfte noch nicht aufhören. Er sagte: »Kleinstatomunterseeboote mit der Bezeichnung Fomors werden in Kürze unter strenger Geheimhaltung bei Kap Rossan, Donegalbucht, gestartet. *Gabriel Lajeunesse* ist der Codename für die Bewuchsvernichtungsexperimente südlich von Carson City, Nevada. Joel Harris hat die Amtsvollmacht zur Liquidation von J 24, zur Zeit wohnhaft in Lübeck. Godolphin scheint immer noch am Leben zu sein: Hodgson will einen Mann mit seinen Merkmalen in Zacatecas gesehen haben.«

»Bagatellen!«

»Vielleicht. Aber vergessen Sie nicht, ein Gespann geschenkter Gäule.«

»Klepper, Rosinanten! Aber Entschuldigung, ich bin wohl unhöflich und undankbar.« Er blickte auf seine Uhr, eine flache, funkelnde Welitschestwo. »Machen Sie weiter. Oder, wenn's geht, kommen Sie zum Schluß.«

»Achtung Plauen, Achtung Regensburg, Achtung Passau! Amerika blickt mit neuen Zielvorrichtungen nach Osten. Ingelow ist nach Plovdiv beordert worden, rechtzeitig für den Dserschinski-Besuch. Eine amerikanische Militärmission, getarnt als reisende Evangelisten, besucht Kalatak und Schiresa. Der Kaschmirkonflikt steht kurz vor der nächsten Explosion: In Srinagar wurden Kisten mit Flammenwerfern entladen.«

»Ja doch, ja! Aber Sie wissen doch, was mich wirklich interessiert.«

Hillier seufzte. »Was Sie wirklich interessiert? Aber Sie haben überhaupt kein Recht, irgendwas zu erfahren, Sie verfluchter päderastischer Neutraler!«

Theodorescu lachte. »Würden Sie so mit Ihrem Beichtvater reden? Ich trau es Ihnen zu. Der Mensch wächst oder schrumpft mit seinem Amte.«

»Das Böse steckt in den Neutralen«, murmelte Hillier zwischen den Zähnen durch, »in den bundfreien Mächten. Aber jetzt kommt's, was Sie wirklich interessiert.« Theodorescu beugte sich vor. »Nummer eins für den karibischen Raum ist F. J. Layard«, sagte Hillier, und all seine Instinkte geboten ihm, sich zu übergeben, ohnmächtig oder stumm zu werden. »Savanna la Mar, Jamaica. Das Büro befindet sich im Hinterhaus eines Fahrradgeschäfts namens Leatherwood. Layard nennt sich Thomas North.«

»Ein bißchen näher heimwärts bitte!«

»Nummer zwei (Einsatzleiter) ist F. Norris, auf

sechs Monate beurlaubt, wohnhaft bei seiner Tante, Hornroad 23, Southsea.«

Hillier würgte, dann schluckte er etwas Kognak. »Hauptquartier in der Pennant Street, Shenstone-Gebäude, zehnter Stock, Thaumast GmbH. Der Chef . . .«

»Ja doch?«

»Sir Ralph Whewell. Albany, außerdem ein Haus namens Trimurti in Battle, Sussex.«

»Alter Indienhase, wie? Jetzt sagen Sie mir bloß noch Ihre Frequenzen.«

»33, 41 und 45, Murton-Skala.«

»Und Buch-Codes?«

»Sehr selten.«

»Danke, mein lieber Hillier. Sie haben eben gesagt, ich sei böse. Vermutlich bin ich's. Aber ich bin auch *ehrlich*. Als Betrüger könnte ich mich in diesem Geschäft nicht halten. Wenn ich in Lausanne einen Umschlag auf den Tisch lege und sage: ›Meine Herren, hierin finden Sie den Namen des Chefs des BES‹, oder ›Hier ist die genaue Lage von Intercep‹, so haben die möglicherweise Interessierten nie einen Zweifel, daß ich die Wahrheit sage. Und sie wissen auch, daß ich dieselbe Information nie zweimal verkaufe. Ich bin ehrlich, und ich bin fair. Sie, aus Ihrem großmütigen Herzen, haben darauf bestanden, mir all diese Leckerbissen, die schon etwas trocknen wie die frischen, umsonst zu geben; daher kann ich sie unmöglich mit einer symbolischen Gegengabe beleidigen. Aber ich habe etwas von Ihnen an mich genommen – oder vielmehr Miss Devi war es –, und ich bestehe darauf, einen anständigen Preis dafür zu zahlen. Sagen wir, zweitausend Pfund?« Aus seiner Brusttasche zog er das blaubekritzelte Roper-Manuskript und schwenkte es. »Sie hat es Ihnen entwendet, mein lieber Hillier, während Sie bei ihr im Bett auf die Ekstasen warteten, deren

Vollzug irgendeine Sperre von Schuldgefühl Ihnen dann versagt hat. Sie werden mich vielleicht nun als unersättlich und undankbar ansehen, aber ich nehme immer, was ich nur nehmen kann, wann ich kann und wie ich kann.«

»Sie wußten, daß ich es hatte?«

»Keineswegs, Routinegestöber, nichts weiter. Ich war recht angetan. Von dem libidinösen Sir Arnold Cornpit-Ferrers hörte ich zum ersten Mal von einer jungen Dame in Güstrow. Sie hatte ein paar kleine Geheimnisse zu verkaufen und wurde mit mir in Kontakt gebracht – jämmerliche Anekdötchen und Informationsfetzen, die sie während ihrer Zeit als Prostituierte in London aufgelesen hatte.«

»Brigitte.« Brief an Roper. In den nächsten Tagen.

»War das ihr Name? Sie sind erstaunlich, Hillier. Gibt es denn etwas, das Sie nicht wissen? Offensichtlich hat der Fall Roper auch Sie interessiert. Aber warum auch nicht? Unsere Welt ist klein. Überläufer interessieren mich immer ganz besonders – sie sind unbegrenzt korrumpierbar. Nun, wie ist's, nehmen Sie einen Scheck auf meine Schweizer Bank?«

»Ich will ebenfalls fair sein«, sagte Hillier, während er die leise Aiken aus der Tasche zog. »Ich gebe zwar, ohne zu nehmen, aber – ich kann nicht sagen, daß ich bedaure, was ich jetzt tue. Sie sind der Feind, Theodorescu: reiten auf dem Vorhang und klimpern mit der frohen Botschaft in Ihren Taschen. Auch nicht an ein Loch im Boden, wie Midas' Barbier, hab ich mich verraten, sondern an nichts.« Und er schoß.

Theodorescu lachte durch den harmlosen Rauch. Hillier schoß noch einmal, noch einmal. Nichts geschah. Er konnte fast hören, wie ihm plötzlich am ganzen Leibe der Schweiß ausbrach.

»Platzpatronen«, lächelte Theodorescu. »Wir

wußten, daß wir diese liebenswerte kleine Aiken wiedersehn würden. Miss Devi sorgte für den Austausch während Ihrer kurzen trauriggeilen Wartezeit. Eine sehr nützliche Frau. Und schön! Ich wünsche mir manchmal, ich könnte mich zu ihrem Geschlecht hingezogen fühlen. Aber wir bleiben, wie die höheren Mächte uns geschaffen haben. Letzten Endes sind wir impotent. Das Leben, denk ich mir, ist furchtbar.«

Hillier warf sich vor, wurde aber von einer einzigen Armbewegung zurückgeworfen. Theodorescu schritt zur Tür; er lachte. Hillier krallte sich an ihn, aber seine Nägel wurden zu Plastik. »Sollten Sie lästig werden«, sagte Theodorescu, »werde ich meine Freunde aus der Stadt holen müssen. Ich habe in Istanbul einiges zu erledigen und mag es nicht, wenn *kleine* Leute mir dazwischenkommen. Seien Sie friedlich, nehmen Sie sich einen guten Schluck und schauen Sie zum Goldenen Horn hinaus. Ihre Arbeit ist getan, ruhen Sie sich aus, entspannen Sie sich! Gehn Sie wieder zu Miss Devi – ihr Charakter ist versöhnlich. Ich für mein Teil, ich geh zum Dinner.« Und er ging hinaus, lachend.

Hillier stürzte zu der Kommode. Seine Spritze und die Ampullen waren noch in ihrem Versteck unter den Taschentüchern, anscheinend unberührt. Er knipste zwei Ampullen auf und füllte die Spritze; es mußte schnell gehn. Als er auf den Flur hinauskam, fand er den Fahrstuhl schon in ehern knarrender Abwärtsbewegung, ein Lied des geruhsamen Rosts, und er glaubte, Theodorescu darin lachen zu hören. Hillier fegte die Treppe hinunter, über gefährlich abgetretene Teppiche, vorbei an riesigen byzantinischen Vasen mit toten Pflanzen, einem stattlichen Türkenpaar, das zu seinem Zimmer hinaufstieg, einem zahnlutschenden Kellner in schmierigem Weiß. Er stolperte über eine der Stufen; fluchte. Unter sich im Schacht sah er die Kabine, wie sie sich schon dem Boden näherte, das Dach voller Obstschalen und Zigarettenschachteln, dazwischen auch ein paar Präservative. Grad noch, dachte er, könnte er's schaffen.

Ein Mann mit Leinenmütze, vielleicht Theodorescus Chauffeur, las düster an der Fahrstuhltür eine türkische Zeitung. Hillier schob ihn beiseite, mit einem »Pardon«. Theodorescu öffnete grad das klapprige Gitter der Kabine, der einzige Insasse. »Gestatten Sie«, sagte Hillier und packte den Knopf der Außentür. Er zog auf, aber nur bis zu einem schmalen Spalt zwischen der Tür und dem gekerbten Pfosten. Ungeduldig wollte Theodorescu sie aufstoßen, die schöne starke beringte weiße Hand in der Öffnung. Hillier drückte mit aller Kraft in die andere Richtung, klemmte die Hand so fest ein, daß ihr Besitzer fluchte. Wenn ihm diese Hand jetzt nur fünf Sekunden lang preisgegeben blieb . . . Dem Türken mit der Leinenmütze war unbehaglich; er würde gleich hier verschwinden. Die Kraft, mit der Theodorescu von innen drückte, war gewaltig; es wurde Zeit, daß Hillier die Stellung wechselte und eine Hand freibekam. Er warf sich artistisch herum, fand einen guten Halt auf den ausgetretenen Kacheln des Fußbodens, packte einen der schmiedeeisernen Stäbe der Außentür und stemmte sich keuchend dagegen. Die Hand selbst schien zu fluchen, ließ alle ihre Ringe aufblitzen wie mit Todesstrahlen. Hillier nahm die Injektionsspritze aus der Brusttasche, zog mit den Zähnen die Kappe von der Nadel und stieß sie genau in die Venen des dicken Handgelenks. Theodorescu brüllte. Zwei alte Herren, welche die Treppe herabkamen, sahen erschrocken auf und gingen wieder zurück. Aus den Nebenräumen kamen Geräusche wie von Hotelbediensteten, die klappernd die Kaffeegeschirre absetzten, um zu überlegen, ob sie vielleicht nachsehen sollten, was los war. »Tut nicht weh«, versprach Hillier und drückte den Kolben in die Spritze. Die Vene schwoll an von der zähen Flüssigkeit; ein übergelaufener Rest vermischte sich mit dem aus dem Einstich hervorquellenden schwarzen Blut. »So, das wird reichen!« sagte Hillier. Die Spritze ließ er stecken wie eine Lanze in der Seite eines weißen Stiers; dann ließ er die Außentür los und flüchtete.

Er duckte sich in die Schatten neben dem schlecht beleuchteten Hoteleingang. Bald hörte er das Singen. Theodorescu, den nichts betrunken machen konnte, war betrunken gemacht. Das Lied, das er sang, war die Hymne einer kleineren britischen Privatschule: »Porson entstammt der alten Zeit, da Wissen stand in Blüte, Und Englands starkes Heer sich kühn um Macht und Frieden mühte.« Die volle Orgelstimme hatte sich ein wenig zu der Kratzigkeit einer Harmonika verdünnt, war aber immer noch kraftvoll genug. Theodorescu, als ihm die zweite Strophe nicht einfallen wollte, sagte »Zum Geier« und erschien, nur noch summend, in der Hoteltür. Er griente einfältig unter der mottenumflatterten Rundlaterne, den linken Arm um eine vom Verfall gezeichnete Spiralsäule, die rechte Hand blutig. »Herrlicher Abend für ein Späßchen«, erklärte er der Straße. »He, ihr da!« rief er einer Gruppe Türken in alten braunen Anzügen zu, »los, mitkommen, schreiben wir der Sekunda Schweinereien an die Tafel.« Er torkelte nach rechts, auf das Gewirr schmutziger Gäßchen zu, die schließlich zum Wasser hinführten, mit undichten Booten, Diebsgesindel und Imbißbuden. Er sang jetzt ein forscheres Schülerlied, eins für die reiferen: »Spieln wir Rugby, im Turnier Sind wir harte Knochen, Und am Ruder schlagen wir Takte wie gestochen. Kuckt mal, den blöden Sack, voll nach einer halben Pinte!« Mit schallendem, jungenhaftem Lachen schoß er im Zickzack über das schmierige Kopfsteinpflaster. Hillier folgte in einigem Abstand.

Aus einer wackeligen Rakibude kam dünner türkischer Radiolärm, schrille Flöten in mikrotonalen Melismen, mit Triangeln, Zimbeln und Tschinellen wie bei Mozart. Theodorescu äußerte lauthals seine Verachtung für die fremdländische Kunst: »Niggerzeugs. Bongabongabonga. Gelbe und Nigger!« Und wie ein echter Britannier schwankte er meerwärts, einer der drei Seiten zu, auf denen Istanbul von Seemauern umschlossen ist. Bescheidene Angehörige mehrerer niederer Rassen starrten ihn an, doch weder furchtsam noch gehässig: Dieser Dicke war fürstlich besoffen, mochte Allah oder Atatürks Schatten ihm verzeihen! Die Zeit war gekommen, dachte Hillier, daß er ihn dorthin lenkte, wo er hin sollte. Als er näher aufschloß, machte Theodorescu plötzlich übermütig gegen ihn Front. Theodorescu rief: »He Briggs, du Ferkel! Versuch das noch mal, mir diese gemeine Karte an den Rücken zu stecken, und es gibt Senge! Ich kenn deine miesen Tricks, du Sohn von einem Lumpenhändler!«

»Bin nicht Briggs«, sagte Hillier.

»Ach, biste nicht?« sagte Theodorescu. Drei verdreckte Kinder, türkisch-griechisch-syrisch oder etwas dergleichen, umtanzten ihn wegen eines Bakschischs. Theodorescu wollte sie mit Ohrfeigen verscheuchen, aber seine Bewegungskoordination war zu schlecht. Trotzdem rannten sie johlend weg bis zu einem Gäßchen von übelriechender Dunkelheit. »Nein, nicht Briggs«, sah Theodorescu ein. »Forster. Na, Forster, Krieg oder Friede?«

»Ha, Friede!« sagte Hillier.

»Wohlan denn«, sagte Theodorescu, »schreiten wir gemeinsam einher! In Friede und Freundschaft.

Arm in Arm, Forster, komm nur her!« Hillier ging nun neben ihm, wehrte aber die wilde, stramme Umarmung ab, zu der Theodorescu aufforderte. »Du sagst Friede«, sagte Theodorescu, ein gewundenes Gäßchen bergab torkelnd, »aber zu Witherspoon hast du gesagt, ich wäre ein dreckiger Ausländer.« Die Straße hing voller zerrissener Plakate, die längst vergangene türkische Vergnügungen ankündigten; eines allerdings zeigte zwei amerikanische Filmstars in grimmiger Umarmung zwischen umlautgestachelten Wörtern. Eine Gaslaterne flackerte wie eine sterbende Motte. Eine dicke Frau mit milchiger Griechenhaut spähte plötzlich aus einem verlassenen Laden hervor und rief etwas mit belegter Stimme. »Ich bin ein echter, gebürtiger Engländer«, sagte Theodorescu, »trotz des Namens. Und nächstes Jahr komm ich in die zweite Mannschaft, hat Shaw gesagt. So ein Auge, so eine Hand!« Er fing an, Kricketschläge zu demonstrieren, und fiel beinahe hin.

»Gehn wir mal da runter«, sagte Hillier, »bißchen den alten Teich schnuppern.« Ein widerlicher Geruch von faulenden Anschwemmseln stieg mit einem warmen Lufthauch zu ihnen herauf. Mit einem Fingerspitzenstoß lenkte er Theodorescu eine breitere Straße hinab, mit offenen Speise- und Getränkebuden. Mehrere Arten Radiomusik spielten hier gegeneinander an; eine volle, irgendwie an Churchill erinnernde Stimme verlas unter furzenden Störgeräuschen auf türkisch die Nachrichten. Fleischstücke und namenlose Fische fielen zischend in heißes Fett. Theodorescu schnüffelte hungrig. »Mutter Shenstones Fischnschips«, sabberte er, »besten in der Stadt.« Haufen von Handelsmatrosen standen herum, von denen manche um Geld stritten. Hillier hätte schwören mögen, daß er, allerdings nur für einen Augenblick, eine Frau sah, die ihren dicken weißen Bauch über das Fensterbrett eines der oberen Räume schob; sie trug nur einen Yashmak. Hatte nicht Atatürk den Yashmak verboten? Dann ging bei ihr das Licht aus.

»Theo«, sagte Hillier, »du bist ein widerliches Ferkel. Was hast du mit den kleinen Jungen gemacht?«

»Bellamy ist's gewesen«, schrie Theodorescu verzweifelt. »Bellamy hat's mit mir gemacht. Im Präfektenzimmer, alle standen drum herum. Die Tür war abgeschlossen. Ich hab gebrüllt, und keiner ist gekommen. Sie haben nur gelacht.«

»Du hast Angewohnheiten wie ein dreckiger Ausländer«, sagte Hillier. »Ich weiß doch, was du mit dem Kleinen im Chor gemacht hast.«

»Ich hab mit niemand was gemacht. Ehrlich!« Theodorescu fing an zu weinen. Ein unrasierter Matrose mit Streifen von Laderaumdreck stand vor einer Freßbaracke, die das Namensschild *Gastronom* trug. Er rülpste auf einen langen, flatternden Ton. Theodorescu wollte wegrennen. Er rannte schwerfällig; weinte. »Immer hinter mir sind sie her«, schrie er. »Ich will doch nur in Ruh gelassen werden.« Er stiefelte im Charlie-Chaplin-Schritt um die Ecke. Zwei eingehakte Matrosen wichen vor seiner Masse beiseite und riefen ihm fremde Wörter nach.

»Schon gut«, tröstete ihn Hillier, als er ihn wieder eingeholt hatte. »Fühlst dich gleich klotzig viel besser nach einem schönen Schnuff am Wasser.« Sie waren jetzt auf einem Nebenkai, die Steine zerbrochen oder glibbrig. Der Bosporus leckte am Auswurf der Schiffe. Zwei Jungen, dunkel und dickbehaart unter einer schwachen Ladelampe, der eine barfuß, versuchten mit einem alten Eisenstab eine Kiste aufzubrechen. Als sie Hillier und Theodorescu sahen, rannten sie davon, unsicher auf türkisch albernd. Lattenverschläge standanden aufgereiht vor trüben Schuppen; dahinter Rattengescharr. Irgendwo schrie eine Möwe wie in einem bösen Traum. »Ich meine«, sagte Hillier, »wir könnten so einen irren Spaß haben hier. Steigen wir doch in eins von den Booten da!« Weiter draußen tanzten die blassen Lichter kleiner Frachtschiffe; irgendwo war eine Party im Gang – freudiges Gebrüll, das skandinavisch klang, verzweifelt unter der Euphorie. Hillier führte Theodorescu an den Rand des Kais. Der Boden war grün und schlüpfrig. »Aufgepaßt«, sagte Hillier, »wollen wir doch nicht reinfallen, oder?« Theodorescu hingen die Augenlider schwer herunter. Hillier spähte in die ausgebeutelte Masse seines Gesichts, aus dem aller fette Adel abgetropft schien. »Du bist ein fieser Ausländer«, sagte er, »kein bißchen britisch. Ich wette, du traust dich nicht, mit mir auf diesen Kahn hier zu springen.« Es war ein leerer Kohlenkahn; nur eine Restschicht von dunklem Reif überall, hier und da in kleinen Maulwurfshügeln, schimmerte unter dem schmalen aufgehenden Streifen eines türkischen Monds. Das leere Boot wiegte sich auf einem Pfuhl gebändigten Meeres, mit dem Rand nicht mehr als drei Fuß vom Kai.

»Kannich«, sagte Theodorescu und sah mit verschleierten Augen aufs Wasser. »Binnich für Wasser. Papa Holtballs'n fauler Sack. Nur baan, nich richtig schwimm lern. Winnachhause.«

»Feije«, krähte Hillier. »Feijer dreckjer Kanake!«

»Fischnschips. Mutta Schnschtn.« Hillier langte hoch und schlug ihn auf die linke Wange. Er versuchte, nichts zu denken. Mein Gott! War er denn so ein Erzschuft? Hätte er sich nicht in jener Nacht all die Auskünfte einfach holen können, ohne auch nur zu fragen, ohne einen Dollar dafür zu zahlen? Sogar besagte Identität, besagte Adresse. Freie Wahl, freier Wille: davon hatte er gesprochen. »Du hast die Wahl, Theodorescu«, sagte er in den Seewind hinein. »Steig ein jetzt! Ein schmales Bett, du wirst grad reinpassen.«

»Munnern großen Kuchen schickt für die ganze Stube. Bellamy Lumpen alles gefrenn.«

»Fünf Shilling, Theodorescu. Ich wette fünf ganze Shilling, du traust dich nicht, mir nachzuspringen.«

»Fünf?« Das hatte ihn wachgerüttelt. »Solln doch nicht wetten. Jimball ne Stinkwut.«

»Paß auf!« Hillier nahm genau Maß. Etwa einen Fuß unterhalb des Dollbords war ein Holzbrett. Das mußte gehn. »Also denn, Theodorescu!« Es war ein bequemer Sprung. Nur leicht keuchend blickte Hillier das kurze Stück bis zum Kairand zurück, wo Theodorescu unentschlossen schwankend stand. »Nun komm, du Feigling! Komm schon, du dreckiger, feiger ausländischer Kanake! Komm schon, du verfluchter Neutraler!«

»Britisch«, sagte Theodorescu. Er nahm Haltung an, wie wenn die Nationalhymne gespielt würde. »Nicht neutral!« Auch er sprang. Das Wasser schrak auf unter der Wucht seiner Masse und schrieb seltsame Protestnoten in die Luft: gespenstische Karikaturen weiblicher Formen, arabische Lettern in Plakatgröße, Probestückchen von Spitzenvorhängen, Türme, vom Blitz getroffen, ein bleiches Schaumgesicht von stumpfem, hinschwindendem Grauen. Ein zischender Chor, wie von einem entrüsteten Publikum, folgte dem Aufklatschen. Theodorescu war zwischen der Kaimauer und den ungestrichenen Planken des Kahns, luftschnappend: »Lump! Gemeiner Lump! Nicht recht. Weißt, ich kannich.«

»Du hast vergessen, mir die Absolution zu geben«, sagte Hillier. Und, fiel ihm ein, das Roper-Manuskript. Diese Geschichte vom Verrat wurde nun schnell da hinabgesogen, und mit ihr ganze Bündel Geld. Ein Vermögen versank im Bosporus. Theodorescus Ringe schimmerten trüb, als er versuchte, sich an dem bewachsenen Mauerwerk festzukrallen. Brüllend stemmte er, um sich über Wasser zu halten, in Kreuzstellung die Arme gegen beide Wände seines schwappenden, schluckenden Kerkers. Der Kahn rückte mißbilligend von ihm ab. Er brüllte noch einmal, und eine Pranke schmutzigen Wassers stopfte ihm den Mund. »Bellamy«, würgte er heraus, »bu Fwein.« Rings um ihn her wieherten die Präfekten. O Gott, dachte Hillier: laß es schnell gehn! Er kletterte ins Innere des Kahns und suchte. Er fand nur eine schwere Schaufel. Damit kletterte er wieder hinauf, hörte schon, bevor er sah, wie Theodorescu mit dem Wasser und mit den festen Stoffen von Holz und Stein rang. Er stellte sich vor, wie er dieses Schädelei zum Kannibalenfrühstück aufklopfte; sah den roten Dotter auf dem Wasser treiben. Es ging nicht. Aber das Medikament, das Medikament, es wirkte immer noch. Theodorescu schien die Arme zu verschränken wie ein Stoiker, den man in die Eiserne Jungfrau steckte. Er sagte etwas in einer Sprache, die Hillier nicht verstand, dann, ganz ersichtlich, Augen und Lippen fest geschlossen, entschied er sich, unterzugehen. Und er ging unter. Wunderliche Gluckser und Gurgler, Verdauungsgeräusche des Meeres, stiegen hinter ihm auf. Dann kam das Wasser zur Ruhe. Nach kurzer Zeit wölkte Hillier die Luft mit einer Brasilzigarre. Dann, paffend, tastete er sich zum Bug vor. An dieser Stelle war als Puffer ein alter Rettungsring an der Kaimauer befestigt. Daran stieg er mühelos wieder auf den Kai. Jetzt, wo die Arbeit getan war (allerdings tanzte ihm da plötzlich, überraschend, Cornpit-Ferrers vor Augen, sich mit dem Daumen die Nase streifend, mit lautem

Gekräh wie ein Schuljunge), konnte er heimgehen. Aber wieder fragte er sich, während er durch den türkischen Abend mit seinen Gerüchen ging, wo zum Teufel das war.

4

1 »Also denn, alle Mann«, rief der Fernsehproduzent, »trinken, aber ganz unbefangen. Reden, aber nicht zu laut. Nicht singen, bitte! Nicht vergessen, Sie sind bloß Hintergrund. Und, eh ich's vergesse, lassen Sie mich gleich noch sagen, wie ich mich über Ihre Kooperation freue. Und die BBC auch«, fügte er hinzu. »Fertig zur Probe, alle Mann? Fertig, John?«

Der Angesprochene war grau verkatert. Er saß an der Bar, die Kamera auf sich gerichtet, ein Mikrophon zu sich hingeneigt, das auf seine Worte wartete. Auf der Theke stand ein großer irischer Whiskey, unberührt, unbe-(brrrr)-rührbar. »Macht doch gleich die Aufnahme«, sagte er. »Bringen wir's hinter uns.«

»Galgenschatten«, sagte der Kameramann. Etwas wurde anders eingestellt.

»Aufnahme, also denn«, sagte der Produzent. »Bißchen Ruhe bitte!«

»Wird man uns sehn?« fragte einer der Trinkenden, in plötzlicher Aufregung. »Kommen wir alle mit auf den Film?«

»Kann ich nicht garantieren«, sagte der Produzent unwirsch. »Sie sind eben Hintergrund, nicht?«

»Aber man *kann* uns sehn? Kann man *mich* sehn?« Er trank mit einem einzigen zittrigen Ansetzen sein Stout aus. »Ich glaube, das kann ich nicht riskieren.« Er stand auf. »Tut mir leid. Hätte ich vielleicht früher dran denken sollen. Aber«, sagte er mit einem Anflug von Gereiztheit, »schließlich trinke ich mein Bier immer hier. Ich hab das gleiche Recht, hier zu sein, wie nur irgendwer.«

»Bleiben Sie, wo Sie sind«, befahl der Produzent. »Ich kann da keinen leeren Stuhl gebrauchen. Was ist denn los? Feinde in England, oder was?« Dann beschwichtigte er: »Macht doch nichts. Hier, nehmen Sie die Zeitung; können Sie Ihr Gesicht hinter verstekken. Macht sich auch nett im Bild.« Er nahm aus seiner Manteltasche eine zusammengefaltete *Times* von gestern oder vorgestern. Er hatte sie nicht gelesen; hatte nicht viel Zeit gehabt, sich auf dem laufenden zu halten.

Der Gast sagte: »So wird's gehn, danke.« Und er entfaltete die *Times*, die Titelseite in Augenhöhe. Ein grauhaariger Elektriker brachte eine kreidestaubige Klapptafel vor die Kamera.

»Umklappen!« sagte der Produzent.

»Szene zehn, Aufnahme eins«, sagte der mit der Tafel.

»Markieren!« rief der Tonmeister. Die Tafel klappte.

»Anfangen.«

»In Kneipen wie dieser«, sagte der Verkaterte, der John hieß, die ernsten, erschöpften Augen auf die Kamera gerichtet, »verbrachte er viele freie Stunden. Hier saß er mit einem gelben Zettelchen und einem Bleistiftstummel und schrieb auf, was er hörte – einen obszönen Vers, eine gepfefferte Anekdote, eine Redewendung von verschlissenem Charme. In gewissem Sinne hatte er nie eine freie Stunde – er war immer an der Arbeit. Seine Kunst war die autolykanische: Aufschnappen, Erhaschen der flinken Fischchen der Gemeinplätze, wenn sie nicht auf der Hut waren. Seine Hingabe an die Wortfetzen und die hinfällige Eloquenz dieser Stadt rührte vielleicht daher, daß er nicht aus dieser Stadt kam und auch aus keiner andern Stadt dieses boshaften und rachsüchtigen Märchenlands. Er war Ausländer, ein Weitgewanderter, erst spät zur Ruhe gekommen, einer, der sich in Europa versteckt gehalten hatte – irgendwo zwischen Gibraltar und dem Schwarzen Meer. Diese Atmosphäre war neu für ihn. Er kam mit dem geschärften Ohr ...«

»Verflucht komisches Ohr müssen Sie selbst haben«,

sagte ein bärtiger junger Mann, ein betrunkener Volksliedersänger. »Boshaft und rachsüchtig, haben Sie doch gesagt? Und der ist mir der Richtige, um uns was von Märchenland zu erzählen.«

»Schnitt!« sagte der Produzent.

»Weg mit ihm«, sagte der junge Mann, nun von Händen festgehalten. »Weg mit der blöden Kamera und der ganzen blöden Trickkiste! Ausländer, kommen hier rüber mit ihren dreckigen Anwürfen.«

Gleichgültig stellten die Techniker neu ein – Licht, Schatten, Winkel, Ausschnitt –, in kaltem Perfektionseifer. Der bärtige Sänger wurde hinausgeschleppt, immer noch schimpfend. Der Produzent sagte zu dem, der John hieß: »Laß das mit boshaft und rachsüchtig weg. Vielleicht wollen wir es noch an Telefis Eireann verkaufen.«

»Mir hat's aber gefallen. Und ist doch wahr.«

»Was interessiert uns die Wahrheit? Wir wollen doch bloß diesen blöden Kulturfilm machen.« Dann brüllte er: »Fertig, alle Mann?« Und danach, weil er in den drei, vier Tagen, die er hier war, doch schon etwas über Land und Leute gelernt hatte: »Bitte unterbrechen Sie ihn nicht, ehe er fertig ist!«

Die zweite Aufnahme verdarb ein Mann vom Trinity College, der plötzlich sagte: »Ist das vielleicht nicht richtig, boshaft und rachsüchtig? Ist es denn nicht genau so, wie der Mann gesagt hat?«

»Schnitt!«

Bei der dritten Aufnahme kam der Mann mit der *Times* dazwischen, der die Zeitung plötzlich so heftig schüttelte, daß der Toningenieur sagte: »Kommt laut und deutlich durch. Rascheln von dieser Zeitung. Wie eine Armee auf dem Marsch.«

»Schnitt!« Der Produzent ging zu dem Mann hinüber und sagte: »Ich meine, Sie gehn lieber. Wenn's Ihnen nichts ausmacht. Nichts für ungut, ja? Wenn Sie wiederkommen, trinken Sie eine Pinte Guinness auf meine Rechnung.«

Und so ging er hinaus. Herbstsonne vergoldete die Duke Street. Er bog in die Dawson Street ein und ging dann nach Stephen's Green im Süden. Sie wußten's also, oder jemand wußte's. Der Schatten des Revolvermanns, der wiederholte Traum von den zwei höflichen Fremden in Regenmänteln. Er hielt immer noch die *Times* in der Linken. Er schaute noch einmal nach der Chiffre. Und ohne diesen Zufall heut hätte er's nie erfahren. Die Angst hätte ein Traum bleiben können. Das einzig Mögliche war, zu antworten, nicht länger verborgen zu bleiben. Aber ehe er schrieb, hatte er noch etwas Wichtiges zu erledigen. Seinen kleinen Wagen hatte er in der Nähe der Baggot Street geparkt. Er hastete hin. Dann fuhr er durch den sonnenbeschienenen Verkehr nach Norden, über den Fluß – Capel Street, Dorset Street, Gardiner Street.

Der große Raum war kühl, eine Zuflucht. Als der Lange hereinkam, sagte er zu ihm: »Ich habe mich entschieden. Ich habe viel drüber nachgedacht.«

»Das ist eine sehr folgenschwere Entscheidung.«

»Ich hab es gemacht, wie Sie gesagt hatten, überlegt, welches die anderen Wege wären. Aber dies ist der einzige für mich.«

»Wenn Sie ganz sicher sind.«

»Sicher wie nur je. Ich kann mich nützlich machen.«

»Das können Sie. Nun, dann mach ich's, wie ich gesagt habe. Die Räder können ins Rollen gebracht werden. Ich glaube, Sie werden nicht lange warten müssen.«

»Danke.«

Bis zu dem Ort, den er jetzt sein Zuhause nannte, hatte er eine lange Fahrt, über die Küstenstraße, das

Meer zur Linken. Als er den Blackrock Park auf der einen Seite, das Blackrock College auf der andern sah, fühlte er sich ruhiger. Der Kingstown-Hafen, den man nun Dun Laoghaire nannte, glänzte in der Sonne. Monkstown Road. Larry, einer seiner Budennachbarn, ein Mann ohne Nachnamen, arbeitete in einer Kneipe da um die Ecke. Ein Kurat. Heiliger Name, heiliges Amt. George's Street, die Untere, die Obere. Summerhill Road. Glasthule. Sandycove Road. Da unten die Scotsman's Bay, der Sandycove-Hafen. Mit einem der von Pitt zum Schutze britischen Bodens erbauten Türme. Der Franzmann geht an Bord, der Franzmann kommt sofort, und die Orange, die verdorrt. Große Invasionen schienen immer nur sehr geringfügige Folgen zu haben. Eine verdorrte Orange. Hier schrumpfte alles auf ein gelindes Maß. Es wurde Zeit, sich der bittren Welt wieder zu stellen. Er bog rechts ab in die Albert Road.

Es war ein kleines, solides Haus, neu gestrichen, schon oft gestrichen: Das Seesalz setzte ihm zu. Eine Möwe wiegte sich und schrie über dem Zuckerkandldach. Er machte auf mit seinem Patentschlüssel. Mr. Sullivan, der früher einmal im Schloß gearbeitet hatte, war zu hören, wie er laut in seinem Zimmer hustete. Der Flur hatte einen feuchten, behaglichen Geruch, ein bißchen wie nach frischem Brot. Ein Barometer hing dort, daneben war ein Garderobenständer. An den Wänden hingen plump gemalte Bilder: das Herz Jesu, die GJM, der Hl. Antonius, die Kleine Blume. Sie waren das Werk eines Mannes, der jeden Abend in den Kellern des Ormond-Hotels saß und seine Hagiographien pinselte, zwischen heißen, wie Pythonschlangen gewundenen Rohren, bei einer Flasche Bier, die ihm ab und zu ein kunstliebender Kellner herunterbrachte. »Ich bin daheim, Mrs. Madden«, rief er. Das Wort klang schon nicht mehr gezwungen oder konventionell. Bald würde er noch fester daheim sein. Mrs. Madden kam aus der Küche hervor, großbusig, flackeräugig; sie wischte sich die Hände an der Schürze ab.

»Wollen Sie's jetzt gleich?«

»Ich habe noch einen Brief zu schreiben. Dann komm ich runter.«

»Machen Sie nicht zu lange. Ich mach es gleich fertig.« Und sie ging die Bratpfanne aufsetzen. Er stieg die Treppe hinauf. An der Treppenwand hingen noch mehr fromme Bilder, diesmal aber italienische: ein olivenhäutiger Christus, die Schmerzensmutter. Außerdem eine Fotografie des verstorbenen Papstes Johannes. Er kam in sein Wohn- und Schlafzimmer. Die Fenster sahen hinaus auf den Dundelea-Park mit seinem kleinen, handförmigen See. Dahinter kam die Breffni Road, dann das Meer. Er hatte keine Bilder an den Wänden, nur Stadtpläne. Die Maßstäbe waren winzig, die Straßennamen nur mit der Lupe zu lesen. Alle Städte lagen hinter dem sogenannten Eisernen Vorhang.

Nun ja, er hatte gearbeitet, seinen Unterhalt verdient, aber das war alles nur Zeitvertreib gewesen. Nach ein paar Wochen im Dolphin hatte er eingesehen, daß sein Geld nicht ewig reichen würde. Er hatte in einer kleinen privaten Handelsschule Fremdsprachenunterricht gegeben, ausgerechnet in Booterstown. Er hatte bescheiden gegessen, sich beim Trinken ans dunkle Bier vom Faß gehalten, ab und zu mit einem Whisky. Mit einer Frau war er überhaupt nicht mehr zusammen gewesen. Zeitvertreib. Er setzte sich an den kleinen Tisch, nahm Schreibblock und Kugelschreiber heraus und schrieb ein paar Zeilen als Antwort auf die Anzeige in der *Times*. Das Datum gab er an, seine Adresse nicht. Er schrieb: »Ich bin am Leben. Ich habe nicht allzu viel Angst. Setzen Sie dieselbe Anfrage noch einmal in die *Times*, auf den Tag genau heute in einem Jahr, und ich werde gar keine Angst mehr haben. Ich werde Ihnen dann mitteilen, wo ich bin und wo Sie mich finden können.« Er unterschrieb mit seinem Namen: Sie würden die Unterschrift als echt erkennen. Nach dem Essen würde er nach Dun Laoghaire gehen und dafür sorgen, daß der Brief mit dem Passagierschiff ging und in England aufgegeben würde. Kamouflage, wie früher. Bald würden diese Künste in den Dienst eines interessanteren Vorhabens treten.

2 Es regnete stark, als er sie mit dem Wagen vom Dubliner Flughafen abholte. Fünf, nicht nur vier Jahreszeiten waren hingegangen, für ihn vollgestopft mit einem Neubeginn von Arbeit, Disziplin und Gehorsam. Ihre Nachricht war pünktlich gekommen, und er hatte pünktlich geantwortet, aber, hatten sie geschrieben, sie würden erst etwas später kommen, könnten sich nicht gleich freimachen. Er lächelte, als er daran dachte, wie erleichtert und doch auch verärgert er gewesen war. Er war also wohl totgemeldet. Erst nach dem Tod, hatte er einmal gesagt, sei die Wiedergeburt möglich. Er schlug den Kragen des Regenmantels hoch und zog sich den Schal um den Hals fest: ein bißchen Halsweh in letzter Zeit, konnte er nicht gebrauchen. Der Flug, wurde angesagt, habe zehn Minuten Verspätung. Er trank einen großen JJ in der Bar. Sonderbar war es gewesen, Pater Byrne wiederzusehen, nun ein sehr alter Mann, als er aus Cork gekommen war, um seinen Großneffen zu besuchen; immer noch mit dem alten Durst nach JJ, nicht mehr so antisemitisch wie früher, nicht so recht im klaren darüber, was man von diesen ökumenischen Geschichten halten sollte, aber wir müssen mit der Zeit gehn, mein Junge. Und

was macht denn dein Freund, dieser Neunmalkluge, Gott sei ihm gnädig, Hoper oder Raper oder so ähnlich? In Ostdeutschland, sagte Hillier, hätte er von Roper gehört. Sei mit seiner Frau einmal auseinander gewesen, jetzt aber wieder zusammen. Arbeitet für die Bolschewiken, nicht? Entsetzliche Welt, ja! Gottlos der Junge, seine ganze Wissenschaft! Abwarten, hatte Hillier gesagt.

Das Flugzeug sank vom Himmel herab. Regenschirme auf dem Vorfeld. Und dann. Die Schüchternheit war zu erwarten.

»Stellt euch das vor«, sagte Hillier, »ich war ganz verlegen. Ich glaube, ein bißchen verlegen bin ich jetzt noch. Ich brauche allerhand Nachsicht.«

»Ich glaube, wir auch«, sagte Alan. »Viel älter sehn Sie nicht aus. Aber dünner.« Alan war zu einem ernsthaften jungen Mann herangewachsen. Eine Zigarette lehnte er ab. Clara war immer noch schön.

»Wo wohnen Sie denn?«

»Im Gresham. Soll ein gutes Hotel sein?«

»Und ob! Eines für Filmstars, Jet-setter und dergleichen. Ich kann mir dort nicht mal ein Bier leisten.«

Das Gepäck kam auf dem endlosen Förderband angefahren. »Jeder nur einen Koffer«, sagte Alan. »Wir können nur ein paar Tage bleiben. Clara heiratet.«

Hillier erforschte seine Nerven auf Eifersucht, dann grinste er sich selbst zu. »Glückwunsch, wenn man das sagen kann. Wer ist es denn?«

Sie errötete. »Er ist Bildhauer. Kommt aber sehr gut zurecht, bestimmt. Die Stadt hat ihn mit einer Gruppe beauftragt, soll die Gesamtschule symbolisieren. Er kriegt viel Arbeit, bestimmt.«

»Bestimmt«, echote Hillier und nahm einen der beiden Koffer aus gutem neuem Schweinsleder, »ich habe auch keine Sekunde angenommen, daß er dich wegen deines Geldes heiratet. Ist Alan mit ihm einverstanden?«

»Da waren schon zu viele, die es auf das Geld abgesehn hatten«, sagte Alan. »Dieser Bursche kommt mir ganz passabel vor.«

»Und wer soll der Brautführer sein?«

»Sie wundern sich vielleicht«, sagte Alan, »aber einmal haben wir tatsächlich an Sie gedacht.«

»O nein!«

»Aber Hardwicke hat drauf bestanden, das sei seine Sache. George, sollte ich vielleicht sagen – so sollen wir ihn nennen. Wir wohnen bei ihm in den Ferien, in Surrey. Er ist ganz in Ordnung, aber er lacht zu viel. Er hat natürlich auch viel zu lachen, seit er Vorsitzender geworden ist, nicht?«

»So? Das hier ist mein Wagen.«

»Ich hab mir immer vorgestellt«, sagte Alan, »Sie wären ein echter Spion. Aber das ist jetzt vorbei, oder? Jetzt sind Sie jemand Solides.«

»Noch nicht so ganz vorbei. Noch nicht so ganz solide.«

Atha-Cliath, stand auf dem Hinweisschild. An der Straße nach Dublin überall nasses Grün. Der Scheibenwischer funktionierte nicht recht. Hillier fragte nach ihrer Stiefmutter.

»Die Hure? Sie ist nicht schlecht weggekommen, aber die Anwälte haben ein paar böse Sachen über sie gesagt. Sie hat jemand ganz anderes geheiratet, nicht etwa ihren festen Freund. Sie war eben eine begehrte Witwe, obwohl sie nicht so viel gekriegt hat, wie sie erwartet hatte. Ich glaube, die sind in Kanada oder sonstwo. Er ist Kanadier, hat etwas mit Schreibmaschinen zu tun.«

»Kein Schwindler?«

»Da war ich noch sehr jung«, sagte Alan. »Ich

wußte zuviel, und lauter Quiz-Zeugs. Jetzt fange ich an, etwas zu lernen, richtig gründlich und engumgrenzt. Ich will mich aufs Mittelalter spezialisieren.«

»Interessant. Aber ob es Ihnen etwas nützt bei der Leitung von Mehlfabriken?«

»Brot essen wir jetzt beide«, sagte Alan, »aber wir kümmern uns nicht viel darum. Nein, Walters-Mehl, das Mehl der Mehle, damit soll jemand anders weitermachen. Ich bin mehr für brotlose Wissenschaft.«

»Das da ist die Findlater-Kirche«, sagte Hillier. »Könnt ihr sie sehn? Mit dem Regen ist es ganz übel in dieser Gegend.«

»Warum hast du dich hier niedergelassen?« fragte Clara.

»Ist der einzige Ort für einen katholischen Engländer, wenn er ins Exil muß. Eine westliche Hauptstadt, nicht zu groß. Und am Meer. Sie hat große Männer hervorgebracht. Morgen müßt ihr mit mir zur St. Patricks. Swift und Stella. Und für die Iren, auch das ist eine Attraktion, ist die Geschichte zeitlos. Freund und Feind, im Ringen versteinert. Es sieht fast so aus wie die Umarmung eines Liebespaars.«

»Neutral«, lästerte Alan. »Ausgestiegen aus der Moderne. Mein Gott, sehn Sie bloß diesen Wäschereiwagen! Mit einem Hakenkreuz drauf, da! Kann man sich das irgendwo anders in der Welt noch vorstellen?«

»Mit diesem Wort ›neutral‹ müssen wir vorsichtig sein«, sagte Hillier. »Man braucht nicht unbedingt Bombentrümmer, um an die Kriege erinnert zu werden. Der große Krieg kann ebensogut hier geplant werden wie anderswo – ich meine den Krieg, von dem die historischen Kriege nur Abziehbilder sind.«

»Gut und Böse meinen Sie?« sagte Alan.

»Nicht ganz. Wir brauchen neue Ausdrücke. Gut und Nichtgut. Erlösung und Verdammnis von gleicher

Würde, die letzte Wirklichkeit als Medaille mit zwei Seiten. Was die Bösen angeht, die wird man liquidieren müssen.«

»Die Neutralen«, sagte Alan. »Wenn wir nur den echten Kampf aufnehmen könnten, brauchten wir keine Spione, kalten Kriege, Einflußsphären und all den widerlichen Unfug. Aber die Leute, die sich mit diesen Albernheiten abgeben, sind immer noch besser als die gemeinen Neutralen.«

»Theodorescu ist ums Leben gekommen«, sagte Hillier. »In Istanbul.«

»Ach. Haben Sie ihn umgebracht?« Es war die sachliche Frage eines Mörders, unter Kollegen.

»In gewissem Sinne ja. Ich habe dafür gesorgt, daß er umkam.«

»Ich glaube, er war doch mit einer Inderin zusammen«, sagte Clara. »Ziemlich hübsch. Die hatte er in seiner Gewalt, schien mir.«

»Ich habe sie nie wiedergesehn. Sie hatte große Gaben. Sie war eine Tür in die andere Welt. Klingt das blöd? Es war die Welt von Gott und Nichtgott. Es war ein Modell der letzten Wirklichkeit, aber ohne die große Zweiheit. Die letzte Wirklichkeit kastriert. In gewissem Sinne spendete sie das Gute, auch etwas Neutrales. Aber das Gute ist ein unbelebtes Neutrales – Musik, der Geschmack eines Apfels, der Geschlechtsakt.«

»Also nicht ein Bild Gottes?« sagte Alan.

»Gott erkennen heißt, auch Sein Gegenteil erkennen. Um den großen Gegensatz kommt man nicht herum.«

»Das ist manichäisch, was Sie da reden. Ich bin sehr gespannt auf die Mediävistik.«

Sie waren nun vor dem Gresham-Hotel. Ein paar kleine Mädchen warteten mit Autogrammbüchern im Regen. Sie wußten nicht recht, ob sie Clara ansprechen sollten. »Ist ganz schlimm hier«, sagte Hillier, »mit den Filmstars.« Ein Portier mit großem Regenschirm kümmerte sich um ihr Gepäck. Clara und Alan gingen zur Rezeption. »Ich warte da in der Lounge«, sagte Hillier. »Unter den Filmstars. Wir trinken dann einen.«

»Geht auf mich«, sagte Alan.

Als sie wieder aus ihren Zimmern kamen, staunten sie. Hillier hatte Mantel und Schal in der Garderobe gelassen. Er saß da, in Schwarz, mit Priesterkragen, und lächelte. Aber, ganz Kavalier, stand er für Clara auf. Clara fand die richtigen Worte.

»Jetzt kann ich also wirklich Vater zu dir sagen.«

»Ich begreif das noch nicht«, knurrte Alan. »Sie, mit Ihrem manichäischen Gerede! *Sehr* unorthodox.«

»Wenn wir die Welt erretten wollen«, sagte Hillier, »werden wir uns unorthodoxer Theorien wie auch unorthodoxer Methoden bedienen müssen. Meinen Sie nicht, wir würden alle den Teufelskult noch lieber sehen als die schiere Neutralität? Was wollen wir denn trinken?« Ein Kellner wartete, wie auf den geistlichen Segen. Alan bestellte, und als die Gins kamen, unterschrieb er die Quittung mit der großen Geste eines Mehlprinzen. Er sagte:

»Was mich wirklich verblüfft, ist Ihre Aufmachung. Ich bin sicher, das ist nur wieder eine von Ihren Metamorphosen.«

»Man nennt es eine Spätberufung«, sagte Hillier. »Ich mußte bis nach Rom zu einer Art Intensivkurs. Aber eines Tages treffen wir uns noch mal auf einer Reise, und dann bin ich ein echter Schwindler. Wieder Schreibmaschinentechniker, oder vielleicht diesmal Kondomfabrikant oder Computerverkäufer. Ich glaube aber, ich werde bloß ein Tourist sein. Im übrigen wird alles wieder so sein wie früher – Einschleichen hinter den Eisernen Vorhang, Spionage, Subversion. Aber der Krieg wird dann nicht mehr kalt sein. Und nicht mehr bloß Ost gegen West. Ich kenne eben bloß zufällig die Sprachen für das Spionieren im Kalten Krieg.«

»Wie die Jesuiten unter Elisabeth«, sagte Alan. »Doppelzüngigkeit undsoweiter.«

»Aber wirst du auch töten?« fragte Clara, allzu laut. Ein paar Gäste an den Nachbartischen, solide Dubliner, sahen schockiert drein.

»Es gibt ein Gebot über das Töten.« Hillier zwinkerte.

»Champagner-Cocktails«, sagte Alan, ganz aufgeregt. »Trinken wir doch jetzt einen Champagner-Cocktail.«

»Du und ein Priester!« wunderte sich Clara. Hillier wußte, woran sie zurückdachte. Er sagte:

»Die Weihe ist nicht rückwirkend.«

»Genau da haben Sie sich geirrt«, sagte Alan. »So blöd war ich damals wohl doch nicht, letzten Endes. Auf dem Schiff, meine ich. Ich wußte, Sie waren ein Schwindler.«

»Samoswanjez«, übersetzte Hillier. »Sie erinnern sich noch an den Mann in der Straßenbahn an dem Abend in Jaryljuk?«

»Dem Abend, als ich . . .« Man hörte den stillen Stolz des Mörders.

»Ja. Der wußte es auch. Und trotzdem ist alles ein Schwindel. Der echte Krieg ist im Himmel.« Er fiel unversehens in ein tiefes Loch der Depression. Sein Bett heute nacht würde kalt und leer sein. Die Zeiten vor ihm würden noch schwerer sein als die hinter ihm. Er wurde älter. Vielleicht hatten sie recht, die Neutralen. Vielleicht war gar nichts hinter dem kosmischen Schwindel. Aber gerade die Heftigkeit, mit der ihn der Zweifel anfiel, gab ihm nun Überzeugung: Der Zweifel bekam es mit der Angst, der Zweifel fuhr seine Geschütze auf. Acedia. Er hatte Hunger. Alan, der Tarnungen durchschauen konnte, konnte auch seine Gedanken lesen.

»Jetzt gehen wir ein solides Dinner verzehren«, sagte Alan. »Geht auf mich. Mit Champagner. Wir können auf einiges anstoßen.«

»Schön«, sagte Clara.

»Amen«, sagte Pater Hillier.

Die Originalausgabe erschien 1966 unter dem Titel
»Tremor of Intent« im Verlag William Heinemann Ltd., London

Printed in Germany 1980
Design: Heinz Edelmann
Gesamtherstellung: Mohndruck Graphische Betriebe GmbH, Gütersloh

CIP-Kurztitelaufnahme der Deutschen Bibliothek

Burgess, Anthony:
Tremor : Roman / Anthony Burgess.
[Aus d. Engl. übers. von Wolfgang Krege]. –
Stuttgart : Klett-Cotta, 1980.
Einheitssacht.: Tremor of intent ‹dt.›
ISBN 3-12-900521-8